Sammlung Luchterhand 11

Über dieses Buch: Polnische Aussiedler strömen ins Ruhrgebiet, Feindseligkeit kommt auf. Bei seinen Recherchen wird der Journalist Thomas Koch mehrfach bedroht, schließlich in einen Mordfall verwickelt. Max von der Grün hat einen höchst aktuellen, spannenden Roman geschrieben.

»In ›Springflut‹ geht es gegen eine in der Bundesrepublik aktuelle Form des Rassismus: den mit Chauvinismus vermischten Fremdenhaß gegen Ostflüchtlinge; gleichzeitig desavouiert der Autor die Gesinnungslumperei einer Presse, die alles, auch die Ängste und das Elend von Menschen, nur dazu benützt, die politische Partei, der sie nahesteht und die eigene Auflageziffer zu stärken. Verletzung der Würde des Menschen in der alltäglichen Form etwa von Ausbeutung und Manipulation ist immer eines der Hauptthemen von der Grüns gewesen. Zu der literarischen Begabung dieses Autors gehört, daß er die gesellschaftlich-politischen Probleme, um die es geht, erzählerisch zu individualisieren versteht.«

Neue Zürcher Zeitung

Über den Autor: Max von der Grün wurde 1926 in Bayreuth geboren. Schulbesuch, kaufmännische Lehre, drei Jahre amerikanische Kriegsgefangenschaft, von 1951 bis 1964 Bergmann unter Tage. Seitdem lebt er als freier Schriftsteller in Dortmund. 1985 erhielt Max von der Grün den Gerrit-Engelke-Preis der Stadt Hannover.

Max von der Grün
Springflut
Roman

Luchterhand
Literaturverlag

Sammlung Luchterhand, November 1992
Luchterhand Literaturverlag GmbH, Hamburg · Zürich. Copyright ©
1990, 1992 by Luchterhand Literaturverlag GmbH, Hamburg · Zürich.
Alle Rechte vorbehalten. Umschlagentwurf: Max Bartholl. Satz: Clausen & Bosse, Leck. Druck: Ebner, Ulm. FORTUNA-Werkdruck Pegasus, pH-neutral, chlorfrei, Steinbeis Temming Papier GmbH, Glückstadt. Printed in Germany.
ISBN 3-630-71107-3

1 2 3 4 5 6   97 96 95 94 93 92

Springflut

Der Sturm peitschte den Regen gegen das breite Wohnzimmerfenster. Er prasselte, als würden Millionen Glaskügelchen gegen die Scheibe geschleudert. Irene beobachtete das Fenster mit großer Sorge, sie fürchtete, die teure Thermopenscheibe könnte unter diesem Getrommel zerbersten.

Nach den Hundstagen hätte der Regen für das Land Labsal sein können, wäre er ohne diesen Sturm gekommen, der die Rosen knickte und die Geranien köpfte.

Als die Sonne die Wolken wieder teilte, öffnete ich die Terrassentür, um frische Luft in das stickige Wohnzimmer zu lassen, ich wollte die Schäden prüfen, die das Unwetter im Garten hinterlassen hatte.

Ein fremder Mann stand im Garten, er war in einen grünen Regenumhang gehüllt, der Kopf steckte unter einer Kapuze; an seiner rechten Schulter hing eine braune Wildledertasche, unter dem Regenumhang trug er eine braune Cordhose und braune halbhohe Schnürschuhe. Er stand einfach da und schaute sich um, als gehörte der Garten ihm.

Er bemerkte mich und hob kurz den rechten Arm, er winkte, so wie sich Nachbarn zuwinken, die zeigen wollen, daß sie einander wahrgenommen haben.

Er schob mit beiden Händen die Kapuze in den Nakken, und ich blickte in das Gesicht eines etwa fünfzigjährigen Mannes; er hatte volles, halblanges graumeliertes Haar.

Zornig trat ich auf den Fremden zu, um ihm zu sagen, er solle mein Grundstück unverzüglich verlassen. Aber als ich nur noch ein paar Schritte von ihm entfernt war, sagte der Fremde, freundlich auf die verwüsteten Dahlien weisend: »Sie hätten sie stützen und zusammenbinden müssen.«

Ich war sprachlos und überlegte, wie der Fremde in meinen Garten gekommen war: nach vorne waren Haus und Garage immer verschlossen, hinten begrenzte ein beinahe zwei Meter hoher Maschendrahtzaun das Grundstück, nur ein durchtrainierter Mensch wäre fähig, ihn zu überklettern; seit zwanzig Jahren war das noch nie vorgekommen.

Zögernd trat ich noch zwei Schritte auf den Mann zu. Der schüttelte sich wie ein Hund, wenn er aus dem Wasser kommt; aber seinen Regenumhang nahm er nicht ab, obwohl es plötzlich, wie nach solchen Wettern im August fast immer, stechend heiß geworden war.

Ich erkannte ein sympathisches Gesicht, seine Augen blinzelten listig, und sein verlegen wirkendes Lächeln erweckte Vertrauen; aber als ich wieder einen Schritt näher treten wollte, sagte der Fremde: »Bleiben Sie stehen... Sie hätten die Dahlien stützen und zusammenbinden müssen. Haben Sie nicht den Wetterbericht gehört? Es war Sturm angesagt.«

Der Fremde sprach ein überkorrektes Deutsch, das den gebildeten Ausländer verriet. Wieder schaute er sich um, als gehörte ihm der Garten, ich stand gelähmt und fragte mich: Was will er? Wie kam er hier herein? Dann forderte der Fremde entschieden: »Gehen Sie ins Haus und machen Sie mir Kaffee und zwei belegte Brote, am besten mit Wurst. Wenn Sie die nicht haben, bin ich auch mit Käse zufrieden. Ich warte hier auf Sie.«

Ich nickte und gehorchte widerspruchslos. In der Küche, während ich den Kaffee in eine Thermoskanne filterte und zwei Scheiben Brot mit Salami belegte, dachte ich: Was will er? Warum gehorche ich ihm und jage ihn nicht fort? Warum rufe ich nicht die Polizei?

Auf einem Tablett trug ich Thermoskanne, Tasse und Brote auf die Terrasse und stellte alles auf dem noch nassen Gartentisch ab. Der Fremde nickte freundlich und kam langsam auf mich zu, wie selbstverständlich setzte er sich mit seinem Regenumhang auf die Gartenbank und bedeutete mir mit der Hand, ich solle mich zu ihm setzen. Aber als ich mich auf einen der nassen Stühle setzen wollte, sagte er mit vollem Mund: »Gehen Sie bitte ins Haus, ich rufe Sie dann.«

Wieder gehorchte ich und schloß die Terrassentür hinter mir, ich sah dem Mann durchs Fenster zu, wie er aß und trank. Er aß langsam, kaute bedächtig, saß da wie ein Mensch, der mit sich zufrieden war und unendlich viel Zeit hatte. Manchmal blickte er auf und lächelte mir zu, eher unschuldig, auch ein wenig verlegen.

Ein Landstreicher ist er nicht, das war mir klar, aber was soll dieser Auftritt in meinem Garten, schließlich leben wir in einem Land und zu einer Zeit, wo jeder Essen hat und ein Dach über dem Kopf. Weiß der Teufel, wie er in meinen Garten gekommen ist, bei diesem Sturm.

Als er mit seiner Mahlzeit fertig war, öffnete er den Regenumhang, eine braune Cordjacke kam zum Vorschein, darunter ein blaues Hemd und eine fliederfarbene Krawatte. Mit einem Taschentuch wischte er seine Hände ab und nickte mir durch die Scheibe zu, er deutete auf die Kaffeetasse und streckte den rechten Daumen nach oben, wohl ein Zeichen, daß ihm der Kaffee geschmeckt hatte.

Irene war neben mich getreten, ich bemerkte sie erst, als

sie ihre Hand auf meine rechte Schulter legte, sie fragte leise und verschüchtert: »Thomas, mein Gott, wer ist dieser Mann? Was hat er auf unserer Terrasse zu suchen.«

»Ich weiß nicht.«

»Du weißt es nicht? Aber...«

»Sei still.«

Der Fremde winkte mich nach draußen, dort bat er mich mit einer leichten Handbewegung, auf der inzwischen trockenen Bank neben ihm Platz zu nehmen. Wortlos entnahm er einer abgegriffenen Brieftasche ein Farbfoto und gab es mir: eine schöne, etwa fünfundzwanzigjährige Frau, lächelnd, das rötlich schimmernde Haar fiel ihr bis auf die Brust; sie strahlte eine starke Sinnlichkeit aus, verführerisch. Als ich den Fremden ratlos ansah, sagte er nach einer Weile: »Sie heißt Klara. Sind Sie ihr schon einmal begegnet?«

Er nahm mir das Bild aus der Hand und steckte es wieder in seine Brieftasche, dabei betrachtete er mich aufmerksam, und als er mich lange genug prüfend angeschaut hatte, sagte er in seinem überkorrekten Deutsch: »Klara kommt aus Polen, aus Gnesen. Sie kennen doch eine Frau Fuchs?«

Der Mann mußte ein Irrer sein, oder er redete irre; langsam gewann ich meine Fassung zurück und wurde wütend.

»Hören Sie, in dieser großen Stadt gibt es viele Menschen, die Fuchs heißen. Was wollen Sie? Ich kann nicht alle Füchse kennen.«

Auf der Straße vor meinem Haus knallte eine Autotür, und ich glaubte zu wissen, wer aus dem Wagen gestiegen war.

»Ja, es gibt viele, die Fuchs heißen, ich habe im Telefonbuch nachgeschlagen. Klara wollte zu dieser Frau Fuchs. Bei der ist sie nicht. Aber ich weiß mit Bestimmtheit, daß sie hier in dieser Stadt ist. Sie sind Journalist, Sie wissen mehr als andere. Ich suche diese Klara.«

»Hören Sie mal, Sie tauchen hier auf und fragen mich Sachen, die ich unmöglich wissen kann. Wer sind Sie? Was wollen Sie eigentlich?«

»Ein Mann aus Gnesen, der seine Stieftochter sucht. Ich empfehle mich, wir werden uns bestimmt wiedersehen.«

Der Mann erhob sich langsam und winkte mir beim Fortgehen lässig zu, er ging auf dem mit gerippten Betonplatten ausgelegten Gartenweg bedächtig Richtung Straße, wo der Maschendrahtzaun mein Grundstück sicherte; in dem war aber kein Durchlaß. Von meinem Platz aus konnte ich den vierzig Meter langen Weg nicht einsehen, die buschigen, fast mannshohen Hortensiensträucher versperrten die Sicht. Ich lief hinter dem Fremden her, durch den Garten bis zum Zaun an der Straße. Der Fremde war verschwunden. Am Zaun, den ich gründlich untersuchte, fand ich nichts, weder Beschädigungen noch verbogene Maschen. Verdammt, ein Mensch kann doch nicht fliegen oder aus dem Stand über einen zwei Meter hohen Drahtzaun springen.

Mein Nachbar auf der gegenüberliegenden Straßenseite hatte meine gründliche Untersuchung anscheinend aufmerksam verfolgt, denn er kam über die Straße und fragte: »Ist etwas nicht in Ordnung, Herr Koch?«

»Was soll sein?«

»Nur eine Frage, weil Sie Ihren Zaun so aufmerksam abgesucht haben.«

»Ich habe nur geguckt, ob der Sturm noch weitere Schäden im Garten angerichtet hat.«

»Schlimm. Meine Blumen sind alle hin.«

Er schlenderte in seinen Vorgarten zurück, und mir blieb nicht verborgen, daß er beim Aufräumen in seinem Garten ab und zu verstohlen zu mir herübersah. Ich war ratlos, von dem Fremden war nicht die geringste Spur zu entdecken.

Der Abendhimmel war plötzlich wolkenlos geworden, die Sonne brannte durch das Polohemd auf meine Haut. Besorgt ging ich ins Haus zurück und überlegte, wie ich Irene diese absonderliche Begegnung erklären könnte. Wie kam dieser Fremde auf unser Grundstück, und warum hatte ich ihn verköstigt? Das war gegen jede Vernunft – einen Eindringling nicht wegzujagen oder gar die Polizei zu rufen.

Durchs Garagentor sah ich auf dem Parkstreifen Günters grellgelben Ford mit der angeberischen, von der Heck- zur Frontseite gezurrten Antenne. Mir zog sich der Magen zusammen; unangenehme Auftritte standen bevor, Worte, die schmerzten, peinliche Augenblicke, denn meine Frau hing fast unterwürfig an den Lippen ihres Sohnes, sie sah ihm alles nach, auch wenn er ihr wieder mal Geld gestohlen hatte, aber das Wort stehlen vermied sie in diesem Zusammenhang, statt dessen sagte sie: Wenn er es nicht nötig hätte, würde er es nicht nehmen.

Ich gab mir einen Ruck, öffnete die Glastür und trat ins Wohnzimmer, und sofort ärgerte ich mich über das, was ich sah: meine Frau saß Günter gegenüber und hielt seine Hände, als hätte Günter Trost und Zuspruch nötig, Irenes Augen klebten an Günters Lippen, nur wenn Günter zu klotzig aufschnitt, begann sie zu husten und drohte ihm scherzhaft mit dem Finger.

»Auch mal wieder da?« fragte ich, ohne eigentlich zu fragen. Ich kam mir gegenüber meinem angeheirateten Sohn oft hilflos, seinen Lügen und Aufschneidereien gegenüber wehrlos vor.

Günter war einsneunzig und breit wie ein Spind, er kleidete sich sportlich, wuschelige schwarze Haare kräuselten sich um sein längliches, nicht unsympathisches Gesicht, von seinen blauen Augen fühlten sich Frauen hingerissen; er rauchte nur ägyptische Zigaretten mit Goldmundstück, die Asche pflegte er mit dem linken Zeigefinger leger abzuschnippen.

Ich überlegte, ob ich mich dazusetzen oder mit einem Vorwand in mein Arbeitszimmer flüchten sollte, blieb aber vor dem breiten Fenster stehen und starrte gedankenlos in den Garten, weil ich mich nicht entscheiden konnte, und tat, als hörte ich nicht auf das Gespräch der beiden. Es war auch nichts Neues zu hören, seit Jahren wurden bei Günters Besuch dieselben Sätze gewechselt. Irene verzichtete nie auf ihre sanften Vorhaltungen: daß er endlich von dieser Frau lassen sollte, mit der er zusammenlebte, sich etwas Jüngeres suchen, was ihm bei seinem Aussehen weiß Gott nicht schwerfallen dürfte. Dabei wußten Irene und ich nichts über diese vierzigjährige Frau, die wir beide noch nie zu Gesicht bekommen hatten, wir wußten nicht, ob sie Günter ernährte und kleidete, ihn womöglich verwöhnte, als wäre er ihr Kind; wie ich aber andeutungsweise von Günter erfahren hatte, ging er nie mit dieser Frau aus, verreiste nie mit ihr an Wochenenden, lieber saß er Abend für Abend bei ihr zu Hause – ich vermutete, er schämte sich mit ihr in der Öffentlichkeit, weil der Altersunterschied zu offensichtlich war, sie wahrscheinlich viel älter aussah, als sie in Wirklichkeit war, wie sonst wäre zu erklären, daß er sie versteckte.

Dann folgte Irenes ständiges Klagen: Hätte er doch das Abitur gemacht, dann müßte er heute keine schlechtbezahlten Gelegenheitsjobs annehmen. Günter wiederholte stereotyp, warum er keinen Abschluß gemacht habe, Arbeitslose mit Abitur gebe es in Fülle, er wolle die Zahl nicht noch hochschrauben helfen...

Heute wurde das Ritual durchbrochen, Günter fragte mich unvermittelt: »Was habe ich da gehört, Thomas, du verpflegst in Mutters Garten neuerdings Landstreicher? Mit Kaffee und belegten Broten? Thomas, der barmherzige Samariter steht dir nicht. Was bezweckst du eigentlich mit deinen Samariterdiensten, was willst du denn für dich herausschinden, du tust doch sonst nichts ohne Bezahlung.«

Er sagte absichtlich: Mutters Garten, Mutters Haus, Mutters Möbel, alles Mutters. Damit wollte er mich provozieren; denn alles gehörte mir, war bis zum letzten Nagel mein Eigentum, ich hatte das Haus mit Inventar und Grundstück vor zwanzig Jahren von meinem Onkel Franz geerbt, obwohl der mir zu seinen Lebzeiten fremd geblieben war und ich ihn bis zu seinem plötzlichen Tod allenfalls drei- oder viermal und dann auch nur jeweils ein paar Stunden gesehen und gesprochen hatte, wenn er seinen Bruder, meinen Vater, besuchte. Onkel Franz wiederum hatte dieses Haus von seiner Frau geerbt, die ein Jahr nach der Hochzeit bei der Geburt ihres Kindes gestorben war und das Kind mit sich genommen hatte. Sie war, so erzählte man sich, eine lebenslustige, ungewöhnlich aparte Frau; sie stammte aus einer Familie, die seit hundertfünfzig Jahren Eisenhandel en gros betrieb und die, wenn auch nicht reich, so doch wohlhabend war. Onkel Franz war in der Firma seines Schwiegervaters Prokurist gewesen und hatte nicht wieder geheiratet. Das Haus, das er mir vermacht hatte, war eine solide Villa, ich habe sie später innen nach meinem und Irenes Geschmack umgebaut. Onkel Franz starb 1968 an einem Herzinfarkt, als er im Auto zum Flughafen nach Münster unterwegs war, knapp sechzig Jahre alt.

Günter reizte mich bewußt, weil er hoffte, ich würde ihn körperlich angehen, wie vor zehn Jahren, als er zum erstenmal Geld aus Irenes Handtasche gestohlen hatte; obwohl ich ihn damals auf frischer Tat ertappte, log er mir frech ins Gesicht, und nachdem ich ihm die beiden Zwanzigmarkscheine aus der Hand gewunden hatte, brachte er sie mit einer geschickten Handbewegung wieder an sich, zerriß sie in kleine Schnipsel und warf sie mir vor die Füße, trampelte darauf herum und schrie: »Wenn ich sie nicht haben darf, dann sollst du sie auch nicht haben.«

Damals hatte ich hart zugeschlagen. Erst als er aus Mund und Nase blutete, war mir bewußt geworden, welche Kraft mir meine Wut verliehen hatte, welcher Haß in meinen Schlägen lag.

Seit jener Zeit lauerte er darauf, daß ich mich noch einmal hinreißen ließe, aber ich wußte, daß er mir körperlich inzwischen längst überlegen war, er besaß, trotz seiner Länge, eine katzenhafte Sprungkraft, und er hätte nur eine leichte Körperbewegung machen müssen, um mich aus dem Fenster zu schleudern.

Den Gefallen würde ich ihm nicht tun, auch wenn ich mich manchmal sehr zusammenreißen mußte. Heute, mit meinen fünfzig Jahren, bin ich gelassener, die Arbeit in der Redaktion hat mich abgebrüht, kaum noch einem gelingt es, mich zu reizen. Ob Günter etwas im Kopf hatte, konnte ich nicht beurteilen, aber er hatte eine imposante Statur und ein Gesicht, dessen Lächeln Überlegenheit nur vortäuschte, das insbesondere Frauen für Überlegenheit hielten. Günter konnte mich nicht mehr täuschen, seine Souveränität war bloß Kulisse vor Leere und Zynismus; er war der Typ, auf den alle Frauen flogen, waren sie nun vierzig oder vierzehn Jahre. Er wußte das und genoß es.

Ich drehte mich um, er saß da wie ein gehorsamer unschuldiger Sohn, die feine ovale Zigarette in der rechten Hand, er strahlte seine Mutter an und nickte beifällig zu allem, was sie sagte. Mit zunehmender Freundlichkeit sah er zu mir hoch, als hätte es zwischen uns nie einen Streit gegeben. Wenn er so lächelte, das wußte ich aus leidvoller Erfahrung, heckte er eine Schurkerei aus.

»Ja, es geschehen manchmal wunderliche Dinge«, erwiderte ich, um die peinliche Wortlosigkeit zu überbrücken.

»Vor allem wenn man selber immer wunderlicher wird«, antwortete er und grinste wie ein Sieger. Ich hätte ihn dafür umbringen können.

Meine Frau flehte: »Junge, auch wenn ich dich nerve mit meinen Ermahnungen, such dir endlich eine geregelte Arbeit. Wenn du dich ernsthaft bemühst, findest du auch was. Schämst du dich denn nicht, dich von einer älteren Frau aushalten zu lassen?«

Er lachte laut auf. Das war kein aufgesetztes, nicht sein einstudiertes Lachen, das war echt. Er zog seine linke

Hand aus den Händen seiner Mutter und klatschte sich mit beiden Händen auf die Oberschenkel, dabei fiel seine Zigarette auf den Teppich; Irene hob sie auf und legte sie wie eine Reliquie in den Aschenbecher.

»Sei doch nicht altmodisch, Mama, dafür bist du noch nicht alt genug. Warum sollen denn nur die Männer die Frauen ernähren? Weil das seit Bestehen der Menschheit so gewesen sein soll? Das bezweifle ich. Sie liebt mich, und diese Liebe hat nun mal, wie alles im Leben, ihren Preis. Ich spüle das Geschirr, ich wasche die Wäsche, ich putze die Wohnung, ich gehe einkaufen, ich koche und mache alle Besorgungen. Ist das vielleicht nichts?«

»Günter, das ist unter deinem Wert.«

Irene erhob sich und brachte aus der Küche eine Dose mit Konfekt.

»Mama, warum soll ich mir um Himmels willen eine Arbeit suchen? Wenn Thomas einmal das Zeitliche segnet, dann gehört sowieso alles dir und mir. Stimmt's, Thomas?«

Dabei holte er mit den Armen weit aus, seine Geste schloß alles ein: Haus, Garten, Möbel, Bücher, Teppiche, Bilder und den Stickrahmen meiner Frau. Um nicht zu explodieren, trat ich auf die Terrasse, fast körperlich spürte ich sein unverschämtes Grinsen im Rücken.

Die Sonne stach, die Erde dampfte noch, und ich wünschte mir plötzlich, der sonderbare Fremde käme zurück und bäte mich um Kaffee und belegte Brote.

Mein Nachbar Berg, ein pensionierter Studienrat, kniete vor einem Rosenstrauch und schnitt die geknickten Stengel ab, dabei murmelte er vor sich hin.

Er sah mich nicht.

Ich hatte Irene aus Mitleid, Achtung und Respekt geheiratet, es war eine Mischung aus allem, auch Zuneigung, weniger Liebe oder gar Leidenschaft, schon gar nicht sexuelle. Dabei ist sie eine attraktive Frau.

Ihr Mann war einer meiner Kollegen in der Redaktion gewesen, Leiter der Lokalredaktion. Irene arbeitete dort als Telefonistin und Hilfssekretärin. Konrad Gruber, so alt wie ich, starb vier Monate nach einer Operation an Hodenkrebs, ein qualvoller Tod, am Ende wirkten keine schmerzstillenden Mittel mehr, nicht einmal Morphium. 1973 war Konrad Gruber erst fünfunddreißig Jahre alt, Irene dreißig und ihr Sohn Günter zehn. Günter ging nach der Schule, wenn Irene Dienst hatte, zu ihren Eltern.

Bevor ich Irene heiratete, hatte ich kein festes Verhältnis mit einer Frau gehabt, es gab nur sexuelle Episoden. Kann sein, daß ich Irene auch nur geheiratet habe, weil ich meines im Grunde nichtssagenden Lebens überdrüssig geworden war und mich die morgendlichen Fragen meiner Kollegen anödeten: Na, Thomas, wen hast du denn gestern nacht übers Bett gezogen?

Es gab genug attraktive Frauen in unserer Redaktion, die ungeduldig darauf warteten, endlich in ein gemachtes Bett gezogen zu werden, um so die ungeliebte Büroarbeit an den Nagel hängen und nur noch Hausfrau sein zu dürfen mit einem Stall voller Kinder, nicht alle Frauen liebten die Emanzipation, verabscheuten sogar ihre Militanz. Aber Eheringe waren rar, und so manche, die sich in ein Bett hatte ziehen lassen, kochte bald wieder Kaffee für die Männer in der Redaktion.

Ich habe Irene so nicht haben wollen. Ich wäre mir schändlich vorgekommen. Außerdem empfand ich ihr gegenüber lange Zeit eine Scheu, die an Schüchternheit grenzte.

Ein halbes Jahr nach Konrad Grubers Tod ist sie mit ihrem Sohn zu mir gezogen, und ein halbes Jahr später haben wir geheiratet; erleichtert gab sie ihren Job auf und kümmerte sich nur noch um die Erziehung ihres Sohnes, um den Garten und um unser Haus. Das alles wurde kaum bemerkt von den Kollegen in der Redaktion. Ganz geheimzuhalten war die Veränderung meiner Lebensumstände aber nicht, und als mich ein Kollege eines Tages darauf ansprach, spendierte ich ein paar Kästen Bier, ein paar Flaschen Sekt und ein bescheidenes kaltes Büffet; alle stießen auf mein Eheglück an, bewunderten meinen guten Geschmack und tuschelten hinter meinem Rücken. Einige mögen über meine Heirat verwundert gewesen sein, denn Irene galt vielen als nicht besonders intelligent, eher als naiv oder gar einfältig, was sie beileibe nicht war; sie äußerte sich nur vorsichtig, wenn sie um ihre Meinung gefragt wurde. Sie war praktisch und haßte überflüssiges Gerede, sie urteilte nicht gern über andere, und schon gar nicht über Kollegen im eigenen Betrieb.

Ich bereute die Verbindung mit Irene nicht. Erst als die Streitereien mit Günter begannen, kam es auch zwischen Irene und mir zu Zwistigkeiten. Und als ich bemerkte, daß Günter mich und seine Mutter bestahl, fingen die heftigen Auseinandersetzungen an, erst recht, als Günter die Schule abbrach und zu Hause rumlungerte. Es kam ihm nie in den Sinn, den Rasen zu mähen oder seiner Mutter im Haus oder im Garten an die Hand zu gehen. Seinetwegen gab es immer öfter Verstimmungen, später auch wortreichen Krach, weil Irene noch die rüdesten Handlungen ihres Sohnes zu entschuldigen versuchte; mein Groll wuchs, weil Irene ihren Sohn ständig in Schutz nahm, statt ihn zur Vernunft zu bringen.

Er wird sich die Hörner abstoßen, er ist ein Spätentwickler, versuchte sie mich zu beruhigen, doch ich war heilfroh, als er vor fünf Jahren, er war gerade zwanzig, unser Haus verließ. Plötzlich stand er mit zwei Koffern im Wohnzimmer: »Ich ziehe aus. Ich habe ein Verhältnis, da ziehe ich hin. Ich teile euch meine Adresse und meine neue Telefonnummer mit, wenn ich es für angebracht halte.«

Das war so unbeteiligt gesagt wie: »Ich gehe ins Kino.«

Seitdem bohrte es in mir, ob Irene nicht doch schon am nächsten Tag nachzuforschen begann, zu wem ihr Sohn gezogen war, sie wäre nicht Frau und Mutter gewesen, wenn das Verhältnis ihres Sohnes sie kaltgelassen, wenn sie nicht schon am nächsten Tag versucht hätte, die neue Bleibe ihres Sohnes auszukundschaften. Irgendwann mußte sie diese Frau gesehen, deren Wohnung in Erfahrung gebracht haben, denn einige Wochen nach Günters Auszug, an einem Sonntag beim Frühstück, sagte sie unvermittelt: »Diese Frau könnte Günter zum Mann erziehen. Das Verhältnis darf keinesfalls von Dauer sein.«

Was mich an Günters Verbindung erstaunte, war, daß sie schon fünf Jahre hielt und Günter, wenn er uns besuchte, und er blieb selten länger als eine Stunde, gut über seine Freundin sprach, sofern er sie überhaupt erwähnte. Vielleicht sprach er ausführlicher mit seiner Mutter, und sie erzählte es mir nicht weiter, aber soweit ich es wußte, betrat er unser Haus nie, wenn ich abwesend war, wäre das doch der Fall gewesen, hätte sich Irene bestimmt irgendwann verplappert.

In meiner und Irenes Abwesenheit konnte Günter nicht in unser Haus. Eine Woche nach seinem Auszug hatte ich an allen Außentüren, einschließlich Garage und Gartentor, neue Schlösser einbauen lassen, weil Günter sich geweigert hatte, seine Schlüssel abzugeben, das Haus sei immerhin die Wohnung seiner Mutter und deshalb auch seine. Das entbehrte nicht einer gewissen Logik.

Aber ich blieb stur, mein Widerwille ihm gegenüber war stärker als alle Argumente, und erstmals herrschte ich Irene wütend an, als sie Günter in dieser Sache vorbehaltlos beipflichtete: »Thomas, du kannst doch nicht ernstlich verlangen, daß Günter ausgesperrt wird, er muß doch noch ungehindert sein Zuhause aufsuchen dürfen, schließlich hat er oben seine beiden Zimmer, er kann doch nicht wie ein Hausierer an der Tür klingeln, bis ihm geöffnet wird. Das geht zu weit.«

Nach diesem Streit wandte ich mich ab und stieg hoch in mein Arbeitszimmer, zog mich zurück in die vier Wände meines Reichs, die vom Fußboden bis zur Decke mit Bücherregalen zugebaut sind. Ich nahm die Zeitung, bei der ich seit fünfundzwanzig Jahren als Chefreporter arbeite, manchmal bin ich auch zuständig für besondere Ereignisse in der Stadt, und manchmal dränge ich mich auch danach, ohne Rücksicht darauf, daß ich andere verdränge.

Der »Tageskurier« war kein besonders seriöses Blatt. Er lebte vorwiegend von Klatsch und Tratsch und puschte noch die nüchternste Meldung zur Sensation hoch; immerhin war er eine Zeitung mit einer Auflage von dreihunderttausend, am Wochenende noch fünfzigtausend mehr, da gibt's zum »Tageskurier« ein dickes Wochenendmagazin.

Manchmal schämte ich mich wegen unseres Blattes. Wo Betroffenheit, Ernst oder Protest angemessen wären, berichteten wir teilnahmslos, und obwohl ich unseren Betrieb schon seit Jahren durchschaute, spielte ich mit und schrieb banale Meldungen so zurecht, daß sie sensationell wirkten. Dafür wurde ich von Kollegen und Dr. Neuhoff, unserem Chefredakteur, gelobt; sie nannten mich den »sanften Schwindler«, weil ich es fertigbrachte, Nebensächlichkeiten Bedeutung unterzuschieben, Harmloses wichtig erscheinen zu lassen, ernste Dinge ins Komische zu ziehen und Tragisches zu verharmlosen.

Auch Dr. Ostermann, der Eigentümer und Herausgeber des »Tageskurier«, hatte mich in den vergangenen Jahren in Redaktionskonferenzen einige Male vor allen Kollegen gelobt, besonders wegen meiner Berichte über den Anschlag deutscher Terroristen auf die deutsche Botschaft in Stockholm; ich hatte die Terroristen als Kommunisten bezeichnet und behauptet, sie seien von Moskau gesteuert – niemand wollte dafür von mir einen Beweis, denn alle Leser schienen davon überzeugt, daß alles Böse auf der Welt nur aus Moskau komme.

Ich hatte damals in mehreren Folgen als Augenzeuge aus Stockholm berichtet, obwohl ich nie schwedischen Boden betreten hatte; ich saß zu Hause in meinem Arbeitszimmer und gab meine Berichte jeden Tag telefonisch durch, ich schrieb auf meine Weise, was ich im deutschen und britischen Rundfunk hörte oder abends im Fernsehen sah. Nicht so sehr die Fakten interessierten unsere Leser, sondern das, was ich hinzuerfand. An die Wand gegenüber meinem Schreibtisch hatte ich einen Stadtplan von Stockholm geheftet, und englische Zeitungen wie »Guardian und »Times« lieferten mir zusätzliche Informationen und Kommentare, die ich als exklusiv verkaufte. Meine Artikel waren gefragt, der »Tageskurier« ging an den Kiosken weg wie warme Semmeln, ich saß zu Hause in meinem Arbeitszimmer und erfand eine Woche lang kleine schmückende Neuigkeiten. Alles ging gut, aber ich bin ziemlich sicher, daß der eine oder andere Kollege meinen Schwindel durchschaut hatte, wenn sie ihn auch nie beweisen konnten. Ich schämte mich nicht.

Mich stützte Dr. Ostermanns Belobigung, gegen die niemand etwas zu sagen wagte, denn Ostermann feuerte unter fadenscheinigen Vorwänden jeden, der auch nur den leisesten Zweifel an seiner Sach- und Menschenkenntnis erkennen ließ. Ostermann war ein absoluter Herrscher, aus dem Bilderbuch des 19. Jahrhunderts, und unser Chefredakteur, Dr. Neuhoff, war seine alles sanktionierende und exekutierende Kreatur. Neuhoff handelte reaktionärer, als Ostermann dachte. Neuhoff hatte mir einmal gesagt, als mich die Hetze anwiderte, die in unserem Blatt zeitweise gegen Asylanten betrieben wurde: »Kollege Koch, tun Sie alles, was Ostermann empfiehlt, dann ersparen Sie sich Ärger, und unsere Zeitung hält die Auflage. Schreiben Sie, was gefällt, meinetwegen auch frivol, und ab und zu lüstern, aber vor allem immer das, was Herr Ostermann denkt, dann bleiben Sie auf der Schokoladenseite. Bedenken Sie immer, wem der ›Tageskurier‹ gehört. Wenn Sie das beherzigen, dann sind Sie ein nützliches Mitglied unserer Redaktion.«

Ich habe es beherzigt.

Günter gegenüber blieb ich damals hart. Als die Handwerker kamen und alle Schlösser auswechselten, saß Irene in der Küche auf einem Hocker vor dem Herd und weinte tränenlos vor sich hin; später warf sie mir schluchzend vor: »Du hast dem Jungen sein Zuhause verbaut, du treibst ihn in die Arme dieser Frau.«

»Irene, ich habe ihn nicht gezwungen auszuziehen. Ich habe ihm sogar ein gebrauchtes Auto gekauft, damit er früh genug zu den Betrieben fahren konnte, die bei uns ihre Stellenangebote inserieren. Hätte ich ihm einen Porsche kaufen sollen? In der Stadt ist man im Stoßverkehr mit einem Fahrrad schneller. Begreif doch, Irene, er will nicht arbeiten. Und wer nicht will, den muß man erziehen, oder man muß ihn ziehen lassen. So wie er aussieht und auftritt, wird aus dem noch mal ein Zuhälter.«

»Wie kannst du nur so geschmacklos sein! Mein Gott, bei seiner Intelligenz wird er es noch zu etwas bringen.«

»Ich würde dir gerne glauben, Irene, aber erst, wenn ich es sehe.«

Insgeheim freute ich mich, daß Günter aus dem Hause war, auch wenn jetzt zwei Zimmer leer standen; aber es war auch leiser, Radio und Kassettenrecorder schwiegen. Zwar hatte ich wenig von dieser Dauerberieselung mitbekommen, weil ich die meiste Zeit in der Redaktion war, aber das reichte, ich empfand diese Musik im eigenen Haus als Terror, sie strapazierte meine Nerven und meine Geduld.

Doch fragte ich mich damals, um was Irene sich sorgen würde, wenn Günter einmal aus dem Haus wäre; denn ohne ihre Sorgen verwelkte sie wie eine Blume ohne Wasser.

Die Redaktionskonferenz leitete wie üblich Dr. Neuhoff, ein ständig unzufrieden dreinschauender Mann mit hochgezwirbeltem Schnurrbart, der ihn grimmig, aber zugleich auch etwas gütig aussehen ließ; vor dreißig Jahren hatte er einmal als Kulturredakteur bei einer SPD-Zeitung gearbeitet, als diese Partei noch Zeitungen hatte.

Seit fünfundzwanzig Jahren prägte er das Gesicht unseres »Tageskurier«. Heute war Dr. Neuhoff verschnupft, es war ihm anzusehen, daß er Fieber hatte, er war noch griesgrämiger als sonst, das hatte aber den Vorteil, daß er nur zuhörte und keinen seiner gefürchteten Monologe hielt. Es stand einiges zur Diskussion, allem voran die Flugkatastrophe auf dem amerikanischen Militärstützpunkt Ramstein, die Meldungen aus dem Fernschreiber überholten sich stündlich, jede Meldung erschlug die vorausgegangene. Erst war die Rede von zwanzig, dann dreißig, dann vierzig Toten, man sprach von Hunderten Verletzten, darunter viele Schwerverletzte, an deren Überleben gezweifelt wurde. Es war klar, daß dieses Unglück für die kommende Ausgabe eine fette, rotunterstrichene Schlagzeile abgab.

Egon Wolters, ein junger und, wie ich beobachtet hatte, vielversprechender Volontär, sagte leise zu mir, aber doch so, daß alle Kollegen es hören konnten: »Viel zuwenig Tote. Tausend wären besser gewesen. Bei vierzig geht man zur Tagesordnung über, bei tausend würde dieser Wahnsinn endlich aufhören.«

Auf einmal war es totenstill, als ob wir auf Befehl alle den Atem anhielten, alle sahen betreten zu Boden oder starrten auf die Schreibblöcke, die auf dem Konferenztisch lagen; in diesem Augenblick wußte ich, daß die meisten meiner Kollegen genau wie der junge Wolters dachten und nur deshalb bestürzt schwiegen, weil einer laut aussprach, was sie selbst nicht zu sagen wagten.

Dr. Neuhoff atmete hörbar tief durch und zischte durch die Zähne. Er blickte Wolters mißbilligend an. »Das kann man natürlich nicht schreiben, junger Kollege, und das dürfen wir auch nicht, das darf man nicht einmal sagen, es ist schon unschicklich, das zu denken, Sie Nobody namens Wolters. Beherzigen Sie endlich die Leitlinien unserer Zeitung: wir sind bedingungslos für die NATO. Das Schaufliegen in Ramstein war militärisch notwendig. Der ›Tageskurier‹ ist für Tiefflüge, die Verteidigung unseres Landes fordert von jedermann Opfer, gerade auch in Friedenszeiten. Was steht noch an? Ich muß nach Hause, mir geht es miserabel.«

Im Hafen war eine Frauenleiche aus dem Kanal gezogen worden, ein Fotograf ist unterwegs.

Wieder Diskussionen um das Tempolimit auf unseren Autobahnen, natürlich sind wir im Interesse unserer Autoindustrie gegen Tempolimit, außerdem bekommen wir von der Autoindustrie fette Inserate.

Das Ansehen des Kanzlers sinkt, das bringen wir selbstverständlich auch, aber nicht, weil es der Wahrheit entspricht, sondern weil wir es uns als einzige Zeitung nicht leisten können, das Gegenteil zu behaupten.

Die Fußballnationalmannschaft läuft nicht auf Beinen, sondern auf Krücken, weil sich der Teamchef mehr für flotte Kleidung, Werbeverträge und wechselnde Freundinnen interessiert als für seine Kicker. Das muß im Sportteil groß herausgebracht werden, denn in diesem Falle geht es weniger um Fußball als um den Ruf der Nation.

Dann das Übliche im Kommunalbereich, das mich herzlich wenig interessierte; in einer Stadt wie der unseren mit sechshunderttausend Einwohnern kann man immer irgend etwas journalistisch hochziehen. Aber siebzehn Prozent Arbeitslose – an die hat man sich mittlerweile gewöhnt wie an das schlechte Wetter. Dr. Ostermann hatte nicht so unrecht, wenn er seine Redakteure beschwor, nicht soviel über die Arbeitslosigkeit zu berichten, sonst könnte in der Öffentlichkeit der Eindruck entstehen, daß die Arbeitslosen immer mehr würden, und schließlich sind wir ein regierungsfreundliches Blatt, aber auch der Stadtverwaltung gegenüber loyal, obwohl die Stadt seit Jahren mit absoluter Mehrheit von der SPD regiert wird. Wir müssen unseren Lesern täglich einhämmern, wie angenehm es ist, in dieser Stadt zu leben, frei nach einem Wort von Tucholsky: Im Norden unserer Stadt haben wir die See, und im Süden die Alpen. Wir pflegen auch zum Presseamt der Stadt ein gutes Verhältnis, aber natürlich ist der »Tageskurier« nicht so primitiv, für die Stadt Hofsängerei zu betreiben, wir setzen hinter städtische Verlautbarungen manchmal ein Fragezeichen. Wir dürfen da der Zustimmung unserer Leser sicher sein; aber allzu kritische Töne mögen sie nicht, sie würden das als Nestbeschmutzung empfinden.

Dem gerüffelten Egon Wolters begegnete ich eine Stunde nach Konferenzschluß in der Kantine, wo ich eine Tasse Kaffee trank. Während er sich Kaffee aus dem Automaten zapfte, sah er mich fragend an, und ich nickte ihm aufmunternd zu, irgendwie tat mir der arme Kerl leid. Er setzte sich, meiner stummen Aufforderung folgend, zu mir und schlürfte seine schwarze Brühe. Er wartete auf mein erstes Wort, ich gab mir Mühe, väterlich zu sein.

»Wenn man vorlaut ist, läuft man leicht auf, merken Sie sich das in Zukunft.« Ich hatte das in strengem Ton gesagt, ihm dabei aber zugeblinzelt.

Egon Wolters wirkte sympathisch, in seinen Augen spiegelte sich Unschuld. Er tat mir leid, weil er erst vor einem halben Jahr von der Universität zu uns gekommen war, vollgestopft mit nicht realisierbaren Theorien. Theorie und Praxis vertragen sich nur selten, schon gar nicht im Journalismus.

»Herr Koch, ich verstehe die ganze Aufregung nicht. Die Toten und Verletzten von Ramstein sind doch selbst schuld, niemand hat sie gezwungen, da hinzugehen, und wenn man hingeht, muß man solche Unfälle mit einkalkulieren. Aber die Leute brauchen das Spektakel. Jetzt sind es schon über vierzig Tote und über dreihundert Verletzte, habe ich im Radio gehört.«

»Junger Freund, nicht alles, was stimmt, darf man auch sagen – und schon gar nicht schreiben. Hätte das Spektakel nicht stattgefunden, wären die Leute nicht hingegangen, stimmt. Aber merken Sie sich für die Zukunft: Die Leute rennen dorthin, wo ihnen Nervenkitzel versprochen wird, sie rennen dem Spektakel nach, weil ihr persönliches Leben ohne Spektakel verläuft. Wen wollen Sie denn verantwortlich machen. Den Veranstalter? Die Toten? Die haben ihren Tod unbewußt einkalkuliert, wie die Millionen Autofahrer, die jeden Tag hinters Steuer müssen, um zu ihrer Arbeit zu kommen.«

Egon Wolters sah mich forschend an und schlürfte wieder hörbar seinen Kaffee, dann setzte er die Tasse hart ab und stützte den Kopf auf seinen rechten Arm.

»Und darüber darf man nicht schreiben?« Er lächelte ungläubig.

»Vielleicht in einer anderen Zeitung, aber nicht bei uns, und wenn, dann so verschlüsselt, daß nur einige wenige helle Köpfe in der Lage sind, es zwischen den Zeilen herauszulesen. Unsere Zeitung hat vor allem Leser, die nur das Gedruckte verstehen. Für die ist das Gedruckte einfach die Wahrheit, wie die Bibel für gläubige Christen.«

»Finden Sie das richtig, Herr Koch? Sie sind doch kein heuriger Hase mehr, Sie gehören doch längst zum Inventar dieser Redaktion.«

»Junger Mann, es geht hier nicht darum, ob ich das richtig finde oder nicht, es geht darum, einmal geschaffene Normen zu respektieren. Wo kämen wir hin, wenn jeder schreiben wollte, was er denkt? Das wäre blanke Anarchie.«

»Aber das Grundgesetz...«

»Vergessen Sie das Grundgesetz, Herr Wolters, und erst recht Ihre Universität. Ich weiß, mit dem Grundgesetz hat man euch in den Seminaren gefüttert. Die Praxis aber sieht so aus, daß nur der alles sagen kann, der entweder die Macht hat oder das Geld. Und weil die nicht selber schreiben können, die Mächtigen und die Geldsäcke, engagieren sie sich Leute, die für sie schreiben, zum Beispiel Sie und mich.«

»Sie haben sich angepaßt, Herr Koch, nicht wahr?«

»Sagen wir mal so: Ich will keinen Ärger, das Leben ist kurz, eine Hölle gibt es nicht, und der Himmel ist stinklangweilig.«

»Ich verstehe, Sie sind Zyniker geworden. Trotzdem, Sie könnten mir helfen, wenigstens einen Tip geben: ich soll für die übernächste Wochenendausgabe eine Buchbesprechung schreiben, drei Spalten.«

»Ja, das war schon zu meiner Zeit so, daß die Volontäre

die Buchkritiken schrieben. Und? Verstehen Sie was von Literatur? Haben Sie Literatur gelesen oder nur Fachliteratur?«

»Ich habe Journalistik studiert.«

»Also keine Literatur gelesen? Gefällt Ihnen das Buch, das Sie rezensieren sollen?«

»Sehr. Ich habe es sogar zweimal gelesen.«

»Dann kann es nicht gut sein, weil Sie es das erste Mal nicht verstanden haben.«

»Im Gegenteil, ich habe es zweimal gelesen, weil es klug, unterhaltsam und vergnüglich war.«

»Hören Sie mal, Sie Universitätsverseuchter: Entweder ist ein Buch klug, dann ist es keinesfalls unterhaltsam, und wenn es unterhaltsam ist, kann es nicht klug sein. Das ist nun mal so in Deutschland. Wenn es klug ist, müssen Sie eine kluge Kritik schreiben, die wiederum von denen nicht verstanden wird, die das Buch unterhaltsam finden. Wenn das Buch unterhaltsam ist, müssen Sie es verreißen, weil die Gefahr besteht, daß es jeder versteht. Wie heißt denn der Autor?«

»Martin Kogelfranz.«

»O je, der ist für unsere Zeitung seit zwanzig Jahren ein rotes Tuch, der ist so klug und unterhaltsam, daß er einfach geschlachtet werden muß.«

»Das kann ich nicht, das wäre gegenüber dem Autor unredlich.«

»Man hat Ihnen eine Falle gestellt, Herr Wolters. Wenn Sie den Autor und sein Buch loben, sind Ihre Tage hier in der Redaktion gezählt, weil Sie ganz einfach für dumm erklärt werden, und wer will sich schon mit einem dummen Redakteur abgeben.«

»Sie sind doch ein Zyniker.«

»Ich weiß. Aber trösten Sie sich, wenn Sie länger in dem Zoo hier arbeiten, so tituliert nämlich Frau Deist unsere Redaktion, dann werden Sie das zwangsläufig. Immerhin habe ich fast dreißig Jahre gebraucht, um so zu werden, wie Sie mich sehen. Was mich aber wirklich beunruhigt, ist, daß junge Leute heute schon als Zyniker von der Uni kommen. Schreiben Sie die Rezension, so wie Sie sie schreiben müssen. Riskieren Sie etwas, seien Sie ehrlich gegenüber Autor und Buch, Sie haben das Buch doch zweimal gelesen, weil es klug, unterhaltsam und vergnüglich ist. Ich wünsche Ihnen dafür eine gute Hand. Noch einen schönen Tag.«

Ich ließ ihn verwirrt, vielleicht auch verstört zurück, ich mußte ihn allein lassen, weil die Zeit drängte: ich sollte einer Neunzigjährigen im Namen unserer Zeitung zum Geburtstag gratulieren und von Dr. Ostermann einen großen Dahlienstrauß überreichen.

Diese Frau Österholz stammte aus Oberschlesien, war dort vor 1933 in der Sozialdemokratischen Partei gewesen und hatte nach 1933 ein knappes Jahr in einem Lager bei Breslau gesessen, Schutzhaft hieß das damals; nach 1945 kam sie in unsere Stadt und war vier Jahre als sozialdemokratische Abgeordnete im Stadtrat, wo sie sich für die Eingliederung ostdeutscher Flüchtlinge engagierte.

Ihre fünfundsechzigjährige Tochter Alma Fuchs mochte unsere Zeitung nicht, am Telefon hatte sie mich abzuwimmeln versucht, als ich meinen Besuch ankündigte. Aber mein vorgebliches Argument – Anteilnahme und öffentliches Interesse – überzeugte sie dann doch, sie willigte, wenn auch widerstrebend, ein, als ich ihr versprach, selbst zu kommen und keinen unbekannten Lokalreporter zu schicken. Wir kannten uns flüchtig, ich wohnte, bis ich ins Haus meines Onkels zog, nur zwei Straßen weiter im Stadtteil Lindenhorst, der vor 1933 einmal der rote Norden hieß. Wir begegneten uns damals zwangsläufig, nickten uns bloß zu und wünschten uns gegenseitig die Tageszeit.

Alma Fuchs lebte mit ihrer Mutter in der renovierten Zechensiedlung, die zu meiner Zeit düster, häßlich und abgewohnt war, einheitsgrau vom Ruß und Dreck der letzten Jahrzehnte. Die Zechengesellschaft, der diese Wohnungen gehörten, hatte vor Jahren Pläne vorgelegt, die gesamte Siedlung abzureißen und statt dessen dort Hochhäuser zu bauen, manche dieser Planer und Kapitaleigner bedauerten, daß die Bomben des Krieges nicht das zerstört hatten, was sie jetzt abreißen mußten. Die Stadt hat die siebzig Häuser schließlich aufgekauft und über mehrere Jahre hinweg renoviert, danach stiegen die Mieten drastisch.

Offensichtlich hatte man auf mich gewartet. Alma Fuchs stand an der offenen Haustür, als ich mit meinem etwas sperrigen Blumenstrauß aus dem Wagen stieg; hoffentlich, dachte ich noch, haben sie für den großen Dahlienstrauß auch eine Vase. Bevor ich Frau Fuchs begrüßen konnte, kam auch schon der bestellte Fotograf.

Frau Fuchs lud uns mit einer Handbewegung ins Haus, ihr Gesicht glich einer Maske. Sie sah durch mich hindurch.

Das Wohnzimmer war möbliert, wie es in den dreißiger Jahren Mode gewesen war, auf allen Stühlen lagen Kissen mit gestickten Blumen, es roch nach Kaffee und Bohnerwachs.

Ich hatte mich informiert: Das Geburtstagskind Österholz hatte fünf Kinder zur Welt gebracht, zwei Söhne und drei Töchter; nur Alma lebte noch, sie war seit zwanzig Jahren Witwe und pflegte ihre Mutter aufopfernd, hartnäckig weigerte sich Frau Fuchs, ihre Mutter in ein Altersheim zu geben, sie hätte es wahrscheinlich auch nicht bezahlen können.

Die Greisin saß in einem Ohrensessel, trotz ihres wächsernen Gesichts wirkte sie auf den ersten Blick jünger als ihre bärbeißige Tochter, die mir und dem Fotografen, der wenig Übung für solche Auftritte verriet, widerwillig Kaffee einschenkte; eine Glasschale mit Konfekt stand auf dem Tisch. Der junge Fotograf schoß seine Bilder, besonders jene waren für unsere Zeitung wichtig und für den Herausgeber von Bedeutung, die mich und den Dahlienstrauß zusammen mit der alten Frau zeigten. Frau Österholz nahm den Strauß, den ich ihr in den Schoß gelegt hatte, nicht auf, ihre knochigen, fast durchsichtigen Hände hatten wohl auch nicht mehr die Kraft dazu.

Nach fünf Minuten verabschiedete sich der Fotograf mit einer linkischen Verbeugung und hastete zum nächsten Termin.

Ich machte es mir in einem abgewetzten Sessel bequem, holte Schreibblock und Kuli aus meiner Jackentasche, obwohl von der alten Frau wohl kaum Neues zu erfahren war.

Seitlich hinter dem Ohrensessel stand ausdruckslos Frau Fuchs, eine vierschrötige Statue, und sah über mich hinweg; sie trug Schwarz, die Kleidung machte ihre Erscheinung noch erschreckender. Sie hatte die Arme vor der Brust verschränkt, ihr Busen war gewaltig.

Die alte Frau saß im Ohrensessel wie eine zurechtgemachte Puppe, ich zweifelte, ob sie mich überhaupt wahrnahm, bislang hatte sie keinerlei Regung spüren lassen. Für einen Augenblick verlor ich meine Routine, ich überlegte krampfhaft, was man so eine Frau, die fast doppelt so alt war wie ich, fragen sollte. Sie saß mit ihren leblosen Augen einfach da, ich erkannte nicht, wohin sie blickte, vielleicht nach innen. Mir war, als trüge sie schon ihre Totenmaske.

Plötzlich kicherte sie schrill und laut, so daß ich zusammenzuckte; ihre Tochter blieb stur auf ihrem Platz, verharrte ohne die geringste Regung. Anscheinend kannte sie die Ausbrüche ihrer Mutter.

»Liebe Frau Österholz, ich soll Ihnen die Glückwünsche unserer gesamten Redaktion übermitteln, und selbstverständlich auch die unseres Herausgebers Dr. Ostermann, der extra liebe Grüße ausrichten läßt. Ich will es kurz machen, auf Sie kommen heute ja noch einige Ehrungen zu, ich habe erfahren, auch der Oberbürgermeister hat sich angesagt.«

Die Greisin kicherte, das Gekichere nervte mich, mir war, als käme es aus einem schon verschlossenen Sarg. Nur schnell wieder fort von hier.

»Frau Österholz, eine banale, aber auch berechtigte Frage: Wie lebt man, um so alt zu werden?«

Alma Fuchs sagte mit gefrorenem Gesicht: »Dumme Frage, man stirbt eben nicht früher.«

»Meine Frage zielte auf das Geheimnis des Altwerdens, ich meine, was tut man, was haben Sie getan, um so ein biblisches Alter zu erreichen?«

»Geheimnis? Was für ein Geheimnis? Meine Mutter hat

kein Geheimnis. Meine Mutter ist bloß noch nicht gestorben, deshalb ist sie so alt geworden, wie sie heute ist.«

Ich redete gegen eine Wand, überlegte, wie ich dieser alten Frau nur ein paar Sätze entlocken könnte, mußte aber schließlich einsehen, daß journalistische Tricks hier nichts fruchteten.

»War es das harte Leben, das Sie führen mußten, das entsagungsvolle? Ihr Leben, weiß ich, war kein Honigschlecken.«

Wieder antwortete Alma Fuchs: »Was soll der Quatsch. Die einen sterben mit zwanzig, die anderen mit hundert. Herr Koch, es geht eben so lange, wie es eben geht.«

Ich war mit meinem Latein am Ende, meine Anwesenheit vor dieser Prellwand wurde lächerlich, nicht einmal meinen Kaffee, der längst kalt geworden war, hatte ich getrunken. Was ich sah, ließ mich bloß noch schaudern: eine Greisin, die ihre eigene Totenmaske trug, und ihre fünfundsechzigjährige Tochter, die wie aus Stein gemeißelt ins Leere blickte. Diesem Bild gegenüber war ich hilflos.

Ich verkniff mir weitere Fragen und überlegte schon, wie ich den Geburtstagsartikel aufbereiten mußte, damit er dennoch freundlich und wohlwollend ausfiel.

Da kam auf einmal Leben in die Totenmaske, die Alte kicherte wieder so laut und grell, daß es mir durch Mark und Bein ging. Mich bestürzte, daß sie plötzlich eine Stimme hatte: »Jetzt haben Sie alles gehört, Sie Trottel. Sie fragen so dumm, weil Sie so dumm sind. Gehen Sie.«

Sie hatte alles mitbekommen.

Ich erhob mich schnell, wollte nur weg aus diesem Irrenhaus. Während ich ging, kläffte Frau Österholz hinter mir her, aber ich verstand kein Wort.

Ich genoß die frische Luft und atmete mehrmals tief durch, mir war, als wäre ich einer Gruft entstiegen. Wie erlöst lehnte ich mich an einen Gartenpfosten und bemerkte zu meinem Ärger, daß ich Kuli und Schreibblock vergessen hatte; auf den Kuli konnte ich verzichten, und der Block war leer.

Lastwagen donnerten stinkend und rumpelnd vorbei; schon vor zwanzig Jahren, als ich noch in diesem Viertel wohnte, hatten die Anwohner die Verwaltung aufgefordert, etwas gegen diesen unerträglichen Zustand zu unternehmen. Doch nichts hatte sich geändert, die Straße war lediglich zur Einbahnstraße erklärt worden, jetzt donnerten die gleichen Laster nur noch in eine Richtung.

Ich überlegte, ob ich den Geburtstagsartikel für Frau Österholz zu Hause oder in der Redaktion schreiben sollte, am liebsten hätte ich ihn überhaupt nicht mehr geschrieben. Aber einer Neunzigjährigen gebührte mehr Aufmerksamkeit als nur eine Notiz in der Spalte für Geburts- und Gedenktage, und immerhin war die Frau nach dem Kriege vier Jahre im Stadtrat gewesen.

Ich hatte nicht direkt vor dem Haus Österholz-Fuchs parken können, weil viereckige Betonkübel, in denen trockenes Gestrünk verrottete, die Zufahrt versperrten. Verkehrsberuhigung nennt man das. So lief ich zur ersten Querstraße und sah mich noch ein bißchen um; denn seit ich vor zwanzig Jahren hier weggegangen war, hatte sich vieles verändert.

Als ich zu meinem Wagen zurückkam, wollte ich es erst nicht wahrhaben: Auf der Kühlerhaube lag ein großer, in Cellophan verpackter Blumenstrauß, wie ihn Hochzeitspaare auf ihren Autos befestigen, wenn sie zum Standesamt oder zur Kirche fahren. Eine Frau rief mir lachend zu: »Sind Sie aber ein Glückspilz.«

Es war der Dahlienstrauß, den ich Frau Österholz mitgebracht hatte, ich erkannte ihn an der violetten Papierschleife. Ich schloß meinen Wagen auf und warf die Blumen auf den Rücksitz. Irene wird sich freuen, sie liebt Blumen in der Wohnung, und in der Redaktion braucht keiner zu wissen, daß Frau Österholz unser Geschenk verschmäht hatte, außerdem gab es Fotos von der alten Frau mit dem Strauß auf dem Schoß, das genügte als Beweis, daß unsere Zeitung alte Leute nicht vergißt. Mich wunderte, woher diese Statue von Tochter wußte, daß dies mein Wagen war. Aber doch, sie stand ja vor der Tür und hatte mich ankommen sehen. Erstaunlich war nur, wie schnell sie den Strauß auf meinen Wagen gelegt hatte.

Die Blumen gaben den Ausschlag, ich würde nicht in die Redaktion zurückfahren, sondern nach Hause, um dort meinen Artikel zu schreiben.

Da sah ich ihn.

Er saß auf einer der vier Bänke, die in einem Rondell um den dicken Stamm einer weitausladenden Kastanie herum aufgestellt waren. Er las Zeitung, er las den »Tageskurier«.

Günters Anwesenheit verblüffte mich. Ich stemmte beide Arme auf das Autodach und rätselte, was Günter ausgerechnet in dieser Gegend zu suchen hatte. Dann schlug ich die Autotür wieder zu und ging durch die kleine gepflegte Anlage, die üppig mit Geranien bepflanzt war, auf ihn zu und setzte mich wortlos neben ihn. Umständlich faltete Günter die Zeitung zusammen und legte sie zwischen uns. Beiläufig, ohne mich anzusehen, sagte er: »Tag, Thomas, viel steht nicht in dem Käseblatt. Du warst also auf Gratulationstour.«

»Was treibt dich hierher?«

»Ein notwendiger Besuch bei der Großmutter meiner Lebensgefährtin. Du siehst schlecht aus, Thomas. Hast du Ärger? Du solltest mit Mama ein paar Tage ausspannen, am besten in den Bergen wandern. Das ist gut für den Kreislauf.«

Ich sah ihn nicht an, aber ich wußte, daß er wieder so lächelte, wie ich es haßte.

Schlagartig wurde mir klar, wovon er sprach und wen er mit Großmutter gemeint hatte; er mußte den Blumenstrauß auf den Kühler meines Wagens gelegt haben, er mußte während meines Besuches im Haus gewesen sein.

Ich betrachtete ihn von der Seite, aber er sah nur auf die stinkenden Laster. »So ist das also«, sagte ich leise vor mich hin, ich wagte nicht, ihn zu fragen, warum Frau Österholz den Strauß verschmähte und ob er ihn auf meinen Wagen gelegt habe.

»So ist das, Thomas. Alles ganz einfach. Du kapierst schnell. Kein Wunder, wenn man lange bei einer Zeitung arbeitet, dann entwickelt man Spürsinn, besonders bei deiner Zeitung, wo spüren über studieren geht.«

»Warum hast du die Blumen auf mein Auto gelegt?«

»Der Wagen war abgeschlossen, sonst hätte ich sie auf den Rücksitz gelegt. Wenn du meiner Mama eine Freude machen willst, dann zisch ab, bei dem Wetter verwelken die Blumen schnell.«

Ich kochte, seine Beiläufigkeit brachte mich in Rage, aber ich war noch zu sehr mit meinen Gedanken beschäftigt, um mich auf einen Streit einzulassen.

Das hier war eine Schmierenkomödie: zwei Frauen, an denen meine Journalistenroutine abgeprallt war, kreuzten den Weg meines angeheirateten Sohnes; aber der wohnte nicht bei diesen Frauen, das war mir klar, er wohnte bei seiner Geliebten oder Ersatzmutter. Ich hatte nie nach seiner Wohnung gefragt, es war mir gleichgültig, wo er lebte.

Als ich zu meinem Wagen gehen wollte, hielt mich Günter zurück: »Sag mal, Thomas, ist dir schon mal der Gedanke gekommen, du könntest eines Tages erpreßt werden?«

Seine Frage war so unsinnig wie unverschämt. Ich drehte mich langsam um und sah auf ihn hinunter, er schien sich nur für die Straße zu interessieren.

»Was soll das?« fragte ich mit verhaltenem Zorn.

»Reg dich nicht auf, war nur so dahergeredet. Vergiß es und bring Mama die Blumen.«

»Weswegen sollte mich jemand erpressen? Raus mit der Sprache. Was steckt dahinter? So was redet man doch nicht so daher. Etwa du? Zuzutrauen wäre es dir. Aber sei beruhigt, bei mir gibt's nichts zu erpressen.«

»Mach doch nicht gleich einen Elefanten daraus. Kann man denn nicht einfach mal so daherreden? So was liest man doch fast täglich in deiner Zeitung.«

Ich lief zu meinem Wagen und fuhr los. Im Rückspiegel sah ich Günters Grinsen.

Irene freute sich über die Blumen, sie warf mir zwar neckisch Verschwendung vor, aber sie bewunderte den Strauß und holte aus dem Vorratskeller eine große Vase, fast feierlich arrangierte sie die Blumen. Natürlich verschwieg ich ihr, für wen die Blumen gedacht waren, auch daß ich ihren Sohn getroffen hatte.

Ich schrieb meinen kurzen Artikel, nahm den Geburtstag von Frau Österholz aber nur zum Anlaß, um darüber zu referieren, warum die Menschen heutzutage älter werden als vor hundert Jahren. Nebenbei hörte ich im Radio, daß sich die Zahl der Toten von Ramstein auf dreiundfünfzig erhöht hatte.

Später setzte ich mich im Garten auf die Bank und sah Irene bei der Gartenarbeit zu, ohne wahrzunehmen, was sie wirklich tat, ich dachte immer noch an die Verbindung der beiden merkwürdigen Frauen mit Günter.

Irene streifte ihre Gummihandschuhe ab und setzte sich zu mir.

»Die Tage werden kürzer, der Tau liegt an manchen Tagen noch bis Mittag.«

Sie lehnte sich an mich, und so saßen wir eine Weile, wir genossen die milde gewordene Sonne und die Ruhe. Als einer der Nachbarn seinen Motorrasenmäher aufjaulen ließ, war es mit der Ruhe vorbei. »Diese Dinger müßten verboten werden«, schimpfte Irene und drohte mit der Faust in Richtung Nachbarhaus.

»Dann gäbe es noch mehr Arbeitslose«, erwiderte ich lachend, verfluchte aber insgeheim auch unseren Nachbarn, der sich nicht scheute, um diese Zeit noch seinen Rasenmäher anzuwerfen.

Anderntags in der Redaktion erzählte mir unser Polizei- und Gerichtsreporter – er hatte sich diesen Titel selbst zugelegt –, daß die Leiche der jungen Frau, die man aus dem Kanal gezogen hatte, noch immer nicht identifiziert worden sei, es gebe keinen einzigen für die Polizei brauchbaren Hinweis aus der Bevölkerung. Er zeigte mir ein schwarzweißes Foto, das er während der Bergung am Hafen aufgenommen und der Polizei zur Veröffentlichung übergeben hatte. Ich war wie elektrisiert und riß ihm das Foto aus der Hand, ich erkannte die junge Frau auf den ersten Blick, es war dieselbe, deren Foto mir der Fremde auf meiner Terrasse gezeigt hatte, die aus Gnesen in Polen stammte, Klara hieß, bei einer Familie Fuchs eintreffen sollte und nach den Worten des Fremden dort nicht eingetroffen war.

Mit dem Foto in der Hand lief ich in mein Büro, ich legte es auf den Schreibtisch und sah es lange an. Auch als Tote war das Mädchen noch schön.

Ich sah auf, vor Aufregung hatte ich die beiden in meinem Büro übersehen. Meine Sekretärin Monika Deist belehrte unseren Volontär Egon Wolters, daß es in unserem Haus nicht üblich sei, Frauen das Hinterteil zu tätscheln, dennoch schmachtete sie ihn an.

»Na, Herr Wolters, schon fertig mit der Rezension?« fragte ich belustigt, denn er gab sich zerknirscht, verschlang aber die Deist mit den Augen. »Schon fertig, Herr Koch.«

Er schien erleichtert, daß ich die Ermahnung der Deist stillschweigend übergangen hatte.

»Das nenne ich fleißig. Kann ich sie mal lesen, bevor sie in Satz geht? Nur so, es interessiert mich, vielleicht kann ich Ihnen noch den einen oder anderen Tip geben.«

»Selbstverständlich.«

Eilfertig legte er drei Manuskriptblätter nebeneinander auf den Schreibtisch, als sollte ich sie sofort lesen.

»Ich möchte Ihre ehrliche Meinung hören, Herr Koch.«

»Die sollen Sie haben. Aber erst morgen, ich habe jetzt keine Ruhe zum Lesen. Ich kenne das Buch zwar nicht, aber ich werde den Inhalt wohl aus Ihrer Rezension erfahren.«

An der Tür zögerte er und schielte mich unsicher an, die Deist lächelte vielsagend, eindeutig vielsagend.

Mit ihren fünfunddreißig Jahren kleidete sich die Deist manchmal wie eine Siebzehnjährige, heute trug sie einen engen Minirock, der ihren Hintern gerade noch bedeckte und ihre wohlgeformten Beine in ganzer Länge freigab. Monika Deist war tüchtig, zuverlässig und absolut verschwiegen, was den Redaktionsbereich betraf, ich konnte mich blind auf sie verlassen. Als alleinstehende Frau schien sie mit dem »Tageskurier« verheiratet zu sein, über zehn Jahre teilte ich nun mit ihr das Büro, sie hatte nie versucht, mit mir zu flirten oder sich mir zu nähern.

Aber sie verbrauchte Männer wie andere Leute Schuhsohlen, sie spielte mit ihnen. Ich vermutete, daß sie die Männer im Grunde genommen verachtete. Sie lebte in einem Appartementhaus im Süden der Stadt, in Barop, wo die Beamtensilos stehen und die umzäunten Bungalows der Wohlhabenden, sie war, wie ich nach und nach erfuhr, als einziges Kind im Elternhaus das Küken im Korb gewesen und wollte Henne sein, deshalb hatte sie die elterliche Wohnung verlassen; sie gab das Geld aus, das sie verdiente, verbrachte ihren Urlaub jedes Jahr in Italien, und nach jedem Urlaub erklärte sie mir, Italien täte besser daran, Männer zu exportieren statt Apfelsinen.

Als Wolters gegangen war, nahm sie das Foto von meinem Tisch, betrachtete es aufmerksam und sagte leise und bedeutungsvoll: »Herr Koch, die Leiche aus dem Kanal kommt mir bekannt vor, ich habe diese junge Frau schon irgendwo gesehen.«

Ich wollte schon erwidern, daß ich diese Frau auch schon einmal irgendwo gesehen hatte, unterdrückte es aber im letzten Moment, denn die Deist war hellhörig und konnte verdammt gut nachhaken.

Sie legte das Foto auf den Tisch zurück und ließ sich in ihren fünfbeinigen Drehstuhl fallen, und ob ich wollte oder nicht, ich mußte ihre makellosen Beine bewundern, ihr Rock war im Sitzen noch weiter nach oben gerutscht.

»Unsinn, Frau Deist«, ich mühte mich, meine Aufregung zu verbergen, »alle Toten kommen uns bekannt vor, weil wir alle einmal so aussehen werden. Ist Ihnen noch nicht aufgefallen, daß alle Toten gleich aussehen?«

»Haben Sie heute Ihren philosophischen Tag? Im Ernst, Herr Koch, ich habe diese junge Frau schon einmal gesehen, irgendwo, irgendwann. Ich war ganz begeistert von ihrem herrlichen rotblonden Haar. Ich grübele die ganze Zeit, bei welcher Gelegenheit das war.«

»Vielleicht im Schaufenster als Kleiderpuppe«, frotzelte ich und lachte gezwungen.

Sie sprang plötzlich auf und stürmte an meinen Schreibtisch, sie stützte sich mit beiden Händen auf die Schreibtischplatte, sie keuchte und wirkte verstört.

»Ganz recht, Herr Koch, in einem Schaufenster. Aber nicht als Puppe, nein, als gerahmte Fotografie. Kommen Sie, Herr Koch, kommen Sie schnell.«

Sie zerrte mich vom Stuhl und zog mich durch den Flur zum Lift, ich wagte nicht, mich zu widersetzen, mit ihrer wilden Entschlossenheit hatte sie mich eingeschüchtert, und ich war neugierig geworden. Ich folgte ihr, lief draußen neben ihr her, an der Stadtbibliothek vorbei in eine Gasse unweit des Hellwegs, bis sie vor einem Fotoladen stehenblieb und in sein Schaufenster zeigte.

Ich sah Hochzeitsbilder, Familienbilder, auch ein paar kunstvolle Porträtaufnahmen und Fotos von Kindergruppen. Sie packte mich am Handgelenk und wies aufgeregt auf ein Farbfoto in einem Wechselrahmen, das am äußersten linken Rand des Schaufensters an Perlonfäden hing.

»Das ist die Frau«, flüsterte sie und steckte mich mit ihrer Erregung an.

Ohne Zweifel, das war Klara, in ihrem Gesicht lachten Lebensfreude und Sinnlichkeit, der neckisch zur Seite geneigte Kopf gab ihr einen besonderen Pfiff. Ja, das waren die rötlich schimmernden, bis auf die Brust fallenden Haare. Aber was das Gesicht so faszinierend machte, waren die dunkelblauen Augen, ein aparter Kontrast zu den rötlichen Haaren. Jetzt mußte ich vorsichtig sein, die Deist dämpfen; war sie einmal auf der Fährte, dann war sie nicht mehr zu bremsen, sie hatte mir einmal gestanden, sie hätte sich, bevor sie bei uns zu arbeiten begann, bei der Kriminalpolizei beworben, aber die Prüfung nicht bestanden.

»Eine frappierende Ähnlichkeit ist zweifellos vorhanden, Frau Deist.« Ich wollte reden, aber etwas hielt mich zurück. Ich hätte in diesem Augenblick nicht zu sagen gewußt, warum ich ihr nicht vorbehaltlos zustimmte, sie statt dessen verunsicherte, obwohl mir absolut klar war, daß dieses Bild im Schaufenster, das Foto unseres Reporters und das des Fremden in meinem Garten ein und dieselbe Person zeigten.

»Vielleicht ist sie es auch nicht, Frau Deist, schöne und junge Menschen sehen sich alle ähnlich.«

»So wie alle Toten sich ähnlich sehen, nicht wahr? Was ist eigentlich los mit Ihnen?«

Ich versuchte vergeblich, sie wegzuziehen. »Herr Koch, wir müssen diese Entdeckung der Polizei melden«, flüsterte sie, als befänden wir uns an einem verbotenen Ort. »Herr Koch, das ist für die doch ein handfester Hinweis. Sie wissen doch selbst, was das für die Aufklärung des Falles bedeuten kann.«

»Frau Deist, wir machen uns bei der Polizei nur lächerlich.«

»Aber Sie können doch reingehen und fragen, wer diese hübsche Person ist, sie muß bei der Aufnahme der Bilder doch Namen und Adresse angegeben haben, das ist üblich.« Sie wollte tatsächlich in den Laden, ich konnte sie im letzten Moment daran hindern.

»Frau Deist, wir können doch nicht einfach reingehen und fragen: Wer ist die junge Frau im Fenster, geben Sie mir ihre Adresse. Man würde mißtrauisch werden und uns erst recht keine Auskunft geben, wir könnten in Teufels Küche kommen.«

»Ach was, unsere Zeitung hat schon in ganz anderen Küchen gekocht und überlebt. Aber wenn Sie meinen, ich beuge mich der Gewalt, Sie werden Ihre Gründe haben, das sind aber andere als die, von denen Sie jetzt sprechen.«

Sie nahm mich bei der Hand und zog mich fort, und ich folgte ihr erleichtert, ich wollte meine Hand aus der ihren lösen, aber sie hielt sie fest. Innerlich mußte ich grinsen bei dem Gedanken, was man uns beiden wohl unterstellte, sähe uns jetzt jemand aus der Redaktion.

An der Baustelle am Hansaplatz blieb ich erschrocken stehen.

»Was ist, Herr Koch, Sie gucken so komisch.«

Am Bauzaun gegenüber der Stadtbibliothek lehnte der Mann, der in meinen Garten eingedrungen war. Er beobachtete durch einen Spalt im Zaun das geschäftige Treiben auf der Großbaustelle. Sein grüner Umhang hing lose über der rechten Schulter, seine Hände steckten bis zu den Ellenbogen in den Hosentaschen. Er trug den braunen Cordanzug, den ich schon kannte.

Die Deist drängte: »Was ist mit Ihnen?«

»Nichts, Frau Deist. Gehen wir. Wir machen einen kleinen Umweg.«

Sie lief neben mir her, und ich spürte fast körperlich ihre forschenden Blicke, ich wußte, daß sie über mein Verhalten nachdachte, sie würde, wenn sie die Zeit für gekommen hielt, Fragen stellen.

Im Büro ließ ich mich in meinen Schreibtischsessel fallen, das Foto war nicht mehr da, nur die drei Manuskriptblätter, die mir Wolters gebracht hatte, lagen fein säuberlich auf der Schreibunterlage. Ich mußte einen Entschluß fassen. Die Deist saß mir als lebende Mahnung gegenüber, sie wandte keinen Blick von mir. Es wäre meine Pflicht gewesen, unsere Entdeckung, unsere Vermutung der Polizei zu melden, um so mehr, als die Deist und ich der festen Überzeugung waren, daß die Bilder ein und dieselbe Person zeigten; dann hätte ich aber auch von dem Fremden erzählen müssen, der in unserer Stadt seine Stieftochter suchte und der nun wissen mußte, daß sie nicht mehr lebte, das Bild der Toten in den Zeitungen war nicht zu übersehen, aber ob er überhaupt deutsche Zeitungen las? Eine mir selbst unbegreifliche Furcht hielt mich davon ab, zum Telefon zu greifen und die Polizei anzurufen.

Die stummen fragenden Augen der Deist ließen mich verzweifeln.

Ich sagte, um sie nicht noch mißtrauischer zu machen: »Soll ich jetzt die Polizei anrufen? Ich schrecke immer noch davor zurück.«

»Nein, rufen Sie nicht an. Ich kenne Ihre Gründe nicht, aber Sie werden sie mir sagen, wenn die Zeit gekommen ist.«

Sie kam um meinen Schreibtisch herum, blieb hinter mir stehen und legte für ein, zwei Sekunden ihre Hände auf meine Schultern.

»Entschuldigen Sie, Frau Deist, ich bin etwas durcheinander, weiß auch nicht warum.«

»Das sehe ich.«

Sie nahm Schminkzeug aus ihrer Handtasche, die so groß war wie eine Einkaufstasche. Hingebungsvoll puderte sie ihr Gesicht und zog die Lippen nach, dabei hielt sie ihren Handspiegel so, daß sie mich nicht aus den Augen verlor; sie mußte zu Recht über mein Verhalten verwundert sein, ihr Argwohn war geweckt, seit zehn Jahren, die sie hier in meinem Büro saß, hatte sie mich noch nie so ratlos erlebt.

Meine Selbstsicherheit war dahin, ich wußte nicht, was ich tun sollte. Ich fürchtete mich, die Polizei zu informieren. Sie würden mich fragen, ob ich eine Frau Fuchs kenne... Auf einmal wußte ich, warum ich zögerte.

Hatte diese junge Frau aus Gnesen mit jener Frau Fuchs zu tun, die ich als Statue kennengelernt hatte und deren Tochter mit Günter zusammenlebte? Eine abenteuerliche Vermutung, das wäre eine unglaubliche Verkettung. Das konnte nicht sein.

Aber mein Argwohn wuchs.

»Soll ich Ihnen Kaffee machen?« fragte die Deist.

»Das wäre sehr nett«, antwortete ich geistesabwesend.

»Wieso nett? Ich koche Ihnen doch schon seit zehn Jahren Kaffee, haben Sie das noch nie bemerkt?« Sie löffelte Kaffeemehl in den Filter des Automaten.

Unser Nachbar heißt Berg, er ist zwei Meter groß und hat seit seinem dreißigsten Lebensjahr eine Glatze, die empfindlich zu sein scheint, denn auch an sonnenlosen Tagen trägt er einen Hut oder eine Schirmmütze; als er noch Geschichtslehrer am Kant-Gymnasium war, verpaßten ihm die Schüler den Spitznamen »Kahler Asten«. Er ist jetzt siebzig Jahre alt und seit acht Jahren pensioniert; ich komme, ob ich will oder nicht, über den Zaun hinweg oft mit ihm ins Gespräch, wenn es nur halbwegs trocken ist, arbeitet er in seinem Garten; auch mit einer Lupe würde man da kaum ein Fitzelchen Unkraut entdecken. Berg ist ein umgänglicher Mann, Widerspruch ärgert ihn, aber er ist witzig, gelegentlich sogar geistreich, angelesene Aphorismen sind seine Stärke, er brilliert mit ihnen bei jeder Gelegenheit.

Seine Frau ruft er Lilli, obwohl sie Kunigunde heißt; und Lilli, so mein Eindruck, schrumpft seit Bergs Pensionierung Jahr für Jahr um einen Zentimeter, meine Frau und ich warten auf den Tag, an dem sie ausgetrocknet sein wird. Die Nachbarn flüchten vor Lilli, wenn sie auch nur den Kopf aus dem Fenster steckt oder vor die Haustür tritt, denn sie terrorisiert jeden mit ihren überwiegend eingebildeten Krankheiten. Lilli hat in Wirklichkeit nur zwei Krankheiten: Langeweile und Neid. Auch Irene wurde einmal ihr Opfer, sie empörte sich später bei mir: »Durch solche Schnepfen sind schon zwanzig Ärzte reich geworden und die Krankenkasse ärmer. Darüber müßtet ihr mal im ›Tageskurier‹ berichten, nicht nur über Mord, Vergewaltigungen und Massenunfälle. Schreibt doch mal: Lillis verstopfen die Wartezimmer bei den Ärzten und räubern die Kassen aus.«

Bei solchen Gesprächen nickte ich ergeben, es hätte wenig Sinn, Irene zu widersprechen, sie wußte aus der Zeit, als sie selbst noch beim »Tageskurier« arbeitete, nur zu gut, daß da ein Herausgeber und ein Chefredakteur saßen, die nur ein Prinzip kannten: Schreiben muß der Redakteur nicht können, Hauptsache, er weiß, wie die Auflage zu halten und zu steigern ist. Irene wußte das, deshalb lud sie ihren Ärger bei mir ab. Vor Jahren hatte sie mir schon mal gesagt: Kündige. Such dir eine andere Zeitung. Wo du jetzt schreibst, da wirst du nur verseucht. Dann hatte sie geschnieft: Aber wer nimmt dich jetzt noch, den Stallgeruch vom »Tageskurier« wirst du bis an dein Lebensende nicht los.

Der Kahle Asten stand unter seinem Kirschbaum, auf dem ein paar Amseln sich mühten, die wenigen Kirschen, die nach dem Pflücken hängengeblieben waren, abzupikken; amüsiert sah Berg den Vögeln zu und ermunterte sie: »Haut mal richtig rein, der Winter wird hart. Freßt die Kerne mit, die füllen den Magen.«

Er trat an meinen Zaun, als er mich die Geranien gießen sah, wedelte mit einem Blatt Papier und reichte es mir herüber. Er mußte gewußt haben, daß ich zu Hause war, kein Wunder, seine Lilli saß ständig an irgendeinem Fenster und beobachtete ausdauernd, was sich in unserer Straße und der näheren Nachbarschaft bewegte. Irene war sicher, daß sie mit ihrem Fernglas auch durch offene und vorhanglose Fenster in die Zimmer der Nachbarhäuser spähte und das Leben der Nachbarn ausspionierte. Jedenfalls hatte sich Lilli meiner Frau gegenüber einmal verplappert und über etwas gelästert, was die Nachbarn niemals außerhalb ihrer vier Wände tun würden. Lillis wiederkehrender Satz war: ›Also wissen Sie, von denen könnte ich Ihnen Geschichten erzählen, aber ich bin ja verschwiegen.‹ Danach sah sie ihr Gegenüber an und wartete auf die Gegenfrage: ›Was denn, Frau Berg? Erzählen Sie mal.‹ Wir fragten das nie, das ärgerte Lilli, für sie war es unfaßbar, daß es Menschen gab, die nicht neugierig waren.

»Guten Tag, Herr Berg, wieder heiß geworden heute. Warum sind Sie denn so aufgeregt, und was soll ich mit dem Papier?«

»Über den Sommer dürfen wir uns weiß Gott nicht beklagen, klagen muß man über etwas anderes, und das hat mit dem Papier zu tun. Im ›Tageskurier‹ habe ich gelesen, die deutschen Bauern und die deutschen Winzer erwarten eine Rekordernte. Schön für die Bauern und Winzer. Aber wo landet die Ernte? Auf der Halde oder auf dem Müll. Aber darüber berichtet ja keiner, Sie in Ihrer Zeitung auch nicht.«

Der Kahle Asten war redselig, manchmal nervte er mich damit. Ich faltete das Blatt Papier, das er mir gereicht hatte, zusammen, ohne Brille konnte ich es sowieso nicht lesen.

»Was ist das, Herr Berg?«

»Ein geharnischter Protest an den Stadtrat. Irgendwann muß einer schließlich mal anfangen und sich zur Wehr setzen. Wir dürfen nicht mehr alles schlucken. Verdammt noch mal, wer sind wir denn? Wir zahlen unsere Steuern und sollen die Schnauze halten.«

Vorsicht, sagte ich mir, man will dich vor einen Wagen spannen. Viele in unserer Siedlung sind der Meinung, der Redakteur einer Zeitung habe in der Öffentlichkeit mehr Gewicht als Herr Jedermann. Ich witterte, daß der Gaul, den er loslassen wollte, nicht in meinen Stall paßte.

»Für oder gegen was wird protestiert, Herr Berg?«

Wie auf ein Zeichen hin waren noch mehr Nachbarn aus ihren Häusern in die Gärten gekommen, als Berg mir das Papier reichte und mit mir zu reden begann; die Nachbarn taten zwar so, als würden sie eifrig im Garten arbeiten, aber mir blieb nicht verborgen, daß sie unserer Unterhaltung aufmerksam folgten und lauschten, was nicht schwer war, denn der Kahle Asten war nicht nur ein Hüne, er besaß auch ein Organ, das jeden Feldwebel auf dem Kasernenhof vor Neid hätte erblassen lassen. Auch Lippert, der mich vor Tagen befragt hatte, was ich an meinem Zaun suchte, kam wichtig über die Straße herüber. Lippert war Buchhalter im nahen Stahlwerk, sein zwanzigjähriger Sohn hatte gegen den Willen seiner Eltern Stukkateur gelernt, dabei hatten Lipperts ihren Sohn schon als Direktor des Stahlwerks gesehen. Der Sohn aber befand, täglich acht Stunden am Schreibtisch zu sitzen mache auf die Dauer dumm. Wenn man zwanzig Jahre in so einer hellhörigen Siedlung wohnt, weiß man auch ohne Fernglas, was sich in den Familien abspielt.

Der Kahle Asten ereiferte sich, er griff über den Zaun, entriß mir das Blatt und begann, mir seinen Inhalt zu erläutern.

»Herr Koch, Sie sind doch gut informiert, nehme ich an. Vor allem darüber, was unsere Stadt betrifft, ich meine, was geplant wird. Geplant war zum Beispiel, unsere Hauptschule im Juli zu schließen. Das zumindest dürfte Ihnen nicht entgangen sein. Und was ist nun geplant? Die stillgelegte Schule soll ein Auffanglager für Aussiedler aus Polen werden. Polen sollen da rein, Polen.«

»Na und?«

»Na hören Sie mal, da fragen Sie noch? Vierhundert dieser Ostler sollen in unserer Schule untergebracht werden, in unserem Vorort, der nur tausendachthundert Haushalte zählt. Haben Sie sich schon mal die Folgen ausgemalt, Herr Koch?«

»Folgen? Was denn für Folgen? Ich bitte Sie, Herr Berg, das sind doch keine Kriminellen.«

»Herr Koch, bedenken Sie bitte, Kriminelle kann man verurteilen und hinter Schloß und Riegel setzen. Die Ostler sind viel schlimmer als Kriminelle, das sind nämlich Schmarotzer, die kann man nicht einfach hinter Schloß und Riegel bringen, unsere Regierung nimmt sie barmherzig, mit unserem Geld natürlich, an die Brust. Diese Ostler sind wie Zecken: einmal in der Haut, saugen sie das ganze Volk aus. Übrig bleibt ein unheilbares Geschwür.«

Ich war entsetzt. Dieser Mann, der seinen Schülern jahrzehntelang Geschichte beigebracht hatte und kein schlechter Pauker gewesen sein soll, vertrat Ansichten, die fast schon rassistisch waren, zumindest chauvinistisch. Vorsicht, sagte ich mir, die wollen dich in ein ganz mieses Geschirr spannen.

»Wir in der Siedlung haben alle unterschrieben gegen die Zweckentfremdung unserer alten Hauptschule, unser Protest wird vom ganzen Stadtteil getragen. Wir wollen hier keine Polacken, wir wollen hier Ruhe haben. Hier tut einer dem andern nichts, im Gegenteil, hier hilft jeder jedem. So war es in der Vergangenheit, so soll es in Zukunft bleiben. Verstehen Sie, Herr Koch?«

»Verstehe ich zwar nicht, aber sprechen Sie ruhig weiter, Herr Berg, ich bin ganz Ohr. Wenn Sie allerdings glauben, als Redakteur einer Zeitung wäre ich über alles informiert, was in der Stadt vorgeht und in Planung ist, dann sind Sie auf dem Holzweg. Über die geplante Aktion mit unserer Hauptschule höre ich heute von Ihnen zum erstenmal.«

Einen Moment drehte er sich von mir weg, als wollte er andeuten, er halte mich für einen Lügner, doch dann ereiferte er sich erneut, dabei lehnte er sich weit über den Zaun zu mir herüber, als wollte er mich zu sich herüberziehen.

»Unsere Hauptschule wurde geschlossen, das zumindest wissen Sie doch längst, weil das im Lokalteil Ihrer Zeitung gestanden hat, es sollte Ihnen nicht egal sein, was die Verwaltung und die Politiker planen, die das zu verantworten haben. Ich sage noch einmal: Die stillgelegte Schule soll Notunterkunft für polnische Aussiedler werden. So stehen gegenwärtig die Dinge.«

»Herr Berg, ich bin über dieses Protestschreiben entsetzt, das muß ich Ihnen in aller Deutlichkeit sagen.«

»Alle hier haben unterschrieben, daß wir die Ostler nicht wollen. Sonst geht es in unserem friedlichen Vorort bald zu wie bei den Polacken mit ihrer polnischen Wirtschaft. Reden wir doch nicht drum herum: Das sind doch gar keine Deutschstämmigen. Das sind samt und sonders Wirtschaftsflüchtlinge, Bananenanbeter, die in den Genuß der sozialen Leistungen kommen wollen, die deutsche Arbeiter und Angestellte sich mühsam erkämpft haben. Die Ostler denken, in unseren Flüssen fließt Sahne, das haben unsere Politiker denen doch eingeredet. Wenn die auf ihre Deutschstämmigkeit so großen Wert legen, dann können sie doch in die DDR auswandern, die braucht dringend Arbeitskräfte, die können das Loch füllen, das die DDR-Flüchtlinge hinterlassen haben, drüben leben schließlich auch Deutsche. Das tun die Polen aber nicht. Was schließen Sie daraus, Herr Koch? Die deutsche Abstammung ist denen doch scheißegal, alles nur Vorwand, um an die Futterkrippe zu kommen. In der DDR ist die Futterkrippe nicht so voll wie hier. Verstehen Sie jetzt unseren Protest?«

»Ich versuche es, Herr Berg, ich versuche es. Sprechen Sie ruhig weiter, was Sie zu sagen haben, interessiert mich brennend.«

»Auf einmal sind alle deutschstämmig, berufen sich womöglich noch auf Friedrich den Großen. Nichts da, bei uns wollen sie bloß absahnen. Und unsere zwei Millionen Arbeitslosen? Das ist die Wahrheit, Herr Koch, die keine Zeitung schreibt, vor allem Ihre Zeitung macht diese Ostler zu Menschen, die uns das Heil bringen, auf das wir so lange gewartet haben. Schreiben Sie mal das, was die Mehrheit der Leute wirklich denkt, und nicht das, was Politiker verzapfen, die heucheln doch alle zum Steinerweichen, was man in den Zeitungen über dieses Problem liest, ist pure Heuchelei. Mir kommen die Tränen, wenn ich morgens beim Frühstück den ›Tageskurier‹ aufschlage und sehe, wie ihr über den Aussiedlern den Heiligenschein ausbreitet.«

Bestürzt hatte ich ihm zugehört und dabei nicht wahrgenommen, daß Lilli in den Garten gekommen war und sich hinter ihrem Mann verschanzte. Sie mußte alles mit angehört haben. Sie trat an die Seite ihres Mannes und lächelte mir zu.

»Sie dürfen mir glauben, Herr Koch, daß das, was ich Ihnen gesagt habe, die Meinung der meisten Leute hier in unserem Vorort ist. Ich weiß, im ›Tageskurier‹ dürfen Sie das nicht schreiben, sonst stellt man Sie kalt. Ich wünsche

Ihnen das nicht, jeder muß seine Brötchen verdienen, und doch würde ich mich freuen, wenn Sie die ersten wären, bei denen eingebrochen wird, damit Sie am eigenen Leibe erfahren, wie recht wir mit unserem Protest haben. Dieses Pack steht auf Teppiche, das haben sie von den Zigeunern gelernt. Ein guter Rat von mir, Herr Koch, lassen Sie sich bald eine Alarmanlage einbauen.«

»Jawohl«, unterbrach Lilli schrill, »alle haben unterschrieben. Mein Mann hat alle Häuser abgeklappert, eine dicke Unterschriftenliste hat er schon zusammen.«

Mit einer unwirschen Handbewegung hieß der Kahle Asten seine Frau schweigen, er war ungehalten über Lillis Einmischung.

Geradezu beschwörend fuhr er fort: »Herr Koch, als hätten wir nicht schon genug Arbeitslose. Aber nein, alle Parteien hierzulande hätscheln die Ostler, nicht einmal die Grünen, die doch auf alles ihren Senf streichen, wagen es, ihren grünen Schnabel dagegen aufzumachen. Die Ostler sind kaum ein Jahr hier, schon haben sie ein Eigenheim. Kein Wunder, denen werden die zinslosen Kredite hinterhergeworfen. Unsere Putzfrau und ihr Mann schuften schon ein halbes Leben, und was haben sie erreicht? Eine Dreieinhalbzimmerwohnung, die auch immer teurer wird. Vorgestern war ich in der Stadt, um mir eine Hose zu kaufen und zwei Hemden, anschließend gehe ich noch ins Café, und wer sitzt da? Zwei von diesen Osttypen, die bestellten die teuerste Flasche Champagner, die auf der Karte war. Die polnische Regierung ist wahrscheinlich froh, daß sie diese Mischpoke los ist. So sieht das aus. Damit Sie mich nicht mißverstehen, Herr Koch, ich bin mit meinen siebzig Lenzen noch nicht verkalkt, ich habe da meine Erfahrungen, ich weiß, wohin diese Politik führt, nämlich in den sozialen Ruin unseres Staates, in den Offenbarungseid.«

Er tätschelte Lilli den Rücken und wollte sie fortziehen, da er seinen Monolog für beendet hielt, aber Lilli befreite sich mit einem Ruck und giftete mich an: »Damit Sie Bescheid wissen, Herr Koch, es hat schon angefangen, seit Tagen treibt sich hier so einer rum. Steht da, guckt sich um, geht weiter. Der trägt auch bei Hitze einen grünen Regenumhang. So fängt es an. Das ist wahrscheinlich der Kundschafter für die, die uns eines Tages auf den Pelz rükken und ausrauben.«

Plötzlich war ich hellwach. Ich fragte und gab mir Mühe, freundlich zu sein: »Ein Mann in einem grünen Regenumhang?«

»Na wissen Sie, Herr Koch, wenn ich erzählen würde! Aber ich erzähle ja nichts, Sie kennen ja meine Diskretion.«

Der Kahle Asten nickte bekräftigend, nur wußte ich nicht, was er zu bekräftigen hatte, Lillis Information oder das, was sie nicht erzählen wollte.

»Wir nennen ihn schon alle den Grünen«, fuhr Lilli wichtigtuerisch fort. »Ich habe ihn beobachtet, vom Dachfenster aus, sonst kann ich ja nicht sehen, wie er durch die Siedlung schleicht. Aber ich will lieber nichts sagen.«

Erstmals wurde ich mir untreu: »Erzählen Sie doch, Frau Berg.«

»Dieser Mensch sitzt in Ihrem Garten, als ob alles ihm gehören würde. Dann ist es ihm wahrscheinlich zu langweilig oder zu kalt geworden, und er ist gegangen. Ich renne vom Dachboden runter zum Terrassenfenster, sonst hätte ich ihn ja verpaßt. Unglaublich, er hat drei Latten aus unserem Zaun gerissen, und weg war er. Stellen Sie sich das einmal vor, einfach durch unseren Garten, und schwupp weg. Das war vielleicht ein Schreck. Ich predige meinem Mann dauernd, er soll die Latten mit Blechbändern verstärken, aber nein, der sitzt in seinem Studierzimmer und liest Französische Revolution. Die kann er doch auswendig, er hat sie seinen Schülern immerhin vierzig Jahre vorgekaut.«

»Komm jetzt«, befahl Berg und ging. Lilli folgte ihm gehorsam.

Nachdenklich sah ich hinter den beiden her, wie sie über ihre Terrasse ins Haus schlurften. Berg legte seinen rechten Arm um Lillis Schulter, sie sah zu ihm auf wie ein Hündchen zu seinem Herrn.

Lilli tat mir plötzlich leid. Es mußte ein Martyrium sein, täglich neben einem so beherrschenden und selbstgerechten Mann dahinzuleben.

Lilli muß als Mädchen eine Schönheit gewesen sein, aber diese vierzigjährige Ehe hatte ihr langsam das Blut aus den Adern gesaugt, sie war unfähig geworden, sich gegen ihren Mann zu behaupten, deshalb flüchtete sie sich wahrscheinlich in immer neue Krankheiten, um die Aufmerksamkeit und Fürsorge ihres Mannes nicht zu verlieren.

Noch lange stand ich am Zaun und hing meinen Gedanken nach. Als ich mich umblickte, sah ich eine kleine Menschenansammlung auf dem Bürgersteig vor meinem Garten. Alles wohlbekannte Gesichter. Lippert grinste mich an, er hatte die Unterhaltung mit Berg, oder besser dessen Monolog, gewiß mitbekommen. Ich war unschlüssig, ob ich den Leuten den Rücken kehren oder mich ihnen zuwenden sollte, ging dann aber doch zum Zaun und blickte Lippert herausfordernd an. Er nickte eifrig.

»Stimmt alles, Herr Koch. Aber es kommt noch viel schlimmer. Mein Sohn ist vorige Woche arbeitslos geworden, die Unternehmer nehmen jetzt Polen, die arbeiten billiger, und vor allem machen sie alles, was man ihnen sagt, die haben kein Rückgrat, weil es ihnen in Polen gebrochen worden ist.«

Ich hätte ihm erwidern können, daß sein Sohn schon dreimal eine sichere Arbeitsstelle verloren hatte, weil er ein Tunichtgut ist, der an jeder Arbeitsstelle die Mädchen belästigte oder während der Arbeitszeit stundenlang auf der Toilette saß, eine Flasche Bier nach der anderen kippte und dabei Comics las.

»Das tut mir leid«, heuchelte ich und unterdrückte meine Schadenfreude. Lippert war nicht nur Buchhalter im Stahlwerk, auch zu Hause teilte er die Welt auf in Haben und Nichthaben, in Gewinn und Verlust.

Ich fühlte mich gegenüber der Gruppe plötzlich unbehaglich, wie ein Angeklagter, die Nachbarn gafften mich an, als wäre ich ein Tier hinter Gittern. Wut stieg in mir hoch, woher nahmen diese an sich friedfertigen Menschen das Recht, mich auf die Anklagebank zu setzen – nur weil ich in der Aussiedlerfrage absolut nicht ihrer Meinung war. Sie bangten schon jetzt, da noch kein einziger Aussiedler in unsere Siedlung eingewiesen war, um ihren Besitz. Ich verstand das irgendwie sogar. Sie hatten ein Leben lang für ein Häuschen und sein notwendiges und überflüssiges Inventar geschuftet, und das alles sahen sie jetzt bedroht, nur weil ein paar arme Schlucker aus Polen in ihrer Nähe eine Notunterkunft bekommen sollten.

Sie fürchteten um ihren Besitz, und vielleicht auch um ihr Leben. Man könnte darüber lachen, wenn das nicht so schlimm wäre. Sie sollten eher vor ihren Kindern bange sein, denn die werden eines Tages den mühevoll erworbenen Besitz verschleudern, kaum daß ihre Eltern unter der Erde sind. Früher geiferten sie gegen die Türken, die ins Land strömten, nun sind die Türken über Nacht vergessen, und Haß und Mißgunst richten sich gegen die Neuankömmlinge, so ist das in Deutschland.

Als ich durch den Garten auf mein Haus zuging, fühlte ich ein Dutzend Augenpaare in meinem Rücken. Sie werden die Köpfe zusammenstecken, befremdet oder gar wütend über mein Verhalten.

Haben sie vielleicht doch recht? Verkörpern sie nicht das vielbeschworene gesunde Volksempfinden? Verurteilen sie nicht zu Recht die Politik, die in Bonn betrieben wird?

Ich würde in Zukunft aufmerksamer sein müssen.

Ich hatte mich krank gemeldet, konnte zu Hause schreiben; morgens las ich gemütlich meine Zeitung, danach unser Konkurrenzblatt. Ich las meine Zeitung wie eine fremde, obgleich ich wußte, was drin stand.

Mich ekelte plötzlich vor meinem eigenen Blatt. Neben der Meldung über den dreiundsechzigsten Toten der Flugkatastrophe in Ramstein posierte eine Barbusige für eine neue Hautcreme, neben der Meldung über dreizehn Tote bei einem Busunglück in Frankreich präsentierte sich die neue Frühlingsmode für 1989: Minirock. Irene, die mir beim Frühstück gegenübersaß, kommentierte Artikel aus dem Lokalteil des »Tageskurier«: »Hör mal, Thomas, da steht schon wieder in eurer Zeitung: Tote Frau aus dem Kanal noch immer nicht identifiziert. Die Frau ist etwa zwanzig bis fünfundzwanzig Jahre alt, schlank, rötliches Haar, einssiebzig groß, der linke Oberkiefer hat einen Goldzahn, eine Goldfüllung im Unterkiefer. Bekleidet war die junge Frau mit einem gelben Pullover, darunter trug sie ein weißes T-Shirt, außerdem grüne Cordhosen und weiße Turnschuhe. Am rechten Ringfinger hatte sie einen einfachen Goldring ohne Initialen. Hinweise an die Wasserschutzpolizei und an jede andere Polizeidienststelle. Thomas, das steht jetzt schon zum drittenmal in der Zeitung.«

»Natürlich, die Redaktion ist verpflichtet, das zu bringen, wenn sie von der Polizei dazu aufgefordert wird.«

»Sag mal, Thomas, wird diese Person denn nicht von Angehörigen vermißt? Wenn das Alter stimmt, muß die junge Frau doch Geschwister haben, und Eltern, vielleicht einen Mann, einen Verlobten. Das verstehe ich nicht, es ist jetzt schon etliche Tage her, da müßten doch die Angehörigen eine Vermißtenmeldung aufgegeben haben.«

»Würdest du wegen Günter eine Vermißtenmeldung aufgeben?« fragte ich und wußte sofort, daß meine Gegenfrage sie verletzte.

Irene hob überrascht den Kopf und blickte mich mit großen Augen an; ich tat so, als merkte ich nichts, und vertiefte mich in meine Zeitung. Ja, sie war beleidigt, sie schniefte.

»Das ist was ganz anderes, Günter ist doch nicht aus der Welt, er wohnt hier in der Stadt.«

»Aber er läßt sich manchmal drei Monate lang nicht blicken, und du gibst auch keine Vermißtenanzeige auf. Aber vielleicht kommt er ja heimlich, und du sagst es mir nicht.«

»Jetzt wirst du geschmacklos.« Aufgebracht klatschte sie die Zeitung auf den Tisch. Sie erhob sich und sagte im Hinausgehen: »Ich fahre gleich zu Mama, die kränkelt wieder einmal.«

Mit Mama meinte sie Frau Gruber, auch Günter hieß so. Irene war eine geborene Brotzeit, Frau Gruber war die Mutter ihres Mannes, mit der sie nach seinem Tod weiterhin engen Kontakt hielt; die alte Dame hatte sich vor drei Jahren, als ihr Mann starb, in einem Altersheim im Westen der Stadt eingekauft, und in diesem Heim fühlte sie sich sehr wohl, obwohl sie sich anfangs heftig dagegen gesträubt hatte, in ein Altersheim zu ziehen, sie nannte diese Heime Wartesäle des Todes.

Ab und zu besuchte auch ich die alte Dame, wenn das Heim auf meinem Weg lag, denn mit dieser erstaunlich jung wirkenden Fünfundsiebzigjährigen konnte man sich bestens unterhalten, sie hatte ein bestechendes Gedächtnis und war, wie man so sagt, auch politisch auf der Höhe der Zeit.

Ich rief die Deist an und erklärte ihr, was sie mit den aufgelaufenen Arbeiten auf meinem Schreibtisch tun sollte. Plötzlich unterbrach sie mich: »Haben Sie die Meldung über die Wasserleiche in unserer Zeitung gelesen?«

»Habe ich. Und?«

»Sollten wir nicht doch...«

»Nein, Frau Deist, ich habe Ihnen meine Gründe genannt.«

»Herr Koch, das Bild von der jungen Frau hängt nicht mehr im Schaufenster des Fotografen, da hängt jetzt ein Bild von einem Mann mit Rauschebart. Ich bin gestern nach Büroschluß vorbeigegangen.«

Ich war irritiert. Hatte der Fremde das Bild entdeckt und gekauft? Es beunruhigte mich, daß die Deist auf dieses Bild fixiert war, daß der Tod dieser jungen Frau sie beschäftigte, es gab weiß Gott täglich Meldungen über mysteriöse Todesfälle, die sie nicht im geringsten interessierten.

»Ich bitte Sie, Frau Deist, vergessen Sie das alles, Sie verrennen sich da in etwas, später machen sich andere darüber lustig. Mir geht es wirklich nicht gut, ich habe Fieber. Aber vielleicht bin ich morgen wieder im Büro.«

Als ich den Hörer aufgelegt hatte, wußte ich, was ich wollte.

Ich holte meinen Wagen aus der Garage und fuhr zum Hafen, doch als ich in der Nähe des Ölhafens eine Parkbucht fand und ausgestiegen war, fragte ich mich, was ich hier eigentlich suchte.

Es war dunstig, ein frischer, böiger Wind fegte durch die Straße, in der viele Firmen ihre Lagerhallen und Bürogebäude hatten, Lastwagen und Tankzüge polterten über das

Kopfsteinpflaster, in einem Hafenbecken ankerten drei Frachtkähne.

Ich schlenderte durch das weitläufige Hafenviertel wie ein Mensch, der dieses geschäftige Treiben erstmals sieht, ich stolperte über Hindernisse, die ich übersehen hatte, und fluchte, daß ich hierhergefahren war, bis ich das Hafenbecken erreichte, wo gewöhnlich der Ausflugsdampfer »Santa Monica« liegt, der zum Schiffshebewerk Henrichenburg fährt; in der Nähe der Anlegestelle hatten Schauerleute die Leiche der jungen Frau entdeckt, die Klara hieß.

Aber was suchte ich eigentlich hier? Ich stand da und starrte auf das trübe Wasser, auf dem ein regenbogenfarbener Ölfilm schlierte. Was habe ich mit dieser ertrunkenen Frau zu schaffen, warum stehe ich hier und glotze vor mich hin? Doch, die Tote muß etwas mit mir zu tun haben, sonst hätte mich der Fremde aus Gnesen nicht nach ihr gefragt, da mußte irgendeine Verbindung sein, von der er etwas wußte und ich nichts ahnte.

Ein Schlepper mit Altmetallen tuckerte vorbei, ein Schäferhund rannte an der Reling auf und ab und blaffte herüber.

Was wollte der Mann aus Gnesen von mir?

Ich fror, ich hatte weder Mantel noch Jacke mitgenommen, die Sonne hatte mich getäuscht, sie schien, aber sie wärmte nicht mehr. Ich setzte mich auf einen Stapel Profileisen.

Ein Zimmermann in schwarzer Berufskleidung stampfte an mir vorbei, nach etwa zehn Metern drehte er sich um und rief: »Wenn Sie noch lange auf dem Stahl sitzen bleiben, holen Sie sich einen wunderschönen Wolf.

Dann hilft nur noch eins: nackten Arsch in die Sonne halten.«

Ich sprang auf und rannte ihm nach, packte ihn am Ärmel und fragte: »Haben Sie hier schon mal einen Mann mit einem grünen Regenumhang gesehen, etwa fünfzig Jahre alt?«

Er taxierte mich und verzog spöttisch den Mund, ich ekelte mich vor seinen braunen Zähnen; er nahm seine gestrickte schwarze Zipfelmütze ab und fragte lauernd: »Sind Sie von der Polizei? Dann müssen Sie schon Ihren Ausweis zeigen.«

»Sehe ich so aus?«

»Die Polente treibt sich dauernd hier herum und will den Leuten die Würmer aus der Nase ziehen über eine Leiche, die längst in der Kühltruhe liegt.«

»Ich bin nicht von der Polizei, und ich will niemandem Würmer aus der Nase ziehen, ich bin zufällig hier.«

»Zufällig? Warum fragen Sie dann nach einem Mann mit einem grünen Regenumhang, wieso interessiert Sie der Typ?«

»Ach, schon gut«, antwortete ich hastig. Ich hatte einen Fehler gemacht. Der Zimmermann war mißtrauisch geworden, er spuckte die schwarze Brühe seines Kautabaks vor meine Füße und tippte sich an die Stirn, er hielt mich wohl für einen schrägen Vogel. Er ging weiter, aber nach wenigen Schritten drehte er sich wieder um und rief: »Da war mal einer in einem grünen Umhang, vor ein paar Tagen. Ein komischer Kauz, er stand da und stierte ins Wasser.«

Dann verschwand er in einer Lagerhalle.

Er war also hier gewesen. Ich mußte herauskriegen, wo

er wohnte, er mußte mir mehr sagen, und ich konnte ihm berichten, daß Klara tot war. Aber wenn er noch in der Stadt war, muß er es aus der Zeitung erfahren haben, falls er eine las, und warum war er wohl hier gewesen?

Auf dem Weg zum Wagen kam ich an einem Schrottplatz vorbei, zwischen zwei Haufen plattgewalzter Autos saßen in einer windgeschützten Ecke vier junge Männer und ließen Bierflaschen kreisen, ein halbgefüllter Bierkasten stand zwischen ihren Beinen, sie prosteten mir lärmend und mit erhobenen Flaschen zu.

In der Regel sehe ich zu, daß ich an solchen Typen schnell vorbeikomme, hier jedoch hielt ich an und nickte den Halbwüchsigen zu. »Schmeckt's?«

»Es schmeckt immer«, antwortete einer in verwittertem Jeansanzug. Ein anderer rief: »Wer nicht arbeitet, der soll wenigstens saufen.«

Ein blondes dürres Kerlchen von vielleicht siebzehn Jahren erhob sich und reichte mir eine Flasche Bier, aber ich winkte ab: »Vielen Dank. Ich muß Auto fahren.«

»Das macht doch nichts, Onkelchen, besoffen fahren ist allemal besser als nüchtern bleiben. Komm her, Onkelchen, setz dich zu uns.«

Widerstrebend betrat ich ihr Asyl, das blonde dürre Kerlchen legte ein Brett über einen Haufen Metallabfälle und nötigte mich sanft, darauf Platz zu nehmen. Sie waren ausgelassen und angetrunken, sie prosteten mir zu und riefen, nachdem sie die Flaschen auf einen Zug halb geleert hatten: »Es lebe die Liebe, der Wein und der Suff, alles andere ist Bluff.«

Sie gaben sich mir gegenüber zutraulich, das blonde Kerlchen klopfte mir ständig auf die Schulter: »Onkelchen, unser Leben ist doch prima, wie im Paradies. Keine Hektik, keine Reichtümer, kein Wecker und mittags schon besoffen. Die Arbeitslosenstütze hole ich mir am Monatsletzten von der Post ab.«

Dabei ließ er die halbvolle Flasche über seinem Kopf kreisen, die Bitterkeit in seinen Worten war unüberhörbar.

Und dann erzählten sie. Sie wohnten alle vier in der nahen Malinckrodtstraße, sie hatten sich vor einem halben Jahr zufällig auf dem Arbeitsamt getroffen, als sie wieder einmal nach Arbeit anstanden. Einer hatte Elektriker gelernt, der andere Schleifer, der andere war in einer Wäscherei beschäftigt, die dichtgemacht hatte, und das blonde dürre Kerlchen war ein Jahr mit Zirkusleuten herumgezogen, die hatten ihn weggeschickt, weil er für schwere Arbeit nicht taugte, er war froh darüber, denn er wollte nicht mehr von einer Stadt in die andere ziehen und sechzehn Stunden schuften, von denen nur acht bezahlt wurden. Sie hatten sich gefunden wie die Bremer Stadtmusikanten.

Als ich mich von ihnen verabschieden wollte, sagte das Zirkuskerlchen: »Onkelchen, hast du schon gehört? Für Arbeitslose gibt es jetzt eine geniale Lösung: Wir wandern nach Polen aus.«

»Wie bitte?« Ich muß ziemlich entgeistert ausgesehen haben, denn alle vier lachten schallend.

»Kennst du das Spielchen nicht, Onkelchen? Das ist nämlich jetzt der große Hit.«

Ich war neugierig auf diesen großen Hit, verkniff mir aber Fragen, doch das Kerlchen fuhr schon fort: »Ist doch einfach, Onkelchen, wir wandern doch nur zum Schein aus. Wir übersiedeln für ein Jahr nach Polen und kehren nach einem Jahr als Aussiedler wieder zurück. Natürlich als deutschstämmige Aussiedler. Dann bekommen wir vom Staat anstatt der lausigen Stütze monatlich das Doppelte auf die Hand, eine gute Wohnung natürlich auch, zinsloses Darlehen und was es da noch so an Vergünstigungen gibt, kapiert? Für ein Jahr Nichtstun in Polen rechnet uns der Staat auch noch die Rente an. Schönes Spielchen, Onkelchen. Polen ist die Rettung. Wer hätte sich das träumen lassen. Es ist zum Wiehern.«

Sie bogen sich vor Lachen und schlugen sich auf die Oberschenkel. Minutenlang konnten sie sich nicht einkriegen.

Als ich ging, kam eine Frau über den gepflasterten Platz vor ihrem Asyl und winkte den vier jungen Männern fröhlich zu. Die winkten ausgelassen zurück. Sie sprangen auf, faßten sich gegenseitig an den Schultern, tanzten im Kreis und grölten: »Fuchs, du hast die Gans gestohlen, gib sie nie wieder her...«

Als die Frau, ein bißchen außer Atem und erhitzt, vor den jungen Männern stand, öffneten sie ihren Reigen und sangen die Anfangsverse eines uralten Schlagers: »Ich will nicht Blumen, will nicht Schokolade, ich will nur immer, immer wieder dich...«

Sie nahmen die Frau in ihre Mitte, und die lachte herzlich, strahlte, sie gab jedem der vier kleine Plastiktüten; als hätten sie seit Tagen nichts gegessen, stürzten sie sich auf Würste, Brötchen, Äpfel und Apfelsinen; sie kauten und schmatzten. Die Frau, die ich auf Mitte dreißig schätzte, freute sich über den Appetit der jungen Leute, dabei blickte sie verstohlen und nicht unfreundlich zu mir herüber. Sie war üppig, aber nicht dick, von jener dezenten Fülle, die Sinnlichkeit ausstrahlt; sie trug schulterlanges dunkelbraunes Haar, und wenn sie lachte, wirkte sie beinahe mädchenhaft. Sie hatte einen naiven, natürlichen Charme.

Sie gefiel mir. Aber ihre Gegenwart, ihre ungezwungene, beinahe kumpelhafte Art machten mich verlegen. Ich sah auf ihrem Gesicht, daß sie den Appetit der vier jungen Männer genoß.

»Unser Engelchen, unser Füchschen«, riefen die jungen Leute durcheinander, sie schmatzten und schnalzten mit vollen Backen.

»Ich muß wieder los«, sagte das Füchschen. »Bis zum nächsten Mal dann. Kann nichts versprechen, kommt drauf an, wie der Laden läuft.«

Sie wandte sich zum Gehen und blickte mich an, ich nahm es als Aufforderung, sie zu begleiten. Nichts hätte ich in diesem Moment lieber getan.

»Füchslein«, rief uns das dürre Kerlchen hinterher, »nächste Woche soll es Regen geben und kälter werden, dann finden Sie uns im Holzlager der Firma Zoller.«

Wir überquerten den Platz, und ich hörte die Männer singen: »Fuchs, du hast die Gans gestohlen, gib sie nie wieder her...«

Ich paßte mich ihrem zügigen Schritt an. Sie hatte Schuhe an den Füßen, wie sie Menschen tragen, die viel in geschlossenen Räumen laufen oder stehen müssen, Schuhe von Kellnerinnen.

»Wie kommen Sie eigentlich zu den vier Musketieren?« fragte sie schelmisch.

Ich zuckte mit den Schultern. Sie lachte, ein einnehmendes warmes Lachen.

»Ich habe sie so getauft, weil alle vier ständig eine große

Lippe riskieren, ständig eine Flasche in der Hand haben und sich trotz ihrer miesen Lage unheimlich wichtig nehmen. Die belügen sich jeden Tag selber, am einen Tag erfinden sie Geschichten, die sie am nächsten Tag für wahr halten. Vielleicht muß das so sein, wenn man den ganzen Tag nur zusammenhockt und nicht weiß, was man mit sich und der Welt anfangen soll.«

Wir waren an den Pier gekommen, wo ich eigentlich zu meinem Auto hätte abbiegen müssen, aber ich lief weiter neben ihr her.

»Spielen Sie für die jungen Leute die reiche Tante aus Amerika?«

»Einer muß sich schließlich von Zeit zu Zeit um sie kümmern, sonst verloddern die völlig. Der mit der Rotzbremse, Entschuldigung, dem Lippenbärtchen, ist der Sohn einer früheren Freundin von mir. Ich bin Geschäftsführerin im Supermarkt da drüben. In so einem großen Laden fällt immer etwas ab, sogenannter Schwund. Statt es in den Container zu kippen, bringe ich es den Jungs. Und wie kommen Sie hierher?«

»Zufall. Die vier haben mich angequatscht, ich hatte keinen Grund, ihre Einladung auszuschlagen.«

»Das war nett von Ihnen. Sonst werden die nämlich nur angepöbelt von den Leuten, die hier im Hafen arbeiten. Man hat schon mal die Polizei auf sie gehetzt. Arbeiten Sie hier im Hafenviertel?«

In der Frage spürte ich einen lauernden Ton.

»Nein, ich bin bei der Zeitung. Ich wollte hier nur mal den Ort in Augenschein nehmen, wo man die junge Frau aus dem Wasser gezogen hat. Die Frau ist ja immer noch nicht identifiziert. Sie haben das sicher in der Zeitung gelesen. Die Stelle ist ja auch nicht weit weg von Ihrem Supermarkt da drüben. Ich bin aus bloßer Berufsneugier hier.«

An der Frau ging zu meiner Verwunderung eine seltsame Veränderung vor, sie verhielt zwei, drei Sekunden, lief dann aber so schnell weiter, daß ich Mühe hatte, ihr zu folgen. Ihr Gesicht war hart und irgendwie häßlich geworden.

An der Fußgängerampel drückte sie den Knopf, und während sie auf Grün wartete, sagte sie mit rauher und abweisender Stimme: »Ich habe es in der Zeitung gelesen, ist ja auch seit Tagen Gesprächsstoff, unsere Kunden und auch das Personal reden von nichts anderem mehr. Ertrunken. Welch ein Unglück.«

Als die Ampel auf Grün sprang, überquerte sie die vierspurige Straße, in deren Mitte ein Staßenbahngleis verlief. Als sie auf der anderen Seite angekommen war, blieb sie ein paar Sekunden stehen, dann winkte sie flüchtig zu mir herüber.

Eigenartig, die Frau war innerhalb von wenigen Sekunden wie verwandelt, hatte im Handumdrehen ihre burschikos kumpelhafte Fröhlichkeit verloren; sie war zwar selbstsicher geblieben, aber ihre Sicherheit war abweisend und kühl geworden.

Vor der Garage hatte Irene wieder einmal ihren Polo geparkt und mir die Einfahrt versperrt.

Egon Wolters kam durch die weit offenstehende Tür in mein Büro und reichte mir etwas verlegen die Beilage für das kommende Wochenende. »Sie waren drei Tage nicht im Hause, Herr Koch, aber die Rezension sollte plötzlich noch in die Wochenendbeilage.« Ich hatte bisher noch keine Zeit gefunden, sein Manuskript anzusehen.

Ich nickte und legte die farbig aufgemotzte Beilage beiseite, ich wollte die Besprechung in Ruhe lesen, nicht zwischen Tür und Angel, außerdem haßte ich es, wenn mir einer beim Lesen über die Schulter sah, und bis zum Redaktionsschluß hatte ich Dringenderes zu erledigen.

Wenn ich durch den Flur in mein Büro gehe, muß ich zwangsläufig an Neuhoffs Büro vorbei. Als ich vorhin in die Redaktion gekommen war, hatte ich ihn hinter geschlossener Tür heftig reden hören. Ich war stehengeblieben und hatte gelauscht. Selbstverständlich müsse man melden, daß Ramstein das fünfundsechzigste Todesopfer gefunden hat, man dürfe das aber keineswegs groß herausstellen, ein Vierzeiler genüge, in der Bevölkerung sei schon jetzt ziemlich Stimmung gegen militärische Tiefflüge und Schauflüge, groß aufgemachte Berichte über weitere Opfer würden die Stimmung noch mehr gegen solche Flüge anheizen, das untergrabe den Ruf unserer Armee – er sagte immer Armee.

Mein Gott, hatte ich gedacht, was regt sich Neuhoff unnötig auf, er müßte doch die alte Weisheit eines Zeitungsmenschen kennen: Was heute eine Sensation ist, taugt morgen nicht mal mehr für eine Notiz, die Vergeßlichkeit der Zeitungsleser ist sprichwörtlich, die Vergeßlichkeit der Menschen ist das Kapital der Politiker.

Neuhoffs Stimme war noch immer dumpf in meinem Büro zu hören. »Der hat heute seinen Kasernenton drauf, wahrscheinlich hat ihn Ostermann mal wieder in die Eier getreten«, feixte die Deist hinter ihrem Schreibcomputer. Wenn sie am Bildschirm arbeitete, konnte ich ihr Gesicht nicht sehen, bloß ihre Haare, und die nur, wenn sie hochgesteckt waren; sie kam jede Woche mit einer anderen Frisur ins Büro.

»Ich muß auch noch zu Neuhoff«, sagte ich zu ihr, »hoffentlich hat er sich bis dahin abreagiert.«

»Servieren Sie ihm einen taufrischen Mord, dann ist er besänftigt, und der Tag wird eitel Freude. Noch besser: Vielleicht sind die Russen irgendwo einmarschiert, das wäre natürlich der Knüller, Neuhoff würde vor Freude im Handstand durch sein Büro patschen und den gesamten Zoo auf seine Kosten in die Kantine zum Champagnersaufen und Kaviarfressen einladen.«

»Mir fällt nichts ein«, ging ich jammernd auf ihren schnoddrigen Ton ein.

»Sie werden alt, Herr Koch.«

»Verdammt, ich kann mit keinem spektakulären Mord aufwarten, und die Sowjets sind auch nirgends einmarschiert. Es ist zum Weinen.«

»Erfinden Sie was, Herr Koch, das kann doch nicht so schwer sein, einen kleinen Mord oder einen großen Einmarsch.« Ihr spitzbübisches Gesicht tauchte hinter dem Bildschirm auf wie die Sonne morgens am Horizont. Um nicht vor Vergnügen loszuprusten, nahm ich mir nun doch Wolters Artikel über das Buch von Kogelfranz vor; ich hatte es zwar nicht gelesen, aber darüber sprechen hören, und ich kannte andere Bücher von ihm, kluge, sinnliche, unterhaltsame Bücher, und, was nicht unwesentlich war, der Autor besaß Haltung und zeigte, wie man so sagt, Flagge. Aber für unsere Zeitung hißte er die falsche Flagge.

Dieser junge Wolters gab also sein Debüt als Literaturkritiker mit einer Rezension über einen siebzigjährigen Autor.

Ich las. Und las abermals. Konsterniert legte ich die Beilage weg, und dann las ich die Rezension noch einmal: Donnerwetter, der Junge besaß Talent und Biß, das war der intelligenteste Verriß, den ich seit Jahren gelesen hatte.

Die Besprechung war deshalb blendend, weil sie Objektivität vorgaukelte und ihr Gift zwischen den Zeilen verspritzte. Wolters schrieb, Autor und Buch paßten keineswegs in unsere gegenwärtige politische Landschaft, und die ehrenwerte Absicht, für soziale Gerechtigkeit zu plädieren, ergebe noch lange keinen guten Roman. Utopien, wie sie der Autor ausbreite, gehörten in die Zuständigkeit der Politiker und nicht in die Schreibmaschine eines Schriftstellers, und wer sein Metier verlasse, dürfe sich nicht wundern, wenn ihm die Öffentlichkeit die Leviten lese.

Ich hatte mich in Wolters getäuscht, der war gerissen.

»Ich gehe in die Kantine, einen Kaffee trinken«, sagte ich zur Deist.

»Ist Ihnen meiner vielleicht nicht gut genug?« fauchte sie mich an.

»Er ist mir zu gut, Frau Deist.«

»Was soll ich sagen, wenn jemand nach Ihnen fragt?«

»Sagen Sie, ich bereite einen Mord vor. – Lassen Sie mich in der Kantine ausrufen.«

Wolters saß mit einem unserer Fotografen an einem Ecktisch, er erhob sich, als er mich sah, und kam zu mir an die Theke, wo ich mir eine Tasse Kaffee aus dem Automaten holte.

»Haben Sie meinen Artikel gelesen, Herr Koch? Wie finden Sie ihn? Es gäbe noch so viel zu dem Buch zu sagen, vor allem dazu, was Kogelfranz über den Sozialismus sagt. Aber da hätte ich doppelt so viele Spalten haben müssen. Bei dem geringen Umfang konnte ich dem natürlich nicht ganz gerecht werden. Was Kogelfranz über den Sozialismus schreibt, ist stümperhaft, so wie er ihn rühmt, kann er nicht sein, jedes Kind weiß doch, daß der Sozialismus auf der ganzen Linie gescheitert ist, das hat doch indirekt auch Gorbatschow zugegeben. Ein unverdächtiger Zeitgenosse.«

Er setzte sich unaufgefordert zu mir und blickte mich erwartungsvoll an, seine Ungeduld war schon unanständig, deshalb ließ ich ihn zappeln, ich fragte ihn erst, als ich meine Tasse ausgetrunken hatte. »Gerecht? Was verstehen Sie unter gerecht, Herr Wolters?«

»Na ja, ich konnte einige wichtige Nebenhandlungen nicht berücksichtigen.«

Ich legte meine linke Hand auf seinen rechten Unterarm und sah ihn gespielt bedeutungsvoll an: »Herr Wolters, Sie werden es in unserer Zeitung noch weit bringen. Denken Sie dann mal an mich, wenn ich nicht mehr bin. Ich fürchte nur, Sie werden so brillant werden, daß der ›Tageskurier‹ Sie auf Dauer nicht wird halten können. Wenn andere Gazetten erst einmal auf Sie aufmerksam geworden sind, dann fängt das Abwerben an. Der Verlockung, von einer anderen, größeren Zeitung umworben zu werden, mit höherem Gehalt und der Aussicht, vielleicht zum Ressort-leiter zu avancieren, kann keiner widerstehen, es sei denn, der Betreffende hat keinen Ehrgeiz oder einen Furz im Kopf. Auch Sie werden eines Tages nicht widerstehen können, weil Sie ehrgeizig sind. Das meine ich als Kompliment. Niemand ist dem Geld böse, das ist nun mal der Lauf der Welt. Handeln Sie so, wie es im ›Faust‹ steht: Am Golde hängt, zum Golde drängt doch alles…«

Seine Augen klebten an meinen Lippen, sein Gesicht war von Dankbarkeit erfüllt, er strahlte. Ich zog meine Hand zurück und bemerkte verwundert, wie seine Hände sich fahrig ineinander verkrallten. Er schluckte, anscheinend lutschte er jedes meiner Worte wie ein Honigbonbon. Meinen Hohn überhörte er, oder wollte ihn auch nicht wahrnehmen, er war in dem Alter, in dem er nur das »Hosianna« hörte und nicht das »Kreuziget ihn«.

»Meinen Sie das ehrlich, Herr Koch? Sie schmeicheln.«

»Absolut nicht, Herr Wolters. Sie haben mich um meine ehrliche Meinung gebeten, ich habe sie Ihnen in Ihrem Interesse gesagt. Jetzt haben Sie Ihre Journalistenunschuld verloren, Ihr Debüt als Literaturkritiker absolviert, und das war prachtvoll.«

Er steckte sich meine Lobhudelei wie einen Orden ans Jackett und fummelte an seiner Brust herum, da, wo gewöhnlich Orden getragen werden.

Er blieb stumm, er betrachtete mich zweifellos als seinen Mentor, seinen väterlichen Freund, der gute Ratschläge austeilte, weil ihn dreißig Jahre Zeitungsschinderei offenbar nicht zu brechen vermochten.

»Sind Sie einmal abgeworben worden, Herr Koch? Sie gehören doch hier schon zum lebenden Inventar.«

Ich hätte ihn für seine Taktlosigkeit zurechtweisen sollen, aber ich lachte ihn an, und er lächelte zurück.

»Herr Wolters, ich war niemals prachtvoll, ich bin weiter nichts als ein routinierter Zeilenschinder, außerdem hat es mich nie gelüstet, den Wohnort zu wechseln, denn ich habe hier mein Haus und mein Auskommen, ich habe auch nie nach Ruhm gelechzt. Ich hatte tatsächlich zwei attraktive Angebote in den letzten zwanzig Jahren, aber ich gehöre zur konservativen Generation, frei nach dem Motto: Bleibe im Lande und nähre dich redlich! Mein Onkel hat mir sein Haus vererbt, verstehen Sie, das bindet. Ich war während meiner Studienzeit zwei Jahre lang Redakteur einer linken und nicht unbedeutenden Studentenzeitung, dann Volontär wie Sie, bei einer Tageszeitung in Köln, dann landete ich beim ›Tageskurier‹ in der Lokalredaktion, wie das eben so läuft. Wie gesagt, ein Haus macht seßhaft, jetzt bin ich für Veränderungen zu alt geworden.«

»So einen Onkel möchte ich auch mal haben«, sagte Wolters fast träumerisch.

»Nur Geduld, Herr Wolters, der kommt auch noch, gut Ding will Weile haben, alles braucht seine Zeit.«

»Auch wenn die Zeit eine Ewigkeit dauert, ich habe keinen Onkel, und mein Vater geht bald in Frührente, er sagt, er hat lange genug malocht, er will noch was von seinem Lebensabend haben.«

»Ein vernünftiger Mann, Ihr Vater. Das ist für Sie aber erst recht eine Verpflichtung, Karriere zu machen. Noch ein Dutzend so intelligente Rezensionen, dann sind Sie ein gefragter Mann. Erst werden Sie eine Stadtgröße, dann werden Sie eine Ruhrgebietsgröße, dann eine landesweite, dann eine bundesweite, dann ist es nur noch ein kleiner

Schritt zum Rundfunk nach Köln auf einen Ledersessel in einem feinen Büro mit Teppichboden. Wenn Sie das allerdings erreicht haben, dann brauchen Sie nicht mehr selbst schreiben, dann lassen Sie schreiben, und zwar das, was Sie gerne schreiben würden, wenn Sie noch schreiben könnten. Von einer bestimmten Position an darf man nicht mehr schreiben, aus Sicherheitsgründen. Das ist wie beim Militär oder bei einem Großkonzern: der General hat seinen Fahrer, ein Vorstandsmitglied auch, und selbstverständlich der Minister. Aus Sicherheitsgründen dürfen die Herren nicht mehr selbst fahren. So wird das bei Ihnen auch: Sie lassen schreiben. Und wenn von denen, die für Sie schreiben, mal einer auf die Fresse fällt, weil es einem Parteimann oder einem Gewerkschaftsboß oder einem Bischof nicht gefallen hat, dann lassen Sie diesen Schreiberling einfach fallen, es stehen genug vor der Tür, die Ihnen zu Diensten sein wollen. Ach, Herr Wolters, richtig neidisch könnte ich werden, wenn ich neidisch wäre, aber ich habe ja, was ich brauche, ich könnte bestenfalls auf mich selbst neidisch sein. Eine schöne Zukunft haben Sie vor sich, einmalig.« Die Tüte mit den Honigbonbons war leer.

Ich wurde zum Telefon gerufen, Dr. Neuhoff wünsche mich in zwanzig Minuten zu sprechen, zwitscherte die Deist, in ihrer Stimme lag ein wenig Bosheit.

Wolters stand auf und winkte mir zu, grenzenlose Dankbarkeit in den Augen. Ich lief zum Ausgang, kehrte aber kurzentschlossen wieder um, denn nach so viel Honig wollte ich auch meinen Pfeffer loswerden.

»Herr Wolters, mal ehrlich: Sie schätzen doch diesen Autor, oder?«

»Sehr sogar, sehr. Ich habe Kogelfranz schon auf dem

Gymnasium gelesen und einmal eine mittelmäßige Arbeit über ihn geschrieben. Es war keine Pflichtlektüre für mich, ich habe ihn gern gelesen, weil er mir irgendwie aus der Seele spricht.«

»Gut. Passen Sie auf, die Sache ist so: Ihre Rezension wäre bei uns nicht gedruckt worden, wenn sie so positiv ausgefallen wäre, wie es Ihrer Einstellung entspricht. Der Autor ist international renommiert. Sie dürfen es sich mit ihm nicht verderben, deshalb gehen Sie jetzt an die Schreibmaschine, suchen Sie aus dem ›Kürschner‹ seine Adresse und schreiben Sie ihm einen Brief: Es tue Ihnen leid, daß Sie sein letztes Buch nicht haben loben können, das ändere aber nichts an Ihrer Wertschätzung für sein literarisches Werk und seine Person. Herr Kogelfranz wird Ihnen wahrscheinlich nicht antworten, aber Sie haben zweierlei erreicht: Sie haben zum einen Ihre Rezension gedruckt gesehen und erhalten dafür nach unserem Redaktionsstatut ein bescheidenes Honorar, zum andern wird Sie der Autor in guter Erinnerung behalten wegen Ihrer warmen Worte an ihn. Er wird Sie sogar weiterempfehlen, er hat ein gutes Herz. Schönen Tag noch, und gute Formulierungen.«

Im Flur zu meinem Büro blieb ich vor einem Poster stehen, es hing zwar schon Tage an der Wand, aber ich hatte es kaum beachtet. Eine Meute Hunde zerfleischt einen noch lebenden Fuchs, fünf lachende Jäger stehen drum herum und freuen sich über das Gemetzel. Darunter stand: Stoppt die Fuchsjagden in Großbritannien! Verdammt, was gehen mich diese Fuchsjagden auf dieser Insel an? Weil mich aber interessierte, wer das Poster aufgehängt hatte, fragte ich die Deist. Sie antwortete übellaunig: »Was weiß ich. Hier im Zoo hängt doch jeden Tag so ein Schlaumeier etwas an die Wand. Diese Lackaffen hängen auch ihre Großmutter an die Wand, wenn sie im Sarg liegt und noch unsere Zeitung liest.«

Wenn sie mit solchen Bildern um sich warf, war es klüger, zu schweigen, deshalb fragte ich geschäftsmäßig: »Was will Neuhoff von mir?«

»Was weiß ich«, giftete sie mich an, »bin ich vielleicht sein Beichtvater?«

Jetzt wurde es schlimm. Etwas war während meiner Abwesenheit vorgefallen, das sie so gallig hatte werden lassen. Ich scheute mich, sie zu fragen. Mit Bestimmtheit würde ich es spätestens nach einer Stunde erfahren, wenn sie sich wieder beruhigt hatte. Deshalb ging ich sofort zu Dr. Neuhoff, der, im Gegensatz zu anderen Redakteuren, seine Tür stets geschlossen hielt; nur wenn er jemanden rüffelte, öffnete er manchmal seine Tür, damit alle, die im selben Stockwerk arbeiteten, hörten, wie er einen Mitarbeiter abkanzelte.

Neuhoff gab sich meist jovial und leutselig, er war füllig, ohne dick zu wirken, er trug entweder sein eingemeißeltes Lächeln zur Schau oder war griesgrämig. Nur wenn unser Herausgeber bei ihm war, zog er eine Trauermaske über sein Gesicht und zwirbelte ständig an seinem Schnurrbart.

An Neuhoffs Bürotür prangte ein Schildchen: Eintreten ohne anzuklopfen.

Bevor ich eintrat, war mir plötzlich klargeworden, was mich an dem Anti-Fuchsjagd-Poster im Flur so aufmerksam gemacht hatte: nicht das grausige Gemetzel, sondern das Wort ›Fuchs‹. Ich mußte an die Frau denken, die den vier jungen Männern im Hafen Proviant gebracht hatte, und hörte, als ob alle vier neben mir stünden, ihr Lied: Fuchs, du hast die Gans gestohlen, gib sie nie wieder her. Idiotische Gedanken.

Trotz seiner tatsächlichen oder meisterhaft gespielten Jovialität war Dr. Neuhoff geschäftig und hektisch, er blickte in einer Minute mindestens zehnmal auf seine Armbanduhr, als fürchtete er, einen Termin zu versäumen.

Er winkte mich mit einer Handbewegung in die Sitzecke, während er in seinem zu groß geratenen Büro mit auf den Rücken verschränkten Armen hin und her lief.

»Herr Koch, wir kennen Sie alle als exzellenten Reporter und Storyschreiber... wehren Sie nicht ab, Sie brauchen Ihr Talent nicht unter den Scheffel zu stellen, Sie sind es ja wirklich. Sie haben die heute selten gewordene Gabe, Fakten und Phantasie zu mixen. Also, worauf will ich hinaus? Die Sache ist so: Nun kommen dreihunderttausend Polen in unser Land, dieses Jahr, nächstes Jahr werden es weit über vierhunderttausend sein, eine immense Zahl. In unserer Bevölkerung wächst zunehmend Widerstand gegen diese Einwanderer, gegen diese doch so armen Menschen, und in erster Linie macht sich Widerstand bei Arbeitern bemerkbar.

Verständlich, weil sie die Aussiedler als Konkurrenten ansehen. Kurz und gut, machen Sie eine Aussiedlerfamilie ausfindig, das kann doch nicht so schwer sein, es gibt genug kümmerliche Autos mit polnischen Kennzeichen, und schreiben Sie eine schöne und informative Familienstory, am liebsten wäre mir eine Familie mit Kindern. Und forschen Sie nach ihrer deutschen Abstammung. Sie müssen nicht bis auf Friedrich den Großen zurückgehen oder

Katharina die Große. Die meisten unserer Leser haben sowieso von Geschichte keine Ahnung, nach dem Motto: Der Dreißigjährige Krieg dauerte sechs Jahre und fand tausend vor Christus statt, und die dreimalige Teilung Polens wurde in Portugal beschlossen. Na, Sie wissen schon, was ich meine.«

Er lachte, er prustete und schnaufte und sah mich an, als wollte er sagen: Na, bin ich heute nicht witzig?

Ich verstand. Neuhoffs Vorschlag, im Grunde genommen schon ein Auftrag, fuhr mir quer in den Magen.

Ich berichtete Neuhoff von meinen noch frischen Erfahrungen mit meinen Nachbarn, er setzte sich wieder hin und hörte mir interessiert zu, nickte zu jedem zweiten Wort. Als ich fertig war, blieb er einige Sekunden stumm und blickte mich mit triefenden Augen an.

»Herr Koch, was Sie mir da berichten, das klingt ja schon nach Rebellion.«

»Nein, Volkes Stimme, Herr Neuhoff.«

»Wo ist da ein Unterschied?« Er zwinkerte mir zu, als hätten wir ein Geheimnis miteinander. »Wie gesagt, Sie sind ein guter Storyschreiber...«

»Ein Kisch bin ich nicht.«

»Ich bitte Sie, ein Kommunist!«

Neuhoff streckte abwehrend seine Hände von sich, stand auf und wanderte mit hinterm Rücken verschränkten Armen wieder rastlos durch das Büro.

»Herr Koch, wir müssen dem sogenannten gesunden Volksempfinden gegensteuern. Schleunigst. Gut, daß Sie mir in diesem Zusammenhang Ihre persönlichen Erfahrungen aus Ihrer Nachbarschaft mitgeteilt haben, das ist ein Grund mehr, diese Geschichte zu schreiben. Eine menschliche, zu Herzen gehende Geschichte. Im Grunde genommen muß es natürlich eine versteckte politische Story werden. Sie wissen, was ich meine: Wie diese Menschen in östlichen Ländern unterdrückt worden sind, geknechtet, Not gelitten haben, Hunger gelitten haben, daß täglich ihre Würde von der Partei mit Füßen getreten worden ist, und so weiter.«

Neuhoff hatte sich in Begeisterung geredet. In den vergangenen zehn Jahren, seit er in diesem Büro residierte, hatte ich noch nie erlebt, daß er einen Wandschrank öffnete, zwei Gläser und eine Flasche Weinbrand herausnahm, sich und mir einschenkte und mir freundlich, fast verschwörerisch zulächelte. Er trank sein Glas in einem Zug leer und leckte sich die Lippen.

»Wir müssen den Ruf unserer Zeitung wahren; wir sind seit Jahrzehnten eines der wenigen Blätter im Lande, das sich von seinem notwendigen Antikommunismus nie abbringen ließ. Begreifen Sie, Herr Koch, was ich damit sagen will. In diesem Punkt bin ich mit Herrn Ostermann immer einer Meinung gewesen. Dieser Kurs wird allerdings in letzter Zeit schwieriger, seit dieser angebliche Menschenfreund Gorbatschow den Ton angibt und mit seinem Geschwafel alle Leute verrückt macht, daß sogar die im Weißen Haus zu verblöden beginnen. Die beten diesen Kerl im Kreml an und hocken tatenlos da wie das Kaninchen vor der Schlange. Wir dürfen diesen Moskauer Dirigenten natürlich nicht persönlich angreifen, noch nicht, sogar in den USA ist er Man of the Year geworden. Wir fassen ihn seit zwei Jahren mit Samthandschuhen an, aber wir haben gegen diesen Friedensapostel eine viel bessere, eine viel schlagkräftigere Waffe: die Aussiedler, die doch immer noch vor dem Kommunismus flüchten. Herr Koch, das ist unsere Waffe, denn wenn es den Leuten im Kommunismus gutginge, würden sie ja nicht in Armeestärke flüchten. Können Sie mir folgen?«

»Ich versuche es, Herr Neuhoff.«

»Ganz einfach. Indem wir diese Menschen aufnehmen, hat unser Antikommunismus eine andere Qualität bekommen. Begreifen Sie, Herr Koch.«

»In etwa, Herr Neuhoff.«

»Sehen Sie, mit den polnischen, meinetwegen auch russischen Aussiedlern haben wir ein Pfand. Wir brauchen gegen die keine Kommentare mehr zu schreiben, die Aussiedler selbst dokumentieren sehr lebendig, daß es in diesen Ländern unmenschliche Lebensbedingungen gibt und was dieser Sozialismus in Wirklichkeit ist: Menschenverachtung.«

»Ich habe kapiert, Herr Neuhoff. Da gibt es aber die Kehrseite der Medaille: Wie viele Agenten werden da mit eingeschleust, die dann Zeit genug haben, sich hier zu etablieren und sich ganz legal in führende Stellungen hochzuarbeiten, wie viele Asoziale, Kriminelle, Abschaum! Wir Deutschen haben da doch unsere Erfahrungen gemacht in den vergangenen Jahren. Die kommen als politisch Verfolgte und entpuppen sich als Meisterspione.«

Neuhoff war von meinem Einwand einen Moment irritiert und blinzelte mich mit verkniffenen Augen an, er nickte wie bestätigend, erwiderte jedoch nur: »Schreiben Sie Ihre Story. Ich gebe Ihnen vier Folgen in vier Samstagsbeilagen. Das ist viel, das wissen Sie. Mit Fotos natürlich. Aber Sie kennen das ja alles aus dem Effeff. Bitte nicht zu tränenreich, nicht übermäßig auf die polnische Regierung dreschen, vielleicht brauchen wir die noch. Eine sachliche Verpackung, innerhalb der Verpackung: Drangsal, Hunger, Durst nach Freiheit in einem menschenverachtenden System. Klar?«

»Alles klar.«

»Natürlich sind Sie ab sofort vom Dienst in der Redaktion entbunden, Ihren Tageskram müssen Sie natürlich trotzdem erledigen. Suchen Sie eine Familie, am liebsten hätte ich eine, die von unseren Behörden schändlich behandelt worden ist, nach dem Motto: drüben drangsaliert, hier schikaniert. Natürlich zahlen wir der Familie, die sich zur Verfügung stellt, ein kleines Honorar, aber posaunen Sie das nicht gleich aus, sonst haben wir tausend Polen auf dem Hals, die sich auf die billige Tour fünf Blaue in die Tasche stecken wollen. Vielleicht finden Sie auch einen, der mal aus politischen Gründen in einer psychiatrischen Klinik gesessen hat. Das wäre natürlich die Kirsche auf der Sahne. Also, ich verlasse mich auf Ihre Spürnase und Ihr Fingerspitzengefühl.«

Neuhoff rieb sich genüßlich die Hände, als hätte er eben einen lukrativen Inserentenauftrag eingesackt.

Ich war etwas ratlos, wo sollte ich so Knall auf Fall eine Familie finden, die unseren Ansprüchen genügte, ich hatte etwas gegen diesen Auftrag, aber Neuhoff lächelte mich so gewinnend an, daß ich nur herausbrachte: »Ich werde mein möglichstes tun.«

»Möglichstes? Mehr, Herr Kollege, mehr. Und wie gesagt, nicht nur dicke Tränen rollen lassen. Knallhart.«

Mit Bauchschmerzen verließ ich sein Büro. Im Flur betrachtete ich noch einmal das Poster mit dem scheußlichen Bild und der Unterschrift: Stoppt die Fuchsjagden in Großbritannien!

Wer hatte es aufgehängt?

Die Deist saß auf ihrem Drehstuhl, ihr Rock war zwei Handbreit übers Knie hochgerutscht, sie sah mir erwartungsvoll entgegen, und ich berichtete ihr sogleich, warum ich bei Neuhoff war.

Dieses Frauenzimmer war weiß Gott verführerisch, sie wußte um ihre Attraktivität, sie hätte einen Mann gebraucht, der sie mehrmals am Tag bediente. Aber sie wollte keinen Mann für alle Tage; wenn sie einen eroberte, was für sie nicht schwer war, dann hatte sie nur ein Ziel, auf das sie hinarbeitete, nämlich ihn lächerlich zu machen, damit sie ihn wieder los wurde. Sie geilte sich jeden Tag mit Wonne an Klatsch und Tratsch auf, den gab es in einer Zeitungsredaktion im Überfluß, die Kantine war die Gerüchteküche, die Klatschkolumnen wurden dort geboren.

Auf meinem Schreibtisch lag ein schmales rechteckiges Päckchen, das braune Packpapier war mit Tesafilm verklebt. Ich sah die Deist fragend an, aber sie deutete nur stumm auf meine Schreibtischplatte. Mit einer Schere zerschnitt ich die Verpackung und zuckte zurück: vor mir lag ein gerahmtes Farbfoto, es war Klara, die Wasserleiche, es war das Bild aus dem Schaufenster des Fotogeschäfts.

Fassungslos starrte ich auf die Fotografie und drehte das Bild in meinen Händen herum; ungläubig blickte ich die Deist an, aber die verschwand hinter ihrem Bildschirm, ich sah nur ihren Haarschopf.

»Wer hat das Päckchen hier abgegeben?« fragte ich, immer noch verstört. Ich fürchtete mich vor ihrer Antwort. Ich hatte Angst. Es war unfaßbar: Das Bild der toten Frau, nach deren Identität die Polizei vergeblich suchte, lag auf meinem Schreibtisch, einfach so.

»Ich habe es gekauft«, antwortete die Deist in einem Ton, als hätte sie gesagt: Ich war beim Bäcker Brötchen holen.

»Gekauft?« rief ich schockiert. Das war ungeheuerlich. Wollte mich dieses Satansweib auf den Arm nehmen?

Sie stand auf und tänzelte zu meinem Tisch, sie lächelte und schlug die Augen nieder, als würde sie sich schämen.

»Ganz normal gekauft, Herr Koch. Ich muß schon sagen, eine Ordnung hat das Fotogeschäft! Ich gehe rein, sage, ich will das Bild von meiner Schwester abholen, habe aber den Abholschein vergessen, und habe nur auf das Bild im Schaufenster gezeigt. Der Mann hat es abgenommen und genuschelt: Wird auch höchste Zeit. Acht Wochen hat sich Ihr Fräulein Schwester nicht blicken lassen, dabei hatte sie es so dringend gemacht. Schließlich will unsereiner auch mal sein Geld sehen. Da sind noch fünf Sechsmalneunbilder dabei, macht zusammen 145 Mark. Das war ganz einfach, Herr Koch: hingehen, aussuchen, bezahlen, weggehen. Übrigens, die junge Frau auf dem Bild heißt Klara Bodczyk. Hört sich polnisch an. Adresse hat sie nicht angegeben, doch, hat sie angegeben, aber eine falsche, der Fotograf hat die Bilder nämlich an die angegebene Adresse geschickt, die Bilder sind zurückgekommen, Adresse unbekannt.«

Wie gelähmt saß ich auf meinem Stuhl, stierte auf das Bild und war unfähig, etwas zu denken, ich weigerte mich einfach zu glauben, was die Deist mir in aller Gemütsruhe berichtete. Aber ich kannte sie gut genug, um zu wissen, daß kein Wort gelogen war, ich zweifelte keine Sekunde, daß sich alles so abgespielt hatte, wie sie es schilderte.

Scheu blickte ich zu ihr hoch, aber ihr Lächeln wurde

nur noch zauberhafter, unschuldiger. Sie nahm das Bild und setzte sich auf die Schreibtischkante, dabei ließ sie ihre langen Beine verführerisch baumeln.

»Ich habe mir gedacht, für alle Fälle bringe ich das Bild mal an mich, kann nicht schaden«, sagte sie gespielt einfältig. Aber sie war nicht einfältig, hinter dem Bilderkauf steckte sicher eine Teufelei, vor der mir noch angst und bange werden würde. Sie glitt von der Schreibtischkante, ging zum Wandregal und schob das Bild zwischen die Ordner.

»Nun kommen Sie mal wieder zu sich, Herr Koch, schließlich habe ich das Bild nicht geklaut, ich habe es für stattliche 145 Mark ehrlich erworben. Ich habe mir eine Quittung geben lassen – können Sie die Quittung nicht irgendwie in der Buchhaltung so fingieren, daß ich das Geld wiederbekomme?«

Sie wühlte in ihrer großen Handtasche und legte mir die Quittung auf den Tisch. Mit unnachahmlichem Augenaufschlag fragte sie: »Können Sie das hinkriegen? Schließlich habe ich bei meinem Gehalt keine Mark zu verschenken.«

»Ich werde es versuchen. Versprechen kann ich nichts. Aber um Himmels willen, Frau Deist, warum haben Sie das Bild gekauft?«

»Wenn ich ehrlich bin, Herr Koch, und das bin ich Ihnen gegenüber immer, dann muß ich Ihnen sagen, daß ich Ihre Gründe, unsere Entdeckung nicht der Polizei zu melden, nicht akzeptiere. Das sind Ausflüchte, dahinter steckt was ganz anderes. Sie verheimlichen mir etwas. Ich will Sie nicht bedrängen, Sie werden mir schon sagen, was es auf sich hat mit dieser Person, das weiß ich. Ich spüre,

daß da etwas nicht stimmt. Ich wollte Ihnen mit dem Bilderkauf einfach helfen, sich etwas Unangenehmes vom
Leibe zu halten.«

Sie verschwand wieder hinter dem Bildschirm. Nicht
einmal ihr Haaransatz war zu sehen.

Irene lag im Wohnzimmer auf der Couch und sah leidend aus, Günter saß in einem Sessel neben ihr und hielt ihre Hände wie ein trostspendender Pfarrer, aber für einen Seelsorger war er zu schön, zu flott und zu pomadig.

Er grinste mich hintersinnig an und wußte, daß sein Grinsen mich ärgerte, ich war sowieso schon geladen, seit ich seinen gelben Ford vor unserem Haus gesehen hatte. Seltsam, in letzter Zeit besuchte er seine Mutter öfter, er kam auch nicht mehr nur für einen Sprung, er blieb manchmal Stunden. Das mußte nichts bedeuten, aber es bedeutete ganz bestimmt etwas. Im Umgang mit ihm hatte ich gelernt, mich zu beherrschen, gelassen zu bleiben; ich ließ mir auch jetzt nichts von meinem Unmut über seinen Besuch anmerken, ich nickte ihm zu, wie man einem Besucher zunickt, der ein Freund des Hauses ist.

Ich küßte Irene flüchtig auf die Stirn, sie lächelte gequält.

»Hallo, Thomas, kennst du schon den neusten Witz?« fragte Günter. Witze, die andere verletzen, hatte er immer auf Lager. Ich fragte nicht, hob nur für einen Moment die Schultern.

»Paß auf, Thomas: Zwei Zeitungsredakteure gehen an einer Kneipe vorbei, nicht hinein. Na, ist das nicht ein guter Witz?«

Er lachte schallend über seinen eigenen Witz.

»Das berührt Thomas nicht, weil er das nicht versteht, er geht an Kneipen immer vorbei«, antwortete Irene. Sie wollte sich aufrichten, aber Günter drückte sie sanft in die Kissen zurück.

»Du hast recht, Mama, Thomas ist aus der Art geschlagen, er ist ein weißer Rabe in seinem Beruf, deshalb bewundere ich ihn ja auch.«

Er sagte das ohne Hohn, aber sein Lächeln war unverschämt, er wölbte seine Brust, als wollte er seine Kraft demonstrieren.

»Mir geht es nicht gut, Thomas, ich weiß nicht, was mit mir los ist, ich bin seit Tagen schlapp«, klagte Irene. »Ich habe Frikadellen gebraten, sie sind noch heiß, sie liegen abgedeckt im Backofen.«

Ich ging in die Küche und schaltete den Elektroherd aus, nahm die Frikadellen aus der Backröhre und aß im Stehen aus der Hand, weil ich zu faul war, mir Teller und Besteck aus dem Schrank zu nehmen. Es störte mich wenig, allein zu essen, schließlich aß Irene abends fast immer allein, meine Arbeitszeit ließ es nur selten zu, dann nach Hause zu kommen, wenn die meisten Menschen gemeinsam beim Abendbrot sitzen. In der Regel wurde es bei mir immer neun oder zehn Uhr.

Während ich genüßlich meine Frikadellen aß, fragte ich mich: Was will Günter? Er hatte unser Haus schon mal ein ganzes Jahr nicht betreten und war in den letzten beiden Wochen nun schon zum drittenmal hier, und er mit seiner Sportbegeisterung saß jetzt nicht vor dem Fernseher, um die Übertragung der Olympischen Spiele aus Seoul zu verfolgen.

Was führte er im Schilde, warum plötzlich diese Liebe zu seiner Mutter? Hatte er Schulden?

Als ich ins Wohnzimmer zurückkam, sagte er beiläufig: »Frau Österholz ist gestern gestorben. Du hast sie ja zu ihrem Neunzigsten besucht und gratuliert. Tja, sie hat ihren Neunzigsten nur wenige Tage überlebt.«

Dabei sah er mich an, als sei ich schuld an ihrem Tod.

»Wer ist Frau Österholz?« fragte Irene und richtete sich auf.

»Eine unwichtige alte Frau, Mama, die, soviel ich weiß, nur ein Verdienst hatte, nämlich daß sie über neunzig Jahre alt geworden ist. Thomas hat ihr zu ihrem Geburtstag im ›Tageskurier‹ einen schönen Artikel gewidmet. Ehrlich, Thomas, du hast dir mit dem Geburtstagsartikel große Mühe gegeben, klang schon fast wie ein Nachruf. Frau Österholz wird übermorgen auf dem Bezirksfriedhof beigesetzt, ich möchte gerne, daß du zur Beerdigung kommst. Vielleicht hat ja auch deine Zeitung Interesse daran, Überschrift: Kaum neunzig und schon tot.«

Ich wollte die Nachrichten einschalten, unterließ es aber, denn Günters Einladung zu dieser Beerdigung verwunderte mich, was hatte ich mit dem Tod dieser alten Frau zu tun?

»Warum soll ich zu dieser Beerdigung gehen, was kümmert mich der Tod dieser Frau?«

»Na, Thomas, vielleicht überlegst du es dir noch einmal, war nur so eine Idee. Beerdigungen können manchmal aufschlußreich sein, das hast du mir vor Jahren einmal gesagt, hast du es vergessen? Also dann, Mama, ich zisch wieder ab.«

Er tätschelte seiner Mutter die Wangen und erhob sich. Nun schaltete ich doch den Fernseher ein und stierte auf die Köpfe diskutierender Männer, die sich die Köpfe heiß redeten über die Verwendung von Agrarüberschüssen der EG im Ostblock.

Da stellte sich Günter zwischen mich und den Apparat und verbaute mir die Sicht, mit eigenartiger Miene sah er auf mich herab: »Übermorgen vierzehn Uhr auf dem Bezirksfriedhof.«

Trotz seiner leisen Stimme klang es wie ein Befehl, ja wie eine Drohung. Im Hinausgehen rief er fröhlich: »Tschüs, Mama, in deinem Haus fühle ich mich am wohlsten.«

Als er draußen war, fragte Irene: »Warum will Günter, daß du zur Beerdigung dieser Frau gehst?«

»Frag ihn selbst, vielleicht wieder eine seiner kleinen Teufeleien. Vielleicht ist die alte Frau gar nicht tot, und er will mich bloß zum Narren halten. Er liebt solche makabren Scherze.«

»Rede nicht ständig so häßlich über ihn«, sagte Irene, sie sah traurig aus.

»Vielleicht ist die Alte auch tatsächlich tot. Na und? Wenn wir auf die Beerdigungen von allen Leuten gingen, über die wir mal berichtet haben, dann kämen wir das ganze Jahr aus dem schwarzen Anzug nicht raus.«

Ungestört sah ich mir dann in den Spätnachrichten die Berichte aus Seoul an, Irene lag auf der Couch und löste Kreuzworträtsel im »stern«. Ich hatte mir eine Flasche Rotwein aus dem Keller geholt und trank in kleinen Schlucken. Irene stand auf und ging wortlos zu Bett.

Ich schätzte ihre Unaufdringlichkeit und ihre Gabe, Fragen in einem Ton zu stellen, der nicht unbedingt eine Antwort fordert; ich hatte ihr gegenüber auch nichts zu verbergen. Außer beruflichen Angelegenheiten, an denen sie nicht sonderlich interessiert ist, gab es normalerweise nichts, was ich ihr hätte verschweigen müssen. Sie war eine verständnisvolle Frau, aber ich wagte nie, sie zu fragen, ob sie mit ihren fünfundvierzig Jahren einsam war oder sich gar eingesperrt fühlte in unserem geräumigen

Haus. Auch wenn sie täglich zu tun hatte im Haus und im Garten, gab es doch Wochen und Monate, die eine Arbeit im Garten nicht erforderten. Gut, wir fuhren, wenn mein Dienst es erlaubte, gemeinsam zu Ausstellungen und gingen ins Theater und sahen Stücke, die ich zum Teil schon von Berufs wegen sehen mußte, wir gingen mal ins Kino, besuchten Galerien und nahmen mit, was es auf dem kulturellen Sektor so gab. Irene besaß ihr eigenes Auto und konnte einiges damit allein unternehmen, sie kutschierte auch dahin, wohin die Lust sie zog. Über ihren Alltag hatte ich mir nie sonderlich Gedanken gemacht. Sie hätte mich mit einem anderen Mann betrügen können, ich hätte es nicht gemerkt, aber ich traute ihr das auch nicht zu. Nur ihr Verhältnis zu Günter blieb mir rätselhaft, an keiner ihrer Mienen hatte ich je wahrgenommen, ob es sie immer noch schmerzte, daß Günter vor fünf Jahren ausgezogen war, mir blieb auch verborgen, ob ihr Kontakt zu Günter über seine sporadischen Besuche hinausging oder ob hinter meinem Rücken doch stärkere Fäden gezogen wurden.

Polizeilich war Günter immer noch bei uns gemeldet, alle amtlichen Benachrichtigungen an ihn landeten in unserer Post, Wahlscheine und Strafmandate, auch sein Auto war auf unsere Adresse zugelassen.

Ich mußte eingeschlafen sein, denn Irene stand im Nachthemd vor mir und rüttelte mich wach.

»Schlafen kannst du im Bett. Vorgestern hast du vor dem Fernseher bis drei Uhr morgens geschlafen, ich habe auf die Uhr gesehen, als du die Treppe ins Schlafzimmer hochgestiegen bist.«

ie wenigen Trauergäste, die der alten Frau das letzte Geleit gaben und wie ein verlorenes Häuflein um das offene Grab standen und dem Pfarrer lauschten, sah ich nur von hinten. Ich erkannte Günter sofort, er überragte alle um Haupteslänge; sonst kannte ich auf den ersten Blick niemanden, ich wagte mich auch nicht zu nahe heran, ich wollte keine Fragen nach dem Grund meiner Anwesenheit auslösen, ich schlenderte über die schmalen Wege wie ein Friedhofsbesucher, der Grabinschriften studiert.

Günter hatte mich dennoch bemerkt, ab und zu drehte er sich in meine Richtung.

Nichts geschah, was meine Aufmerksamkeit hätte wecken können, mir leuchtete nicht ein, warum mich Günter hierherbestellt hatte; ein Ritual lief ab wie an jedem Werktag auf den mehr als dreißig Friedhöfen dieser Stadt. Routine und Schmerz waren einträchtig beieinander.

Die Angehörigen weinten am Grab, aus Schmerz oder weil es sich eben so gehörte. Ich habe noch nie jemanden auf einer Beerdigung lachen sehen; viele lachten vielleicht innerlich, weil sie nun Erben geworden waren. Wo sind die schönen kirchlichen Friedhöfe geblieben in unserer Stadt, die Parks glichen und Treffpunkte für die alten Leute waren? Die Kommune hat alles an sich gerissen, sie hat auch den Tod rationalisiert, für individuelle Grabgestaltung blieb kein Platz mehr, auch die letzten Ruhestätten werden langsam knapp.

Die Zeremonie ging ihrem Ende zu, die alte Frau lag in der Grube, ich hörte die Erdklumpen auf ihren Sarg poltern. Hinter einem zwei Meter hohen weißen Engel mit halbgeöffneten Flügeln beobachtete ich, wie die kleine

Trauergemeinde langsam zum Hauptportal zog, und während ich sie beobachtete, bot sich mir ein überraschendes Bild: Bei Günter hatten sich zwei Frauen eingehakt, die ich nun doch erkannte, links ging Frau Fuchs, die ich bei meinem Geburtstagsbesuch kennengelernt, und rechts die Frau, die ich im Hafen bei den vier jungen Männern getroffen hatte.

Ich setzte mich auf eine Bank. Ich war über diese Entdeckung nicht einmal erstaunt. Hatte ich diese Verbindung geahnt? Die junge Frau Fuchs vom Hafen war also Günters Lebensgefährtin, die andere offensichtlich ihre Mutter.

Hatte mich Günter deshalb zum Friedhof bestellt? Unsinn, er hätte mir Namen und Adresse seiner Lebensgefährtin auch sagen können. Aber es hätte mir dämmern müssen, als wir beide damals auf der Bank in der kleinen Anlage saßen. Nein, Günter mußte eine andere Absicht verfolgen, die Entdeckung seiner Lebensgefährtin war nur eine kleine Beigabe. Ich ärgerte mich, daß ich seiner plumpen Einladung zur Beerdigung gefolgt war. Meine Neugierde war wieder einmal stärker gewesen als mein Widerwille gegen ihn. Er hatte etwas ausgeheckt, das mich treffen sollte. Ich verließ den Friedhof, als ich sicher zu sein glaubte, daß keiner von den Trauergästen mehr auf dem Vorplatz des Friedhofes sein würde. Das war ein Irrtum.

Günter stand in seinem schwarzen Anzug mit blütenweißem Hemd und einer dunkelblauen Krawatte am Seitentörchen und wartete auf mich. Er rauchte seine ägyptischen Zigaretten und sog den Rauch in tiefen Zügen durch die Nase.

»Wollen wir im Café drüben etwas trinken, Thomas?

Du hast doch Zeit, bist doch auf Polensuche, wie mir Mama erzählt hat.«

Ich war wütend, denn es war nicht Irenes Art, meine beruflichen Angelegenheiten auszuplaudern. Günter war mir unheimlich, einen Moment fürchtete ich mich vor ihm. Groß und breitschultrig stand er in seinem funkelnagelneuen Anzug vor mir, sein vieldeutiges Lächeln ärgerte mich.

»Komm mit um die Ecke, da ist das Café ›Hummel‹, da sitzen wir ungestört.«

»Was willst du eigentlich? Warum hast du mich hierhergelockt? Um mir deine Lebensgefährtin vorzuführen? Ich kenne sie längst.«

Ich folgte Günter halb widerwillig, halb neugierig ins Café »Hummel«, das um diese Tageszeit schon gut besucht war. Als wir uns am Tisch gegenübersaßen, sagte Günter: »Thomas, du kannst mir getrost in die Augen gucken, ich bin jedenfalls nicht so hinterhältig wie du.«

Er aß mit Genuß einen warmen Apfelstrudel mit Vanillesoße, junge Frauen guckten zu unserem Tisch, Günter aber tat so, als berührten ihn die bewundernden Blicke der Frauen nicht, in Wirklichkeit genoß er sie, denn seine ganze Gestik war auf Wirkung bedacht. Ich beneidete ihn um sein gutes Aussehen.

»Nun zum eigentlichen Zweck, Thomas. Hast du dir die Trauergäste genau angesehen?«

»Ich habe bislang nur erfahren, wer deine Lebensgefährtin wirklich ist, daß sie Fuchs heißt, weiß ich seit dem Geburtstag der Frau, die heute beerdigt wurde.«

»Sie heißt Charlotte. Ist sie nicht charmant? Woher kennst du sie?«

»Wir haben uns zufällig im Hafen getroffen. Da wußte ich allerdings nichts von ihrer Verbindung mit dir. Ich habe dort zwar ihren Namen erfahren, aber viele Menschen heißen Fuchs, in unserer Stadt wimmelt es nur so von Füchsen.«

Er sah überrascht auf, und ich genoß es, endlich konnte ich ihm gegenüber auch einmal einen Trumpf ausspielen, auf den er keinen weiteren zu setzen wußte. Für einen Augenblick verdüsterte sich sein Gesicht, sein Siegerlächeln verlor er aber nicht.

»Charlotte hat mir nichts davon erzählt.«

»Warum sollte sie, sie wußte ja nicht, wer ich war, oder?«

»Hast du den Glatzkopf bemerkt, der mehr breit als lang ist?«

»Der war nicht zu übersehen, der füllt ein Scheunentor aus.«

»Das ist der Sohn von Frau Österholz.«

»Was habe ich damit zu tun?«

»Der lebt in Polen, ist extra zur Beerdigung gekommen. Das ist doch nett von dem Mann, oder?«

»Warum erzählst du mir das alles? Das mag wohl für die Familie Fuchs interessant sein, aber nicht für mich, selbst wenn ein Mitglied dieser Familie dir nahesteht. Für mich sind das fremde Menschen.«

Er rauchte und fixierte mich dabei, ich wich seinem Blick nicht aus. Zum Kaffee trank er schon den zweiten Weinbrand, das Lokal hatte sich inzwischen bis auf den letzten Platz gefüllt. Zu meiner Verwunderung gab es viele jüngere Gäste, die Günter wie einem alten Bekannten zunickten oder zuwinkten, ganz offensichtlich hatte er das

Haus Fuchs mehr als einmal besucht, so daß die Nachbarn ihn als Nachbarn betrachteten.

»Du hast wie immer recht, Thomas, für Mama und dich bleiben es fremde Leute.«

»Weshalb hast du mich zum Friedhof bestellt?«

»Du bist freiwillig gekommen, ich habe dich nicht hierhergeschleppt.«

»Was ist mit dem Glatzkopf, mit diesem Sohn? Er wäre demnach der Bruder von Alma Fuchs.«

»Ich wußte, daß du fragen würdest, ein ausgekochter Zeitungsmann kann es eben nicht lassen.«

Seine Gegenwart begann mich zu langweilen, dennoch wurde ich neugierig. Aber ich fragte nicht weiter, ich wartete, denn über kurz oder lang würde er plaudern.

Doch er ließ mich zappeln; aufmerksam verfolgte er das Verglimmen seiner Zigarettenkippe im Aschenbecher, ich hatte Mühe, meine Ungeduld zu zügeln, meine Hände vergrub ich unter dem Tisch, damit Günter ihr leichtes Zittern nicht bemerkte.

»Frau Österholz hielt mit ihrem Sohn, der sich in Polen Kwiatkowsky nennen ließ, immer Kontakt, auch in den Jahren nach dem Krieg, als es noch sehr schwer war. Frau Österholz kommt aus Oberschlesien, sie ist eine Vertriebene, wie man so sagt, folglich ist auch Frau Fuchs eine Vertriebene, die kommen also aus Oberschlesien. Ich will dir was verraten: Frau Fuchs war damals zweiundzwanzig und hatte von einem Polen ein uneheliches Kind, ein Mädchen, und das mußte sie zurücklassen, der Vater des Kindes hat es ihr einfach weggenommen, die Polen waren ja damals die Herren. Frau Fuchs konnte weder ihre Tochter noch den Vater des Kindes ausfindig machen. Jetzt, wo so viele Polen zu uns kommen und du dich der Sache journalistisch widmest, könntest du doch vielleicht auch in dieser Angelegenheit ein bißchen Aufklärungsarbeit leisten. Von Leuten erfährt man viel.«

»Eine schöne Geschichte, eine traurige Geschichte...«

»Deutsche Nachkriegswirklichkeit«.

»Was habe ich mit den verwandtschaftlichen Verwicklungen der Familie Österholz – Fuchs zu tun? Die sind mir so fremd wie Namen in einem Telefonbuch. Ich muß gehn, ich habe zu tun.«

Günter hörte mir zu, als gingen ihn meine Worte nichts an, dann hob er den Arm und winkte der Bedienung, er bestellte seinen dritten Weinbrand.

»Thomas, Frau Fuchs möchte, bevor sie stirbt, ihre Tochter noch einmal wiedersehen, die müßte jetzt fünfundvierzig sein, fünf Jahre älter als Charlotte. Charlotte wurde in Dortmund geboren, Charlottes Vater war Bergmann und ist unter Tage tödlich verunglückt, als sie zwölf war. Heute, wo die Polen die Grenze aufgemacht haben, müßte es doch möglich sein, diese Tochter wiederzufinden, du hast die Möglichkeiten dazu.«

»Und wenn ich sie hätte – diese Familienstory interessiert mich nicht im geringsten.«

»Übrigens: Ich kenne Frau Deist ganz gut, sie war ja früher oft Gast in Mamas Haus...«

»Was soll das nun wieder.«

»Es gibt Zufälle, die das Leben so mit sich bringt. Neulich hatte ich in der Innenstadt zu tun, da sah ich deine Sekretärin den Hellweg entlanglaufen, ich hinterher, um sie einzuholen, weil ich mich einfach freute, sie nach so langer Zeit einmal wiederzusehen. Sie verschwand in einem Fotogeschäft, ich wartete draußen. Sie hat ein Bild gekauft, das im Schaufenster hing. Deshalb wollte ich ihr nicht mehr begegnen, denn die Frau auf dem Bild, das sie erstanden hat, wie auch immer, gleicht der Frau auf dem Polizeifoto, das schon dreimal im ›Tageskurier‹ erschienen ist. Du verheimlichst der Polizei also etwas. Warum, Thomas? Du bist unvorsichtig, ausgerechnet du mit deiner sprichwörtlichen Intelligenz. Na ja. Es wird Zeit, die werden mich beim Leichenschmaus vermissen. Laß nur, ich bezahle, schließlich habe ich dich ja eingeladen. Siehst du, Thomas, das wäre jetzt die Gelegenheit, von der ich spaßeshalber mal gesprochen habe: Ich könnte dich jetzt erpressen, denn du hast der Polizei wissentlich wichtige Informationen vorenthalten; wenn das rauskäme, wärst du als Journalist ein toter Mann. Ich könnte dir jetzt ein Geschäft vorschlagen: Du setzt mich in deinem Testament als Universalerben ein, und ich schweige wie ein Grab.«

Er stand auf, winkte der Bedienung freundlich zu und verließ die »Hummel«, ohne sich noch einmal umzusehen.

Ich war sprachlos von soviel Impertinenz. Wollte er mich mit dem Bild tatsächlich in Schwierigkeiten bringen? Ich war in eine knifflige Situation geraten und verfluchte die Deist. Ich wußte, wer die Tote aus dem Kanal war, er nicht. Es war vertrackt, und Günter war alles zuzutrauen. Ich haßte ihn.

Wie hatte mein Haß eigentlich angefangen? Die Szene stand auf einmal lebendig vor mir. Günter war sechzehn Jahre alt, und wir hatten wegen seiner schulischen Leistungen Streit, er gammelte nur herum und wollte auf keinen Fall Abitur machen.

Da war ich wütend geworden und hatte ihn angeschrien: Spekulier bloß nicht auf eine Erbschaft, was du hier siehst und anfassen kannst, das gehört allein mir und nicht deiner Mutter. Keinen rostigen Nagel wirst du erben, dafür werde ich in meinem Testament sorgen. Lieber würde ich das Haus anzünden, statt es dir zu hinterlassen. Wir leben gottlob in einem freien Land, in dem jeder mit seinem Eigentum machen kann, was er will. Währenddessen saß er lächelnd vor mir und guckte zu mir hoch, dann stand er langsam auf und sagte gelassen, beinahe heiter: »Thomas, du bist ein Stinkreaktionär, genau wie die Zeitung, in der du schreibst.« Er hatte eine schwere Onyxschale vom Tisch genommen und mir vor die Füße geworfen. Als Irene ins Wohnzimmer gestürzt kam, aufgeschreckt durch den lauten Knall, hatte Günter das Wohnzimmer verlassen und war die Treppe hoch in sein Zimmer gegangen. Damals hatte ich erstmals dieses hinterlistige Lächeln in seinem Gesicht wahrgenommen, das mich bis heute zu Wutausbrüchen reizt.

Günter war noch einmal die Treppe heruntergekommen, er hatte die Hand auf die Schulter seiner Mutter gelegt und in einem glänzend gespielten traurigen Tonfall gesagt: »Mama, hast du gehört? Dein Haus will er anzünden und mit der Versicherungssumme verduften. So einer ist er, auf den müssen wir achtgeben. Laß künftig keine Streichhölzer mehr rumliegen.«

So war es. Die Szene stand vor mir, als wäre es gestern gewesen.

Als ich auf die Straße trat, blies ein kalter Wind, der Regen fieselte Bindfäden, ein Polizeiauto mit eingeschaltetem Blaulicht raste durch eine Pfütze an mir vorbei und versaute meinen Anzug.

Ich fand meinen Polen auf der Straße.

Auf dem Weg nach Unna, wohin ich unseren elektrischen Rasenmäher zur Reparatur bringen wollte, sah ich kurz vor Königsborn auf der rechten Straßenseite ein Hindernis; ich bremste ab und fuhr langsam heran. Neben einem Fiat Polski mit schwarzem Kennzeichen und weißen Ziffern stand ein ratlos dreinsehender Mann Mitte vierzig, mittelgroß, mit strähnigen strohblonden Haaren. Als er mich kommen sah, sprang er auf die Straße, winkte aufgeregt und zwang mich anzuhalten.

Ich stellte den Wagen kurz vor dem Bahnübergang ab und fragte, ob ich helfen könnte. Der Mann hob verzweifelt die Arme und deutete auf sein Auto: »Kaputt!«

»Wo wohnen Sie denn? Ich schleppe Sie ab«, sagte ich zu ihm, aber er verstand nicht, sondern zeigte immer wieder auf sein Auto und rief: »Kaputt!«

Er packte mich am Arm und zerrte mich zu seinem Wagen; voller Verzweiflung trat er gegen seinen rechten Vorderreifen.

So kamen wir nicht weiter. Ich holte ein Abschleppseil aus meinem Kofferraum und zeigte ihm, was ich vorhatte; er hüpfte vor Freude und riß mir das Seil aus der Hand. Ich setzte meinen Wagen einen Meter vor den seinen, und der Pole legte sich auf den Rücken, um beide Wagen aneinanderzukoppeln, ohne darauf zu achten, ob er sich schmutzig machte; er arbeitete schnell und geschickt. Als ich in meinem Wagen saß, um ihn abzuschleppen, fiel mir ein, daß ich nicht einmal nach seiner Adresse gefragt hatte, aber da stand er schon am Seitenfenster und reichte mir eine Visitenkarte. Ich las darauf die Adresse einer Baufirma, an die ich mich sofort erinnerte. Ihr Inhaber, Wilpert, war vor drei Jahren in einen Bauskandal verwickelt gewesen, unser »Tageskurier« hatte ausführlich darüber berichtet. Wilpert war, wenn ich mich recht entsann, im anhängigen Prozeß freigesprochen worden.

Wir fuhren los. Der Pole hinter mir manövrierte gut: er hielt das Abschleppseil ständig in Spannung, was im Stadtverkehr nicht leicht ist. Seine Umsicht verriet Erfahrung mit solchen Manövern.

Ich schleppte ihn auf einen weitläufigen Bauhof, über der breiten Einfahrt prangte in großen blauen Buchstaben: Wilpert & Co, Hoch- und Tiefbau.

Auf dem Hof lagen große Mengen Baumaterial, verschiedene Baumaschinen standen unter einer Überdachung; zwischen zwei Stapeln Klinkersteinen hielt ich an, mein Pole sprang sofort aus seinem Auto und löste das Abschleppseil, legte es zusammen und gab es mir zurück, ich verstand kein Wort, aber seine Gesten waren überschwenglich, er dankte mir wohl, endlos drückte er meine Hände und strahlte mich an. Es fehlte nicht viel, und er hätte einen Freudentanz aufgeführt.

Plötzlich hielt er inne, seine Augen wurden starr, und er blickte an mir vorbei. Ich drehte mich um und sah fünf Meter hinter mir einen dicken, wuchtigen Mann im blauen Overall, der mich von oben bis unten musterte, er war das Mißtrauen in Person.

»Was machen Sie denn auf meinem Hof?« fragte er unfreundlich.

»Das sehen Sie doch. Ich habe das Auto hergeschleppt. Diese polnischen Kisten, die sich hochtrabend Autos nennen, sollte man auf unseren Straßen verbieten.« Ich gab mich betont flapsig.

»Und die meisten Insassen dieser Kisten dazu. Wir Deutschen werden ständig angehalten, Autos mit Dreiwegekatalysator zu kaufen, aber das gilt ja für diese polnischen Umweltverpester nicht, diese Aussiedler sind ja auch was Besonderes.« Das kam mürrisch.

»Na ja, besser so eine Kiste als gar kein Auto«, erwiderte ich. Der Mann mußte Wilpert höchstpersönlich sein.

»Also, hau ab«, raunzte er den Polen an und wies mit einer herrischen Bewegung auf eine mit Eternit gedeckte Lagerhalle, vor deren breitem Schiebetor Arbeiter einen Lastwagen mit Anhänger entluden, große braune Tonröhren für den Ausbau der Kanalisation.

Während der Pole, wie mir schien, etwas ängstlich hinüberlief, fragte Wilpert: »Noch was?«

»Der Mann hatte eine Panne, ich kam zufällig vorbei und habe ihn hierhergeschleppt, er hat mir Ihre Visitenkarte gegeben.«

»Muß er ja immer bei sich haben. Falls er sich verläuft oder verfährt, kann er sie den Leuten unter die Nase halten. Das ist so, wenn man kein Deutsch versteht. Noch was?«

Seine Unfreundlichkeit steigerte sich zur Grobheit.

»Seine Panne war für mich allerdings ein Glücksfall. Ich bin vom ›Tageskurier‹, ich schreibe eine Reportage über eine polnische Aussiedlerfamilie. Mein Name ist Thomas Koch. Hier meine Karte.«

»Sind Sie fertig? Leute von der Zeitung sehen wir hier nicht gerne, mit diesem Gesocks habe ich so meine Erfahrungen. Verduften Sie, bevor der Kran dort umkippt und Ihr schönes Auto plattmacht.«

Er spuckte vor meine Füße, aber ich war mir nicht

sicher, ob das mir galt oder ob das so seine Art war. »Noch was?« Er wiederholte sich.

Ich dachte, wie kommt so eine Masse Mensch nur hinter das Steuer eines Autos.

»Ja. Ich würde mich gerne mit dem Mann und seiner Familie unterhalten.«

»Möchten Sie? Weiter nichts? Dann kommen Sie in zwei Jahren wieder, wenn er wenigstens hundert Wörter Deutsch versteht. Und jetzt fahren Sie durch das Tor hinaus, durch das Sie reingekommen sind, oder ich werde verdammt ungemütlich.«

Ich stieg ein und fuhr los, weiteres Bitten wäre zwecklos gewesen, Wilperts schroffes Benehmen ließ mich vermuten, daß er etwas zu verbergen hatte, was mit diesem Polen zusammenhing. Warum wollte er nicht, daß ich mit ihm sprach? Ich mußte irgendwie an seine Adresse kommen, und einen Dolmetscher brauchte ich auch.

In der Druckerei des »Tageskurier« beschäftigten wir einen Mann, der schon vor zwanzig Jahren von Polen hierher übergesiedelt war. Als früherer Pole mit deutschem Blut, wie er bei jeder sich bietenden Gelegenheit betonte – er hatte wirklich einen urdeutschen Namen: Waldmann –, schimpfte er am lautesten auf die Polen, die jetzt in die Bundesrepublik kamen, sein stereotypes Argument war: »Die fressen uns die Butter vom Brot. Wir bekamen zwanzig Mark auf die Hand, heute kriegt jeder von den Polacken ein Eigenheim hinterhergeworfen.«

Wenn ich dann schon mal dagegenhielt und sagte, unser Land sei damals froh über jede Arbeitskraft gewesen, während die Umsiedler heute es schwer hätten, überhaupt eine Arbeit zu finden, wurde er nur noch eifernder.

Ich könnte Waldmann als Dolmetscher gewinnen. Erst mußte ich aber die Adresse des Polen ausfindig machen, vielleicht müßte ich die Baufirma so lange observieren, bis er irgendwann mal alleine herauskam, zu Fuß oder in seiner stotternden stinkenden Kiste. Ich haßte diese Art Schnüffelei, aber ich hatte wahrscheinlich keine andere Wahl, denn ich wollte keine Aussiedler interviewen, die noch in Notquartieren hausten, im Lager Massen gab es genug davon, ich brauchte Leute, die bereits untergekommen waren, eine Arbeit hatten und sich in unserem Land halbwegs zurechtfanden.

Nein, dachte ich unterwegs, Waldmann kann ich doch nicht als Dolmetscher gebrauchen, der würde das Gespräch kontrollieren, auch wäre es ihm später möglich, die Glaubwürdigkeit meiner Serie zu überprüfen. Ich mußte einen anderen Weg finden.

Zu Hause wartete Irene mit einer bösen Überraschung auf. Wortlos reichte sie mir die Resolution gegen die Belegung unserer alten Schule mit polnischen Aussiedlern, die zu unterschreiben ich mich geweigert hatte und auf der sich nun schon sechzig Unterschriften fanden; dabei lag ein Brief, der an mich persönlich gerichtet war: eine fast ultimative Aufforderung, die Resolution zu unterschreiben, weil eine erneute Weigerung das über zwei Jahrzehnte ausgezeichnete nachbarschaftliche Verhältnis trüben würde, man sähe sich dann gezwungen, jeglichen Kontakt mit uns abzubrechen.

Das war eine Unverschämtheit, was bildeten sich diese Menschen eigentlich ein. Wo lebten wir denn? Ich sollte Resolution, Unterschriftenliste und Begleitbrief Dr. Neuhoff geben, er müßte sie veröffentlichen und einen gepfefferten Kommentar dazu schreiben.

»Da bleibt einem die Spucke weg«, rief Irene aufgebracht. »Thomas, was sagst du jetzt dazu? Ich habe geahnt, daß die Nachbarn nach deiner Diskussion mit dem Kahlen Asten im Garten etwas inszenieren würden.«

»Ich bin sprachlos, Irene. Ich möchte nur wissen, wer das inszeniert und wer den Brief formuliert hat.«

»Das ist doch jetzt unwichtig, Thomas, unterschrieben haben alle in unserer Siedlung, soweit ich gesehen habe.«

Irene war den Tränen nahe, sie schluckte heftig.

»Ich habe den Kahlen Asten in Verdacht. Irene, sei dir über die Tragweite dieses Briefes im klaren, das ist eine Hexenjagd, die uns da angedroht wird, das ist strafbar. Was ist nur in die Leute gefahren. Zwanzig Jahre Nachbarschaft, wie man sie sich besser nicht wünschen kann. Und jetzt das.«

»Thomas, ich habe Angst.«

Sollte ich ihr jetzt noch erzählen, was mir ihr Sohn im Café »Hummel« in Eving angedroht hatte, daß er mich mit dem Bild der Wasserleiche, das ich angeblich kaufen ließ, um etwas zu vertuschen, sogar erpressen wollte?

»Irene, ich muß etwas dagegen unternehmen, wir dürfen es nicht einfach nur zur Kenntnis nehmen und dann zur Tagesordnung übergehen. Verdammt, soweit ist es also schon gekommen, daß die Polenaussiedler Unfrieden unter deutschen Nachbarn stiften, daß die unsere Ruhe stören. Verdammtes Polenpack.«

»Um Gottes willen, Thomas, du redest ja auch schon wie die Nachbarn!« rief Irene erschrocken.

Ich erschrak vor mir selbst, aber das passiert eben, wenn man so an die Wand gedrückt wird; auf einmal richtete sich meine Wut nicht mehr gegen die Täter, unsere Nachbarn, die den unverschämten Brief geschrieben hatten, sondern willkürlich gegen die Opfer. Und ich wollte über die Polenaussiedler eine wohlwollende Serie schreiben!

»Was jetzt?« fragte Irene.

Wortlos verließ ich das Haus. Ohne zu zögern klingelte ich nebenan bei den Bergs. Die Haustür wurde aufgerissen, als hätte man auf mein Klingeln gewartet, Lilli stand lächelnd in der Tür, das Fernglas in der Hand, das sie wohl wegzustecken vergessen hatte. Als mein Blick auf das Fernglas fiel, legte sie es auf die Ablage an der Garderobe im Flur und errötete wie ein ertapptes Schulmädchen. Ohne zu fragen, was mich hierherführte, weil sie es vermutlich wußte oder jedenfalls ahnte, plapperte sie los: »Herr Nachbar, ich komme kaum mehr zum Arbeiten, seit ich in der Zeitung den Artikel über diesen seltsamen Vogel gelesen habe, diesen Wendehals, den sie zum Vogel des Jahres 1988 gewählt haben. Dauernd beobachte ich unsere Gärten hier, ob ich diesen ulkigen Vogel nicht doch noch vor die Linse bekomme. Ein origineller Vogel, der dreht seinen Hals um neunzig Grad, um seine Feinde abzuschrecken. Ach, wenn wir Menschen das könnten, nicht auszudenken. Aber bis heute ist mir dieser Sonderling noch nicht vor die Linse gekommen, trotz intensiver Beobachtung.«

Bezaubernd, wie Lilli log, das mußte man ihr neidlos zugestehen, und beinahe hätte ich meinen Zorn über sie und ihren Mann vergessen. Aber als sie hinzufügte: »Mein Mann ist nicht zu Hause« und schnell versuchte, mir die Haustür vor der Nase zuzuschlagen, fiel mir wieder ein, warum ich gekommen war.

»Wer sagt denn, daß ich zu Ihrem Mann will, Frau Berg. Ich will zu Ihnen, Frau Nachbarin.«

Lillis Augen flatterten, wieder überzog leichte Röte ihr Gesicht, ihre sonst keifende Stimme schmolz. Sie flüsterte: »Zu mir? Was steht denn an, Herr Koch?«

Sie war ehrlich überrascht, denn in den zwanzig Jahren, die wir nun schon Nachbarn waren, hatte ich sie noch nie allein aufgesucht; wenn es unter Nachbarn etwas zu klären und zu bereden gab, besprach ich das freundschaftlich mit ihrem Mann, Lilli mischte sich nie unaufgefordert in diese Gespräche ein, wenn doch, dann nur um zu bestätigen, was ihr Mann schon gesagt hatte.

»Richten Sie Ihrem Mann bitte aus, daß ich das Ultimatum an mich, das ja auch Sie, Frau Berg, unterschrieben haben, für eine Unverschämtheit halte«, dabei hielt ich ihr die Liste mit den Unterschriften vors Gesicht, aus dem sofort das Jungmädchenhafte verschwand und dem gewohnt bläßlich altjüngferlichen Ausdruck Platz machte, wenig später sah Lilli aus wie ein Raubvogel.

»Sagen Sie Ihrem Mann, ich werde einen Anwalt einschalten, denn das Schreiben erfüllt den Tatbestand der Nötigung, sogar der Erpressung. Glauben Sie ja nicht, daß meine Frau und ich diese Unverschämtheit widerspruchslos hinnehmen.«

Lillis Gesichtsfarbe wechselte erneut von blaß zu Rot, sie schnappte hörbar nach Luft. Mit einer katzenhaften Bewegung, wie ich sie ihr nie zugetraut hätte, wich sie zurück und warf mir die Haustür vor der Nase zu, so daß ich zurückschreckte und mich am Geländer festhalten mußte, um nicht zu fallen.

Als ich mich von meinem Schreck erholt hatte, war mir klar, daß die Reaktionen an allen Haustüren der Nachbarn, die den Schrieb unterzeichnet hatten, dieselben sein würden wie bei Lilli.

Sechzig Unterschriften, das waren dreißig Ehepaare, waren dreißig Wohnungen, denn man konnte davon ausgehen, daß die Kinder und die Halbwüchsigen nicht unterschrieben hatten.

Im Weggehen sah ich, wie sich die Gardinen in Bergs Studierzimmer bewegten. Er war also, wie ich vermutet hatte, doch zu Hause. Gut, dann wird Lilli ihm schon berichten, was ich zu sagen hatte, sie war bestimmt von ihm vorgeschickt worden, als ein besserer Vermittler; aber damit war es ja wohl nichts.

Um die Ecke in der Nebenstraße parkte Günters gelber Ford. Einen Moment war ich verblüfft, daß er sich nach seinem Auftritt im Café »Hummel« noch hierhertraute.

Vergnügt saßen Günter und Irene im Wohnzimmer beisammen, Irene hatte, bevor ich eintrat, laut über etwas gelacht, mein Erscheinen unterbrach ihre Fröhlichkeit, wahrscheinlich hatte sie durch den unvermuteten Besuch ihres Sohnes vergessen, weswegen ich bei den Bergs gewesen war und in welch mißlicher Lage wir uns befanden.

Günter drehte sich nicht einmal nach mir um, als er sagte: »Ach, Thomas, da bist du ja. Ich hatte in eurer Gegend zu tun, und da dachte ich, besuch mal Mama in ihrem großen Haus, da ist es immer gemütlich. Setz dich doch, Thomas, steh hier nicht herum wie ein Hindernis.«

Nicht aufregen, ruhig bleiben, sagte ich mir, nicht hinsetzen, stehen bleiben. Aber plötzlich stand Günter auf und nahm mir Brief und Unterschriftenliste aus der Hand, für mich so unerwartet, daß ich ihn nicht mehr abwehren konnte. Anscheinend hatte Irene ihn kurz über diese Angelegenheit informiert, alles sprach dafür. Aber warum diese Fröhlichkeit? Günter lief im Wohnzimmer auf und ab und las, ich sagte: »Man darf das nicht so wichtig nehmen« und setzte mich nun doch, das fehlte noch, daß er sich zu unserem Beschützer aufspielte.

»Nicht wichtig, Thomas? Alles ist wichtig im Leben. Wenn man sich darauf einläßt, worauf du dich eingelassen hast, dann muß man doch prüfen, wie dick die Eisdecke ist, auf der man steht. Stell dir vor, du brichst ein und ersäufst. Was soll Mama allein in dem großen Haus? Keine Sorge, ich ziehe hier nicht ein, das Haus ist mir viel zu großkotzig, das Haus könnte man höchstens verscherbeln und mit der Knete eine Weltreise machen.«

»Kind, sprich nicht immer solchen Unsinn. Du kannst einen richtig erschrecken«, lamentierte Irene und drohte dem einsneunzig großen Kind scherzhaft mit dem Finger. Günter lachte.

Das Läuten des Telefons erlöste mich, ich schaltete vom Apparat an der Garderobe im Flur in mein Arbeitszimmer um und rannte die Treppe hoch, nahm immer zwei Stufen auf einmal. Ich keuchte, als ich mich meldete. Es war Neuhoff, er fragte, ob ich die polnische Familie schon gefunden hätte, fragte, wie meine Recherchen stünden, der Start meiner Serie sei fürs erste Wochenende im Dezember festgesetzt.

Ich wünschte ihn zum Teufel, erwiderte jedoch freundlich, die Sache lasse sich gut an. Das war nicht einmal gelogen.

»Aber es hat sich in meinem privaten Umfeld etwas ereignet, über das ich dringend mit Ihnen sprechen muß, es hat indirekt mit meiner Serie zu tun.«

Er schwieg ein paar Sekunden und bat mich dann, zu ihm in die Redaktion zu kommen.

Ich holte Unterschriftenliste und Begleitbrief aus dem Wohnzimmer. Irene plauderte heiter mit Günter, sie sah nur einmal kurz zu mir auf, fragte nicht einmal, warum ich ging und wohin. Günter ignorierte mich völlig. Selten habe ich so erleichtert das Haus verlassen.

Ich fuhr mit dem Wagen in die Stadt, denn Parkprobleme gab es für den größten Teil unserer Belegschaft nicht, das Redaktionsgebäude verfügte über eine zweietagige Tiefgarage mit siebzig Einstellplätzen, die ausschließlich für Redaktionsmitglieder reserviert waren.

Unser Herausgeber, Dr. Ostermann, der im Erschließen neuer Geldquellen nie wählerisch, ja ein Genie im Ausbeuten neuer Goldadern war, wollte die siebzig Parkplätze in der Tiefgarage vor fünf Jahren an Geschäftsleute der Innenstadt vermieten, den Stellplatz für zweihundert Mark Monatsmiete. Man hätte sich um die Parkplätze gerissen, weil in der Innenstadt wegen der ständigen Bauereien für die U-Bahn permanent Parkmöglichkeiten fehlten. Aber Ostermann rannte damals vergeblich gegen den einmütigen Widerstand der gesamten Belegschaft an, um ein Haar wäre es sogar zum Streik gekommen. So solidarisch hatte ich den Zoo noch nie erlebt, vom Redakteur bis zur Sekretärin, vom Volontär bis zum Drucker waren sich alle einig, und wer sonst jeden Streik der Gewerkschaften attackierte oder gar als Terrorismus brandmarkte, gebärdete sich nun am wildesten und wollte am schnellsten die Rotationsmaschinen stillegen.

Ostermann hätte, wenn er mit seinem Plan durchgekommen wäre, vierzehntausend Mark Monatsmiete kassiert, und er war damals um keine Begründung verlegen. Er wolle, so sagte er bei seinem konzilianten Auftritt vor der Betriebsversammlung, auf der die Fetzen flogen, die Beschäftigten seines Hauses zwingen, öffentliche Verkehrsmittel zu benutzen und damit einen Beitrag zum Umweltschutz zu leisten. Dann ließ er aber doch von seinem Plan ab, als ihm der selten einmütige Protest der Belegschaft entgegenschlug, auch hatte der Betriebsrat mit rechtlichen Schritten gedroht.

Ostermann hatte bei der bewußten Belegschaftsversammlung beteuert, die Beschäftigten hätten keinen rechtlichen Anspruch auf kostenlose hauseigene Parkplätze, und immerhin habe er sein eigenes Geld in dieses Parkhaus gesteckt, niemand könne ihm verübeln, daß er seine immensen Investitionen irgendwann einmal wiederhaben wollte, schließlich sei er, Zeitung hin, Zeitung her, auch Geschäftsmann. Damit hatte er zweifellos recht.

Deshalb waren wir dann auch überrascht, als er seinen gewinnbringenden Plan aufgab. Denn Ostermann war so sehr Geschäftsmann und gleichzeitig blinder Gefolgsmann seiner Partei, daß er auch eine Annonce in sein Blatt hätte einrücken lassen, in der zum Krieg gegen die DDR aufgerufen wurde, Hauptsache, die Kasse stimmte.

Bevor ich mich bei Neuhoff melden ließ, suchte ich mein Büro auf, im Vorübergehen winkte ich den Kollegen durch die offenstehenden Bürotüren zu, der eine und andere winkte lässig zurück. Die Deist manikürte gerade ihre Fingernägel und ließ sich auch durch mich nicht im geringsten dabei stören. Wie üblich überflog ich die letzten Agenturmeldungen, die durch den Ticker kamen; während ich las, war die Deist hinter ihrem Bildschirm abgetaucht, und weil ich nicht mal mehr ihren Haaransatz ausmachen konnte, beugte ich mich weit nach links um

meinen Schreibtisch, um sie zu sehen. Sie hatte eine neue
Frisur: entweder hatte sie sich einen Bubikopf schneiden
lassen, oder sie trug eine Perücke.

»Steht Ihnen aber gut, Frau Deist«, log ich, denn ich
fand sie scheußlich.

Sie schoß hoch, und ihre Augen funkelten. »Ich dachte
schon, Sie hätten das nicht bemerkt.«

»Ich war in Gedanken. Entschuldigen Sie.«

»Ihre Gedanken möchte ich mal haben«, erwiderte sie
und kam an meinen Schreibtisch. Sie setzte sich auf die
Schreibtischkante, ihr linker Fuß berührte noch den Boden, das rechte Bein blieb auf halber Höhe angewinkelt;
dabei rutschte ihr ohnehin schon kurzer Rock noch weiter
nach oben – die Deist war beeindruckend.

»Herr Koch, am vergangenen Samstag war ich mit einer
Freundin in einer Luxusdisco in Düsseldorf. Das war vielleicht ein Schuppen, die Männer stanken zehn Meter gegen den Wind nach schwul, bei denen waren alle Glieder
weich, weicher geht's nicht.«

»Warum gehen Sie dann in so einen Laden, wenn Sie von
vornherein wissen, daß...«

»Wußten wir doch vorher nicht! Meine Freundin hatte
nur gehört, daß dort Pfeffersäcke verkehrten, die für einen
Popoklatsch einen Hunderter springen lassen. Waren aber
mehr Säcke da als Pfeffer und Geld.«

Offensichtlich war sie in der Nacht trotzdem auf ihre
Kosten gekommen, denn sie spitzte genießerisch den
Mund und schloß die Augen, als spiele sich alles noch ein-
mal vor ihrem inneren Auge ab.

Abrupt stand sie auf, wackelte mit den Knien und zup-
pelte ihren Rock nach unten, mit wenig Erfolg allerdings,

und als sie sich noch einmal geschüttelt hatte, sagte sie zu meiner Verblüffung: »Die Tote aus dem Kanal ist immer noch nicht identifiziert worden, aber die Todesursache steht nach der abermaligen Obduktion wenigstens einwandfrei fest. Sie ist wahrscheinlich nicht ertrunken, sondern hat einen Schlag über den Hinterkopf gekriegt. Dann wurde sie ins Wasser gestoßen, vielleicht hat ihr das aber auch den letzten Rest gegeben.«

Zu meinem Unbehagen zog sie das Bild der Toten, das zwischen den Ordnern im Regal steckte, hervor und betrachtete es. »Eine schöne Frau. Sieht aus wie eine gute Schwimmerin. Jammerschade um so eine Person.« Dann schob sie das Bild wieder zurück.

»Meinen Sie nicht auch, daß es geschmacklos ist, dieses Bild hier im Büro aufzubewahren, Frau Deist? Jemand könnte es zufällig entdecken und sich wer weiß was darauf zusammenreimen.«

»Wieso geschmacklos? Ich habe es schließlich ehrlich erworben und von meinem Geld bezahlt. Und was ich bezahlt habe, das ist mein Eigentum, und damit kann ich machen, was ich will. Sie wollten ja nicht zur Polizei gehen.«

»Und warum sind Sie nicht zur Polizei gegangen, Frau Deist? Was hindert Sie daran?«

Sie blickte mit großen runden Augen auf mich herab und wollte etwas sagen, doch da läutete das Telefon. Neuhoff bat mich zu sich. Sein Anruf bewahrte mich vermutlich vor noch pikanteren Details ihres Düsseldorfer Abstechers; wenn die Deist mal in Fahrt war, wurde ihr Mitteilungsbedürfnis endlos, sie redete sich dann regelrecht in einen Rausch, und ich war nicht immer sicher, ob sie das alles erlebt oder nur erfunden hatte, vielleicht wünschte sie sich auch, daß ihre Phantasien Wirklichkeit würden.

Neuhoffs Schildchen »Eintreten ohne anzuklopfen« amüsierte mich wie immer. Er begrüßte mich jovial und geschäftig. Ich legte den Brief und die Unterschriftenliste wortlos auf seinen Schreibtisch.

»Lesen Sie erst mal, Herr Neuhoff, dann sagen Sie mir, was Sie darüber denken und was ich, was wir dagegen unternehmen könnten.«

Neuhoff wies auf einen Sessel, und ich nahm erwartungsvoll Platz, meine Anspannung wuchs, je länger er las. Er las den Brief mehrmals und studierte sorgfältig die Namen auf der Unterschriftenliste, sein Gesicht blieb ausdruckslos. Plötzlich sprang er auf, rannte durch sein Büro und wedelte mit den Blättern.

»Das ist doch wohl ein Hammer. Donnerwetter, das also ist in unserem Lande schon wieder möglich, Menschen drohen, nur weil Sie für geknechtete Menschen eintreten. Donnerwetter. Und jetzt?«

»Herr Neuhoff, Sie werden hoffentlich Verständnis dafür haben, daß ich aufgrund dieses Vorfalls meinen Auftrag zurückgeben muß. Entbinden Sie mich davon, diese Serie zu schreiben.«

Er blieb vor mir stehen und stierte mich an, als könnte er nicht fassen, worum ich ihn gerade gebeten hatte.

»Sind Sie verrückt?« blaffte er. »Jetzt müssen Sie die Story erst recht schreiben. Wir lassen uns doch von Ihrem Nachbargesindel unsere Überzeugung nicht kaputtmachen, vor denen kuschen wir nicht. Bei mir wird nicht gekniffen, Herr Koch, damit das ein für allemal klar ist. Jetzt wird marschiert, und Sie marschieren im ersten Glied.«

»Aber versetzen Sie sich doch bitte mal in meine Lage, Herr Neuhoff: Ich unterschreibe den Protest gegen die Errichtung eines Notquartiers in unserer alten Schule nicht; was das bedeutet, haben Sie eben gelesen. Wenn ich den Leuten in ein paar Wochen noch meine Serie vorsetze, würden sie sich erst recht provoziert fühlen und das außerdem noch als persönliche Beleidigung empfinden; die Serie soll ja, darüber waren wir uns einig, aussiedlerfreundlich ausfallen – wie die Aussiedler in Polen drangsaliert wurden, gequält, ihre Menschenwürde täglich mit Füßen getreten worden ist. Und nun denken Sie mal an mich! Ich könnte doch möglicherweise gezwungen werden, mein Haus zu verlassen, es zu vermieten oder zu verkaufen, weil ich dort einfach nicht mehr in Ruhe leben kann. Daß mir einer mit körperlicher Gewalt kommt, das traue ich keinem zu; aber die Nachbarn werden mich und meine Frau schneiden und mir das Leben zur Hölle machen.«

Neuhoff war meinen Einwänden mit offenem Mund und großen Augen gefolgt, er schien mich tatsächlich nicht zu verstehen, meine prekäre Lage nicht zu begreifen; diese Serie wäre nur Öl ins Feuer meiner Nachbarn, sie würde die Leute nur noch mehr reizen, statt sie zu beruhigen.

»Haben Sie sich schon um eine Aussiedlerfamilie bemüht, schließlich sind Sie nicht zum Ferienmachen freigestellt«, brummelte er und setzte sich wieder hinter seinen Schreibtisch. Ich trat zum Fenster und sah hinaus auf den häßlichen Hinterhof und die fensterlose Fassade eines Lagerhauses. Dabei berichtete ich Neuhoff kurz von meiner Begegnung mit dem Polen auf dem Weg nach Unna, doch das schien ihn wenig zu interessieren, aber als ich ihm von dem sonderbaren Gebaren des Bauunternehmers Wilpert erzählte, war er ganz Ohr, er wurde ganz aufgeregt und rannte wieder mit fuchtelnden Armen durch sein Büro.

»Das ist doch schon was, Herr Koch. Ich habe auch schon eine Schlagzeile für die Serie: ›Deutscher schleppt Polen zur Arbeit‹. Na, wie finden Sie das? Großartig, nicht wahr, großartiger geht's gar nicht.«

Er lachte dröhnend über seinen Einfall, begriff die Zweideutigkeit dieser Überschrift nicht.

»Bleiben Sie am Ball, Herr Koch, angeln Sie sich den Mann. Das ist prächtig.«

»Die Sache hat nur einen Haken. Ich weiß noch nicht, wo der Mann wohnt, der Bauunternehmer mauert, ich weiß auch nicht, wie er heißt, ob er überhaupt eine Familie hat, ob er noch im Lager lebt oder schon eine Wohnung hat. Aber da ist noch ein anderes Problem: er versteht kaum zehn Worte Deutsch.«

»Was!« rief Neuhoff verblüfft. »Er spricht kein Deutsch. Das gibt's doch nicht, das darf doch nicht wahr sein. Da können Sie mal wieder sehen, wie die Ostblockstaaten die deutsche Minderheit geknebelt hat, nicht mal ihre Muttersprache durften diese armen Menschen sprechen. Das muß in Ihrer Reportage besonders hervorgehoben werden, ganz groß. Hängen Sie sich an diesen Mann, Sie haben, wenn es nötig werden sollte, meine volle Unterstützung. Die Spesen können natürlich erhöht werden, wenn Sie außergewöhnliche Ausgaben haben sollten. Einen Dolmetscher finden Sie leicht, setzen Sie sich mit dem Auslandsinstitut in Verbindung, da wimmelt es nur so von Dolmetschern mit östlichen Sprachen. Na los, auf was warten Sie noch, sehen Sie zu, daß Sie den Knüller in den Kasten bringen.«

Es war zwecklos, ihm noch einmal meine Einwände klarzumachen, für Neuhoff hatten sie die Reportage eher reizvoller gemacht, und ich brachte auch nicht mehr den Mut auf zu widersprechen. Bedrückt ging ich zurück in mein Büro.

An meinem Schreibtisch saß Wolters und schäkerte mit der Deist, er sprang jedoch sofort auf, als ich das Büro betrat; ihr Flirt war nach meiner kurzen Wahrnehmung schon bis zur Entflammung gediehen, sowohl die Deist als auch Wolters waren in Hitze geraten.

»Herr Koch«, rief mir die Deist entgegen, »unser Benjamin ist vielleicht ein Schätzchen. Als ich ihm von der Luxusdisco in Düsseldorf erzählte, ist das Schätzchen rot geworden. So geht das mit ihm nicht weiter, er muß mal in die richtigen Hände, damit endlich ein Mann aus ihm wird.«

Sie sagte das so entschieden, daß kein Zweifel darüber bestand, wer dafür die richtigen Hände hatte.

»Sie schreiben eine große Reportage, Herr Koch? Gratuliere. Wird auch Zeit, daß Abwechslung und Farbe in unser Blatt kommen. Seit vierzehn Tagen diktiert nur noch die Sportredaktion mit ihren Spielen in Korea, was gedruckt wird. Alle Seiten werden kastriert, dabei hinken wir doch sowieso dem Rundfunk und dem Fernsehen hinterher, weil die aktueller sind.«

»Junger Kollege, wissen Sie, warum die Leute Zeitung lesen? Sie wollen lediglich schwarz auf weiß bestätigt haben, was sie aus dem Fernsehen längst wissen. Davon leben wir, immer nach dem Motto: Was der Leser schwarz auf weiß besitzt, kann er getrost nach Hause tragen. Merken Sie sich das. Wenn es nicht so wäre, gäbe es bald keine Zeitungen mehr.«

Die Deist holte Konfekt aus ihrem Schrank und schenkte Kaffee ein, dabei umschnurrte sie ungeniert den armen Wolters, der in meiner Gegenwart verlegen wurde und nicht wußte, wie er auf die vielsagenden Blicke und eindeutigen Gesten dieses Weibes reagieren sollte. Ich amüsierte mich heimlich über die beiden, weniger über Wolters' Verlegenheit als über die Raffinesse und Abgebrühtheit dieses wohlgeformten Luders, das es immer wieder fertigbrachte, Männer zu umgarnen, nur um sie wenig später lächerlich zu machen.

Nun war offensichtlich unser Benjamin fällig, sein Lehrgeld zu zahlen. Er tat mir schon jetzt leid, er hätte längst wissen müssen, daß die Deist im ganzen Haus gefürchtet war, ihretwegen hatte es in der Vergangenheit einige peinliche Auftritte gegeben, eifersüchtige Ehefrauen waren aufgebracht in die Redaktion gestürmt und hatten filmreife Szenen abgezogen, aus denen die Deist stets als Siegerin hervorgegangen war, weil sie den Eifersüchtigen hochmütig entgegnet hatte: »Verehrteste, was wollen Sie eigentlich von mir? Ich bin Ihrem Mann nicht nachgelaufen. Wenn ein verheirateter Mann einer anderen Frau nachhechelt, dann muß der Grund dafür im heimischen Bett liegen.« Um in solchen Augenblicken nicht vor Wut zu platzen angesichts ihrer Unverschämtheit, verließen die gehörnten oder angeblich gehörnten Ehefrauen und Freundinnen meist fluchtartig das Gebäude, die Deist stand wie eine Rachegöttin im Büro oder auf dem Flur, wo diese Auftritte sich zum Vergnügen aller abspielten, und ließ sich als Siegerin feiern. Sie drehte sich im Kreise der Neugierigen oder Schadenfrohen wie eine Filmdiva vor einer Meute Fotografen, und auf ihrem Gesicht konnte jeder lesen: Wie war ich?

Daß sie, trotz der Skandale, die sie provozierte, noch nicht entlassen worden war, lag wohl daran, daß sie, was als Gerücht durch die Büros lief, vor Jahren ein Verhältnis mit Dr. Neuhoff gehabt haben soll, zu einer Zeit, da sie gerade achtzehn war und noch hemmungsloser als heute.

»Greif zu«, ermunterte Monika Deist den lieben Wolters und schmachtete ihn an. »Das Konfekt ist zwar vom Supermarkt, aber trotzdem gut.«

Als das Wort Supermarkt fiel, wußte ich, wohin ich zu gehen hatte.

Ungeduldig wie ein Verliebter, der seinem ersten Rendezvous entgegenfiebert, wartete ich in meinem Wagen. Es war bereits neunzehn Uhr, und der Supermarkt hatte vor einer halben Stunde geschlossen. Die ersten Verkäuferinnen verließen das schon abgedunkelte Flachdachgebäude durch den Lieferanteneingang und wurden von Ehemännern oder Freunden mit dem Auto abgeholt, einige rannten wie gehetzt zur nahen Haltestelle, um die nächste Straßenbahn zu erreichen.

Charlotte Fuchs ließ auf sich warten. Als Leiterin eines großen Supermarkts hatte sie einen langen Arbeitstag. Wenn ihre Mitarbeiterinnen die Kittel auszogen und den Straßenmantel überstreiften, saß sie noch vor Abrechnungen und Formularen, trotz elektronischer Kassen und computergesteuertem Warenabgang, die genau erfaßten, was tagsüber verkauft worden war, und den Bedarf neuer Waren automatisch an das zentrale Auslieferungslager übermittelten.

Es war halb acht geworden und dunkel. Zwischendurch war ich versucht gewesen nachzusehen, ob die vier jungen Männer noch in ihrem provisorischen Lager herumlungerten oder schon nach Hause gegangen waren, hatte es dann aber doch unterlassen, weil ich fürchtete, Charlotte Fuchs zu verpassen.

Trotz der fahlen Beleuchtung nahm ich ihr kurzes Erschrecken wahr, als ich aus meinem Wagen stieg, den ich gegenüber der Laderampe abgestellt hatte, und ihr in den Weg trat. Ich hatte richtig vermutet, der kleine Fiat, der am Ende der Laderampe stand, gehörte ihr.

»Sie?« stieß sie hervor. Sie hatte mich also wiedererkannt.

»Ich habe auf Sie gewartet. Entschuldigen Sie, wenn ich Sie erschreckt habe.«

»Was wollen Sie von mir? Warum so geheimnisvoll?«

»Ich wollte mit Ihnen reden, und weil das etwas länger dauern wird, ist diese zugige Ecke wohl nicht der richtige Platz für eine Unterhaltung. Kennen Sie hier ein Lokal, wo man ungestört sitzen kann?«

Sie zögerte ungewöhnlich lange und betrachtete mich aufmerksam, blickte sich auch einige Male um, als fürchtete sie, beobachtet zu werden. Endlich antwortete sie: »Ich hatte eigentlich vor, heute abend meine Mutter zu besuchen. Kennen Sie das Café ›Hummel‹ in Eving? Da sitzt man ungestört. Aber fahren Sie nicht hinter mir her, das macht mich nervös. Ich muß vorher noch zur Sparkasse, die Geldbombe einwerfen.«

In der »Hummel« hatte ich vor Tagen schon mit Günter gesessen, als er mir von dem Bilderkauf der Deist erzählte, den er zufällig beobachtet hatte und mit dem er mich erpressen wollte.

Zehn Minuten nachdem ich das Café betreten hatte, das auch Suppen, Wurst und Käsebrote auf der Speisekarte anbot, betrat Charlotte das Lokal. Sie kam, als sie mich ausgemacht hatte, zielstrebig an meinen Tisch. Ihre energischen Schritte täuschten jedoch, denn sie schlug die Augen nieder, als wollte sie sich vor den Gästen tarnen.

Sie bestellte Hühnersuppe mit einem Stück Graubrot, sie sah erschöpft aus, kein Wunder nach dem anstrengenden Arbeitstag, ihre Augen suchten verstohlen den Raum ab, der nur spärlich besetzt war.

Während sie ihre Suppe löffelte, fragte ich: »Wie geht es den vier jungen Männern im Hafen?«

Sie nickte eifrig vor sich hin, wahrscheinlich war sie mir für diese Frage dankbar, ein feines Lächeln und eine zarte Röte zogen über ihr Gesicht. Sie hatte Charme, wäre sie mir früher über den Weg gelaufen, ich hätte ihr verfallen können.

»Die vier Lausbuben haben es gut, sie haben einen milden Herbst erwischt. Ich habe sie erst gestern wieder besucht. Die Arbeitslosigkeit bekommt ihnen bestens.«

»Wurden Sie wieder mit ›Fuchs, du hast die Gans gestohlen‹ begrüßt?«

»Natürlich, die können es nicht lassen. Wenn man keine Arbeit hat und den ganzen Tag Zeit zum Grübeln und für Schabernak, kommt man auf die absurdesten Ideen. Schade um die vier Bengels, die würden gern arbeiten. Aber ich kann ihnen leider nicht helfen. Ich bin froh, daß sie im Hafen ihre Zeit totschlagen und nicht den Skinheads hinterherlaufen, ich kriege immer eine Gänsehaut, wenn von denen einer den Laden betritt.«

»Ich bin Günters Stiefvater«, sagte ich, als sie ihre leere Suppentasse von sich schob.

Ich hatte Erstaunen oder Verwunderung erwartet, aber

sie sagte nur: »Ich weiß. Glauben Sie, ich hätte mich mit einem wildfremden Mann an einen Tisch gesetzt?«

»Sie wissen…?«

Sie lachte. Wie schön sie war, wenn sie lachte, ihre Zähne leuchteten, ihre Fröhlichkeit machte sie zehn Jahre jünger, dabei würde man sie ohnehin nicht auf vierzig schätzen.

»Erstens kenne ich Sie von einer Fotografie, die mir Günter gezeigt hat, Ihre Frau war auch mit drauf, dann sehe ich Sie auch manchmal in der Zeitung, bei offiziellen Anlässen oder wenn über einer Reportage, die Sie geschrieben haben, Ihr Konterfei steht. Auch bei der Beerdigung meiner Großmutter habe ich Sie zu meiner Überraschung auf dem Friedhof rumlaufen sehen.«

»Dann haben Sie also schon bei unserem ersten Treffen gewußt, wer ich bin?«

»Natürlich. Es gab aber keinen Grund, Ihnen das zu sagen, weil nicht damit zu rechnen war, daß wir uns noch einmal begegnen. Ich kenne auch Ihr Haus, Günter ist mit mir einmal daran vorbeigefahren, nur um mir zu zeigen, was er einmal erben wird. Entschuldigen Sie, ich wünsche Ihnen natürlich ein langes Leben. Wie gesagt, ich sehe Ihr Bild manchmal in der Zeitung.«

»Das läßt sich leider nicht vermeiden.«

»Ist das schlimm? Unsereiner kommt nie in die Zeitung. In die Zeitung kommen nur Prominente oder Kriminelle«, sagte sie leise.

»Na, ganz so einseitig ist unsere Zeitung nun auch wieder nicht. Wenn Sie den ›Tageskurier‹ regelmäßig lesen, dann müßten Sie wissen, daß bei uns weit mehr Normalbürger abgebildet werden als in anderen Blättern.«

»Weswegen wollen Sie mit mir sprechen, Herr Koch?«
fragte sie direkt. »Ich nehme an, Günter weiß nichts von
diesem Treffen. Wollen Sie mich etwa dazu überreden,
von Günter zu lassen? Die so viel ältere Frau soll dem jungen stattlichen Mann nicht die Zukunft verbauen. Hören
Sie, ich...«

»Nichts von alledem, das liegt mir nun weiß Gott fern,
deswegen sitzen wir nicht hier. Im Gegenteil, ich persönlich bin froh, daß Günter mit Ihnen zusammenlebt, weil
ich glaube, daß Sie einen guten Einfluß auf ihn haben.«

»Woher wollen Sie das wissen? Ich habe ihn nicht zu mir
geholt, er stand vor fünf Jahren mit zwei Koffern einfach
vor meiner Tür, obwohl wir uns erst vier Wochen kannten. Er hat gesagt: Ich spüle das Geschirr, ich wasche die
Wäsche, ich putze die Wohnung, ich gehe einkaufen. Ich
war richtig erschrocken, aber ich hatte auch keinen
Grund, ihn wegzuschicken. Die vergangenen fünf Jahre
haben wir gut miteinander gelebt. Ich wünschte, Verheiratete würden eine Ehe so führen wie wir unser, nun ja, Verhältnis, dann gäbe es weniger Scheidungen.«

»Dann werden Sie auch wissen, Frau Fuchs, daß das
Verhältnis zwischen Günter und mir, vorsichtig ausge-
drückt, nicht gerade das allerbeste ist.«

»Ich ahne mehr, als ich weiß, aber ich will auch keine
Einzelheiten wissen, das würde mein Verhältnis zu Günter
nur belasten. Er hat, als er zu mir zog, als Grund für seinen
Auszug angegeben, das Haus seiner Mutter sei ihm zu
groß. Es ist ja auch ziemlich groß, ich kenne es zwar nur
von außen, aber man kann sich vorstellen, wie es innen
aussieht.«

»Sie hätten ruhig läuten können.«

»Es war für beide Teile besser, daß ich nicht geläutet habe. Ist das etwa der Grund, warum wir hier sitzen?«

»Günter hat mich gebeten, zur Beerdigung Ihrer Großmutter auf den Friedhof zu kommen. Und ich war da. Anschließend hat er mich in das Café hier eingeladen und erzählt, der dicke Mann aus Polen wäre ein Sohn Ihrer Großmutter, der Bruder Ihrer Mutter.«

»Halbbruder«, warf sie ein und machte ein ungläubiges Gesicht. »Er ist wieder abgereist, er hatte es eilig, nach Polen zurückzukommen. Kein Wunder, er ist dort mit Schiebereien reich geworden; für Dollars besorgt er alles und sofort, nur bei U-Booten dauert es ein wenig länger, hat er gesagt. Er hat sogar ein Dollarkonto.«

»Kommt er aus Gnesen?« fragte ich ins Blaue hinein.

»Wie bitte? Wie kommen Sie denn darauf? Nein, er wohnt im früheren Kattowitz.«

Mir war, als wäre sie bei dem Wort Gnesen zusammengezuckt. Ich tat aber so, als hätte ich nichts bemerkt.

»Warum wir hier sitzen, das möchte ich Ihnen jetzt sagen. Sie wissen doch von der Toten, die man ganz in der Nähe Ihres Supermarkts aus dem Wasser gezogen hat. Nun, diese junge Frau hat sich, aus welchen Gründen auch immer, in der Stadt in einem Fotogeschäft fotografieren lassen, ihr Porträt hing im Schaufenster dieses Geschäfts. Meine Mitarbeiterin hat das Bild entdeckt und sofort erkannt, daß es sich um die Tote handelte, von der die Polizei bis heute nicht weiß, wer sie ist. Meine Mitarbeiterin kam nun auf die unsinnige Idee, dieses Bild zu kaufen. Günter hat das zufällig gesehen und mir hier in dem Café vor einigen Tagen davon berichtet. Jetzt aber kommt das entscheidende Detail: Günter hat mir nämlich glatt mit

Erpressung gedroht, weil wir den Fund, ich meine die Existenz des Bildes, nicht der Polizei gemeldet haben, schließlich hätte mit diesem Bild die Identität dieser Person geklärt werden können.«

Charlotte Fuchs hatte mir mit wachsendem Interesse zugehört, ihre Augen klebten geradezu an meinen Lippen, und plötzlich war etwas wie Schrecken oder Furcht in ihrem Gesicht; ihre Hände fuhren unruhig über die Tischdecke, und sie begann, mit den Untersetzern zu spielen.

»Sie hat sich fotografieren lassen?« hörte ich sie leise sagen. »Mein Gott, wer konnte das ahnen, das ist ja...«

»Wie bitte? Was ist, Frau Fuchs?«

Nun war ich es, der Grund hatte, über ihr Verhalten verwundert zu sein, ich faßte sie leicht bei ihren fahrigen Händen. Sie zuckte hoch, blickte mich wie erwachend an, als hätte sie vergessen, wo wir waren, dann gab sie sich einen Ruck und sagte mit fester Stimme: »Ach, da dürfen Sie sich nichts draus machen, Günter treibt ab und zu solche makabren Spielchen, die nicht jedermanns Sache sind. Großmutter hat er einmal damit erschreckt, daß er ihr erzählte, er sei bei einer Wahrsagerin gewesen, und die hätte Großmutter ein Alter von hundertfünfzig Jahren prophezeit.«

»Wieso erschreckt«, stutzte ich.

»Na ja, für Großmutter war es ein Schreck, sie wollte keine hundertfünfzig werden, sondern sterben. Je früher der Tod, desto besser für sie.«

»Dann war das weiß Gott ein makabrer Scherz«, pflichtete ich ihr bei.

»So, die Tote hat sich also vor ihrem Tod noch fotografieren lassen.«

»Wahrscheinlich wollte die junge Frau das Bild jemandem schenken, es war gerahmt und unter Glas.«

»Herr Koch, warum waren Sie eigentlich an dem Tag, als wir uns trafen, im Hafen?«

»Warum?« Ihre Frage kam so unvermittelt, daß sie mich für einen Moment in Verlegenheit brachte. »Rein professionelle Neugier. Ich wollte mal die Anlegestelle der ›Santa Monica‹ wiedersehen, wo die Frau gefunden wurde. Wir haben in unserer Zeitung dreimal darüber berichtet, da ergibt sich so was von selbst, das ist bei Zeitungsleuten wie ein Zwang.«

»Einfach von selbst, wie ein Zwang«, ahmte sie mich nach.

»Manchmal tut man Dinge, ohne zu wissen, warum man sie tut«, fügte ich hinzu.

»So wie plötzlich etwas vom Himmel fällt«, sagte sie und lächelte vielsagend.

»So wie sich plötzlich herausstellt, daß ein dicker Mann aus Polen bei einer Beerdigung auftaucht und noch dazu ein Halbbruder Ihrer Mutter ist.«

»Na ja«, erwiderte sie, als sei ihr das Gespräch lästig geworden, »Polen können jetzt leichter ins westliche Ausland reisen, es geht nicht mehr so bürokratisch zu. Trotzdem kommt es einem noch vor wie im Märchen.«

»Jaja, diese Polen heutzutage, die tauchen bei uns auf, als wüchsen sie aus dem Boden, da habe ich meine Erfahrungen. Steht doch neulich plötzlich ein Fremder in meinem Garten und bittet mich um Kaffee und belegte Brote, er setzt sich auf unsere Terrasse und erzählt mir, einem wildfremden Menschen, er sei auf der Suche nach seiner fünfundzwanzigjährigen Stieftochter Klara, die in die

Bundesrepublik gereist wäre. Der Mann kam übrigens aus Gnesen, deshalb vorhin meine Frage. Und seine Stieftochter soll nicht hier angekommen sein. Ich rätsele bis heute, warum er gerade mich aufgesucht hat, und noch dazu auf so geheimnisvolle Weise.«

Charlotte Fuchs baute ausdauernd dreistöckige Bierdeckelhäuser und warf sie dann, so sie nicht von selbst zusammenfielen, wieder um.

»Ach ja, diese Klara, seine Stieftochter, hat der Mann erzählt, wollte hier in Dortmund zu einer Familie Fuchs. Ich habe ihm gesagt, in unserer Stadt gibt es wahrscheinlich tausend Menschen, die Fuchs heißen.«

Wieder fiel ein Bierdeckelhaus zusammen, Charlottes Charme war unter einer Maske verschwunden, und die Maske sah alt und abweisend aus.

»Eine unwahrscheinliche Geschichte, meinen Sie nicht auch? Was die Geschichte aber noch unwahrscheinlicher macht, ist die Tatsache, daß ich niemanden persönlich kenne, der Fuchs heißt.«

»Sie kennen doch mich?«

»Stimmt, aber damals, als der Mann in meinem Garten war, kannte ich Sie noch nicht. Und wenn, was sollte eine junge Frau aus Gnesen in Polen bei Ihnen?«

»Da haben Sie allerdings recht.«

»Nun, der Mann aus Gnesen hatte ganz gute Manieren und sprach ein gepflegtes Deutsch. Inzwischen wird er wahrscheinlich erfahren haben, daß seine Stieftochter tot ist, wenn er noch in der Stadt ist, hat er aus den Zeitungen bestimmt von diesem schrecklichen Unglück erfahren.«

»War es ein Unglück?« fragte Charlotte schnell.

»Das kommt darauf an, was man unter Unglück versteht, Frau Fuchs.«

»Jaja, was man darunter versteht, ich weiß. Aber ich muß jetzt gehen, sonst sorgt sich meine Mutter, ich habe mich bei ihr zum Essen angesagt. Sie nimmt immer das Schlimmste an, wenn ich nicht pünktlich bin. Und sie hat gerade in Ihrer Zeitung gelesen, daß neulich die Leiterin einer coop-Filiale überfallen und beraubt wurde, als sie die Geldbombe mit der Tageseinnahme zum Nachtschalter ihrer Bank brachte.«

Ehe ich sie daran hindern konnte, legte sie einen Zehnmarkschein auf den Tisch und verließ das Café. Es war fast eine Flucht.

Da saß ich nun wie gefoppt.

Hatte ich mehr erwartet? Hatte sie etwas mit Klara zu tun?

Ich verwarf diesen Gedanken so schnell, wie er gekommen war.

Irene sah sich die Fernsehübertragung aus Seoul an und begrüßte mich mit dem begeisterten Ausruf: »Stell dir vor, Thomas, die Steffi Graf hat es geschafft, sie hat die Goldmedaille gewonnen. War aber auch zu erwarten.«

Ich schenkte mir ein Glas Rotwein ein, setzte mich zu Irene auf die Couch und streckte die Beine von mir. Die Entspannung tat gut.

»Das Mädchen wird sich jetzt vor Werbeaufträgen nicht mehr retten können«, sagte Irene stolz wie Steffis Mutter und knabberte an einer Tafel Schokolade.

»Es sei ihr gegönnt«, antwortete ich, nur um etwas zu sagen.

»Hast du schlechte Laune? Dann reagier dich in der

Redaktion ab. Du solltest deinen Beruf an den Nagel hängen, Schreiben bringt Ärger, und Ärger macht krank und alt. Für beides sind wir noch zu jung.«

»Sag mal, das mit dem Journalismus an den Nagel hängen, das meinst du doch nicht im Ernst«, fragte ich sie irritiert, weil ich das in der letzten Zeit schon öfter von ihr gehört hatte.

»Mein voller Ernst«, sagte sie und nickte bekräftigend.

Ich parkte auf dem Gelände des Gewerbegebiets in einer Werksstraße, die für den öffentlichen Verkehr gesperrt war, ein paar Meter vor einem geschlossenen Werkstor; ich legte die Rückenlehne meines Sitzes so weit nach hinten, daß ich durch die Frontscheibe die Einfahrt von Wilpert & Co beobachten konnte, ein Passant hätte mich nur sehen können, wenn er direkt neben meinem Wagen vorbeigekommen wäre. Ich stellte mich schlafend.

Ich war auf gut Glück hierhergefahren, denn irgendwo mußte ich ja ansetzen, auf sofortigen Erfolg konnte ich nicht hoffen, Geduld und Ausdauer gehörten nun mal zu meinem Beruf.

Drei lange Stunden lag ich in meinem Auto, hörte Musik, dreimal Nachrichten, die geistlose Werbung und die noch geistloseren Kommentare der Moderatoren. Dabei ging mir Charlotte Fuchs nicht aus dem Kopf, über deren Gesicht die Stimmungen wie Wellen gezogen waren, Erschrecken und Freude, Bestürzung und Erleichterung. Mir wurde immer klarer, daß Charlotte Fuchs etwas zu verbergen hatte. Im Laufe meines Lebens hatte ich mit einigen Menschen zu tun gehabt, in deren wechselnden Mienen ich lesen konnte wie in einem Buch.

Aus dem Radio kam die Nachricht, daß Franz Josef Strauß seinem Kreislaufkollaps erlegen sei. Sie kam wie ein Schlag, obwohl man nach den vorausgegangenen Bulletins stündlich damit rechnen mußte. Ich empfand sogar Trauer, auch wenn ich ihm keine Träne nachweinte, ich empfand einfach Trauer angesichts der Plötzlichkeit des Todes. Viele in seiner Partei, in München oder in Bonn, würden sich nun die Hände reiben, weil sie den Unbequemen endlich und endgültig los waren, jetzt würden sich die smarten Jungs viel lautloser nach vorn schieben, die weder Strauß' politischen Instinkt noch seine Statur hatten, von seinem Temperament ganz zu schweigen.

Ich hing so sehr meinen Gedanken über eine straußlose Zukunft nach, daß ich den Polen beinahe verdöst hätte. Es hatte zu regnen begonnen, und im Zwielicht der Dämmerung hatte ich sein schwarzes Nummernschild erst im letzten Moment erkannt.

Ich folgte ihm.

Er konnte mir nicht entwischen, Wilperts Bauhof lag in einem geschlossenen Gewerbegebiet, das eine etwa fünfhundert Meter lange Sackstraße teilte und für den öffentlichen Verkehr gesperrt war.

An der Einmündung der Werksstraße in die öffentliche Straße hatte ich seinen Fiat Polski eingeholt, der schlich mit dreißig Stundenkilometern dahin; so konnte ich ihm zwar mühelos folgen, aber sein Schneckentempo verlangte von mir äußerste Konzentration. Mich wunderte, wie er fuhr, manchmal schlitterte er wie ein Betrunkener, und mich wunderte noch mehr, welche absonderlichen Wege er einschlug, er benahm sich wie ein hakenschlagender Hase.

In einem Dorf zwischen Unna und Werl, etwa fünf Kilometer östlich von Unna – das Ortsschild hatte ich übersehen –, kurvte er plötzlich in die Einfahrt eines Bauernhofs, stellte den Motor ab und schaltete die Lichter seines Wagens aus. Ich fuhr ein paar Meter weiter, an der Einfahrt vorbei, und parkte unter einer Peitschenleuchte, es war ungewöhnlich finster, alle anderen Laternen waren ausgefallen.

Ich schlich mich auf den Hof, der ziemlich weitläufig zu sein schien, und verbarg mich zwischen mannshohen Sträuchern; es handelte sich um eines der in dieser Gegend nicht seltenen wohlhabenden Gehöfte, das war trotz der kargen Beleuchtung sofort zu erkennen, denn nur am Eingang zum Wohnhaus brannte eine Lampe. Der Pole hatte das Wohnhaus noch nicht betreten, aber wo war er? Etwas ratlos lehnte ich mich an den Stamm einer gewaltigen Buche, unter der es noch trocken war, und forschte das Gehöft ab, meine Augen hatten sich inzwischen an die Dunkelheit gewöhnt.

Eine breite und hohe Scheune aus Backsteinen, rechts vom Wohnhaus am Ende des Hofes, wirkte bei diesem spärlichen Licht wuchtig, ja hatte etwas Bedrohliches.

Plötzlich flammte im Giebel der Scheune, hinter zwei Fenstern ohne Gardinen, Licht auf, dann bewegte sich ein Mensch wie in einem Scherenschnitt; das mußte der Pole sein.

Ich wollte den Hof gerade in Richtung Scheune überqueren, als aus dem Wohnhaus eine Frau trat, zur Scheune rannte und darin verschwand; ein schmaler Lichtstreifen neben dem riesigen zweiflügeligen Scheunentor zeigte mir die Tür, hinter der die Frau verschwunden war.

Leise ging ich über den Hof zur Scheune. Ich wunderte mich, daß kein Hund anschlug, weder lief einer frei herum, noch sah ich einen an langer Kette, auch ein Zwinger war nicht auszumachen, das war ungewöhnlich für ein Gehöft in dieser Abgeschiedenheit.

Im Vorraum der Scheune sah ich im Schein einer Notbeleuchtung eine Treppe, ihre Stufen knarrten, als ich hochstieg, den Raum, zu dem die Treppe führte, betrat ich, ohne anzuklopfen. Die Frau fuhr herum und tat einen erstickten Schrei, der Mann guckte mich erst furchtsam an, doch stieß er einen Freudenschrei aus, als er mich erkannte, er sprang auf mich zu und umarmte mich stürmisch, dabei rief er seiner Frau einen Schwall unverständlicher Worte zu, und sie begann zu lächeln.

Der Raum war spärlich beleuchtet und so groß, daß in ihm eine hundertköpfige Gesellschaft bequem ihre Feste hätte feiern können, Wände und Decke waren mit hellen Fichtenbrettern verkleidet, und wäre er nicht so groß gewesen, hätte man darin gemütlich wohnen können.

Als der Mann sich beruhigt hatte und von mir ließ, sagte die Frau: »Seien Sie uns willkommen. Seien Sie unser Gast.« Sie drückte mir fest die Hand. Zu meiner Verblüffung sprach sie fehlerlos Deutsch, freilich mit einem harten Akzent.

Sie mochte Mitte dreißig sein und war schlank, mittelgroß, nicht auffallend hübsch, aber apart. Sie bat mich Platz zu nehmen und fragte, wie ich hierhergefunden hätte, und dann nach dem Grund meines Besuchs.

Ich setzte mich in einen abgewetzten Sessel. Daneben, an der Giebelseite des Raumes, stand ein Sofa, aus dessen Polster Sprungfedern herausragten. Ein altmodischer

Tisch und sechs ebenso alte Stühle hatten vermutlich Jahrzehnte auf einem Speicher gelagert und waren nur deshalb der Sperrmüllabfuhr entgangen. Mir kamen die ersten Türken in den Sinn, die Anfang der sechziger Jahre als willkommene Arbeitskräfte in unser Land geströmt waren, sie hatten Möbel, die bei uns auf dem Sperrmüll landeten, gesammelt und damit ihre ersten Behausungen gefüllt, damals hatten sie auch noch manches gute Stück gefunden, denn es gab Deutsche, die ihre Möbel nicht deshalb wegwarfen, weil sie verschlissen, sondern weil sie ganz einfach unmodern geworden waren. So profitierten die Türken vom Wohlstand der Deutschen.

Gegenüber der Giebelseite, ebenfalls vor einer Holzwand, standen zwei hochbeinige Betten, wie ich sie von meinen Großeltern kannte, sie gehören seit alters her in Bauernhäuser dieser Gegend. Das magere Licht kam von einer Stehlampe aus den fünziger Jahren, die neben dem Eßtisch stand. Zwei Neonröhren über den Fenstern im Giebel, die die Frau nun einschaltete, gaben so viel Licht, daß der Raum voll ausgeleuchtet war. Alles war einfach und sauber.

Die Frau bot mir etwas zu trinken an, aber ich lehnte ab und gab ihr zu verstehen, sie möge sich bei ihrer Arbeit nicht stören lassen, sie nickte dankbar und holte aus einem Nebenraum, den ich durch die offene Tür als provisorische Küche erkannte, zwei Teller mit belegten Broten, die sie wohl schon vorher zubereitet hatte; ihrem Mann brachte sie eine Flasche Bier und leerte sie in einen Steinkrug. Die beiden ließen sich von mir nicht stören und aßen mit Appetit, der Mann sogar mit Heißhunger.

»Wie kommt es, daß Sie so gut Deutsch sprechen?« fragte ich die Frau.

»Fünf Jahre Schule, und später habe ich Privatunterricht genommen. Ich war auch einige Male in Ostdeutschland, zu Besuch bei Freunden.« Sie sprach mit vollem Mund.

»Ich heiße Koch, ich bin von der Zeitung, ich schreibe eine Reportage über Menschen, die aus Polen zu uns gekommen sind, über ihre deutschen Vorfahren, warum sie Polen verlassen haben, wie es ihnen in Polen ergangen ist, was ihnen hier gefällt, oder auch nicht gefällt, mit welchen Vorstellungen und Wünschen sie zu uns gekommen sind. Unterbrechen Sie mich bitte, wenn Sie etwas nicht verstehen.«

Sie übersetzte, was ich sagte, ihrem Mann, dessen Freundlichkeit zusehends schwand, er brummelte mürrisch vor sich hin, schließlich klopfte er mit den Knöcheln seiner rechten Hand energisch auf den Tisch und sagte laut: »Nix Zeitung.«

Seine Frau hob die Schultern und sah mich dabei entschuldigend an, ich sagte ihr, ich wäre nicht empfindlich und hätte für die Reaktion ihres Mannes sogar Verständnis.

»Wie leben Sie hier?« fragte ich.

»Nicht schlecht. Wir haben keine Kinder, noch nicht, wir sind zufrieden. Mein Mann hat Arbeit auf dem Bau, er hat Spengler gelernt, ich putze Wohnungen und helfe der Bäuerin täglich ein paar Stunden im Haushalt, da gibt es immer Arbeit.«

»Und was verdienen Sie?«

»Fünf Mark die Stunde, mein Mann bekommt zehn Mark.«

»Das ist sehr wenig.«

»Ich weiß. Wir arbeiten aber viele Stunden. Mein Mann zwölf Stunden am Tag, und ich nicht viel weniger.«

Der Mann, der mit vollen Backen kaute, äugte mißtrauisch abwechselnd zu mir und zu seiner Frau, offensichtlich mißfiel ihm unser Gespräch, weil seine Frau ihm wahrscheinlich nicht Wort für Wort übersetzte, sondern nur erläuterte, was wir sprachen, aber je mehr sie ihm erklärte, desto finsterer wurde sein Gesicht.

»Sie und Ihr Mann arbeiten für weniger als die Hälfte dessen, was deutsche Arbeiter oder Putzfrauen verdienen, und Sie arbeiten obendrein beinahe doppelt soviel. Eine Putzfrau bekommt man in der Stadt nicht unter zehn Mark, in der Regel für zwölf bis fünfzehn Mark die Stunde.«

»Wir haben keine Wahl. Dafür habe ich bei den Bauern das Essen umsonst, umsonst ist auch die Wohnung hier, auch wenn sie nicht gerade gemütlich ist.«

»Sind Sie enttäuscht von Deutschland?«

»Wir haben es so gewollt«, erwiderte sie mit Nachdruck und wie mir schien ein wenig bitter. Sie sah an mir vorbei auf ihren schmatzenden und unfreundlich dreinschauenden Mann.

Bislang wußte ich noch nicht einmal ihren Namen, an der Tür unten hatte ich kein Namensschild gesehen. Ich begann mich unwohl zu fühlen, ich schämte mich meiner Aufdringlichkeit, und auch wenn noch nicht alles gesagt worden war, wußte ich doch, daß ich nichts mehr erfahren würde. Ich fürchtete, wenn ich sie noch länger bedrängte, würde auch die Frau widerspenstig werden wie ihr Mann.

Ich stand auf, um mich zu verabschieden.

»Ich würde in meiner Zeitung gerne über Sie und Ihren

Mann berichten, zum Beispiel wie Sie von Deutschen ausgenommen werden, so wie Sie früher vom polnischen Staat ausgebeutet worden sind, wie man Sie hier als Menschen zweiter Klasse behandelt, wie man Ihre Lage ausnutzt. Ich würde gerne einen unserer Fotografen schikken, der ein paar Aufnahmen von Ihnen beiden macht, hier in der Wohnung, vielleicht draußen auf dem Hof, meinetwegen auch im Grünen.«

Da sprang der Mann hoch, schlug mit der Faust auf den Tisch und polterte: »Nix Fotograf!«

Die Frau erschrak und sah ihren Mann fast unterwürfig an. Ich reichte ihr meine Visitenkarte: »Für den Fall, daß Sie einmal Hilfe brauchen oder Ihr Mann es sich doch noch anders überlegt. Schließlich ist es kein Verbrechen, was ich vorhabe, es soll ja den Aussiedlern nützen. Rufen Sie mich an, falls Ihr Mann doch noch zustimmen sollte. Auf der Karte finden Sie meine private Adresse und auf der Rückseite Anschrift und Telefonnummer meiner Redaktion.«

Enttäuscht, aber auch etwas erleichtert verließ ich das Ehepaar, an der Tür verbeugte ich mich verlegen.

Ich hatte mir alles einfacher vorgestellt, hatte geglaubt, die Aussiedler würden mich mit offenen Armen empfangen und mir offenherzig von den Umständen ihrer Ausreise berichten, was sie durchgemacht hatten, wovon sie jetzt träumten, was sie sich erhofften, welche Erfahrungen sie mit den Deutschen und vor allem mit den deutschen Behörden machten.

Die Reaktion des Mannes konnte ich mir nur damit erklären, daß er das wenige, das sie bislang in unserem Lande erworben hatten, nicht aufs Spiel setzen wollte:

Wohnung, Arbeit und das bißchen Geld, das für sie viel war. Sein Stolz erlaubte ihm nicht, mir gegenüber zuzugeben, daß er bei Wilpert wie ein Sklave gehalten wurde.

Während ich die knarrende Holztreppe hinabstieg, mußte ich an Dr. Neuhoff denken; wenn ich ihm von meinem Fehlschlag berichtete, war er vielleicht endlich bereit, mich von diesem unangenehm gewordenen Auftrag zu entbinden.

Der Wind stieß mich draußen fast um, der Regen hatte aufgehört. Am Ende des Hofes, aus einer Ecke, die von der Funzel am Wohnhaus nicht mehr beleuchtet wurde, tauchte urplötzlich ein Mann neben mir auf und packte mich am Arm.

»Was wollten Sie denn bei den Kowalskys?« fragte er barsch und hielt mich mit hartem Griff.

»Was geht Sie das an?« Ich riß mich los.

»Weil das zufällig meine Mieter sind, weil das zufällig mein Grundstück ist und weil mich wildfremde Menschen, die im Dunkeln auf meinem Hof herumschleichen, argwöhnisch machen. Es gibt in letzter Zeit auch in dieser gottverlassenen Gegend eine Menge Einbrüche. Also, was suchen Sie hier?«

»Ich habe einen Besuch gemacht.«

»Nicht bei mir.«

»Bei Ihren Mietern, den Kowalskys.«

»Soso, bei den Polen. Heutzutage scheint sich die ganze Welt nur noch für die Polen zu interessieren. Was wollten Sie denn dort? Haben Sie als Gastgeschenk wenigstens einen Teppich mitgebracht oder ein Fahrrad oder ein Kaffeeservice?«

»Diese Leute sind Ihre Mieter, aber doch nicht Ihre Untertanen«, erwiderte ich im selben unfreundlichen Ton, den er mir gegenüber angeschlagen hatte.

»Wir wohnen hier draußen sehr einsam, die Hunde mache ich aber erst los, wenn wir schlafen gehen. Vielleicht sollte ich sie ab heute früher laufen lassen. Also, was wollten Sie hier? Vielleicht die Frau Kowalsky abwerben, und ihren Mann dazu? Die Polen sind begehrt; heutzutage wirbt sie einer dem andern ab, wie beim Fußball. Und die Polacken sind auch noch so blöd und glauben alles, was ihnen vorgegaukelt wird, nur weil ihnen einer dieser Haie eine Mark mehr als der andere verspricht.«

»Ja, wie beim Fußball.« Ich konnte mir nicht verkneifen hinzuzufügen: »Nur sind die Abwerbesummen nicht so hoch wie beim Fußball.«

»Was haben Sie bei den Kowalskys gemacht?« Der Mann wurde immer unfreundlicher.

»Ich habe ihnen beim Abendessen zugesehen.«

»Soso, Privatfernsehen.«

Das Drohen in seiner Stimme war nicht mehr zu überhören, massig stand der Bauer vor mir, trotz der Dunkelheit nahm ich seine aggressive Haltung wahr und überlegte, wie ich ungeschoren an ihm vorbei zu meinem Wagen flüchten konnte.

»Spaß beiseite, Meister«, versuchte ich es mit lockerem Ton, »ich habe dem Mann vor ein paar Tagen bei einer Autopanne geholfen und ihn auf den Bauhof der Firma Wilpert geschleppt, deshalb hat er mich, wahrscheinlich aus Dankbarkeit, eingeladen.«

»Um ihm beim Essen zuzusehen. Einladungen sind auch nicht mehr das, was sie einmal waren. Dann sprechen Sie also Polnisch? Alle Achtung.«

»Nein, aber die Frau spricht doch sehr gut Deutsch.«

»Die Frau? Sie sagten doch, der Mann hat Sie eingeladen, und der spricht nur nixnix und kaputt. Also, was haben Sie wirklich bei denen gemacht? Raus mit der Sprache.«

Der Bauer wuchs vor mir höher und breiter, und ich fühlte, daß er mich gleich körperlich angehen würde, und da zöge ich zweifellos den kürzeren. Ich kannte diese Typen nur zu gut, die waren zu allem fähig, wenn es um ihren Vorteil ging. Sie verachteten im Grunde alle Polen, obwohl sie an ihnen billige Arbeitskräfte hatten, aber sie hatten auch wieder eine Minderheit gefunden, auf die sie herabsehen konnten, eine Minderheit, die sie erst produzierten, weil sie die Polen für den halben Lohn arbeiten ließen, den die nicht versteuerten und für den sie keine Krankenkassenbeiträge zahlten; wenn einer tatsächlich mal krank wurde, mußte er auf Kosten der allgemeinen Wohlfahrt behandelt werden. Verhältnisse wie im Mittelalter.

Ich rannte einfach los und kam ungeschoren davon, ich schloß den Wagen auf, startete und fuhr ab.

Nur fort. Im Rückspiegel sah ich, daß mir der Bauer nicht gefolgt war.

Warum scheuten diese Leute die Öffentlichkeit. Erst der Bauunternehmer Wilpert, nun dieser Großbauer, dabei wußte der Bauer nicht einmal, daß ich von der Zeitung war und was ich bei den Kowalskys wollte. Sie scheuten die Öffentlichkeit, weil sie die Polen für einen Hungerlohn schwarzarbeiten ließen, sie führten sich auf wie Herrenmenschen und fühlten sich noch als Wohltäter.

Warum nur liefen die Gewerkschaften nicht Sturm gegen solche Praktiken? Sie taten so, als wäre das von ihnen gehütete Tarifsystem nicht gefährdet, wenn einige hunderttausend Menschen unterliefen, was deutsche Arbeiter in vierzig Jahren erkämpft hatten.

Ein Kollege wollte in unserer Zeitung schreiben, die Polen fallen in unser Land ein wie die Heuschrecken und fressen alles kahl – er durfte es nicht veröffentlichen, Neuhoff hat ihm sein Manuskript zurückgegeben.

Irene war bereits zu Bett gegangen, sie hatte einen Zettel auf den Küchentisch gelegt: Entschuldige, ich fühlte mich unwohl.

Ich schaltete den Fernseher ein und sah mir einen billigen Western an, ich mußte mich ablenken.

Ich sah den Film und sah ihn doch nicht, ich dachte an meine immer schwierigere Reportage, an die eingeschüchterten Polen, an meine lieben Nachbarn und an Charlotte Fuchs' einstürzende Bierdeckelhäuser im Café »Hummel«.

Plötzlich stand Irene im geblümten Morgenmantel im Zimmer und sagte vorwurfsvoll: »In letzter Zeit habe ich gar nichts mehr von dir. Ich fühle mich fast schon wie eine Witwe.«

Ich saß zu Hause in meinem Arbeitszimmer und bosselte an meiner Serie, die keine Form annehmen wollte, ihr fehlte ganz einfach der konkrete Inhalt, ich mußte erfinden, Artikel zu diesem Komplex, die ich gesammelt hatte, nachlesen, umschreiben, in meine Sprache bringen. Die Kowalskys gaben dafür nur den Rahmen her.

Gelangweilt blickte ich aus dem Fenster, sonst genoß ich die weite Sicht über unseren Stadtteil, über Straßen, Häuser und Gärten auf den zehn Kilometer entfernten Grüngürtel des nördlichen Ruhrgebiets.

Kein Wunder, daß Lilli ständig mit ihrem Fernglas herumlief, denn sommers spielte sich das Leben hier in den Gärten ab. Ich besaß zwar auch ein gutes Fernglas, benutzte es aber nur selten.

Ein Mann, der auf der zweihundert Meter entfernten Querstraße dahinschlenderte, weckte meine Neugier, denn er kam mir bekannt vor, deshalb holte ich aus einem Seitenfach des Schreibtischs nun doch mein Fernglas hervor, um mir den Spaziergänger genauer anzusehen. Ich erschrak: Es war der Mann aus Gnesen in seinem mir sattsam bekannten grünen Regenumhang, und als ich mein Glas über Häuser und Gärten wandern ließ, sah ich, daß auch einige Nachbarn ihn argwöhnisch verfolgten.

Ich legte das Glas auf den Schreibtisch und rief Irene, die wenig später nach oben in mein Arbeitszimmer kam. Ich drückte ihr das Glas in die Hand und deutete stumm auf die Querstraße.

»Da drüben geht ein Mann. Sieh ihn dir genau an. Erkennst du ihn?«

»Mein Gott, das ist doch der Kerl, dem du Kaffee und Brote gemacht hast. Thomas, was hat das zu bedeuten?«

»Das möchte ich endlich auch gerne wissen. Ich gehe der Sache jetzt auf den Grund, ich muß den Mann unbedingt sprechen.«

Irene ahnte jedoch nicht, warum ich ihn sprechen mußte. Ich hatte seinen Namen vergessen, aber hatte er ihn mir überhaupt genannt? Ich rannte die Treppe hinunter und aus dem Haus, ich hörte noch, wie Irene rief: »Thomas, bleib hier!« Aber ich war entschlossen, diesen Mann zu stellen, ihn zu zwingen, mir endlich zu sagen, was er wollte, warum er sich immer noch in unserem Viertel herumtrieb.

Ich lief zur Färberstraße, nichts, ich rannte zur Brunnenstraße, nichts, zuletzt in die Merkurstraße, an die unser Garten mit dem hohen Maschendrahtzaun grenzt, abermals nichts.

Als ich aus der Merkurstraße in die Brunnenstraße einbiegen wollte, trat plötzlich der Nachbar Lippert durch sein Gartentörchen auf den Bürgersteig, dicht gefolgt von seinem Sohn, und versperrte mir den Weg. Ohne unhöflich oder gar ruppig zu werden, kam ich an den beiden nicht vorbei.

»Nanu, warum denn so eilig, Herr Koch?« fragte Lippert und schaute mich an, als hätte er mich noch nie gesehen.

»Ich laufe hinter dem Schreiben her, das Sie und die anderen Nachbarn an mich gerichtet haben. Der Wind hat es mir aus der Hand gerissen. Sehen Sie, da oben fliegt es.«

Ich zeigte auf die Wolken.

Eine solche Antwort hatte er nicht erwartet, er wurde zusehends verlegen, und sein Sohn grinste blöd.

»Sie müssen das verstehen, Herr Koch, Sie dürfen das

nicht persönlich nehmen. Es geht weniger um Ihre Person als um das Problem im allgemeinen, es geht um das Prinzip.«

»Ich nehme es aber persönlich, denn das Schreiben war an mich persönlich gerichtet, nicht an das Problem und auch nicht an das Prinzip, Herr Lippert. Und damit wir uns klar verstehen: Ich werde mir das nicht bieten lassen, das habe ich auch Frau Berg schon gesagt. Das Ganze ist eine bodenlose Schweinerei, nach so vielen Jahren guter Nachbarschaft.«

»Aber Herr Koch, das ist doch nur, weil sich Ihre Zeitung für dieses Pack, ich meine diese Einwanderer, stark macht, die legt sich täglich so ins Zeug für sie, als brächten die uns das Heil.«

»Nun mal langsam, Herr Lippert, ich hätte Sie für intelligenter gehalten, aber auch Sie haben ja Ihre Unterschrift unter den Brief an mich gesetzt.«

»Man darf bei bestimmten Ereignissen nicht abseits stehen, auch das gehört zur guten Nachbarschaft. Herr Berg hat ja auch nur gemeint, wir sollten Sie mit diesem Brief etwas aufrütteln und an Ihre Verantwortung appellieren. Manche Leute müssen, so weh das auch tut, manchmal zur Solidarität gezwungen werden. Sehen Sie, als bei uns im Büro Computer installiert wurden, wollte ich partout nicht daran arbeiten. Dann hat man mich vor die Alternative gestellt, entweder Umlernen oder Entlassung. Und heute arbeite ich am Bildschirm und bin heilfroh, daß man mich dazu gezwungen hat. So müssen Sie das mit dem Brief auch verstehen. Manchmal muß man Menschen zur Vernunft einfach zwingen.«

»Ich habe einen Beruf, der zwingt mich, Machenschaften, wie Sie sie gegen mich inszeniert haben, zu veröffentlichen, das wollte ich Ihnen wenigstens noch gesagt haben.«

»Jaja, Ihre Zeitung legt sich für diese Ostler mächtig ins Zeug. Kann ich ja auch verstehen. Aber ich kann nicht verstehen, daß unsere alte Schule dafür herhalten muß und für diese Ostler auch noch auf unsere Kosten umgebaut wird. Nicht mehr lange, und wir haben ein Nachtjackenviertel vor unseren Haustüren. Erst die Polen, dann die fliegenden Händler und endlich noch die Nutten, damit die aus der Innenstadt rauskommen.«

»Haben Sie sich deswegen Urlaub genommen, Herr Lippert?« fragte ich ironisch. Aber er verstand nicht.

»Ja, einen Tag. Unser Karlchen hat eine neue Lehrstelle, da will ich natürlich erst mal mit, um nach dem Rechten zu sehen.«

Ich schaute am grinsenden Karlchen hoch, Irene hatte mal gesagt, wer so dämlich grinse, könne nicht ganz dicht im Kopf sein. Das war jetzt Lipperts vierter Versuch, sein Karlchen unterzubringen, dreimal war sein Sohn schon aus der Lehre geflogen.

»Das ist recht so, Herr Lippert. Als verantwortungsvoller Vater muß man sich um das Wohlergehen seiner Kinder kümmern, damit man weiß, wo sie eines Tages landen. Viel Glück.«

Ich trat auf die Straße, um endlich an beiden vorbeizukommen, aber Lippert hielt mich fest. »Sagen Sie mal, Herr Koch, warum hat Ihre Zeitung eigentlich bis heute nichts darüber berichtet, daß unsere alte Hauptschule ab November als Auffanglager für polnische Aussiedler mißbraucht wird, der Stadtrat hat doch längst zugestimmt, da waren sich mal wieder alle Parteien einig. Na, bald sind ja wieder Wahlen, dann wählen wir die Partei, die für die Sperrung unserer Ostgrenzen ist.«

»Den Polacken werden wir noch einheizen«, warf Karlchen ein und grinste so breit, daß seine Ohren Besuch bekamen.

Einem wie Karlchen traute ich alles zu, er gehörte zu den Typen, die alles ausführen, was man ihnen anschafft, Hauptsache, es gibt Zoff und man kann sich später damit brüsten; diese Typen treten am liebsten auf alle, die schon am Boden liegen. Karlchen wäre bei den Nazis ein strammer SA-Mann geworden.

»Herr Koch, gucken Sie doch nicht so ungläubig. Sie als Zeitungsmann wissen doch längst von diesem Ratsbeschluß.«

Ich zuckte nur die Schultern: »Auch ein Zeitungsmensch weiß nicht alles, was hier in der Stadt vorgeht, auch ein Zeitungsmensch erfährt manches erst aus der Zeitung.«

»Das nimmt Ihnen doch keiner ab. Wir hier in unserem Viertel sind alle hinters Licht geführt worden. Na, da können wir uns auf etwas gefaßt machen, wenn dieses Pack bei uns einfällt. Das war schon vor dem Ersten Weltkrieg so, aber da kamen sie wenigstens einzeln und nicht in Massen.«

»Wir werden ihnen schon einheizen, Papa«, feixte Karlchen. »Komm, Papa, laß uns fahren, Herr Koch kapiert ja doch nichts. Der wird sich noch wundern. Wenn die sich erst mal hier eingenistet haben, ist er auch nicht mehr Herr in seinem eigenen Haus.«

Während sie endlich gingen, hörte ich Karlchen noch

sagen: »Eines sage ich dir, Papa, wenn mir die auf meiner neuen Lehrstelle dumm kommen, dann fange ich gar nicht erst an.« Und Lippert bekräftigte: »Recht so, mein Junge, immer gleich die Zähne zeigen, dann kuschen sie.«

Betroffen von Karlchens Aggressivität lief ich die Merkurstraße hinunter zur Brunnenstraße, bis zur Fußgängerampel, die dort ziemlich überflüssig war. Ich spürte, daß einige Nachbarn hinter mir hersahen. Obwohl weit und breit kein Auto fuhr, drückte ich auf den Knopf der Ampel. Während ich wartete, mußte ich an den peinlichen Artikel denken, der vor zwei Tagen in unserer Zeitung gestanden hatte, geschrieben von einem im Grunde vernünftigen Kollegen, dem ich am allerwenigsten soviel Speichelleckerei zugetraut hätte. Der Artikel war eine Hymne auf die polnischen Aussiedler, sein Tenor: Ihr Fleiß und ihre Genügsamkeit würden die sinkende Arbeitsmoral der faul gewordenen deutschen Arbeiter wieder aufmöbeln. Das war sogar für unsere Zeitung zu klebrig, auf dieses Brot war zu viel Honig geschmiert worden; Neuhoff, der den Artikel vor Drucklegung garantiert gelesen hatte, hätte erkennen müssen, daß eine so überzogene Lobhudelei bei vielen Lesern das Gegenteil von Verständnis für die Aussiedler auslösen mußte. Aber unser Blatt hatte sich nun mal so sehr auf eine positive Berichterstattung über polnische Aussiedler festgelegt, daß fast alle Redakteure im Zoo das Maß des Möglichen verloren.

Was diese Heuchelei so absurd machte und die Prinzipien eines vernünftigen Journalismus auf den Kopf stellte, war die Tatsache, daß kein Redaktionsmitglied hinter diesem verordneten Engagement stand und keiner mehr das glaubte, was er zu diesem Problem schrieb. Alle machten nur noch ihre Hausaufgaben, denn Ostermanns Direktiven waren allemal Glaubenssätze, und alle folgten diesem neuen Evangelium, um keinen Ärger zu bekommen. Ändern würde sich erst dann etwas, wenn die Briefe protestierender Leser überhand nähmen oder die Abonnementskündigungen merklich zu Buche schlügen.

Aber was regte ich mich über Kollegen auf, ich war ja vom gleichen Schlag, nahm ja auch alles hin. Immerhin tröstete ich mich damit, daß wir eigentlich nur den Politikern nachblökten, die in Bonn und Düsseldorf regierten, beim Aussiedlerproblem waren sich, o Wunder, alle Parteien einig wie selten zuvor.

Die Ampel gab Grün, und ich begann, die Straße zu überqueren, als neben mir ein Wagen mit quietschenden Reifen gerade noch zum Stehen kam. Erschrocken sprang ich beiseite und drohte dem Fahrer mit der Faust, mit der linken Hand tippte ich an die Stirn.

Im knallgelben Ford saß lachend Günter, der mir durch das offene Seitenfenster fröhlich zuwinkte. Er stieg aus, ohne darauf zu achten, daß er den Verkehr behinderte.

»Hallo, Thomas, habe ich dir einen Schrecken eingejagt? Da staunst du, was? Die Kiste ist zwar schon zehn Jahre alt, aber mit einem Porsche nimmt sie es noch allemal auf.«

Günter kümmerte sich keinen Deut um die hinter seinem Wagen sich stauenden Autos, deren Fahrer schimpften und drohten. Er stand einfach lachend da und winkte den wütenden Autofahrern freundlich zu.

»Sag mal, Thomas, willst du mir Charlotte ausspannen? Einladung ins Café? Lauerst ihr am Supermarkt auf und solche Scherze. Thomas, laß das, sonst erzähle ich es

Mama. Für einen Graumelierten wie dich schickt sich das nicht.«

Sprach's, stieg in sein Auto und fuhr los. Ich blieb konsterniert zurück.

Zu Hause fragte ich Irene, die vor dem Fernseher saß: »War Günter hier?«

»Nein, wie kommst du darauf?« Sie tat verwundert.

Ich war so erregt über die Begegnung mit Günter, daß ich, was sonst nicht meine Art ist, im Wohnzimmer auf und ab lief und Irene anschrie: »Schalte doch endlich den Fernseher aus, das ist ja unerträglich mit diesen endlosen Sportübertragungen!«

Verschreckt von meiner ungewohnten Aggressivität, sprang Irene hoch und schaltete den Apparat aus.

»Was schreist du denn so, was habe ich dir eigentlich getan? Wenn du Ärger in der Redaktion hast, dann laß ihn dort auch ab, das habe ich dir schon oft genug gesagt.«

»Entschuldige, aber manchmal gehen auch mir die Pferde durch. Dein Herr Sohn rast mit hundert Sachen durch unsere Siedlung und scheucht sämtliche Katzen auf die Bäume. Mich hätte er beinahe umgemäht.«

»Günter? Soll das ein Witz sein?«

»Ich habe mit ihm gerade an der Fußgängerampel gesprochen, vor ein paar Minuten.«

»Was hast du?«

»Dieser Idiot hat es in letzter Zeit auf mich abgesehen. Ich möchte mal wissen, was er damit eigentlich bezweckt. Wenn ich mal tot bin, dann weißt du, wer mein Todesengel war.«

»Thomas, bitte!«

Irene stand nach meinem Wutausbruch, den ich schon

wieder bedauerte, wie gefroren vor mir, dann begann sie am ganzen Körper zu zittern und ging langsam in die Knie, ich fing sie auf und schleifte sie zur Couch, dort legte sie sich, leise vor sich hin klagend, nieder. Plötzlich schlug sie die Hände vors Gesicht, und es brach aus ihr heraus: »Mein Gott, nimmt das denn nie ein Ende, womit habe ich das bloß verdient. Er muß von Sinnen sein.« Sie war kalkweiß.

Ich war bestürzt, mehr noch über ihre Worte als über ihr Aussehen. Das alles kam für mich unerwartet; hilflos und schuldbewußt stand ich neben der Couch und schaute auf sie hinab. Wie um die Leere zu überbrücken, fragte ich: »Wer ist von Sinnen?«

Da begann sie zu sprechen, erst flüsternd, dann vernehmlicher, bis sie ihre normale Stimme wieder hatte: »Diese Qual. Meine Qual. Jeder von euch beiden denkt nur an sich, du und Günter. Hat je einer an mich gedacht? Ich stehe ständig zwischen euch. Du bist mein Mann, er ist mein Sohn. Keiner sieht, wie ich darunter leide, keiner. Ich bin nur die Mülltonne für euren Haß, euer Egoismus ist erbärmlich und gedankenlos. Und wenn ich allein bin in diesem Haus, dann fürchte ich mich vor der Leere. Ich will eine Wohnung in der Innenstadt, wo ich aus der Haustür gehen kann und gleich unter Menschen bin und wo mich keiner kennt. Hier schneiden mich jetzt schon die Nachbarn, sie wenden sich ab, einige reden nicht mehr mit mir, sie gehen auf die andere Straßenseite, wenn sie mich kommen sehen. Ich fahre die zweihundert Meter zum Einkaufen mit dem Wagen, nur damit die Nachbarn mir nicht ausweichen müssen. Thomas, du hast mich nie gefragt, ob ich hier glücklich bin, du hast nie gefragt, wie mir zumute ist, wenn du Günter mit deinem Haß und deiner Verachtung verfolgst. Ich sterbe fast vor Angst, wenn ihr aufeinandertrefft. Seit Jahren lebe ich in dieser Hölle. Du hast Günter aus dem Haus in die Arme dieser viel älteren Frau getrieben! Sieh mich mal genau an, ich bin fünfundvierzig, in einem blühenden Alter. Aber was bin ich wirklich? Eine langsam austrocknende Witwe. Wenn die Nachbarn mir schon gleichgültig und ablehnend begegnen, könntest wenigstens du etwas aufmerksamer sein zu mir und mich auch mal fragen, ob das Leben, das ich hier führe, auch das Leben ist, das ich mir wünsche. Ich habe mich nie beklagt, habe alles in mich hineingefressen, weil ich hoffte, daß zwischen dir und Günter eines Tages alles ins Lot kommt. Aber nein, du bist ja mit deiner Zeitung verheiratet, und Günter schmarotzt bei einer Frau herum, die seine Mutter sein könnte. Thomas, ich will nicht mehr so weiterleben, ich bin mit den Nerven am Ende. Ich esse allein, ich schlafe allein, und ich spreche mit dem Fernsehapparat. Das ist zuwenig für eine Frau in meinem Alter.«

Jedes ihrer Worte traf mich wie ein Keulenschlag, je mehr sie sich von der Seele redete, desto schuldbewußter wurde ich, ich stand vor ihr und drehte meine Hände ratlos ineinander. Mein Gott, nicht einmal in meinen Träumen wäre ich darauf gekommen, wie es wirklich um Irene stand, was in ihr vor sich ging. Sie hatte doch alles, was ein Mensch zu seiner Zufriedenheit braucht, wonach Millionen Frauen streben und was die meisten nie in ihrem Leben bekommen: ein Haus wie eine Villa, einen Garten, ein eigenes Auto, Selbständigkeit, einen Mann, der überdurchschnittlich verdient, Bares auf der Bank, einen gutaussehenden Sohn, der zwar mit einer Frau zusammenlebt, die älter ist als er, mit der er sich aber in jeder Gesellschaft sehen lassen kann und die mit ihrer Tüchtigkeit bestimmt noch Karriere machen wird.

»Irene, was soll ich denn noch tun? Was fehlt dir eigentlich? Du hast doch wirklich alles.«

»Alles? Das ist zuwenig. Du sollst Zeit für mich haben und endlich anfangen, mit mir zu leben, du kannst doch deinen Beruf aufgeben und auch frei arbeiten für Zeitungen.«

Es dauerte, bis ich begriff, was sie da von mir forderte, und daß sie das, was sie forderte, ernst meinte. Es war absurd. Welche vernünftige Frau hat je ihren Mann aufgefordert, seinen gutbezahlten Beruf aufzugeben! Nicht einmal die Frau eines Millionärs hätte ihrem Mann so etwas zugemutet.

»Irene, sei nicht kindisch, du weißt ganz genau, daß das, was du verlangst, unmöglich ist. Ich bin fünfzig. Ich gehöre noch längst nicht zum alten Eisen, du weißt auch, daß ich meinen Beruf liebe. Ohne Arbeit, ohne meinen Zoo bin ich ein toter Mann. Nichtstun habe ich nicht studiert.«

»Du liebst deinen Beruf?« Sie richtete sich auf und lachte bitter. »Nein, Thomas, du liebst deinen Namen über oder unter den Artikeln, die du schreibst, aber nicht deinen Beruf. Ach, Thomas, wir könnten mit dem, was wir haben und was du frei verdienst, ganz gut leben, wir verlieren nichts, im Gegenteil, wir gewinnen unendlich dazu, nämlich Zeit, und die kann man nicht vervielfältigen wie eine Zeitung. Geld ist nicht kostbar, Zeit ist kostbar. Aber die wirfst du einfach weg, weil du weiterhin den Spürhund spielen willst. Warum verkommst du bloß bei so einem Provinzblatt? In den letzten Jahren hast du doch kaum was Nennenswertes geschrieben, nur noch über Katastrophen und Sensationen. Aber dafür bist du zu intelligent. Du weißt ganz genau, daß die Mehrheit seiner Leser den ›Tageskurier‹ verachtet.«

»Bei zweihundertfünfzigtausend Auflage täglich?«

»Ach, hör doch auf. Die Leute lesen den ›Tageskurier‹ doch nur, weil ihr eigenes Leben so ärmlich ist wie das, was täglich in der Zeitung steht.«

»Jetzt wirst du beleidigend.«

»Thomas, du bist doch viel zu klug, um das nicht längst selbst eingesehen zu haben. Du willst es dir bloß nicht eingestehen. Du weißt längst, daß der ›Tageskurier‹ ein Sumpf geworden ist.«

»Von diesem Sumpf hast du aber all die Jahre sorgenfrei gelebt.«

»Sorgenfrei schon, aber nicht ohne Kummer.«

»Weißt du eigentlich, was du da von mir forderst?«

»Ich fordere nichts, ich habe dich nur um etwas gebeten.«

»Diese Bitte kann ich dir aber nicht erfüllen.«

Es klingelte an der Haustür. Irene reagierte nicht, und ich zögerte. Als es noch einmal klingelte, heftiger als zuvor, ging ich und öffnete die Tür. Es war Günter.

»Du bist ein unaufmerksamer Butler, Thomas, du läßt deine Gäste zu lange vor der Tür schmachten.« Er schob mich beiseite und ging an mir vorbei. Ich hätte ihn umbringen können.

Im Wohnzimmer baute er sich vor mir auf und lächelte mich an.

»Als wir an der Ampel auseinandergingen, ist mir eingefallen, daß Mama ja am Sonntag Geburtstag hat. Charlotte und ich wollen sie deshalb am Sonntag abend zum Essen einladen, ins ›Mövenpick‹, damit sie endlich mal wieder aus ihrem ländlichen Gefängnis heraus in die Stadt kommt.«

Er drehte sich zu seiner Mutter um und fragte: »Du nimmst die Einladung doch hoffentlich an, Mama.«

Günters Impertinenz, die Auseinandersetzung mit Irene, das alles verschlug mir die Sprache; als ich mich einigermaßen gefaßt hatte, brachte ich nur hervor: »Du kannst deine Mama mitnehmen, dann bin ich euch wenigstens los.«

Verkniffen musterte er mich, dann grinste er ironisch.

»So leicht werde ich es dir nicht machen. Wenn du Mama los sein willst, dann pack ihre Koffer und ruf ein Taxi. Verabschiede sie wie ein Gentleman. Ich nehme sie dir jedenfalls nicht ab. Schließlich will ich sie ja mal beerben.« Im Hinausgehen drehte er sich noch einmal um. »Also, Mama, ich hole dich am Sonntag abend gegen sieben Uhr ab. Ich bestelle einen Tisch für drei Personen, Thomas kommt ja doch nicht mit, einer muß ja mein Erbe bewachen.«

Bevor ich reagieren konnte, war er weg.

Irene lag matt auf der Couch. Sie litt. Plötzlich begann sie zu lächeln. Leise sagte sie wie zu sich selbst: »Der gute Junge, er hat meinen Geburtstag tatsächlich nicht vergessen.«

Der Tod von Franz Josef Strauß beherrschte alle Medien, auch der »Tageskurier« widmete ihm einige Seiten, im Fernsehen verfolgten Irene und ich, wie durch die Straßen Münchens ein Barockfürst zu Grabe getragen wurde. Der gute Mensch von Bayern, der er in Bonn nie gewesen war.

Für Tage waren die Aussiedler aus den Schlagzeilen verschwunden, der tote Strauß war wichtiger geworden als die lebenden Polen, die gute Deutsche zu werden versprachen und anfingen, für das Reich, in das sie gekommen waren, die Grenzen von 1937 zu fordern. Das überstieg auch meinen Verstand.

Ich saß im Büro und suchte ein paar alte Artikel für meine Reportage zusammen. Die Deist und Wolters hatten sich wieder einmal in die Kantine abgesetzt, wie mir ein Kollege, der vorbeikam, augenzwinkernd verriet.

Ich versuchte, einen klaren Kopf zu bekommen zwischen dem ganzen Wust, der in den vergangenen Tagen und Wochen auf mich eingestürmt war, und Ordnung zu bringen in all die Verzweigungen und Verwicklungen. Eins war mir inzwischen klar: Meine Aussiedlergeschichte mußte ich ohne konkrete Grundlage schreiben, denn die Kowalskys hatten sich nicht mehr gemeldet, und es schien mir nicht ratsam, noch einmal den Bauernhof aufzusuchen oder Kowalsky bei seiner Firma abzufangen.

Da waren meine Nachbarn mit ihrer offenen Feindseligkeit, da war Günter, der, aus welchen Gründen auch immer, in letzter Zeit immer häufiger in unser Haus kam; da war schließlich Irene mit ihren Problemen und der fixen Idee, ich solle meinen Beruf an den Nagel hängen. Und die unbekannte, mir bekannte Wasserleiche gab es auch noch.

Ich suchte die Regale ab und fand Klaras Bild zwischen den Ordnern. Ich betrachtete die schöne junge Frau und steckte ihr Bild dann in meine Umhängetasche. Ohne eine Nachricht für die Deist zu hinterlassen, verließ ich das Büro und fuhr mit dem Aufzug in die Tiefgarage. Natürlich würde sie erfahren, daß ich in ihrer Abwesenheit im Büro gewesen war, aber sie würde schwerlich beweisen können, daß ich das Bild genommen hatte, falls sie sein Fehlen überhaupt bemerkte.

Erst als ich meinen Wagen startete, fragte ich mich, was ich mit dem Bild eigentlich wollte.

Ich war etwas kopflos geworden und kurvte planlos durch die Stadt. Es trieb mich weiter und weiter. Meine Stärken als Journalist waren stets Disziplin und Geduld gewesen; nun aber jagte ich ziellos und wild durch die Stadt, riskierte waghalsige Überholmanöver und nahm anderen die Vorfahrt. Je rücksichtsloser ich den Wagen drosch, um so größeren Spaß hatte ich am Fahren. Als ich endlich zur Besinnung kam, war ich in Lindenhorst, nahe bei der Wohnung der alten Frau Fuchs.

Einen Moment lang starrte ich verblüfft auf die Bank in der kleinen Parkanlage, auf der ich mit Günter gesessen hatte, als ich vom Geburtstag der Neunzigjährigen gekommen war.

Kurzentschlossen stieg ich aus und lief zum Haus der Fuchs. Da stand unter dem Namen Fuchs immer noch der Name Oesterholz. Ich klingelte, und während ich darauf wartete, daß die Haustür sich endlich öffnete, überlegte ich, welchen stichhaltigen Grund ich für meinen unerwarteten Besuch vorbringen konnte.

Wie in der Zeitlupe ging die Tür auf. Dahinter erschien

Frau Fuchs, groß, dunkel und griesgrämig; unter ihren schweren Lidern sah sie an mir vorbei.

»Und?« fragte sie.

»Darf ich einen Moment reinkommen, Frau Fuchs?«

»Dürfen Sie nicht.«

»Sie erkennen mich doch wieder, der Journalist vom Geburtstag Ihrer Mutter. Ich bin auch Günters Stiefvater.«

»Wie bedeutend. Kratzen Sie die Kurve, aber schnell.«

»Es ist auch wegen Charlotte.«

Jetzt erst sah sie mich an, bärbeißiger konnte ein Gesicht kaum sein.

»Was ist mit Charlotte?«

»Zwischen Tür und Angel kann ich Ihnen das nicht erklären, es braucht Zeit.«

»Wenn Ihnen meine Haustür nicht gefällt, dann können Sie ja wieder gehen.«

Meine Güte, war diese Frau eine Festung, ich kam ihr einfach nicht bei.

»Ich habe ein Bild in meiner Tasche, das ich Ihnen gerne zeigen möchte.«

»Bilder interessieren mich nicht, Sie stehlen mir die Zeit.«

»Ich bin Günters Stiefvater.«

»Das sagten Sie schon.«

»Wegen Günter und Charlotte wollte ich mit Ihnen sprechen.«

»Aber ich nicht mit Ihnen.«

Einer plötzlichen Eingebung folgend öffnete ich meine Umhängetasche, zog Klaras Bild daraus hervor und hielt es der Statue vor die Nase. Frau Fuchs blickte über das

Bild hinweg in die Kronen der hohen Kastanienbäume vor dem Haus, aber ich blieb hartnäckig, ich hielt das Bild so, daß es ihr den Blick auf die Baumkronen versperrte, sie mußte auf das Bild schauen.

Plötzlich kam Leben in die Statue: Sie wurde blaß, ihr Mund öffnete sich, und ihre Augen quollen hervor, ihre Hände zuckten nach dem Bild, als wollte sie es mir entreißen.

»Kommen Sie rein«, krächzte sie und trat zur Seite, ich zwängte mich an ihr vorbei, und sie folgte mir in die Wohnküche, dann riß sie mir das Bild aus der Hand.

Sie setzte sich auf die abgewetzte, knarrende Couch und legte das gerahmte Bild auf ihren Schoß; selbstvergessen schaute sie es an, fast innig und zärtlich strich sie über das Glas. Ein feines, fast verstecktes Lächeln zerbrach ihr erstarrtes Gesicht, und ihre Augen füllten sich mit Tränen. Na also, diese Frau war nicht aus Stein, sie war nur nach außen wie eine Statue, vielleicht um nicht von ihren Gefühlen überwältigt zu werden.

Unaufgefordert setzte ich mich ihr gegenüber auf einen Stuhl und beobachtete sie. Meine langjährige Journalistenpraxis hatte mich abgebrüht gemacht, doch das, was ich hier sah, rührte mich an.

»Wo haben Sie das schöne Bild her?« fragte sie mit rauher Stimme; ihre Finger glitten wieder zärtlich über das Glas. Ich wollte ihr das Bild aus der Hand nehmen, aber als sie meine Absicht erriet, drückte sie es an ihre Brust.

Ihre schweren Lider hoben sich halb, und sie atmete tief, dann schloß sie die Augen wieder und saß so einige Sekunden versunken und still.

Plötzlich schreckte sie hoch und reichte mir das Bild, als

wollte sie es schnell loswerden: »Ich habe mich geirrt. Es ähnelt einer jungen Frau, deren Bild ich einige Male in der Zeitung gesehen habe.«

Sie log.

»Gehen Sie jetzt.«

Warum log sie? Hatte sie mir nur etwas vorgespielt? Sie war wieder zur Statue erstarrt, und ihr Gesicht versteinerte in schroffer Abwehr.

Ich nahm Klaras Bild, verstaute es in meiner Tasche und wollte gehen, da packte mich die alte Fuchs am Arm:

»Sie sind also Günters Stiefvater. Ich mische mich nicht in die Angelegenheiten meiner Tochter, aber lassen Sie Charlotte in Frieden.«

»Warum haben Sie eben geweint, als Sie das Bild betrachteten? Sie haben doch geweint?«

»Ich bin erkältet. Gehen Sie, Sie langweilen mich. Alle Zeitungsleute sind langweilig.«

Als ich in die Redaktion zurückkam, fand ich die Tür zu meinem Büro verschlossen. Wahrscheinlich hatte die Deist den jungen Wolters am Wickel und wollte sich gegen allzu neugierige Blicke abschotten. Ich stieß die Tür mit einem Ruck auf, um die beiden zu überraschen.

Die Deist hatte es sich auf meinem Sessel hinter meinem Schreibtisch bequem gemacht, ihr gegenüber saß, mit dem Rücken zur Tür, eine Frau mit langen Haaren. Als sie die Tür hörte, drehte sie sich um, und ich erkannte die Polin, Frau Kowalsky, der ich meine Visitenkarte gegeben hatte. Sie hatte einen braunen Mantel an und schwarze knielange Stiefel, auf dem Kopf trug sie ein im Nacken verknotetes blaues Kopftuch.

Lässig erklärte die Deist: »Das ist Frau Ko... Ko...

Kowalsky. Sie will Sie sprechen, Herr Koch. Wir haben uns gut unterhalten, sie spricht ausgezeichnet Deutsch. Alle Achtung. Wir hatten die Wintermode drauf, sie meint auch, sie ist in diesem Jahr besonders trist... soll ich verschwinden? Oder verschwinden Sie mit ihr?«

So war die Deist, geradeheraus und manchmal wenig einfühlsam. Das erleichterte aber auch die Arbeit mit ihr, ich wußte meist, wie ich mit ihr dran war.

»Bleiben Sie nur, Frau Deist, ich habe mit Frau Kowalsky keine Geheimnisse.«

»Wer kann wissen, was am Ende dabei herauskommt«, entgegnete sie hochnäsig.

Ihr schnippischer Ton signalisierte mir, daß sie uns keinesfalls allein lassen wollte. Und tatsächlich machte sie auch keine Anstalten, meinen Platz zu räumen und sich hinter ihren Bildschirm zurückzuziehen. Ich gab Frau Kowalsky die Hand, und weil sie aufstehen wollte, drückte ich sie sanft auf ihren Stuhl.

Mit diesem Besuch hatte ich weiß Gott nicht gerechnet, und ich witterte sofort Unannehmlichkeiten. Die Deist hatte mit der Kowalsky zweifellos über mehr als nur über die Wintermode gesprochen, dafür kannte ich sie zu gut, ihre Neugierde war krankhaft. Fremde, die sie nicht kannten, horchte sie so geschickt aus, daß die Betreffenden es erst merkten, wenn sie sich in ihren Schlingen gefangen hatten. Dabei war sie charmant und von einer geradezu sprudelnden Fröhlichkeit.

Die Deist sah mich herausfordernd an, als wäre ich ihr sofort eine Erklärung schuldig. Weil sie dickfällig in meinem Sessel hocken blieb, setzte ich mich auf die Kante meines Schreibtischs.

Insgeheim fluchte ich, weil ich der Deist gestattet hatte zu bleiben, denn sie hörte aus jedem Gespräch das heraus, was sie hören wollte. Nebenbei bemerkte ich mit Schrekken ihre grünen Samthosen, denn wenn sie Hosen trug, hatte sie sich mal wieder einen männermordenden Tag verordnet. Sie sah mich an, als wollte sie sagen: Nun fang schon an zu quatschen, du Gimpel, schließlich will ich etwas erfahren.

»Schön, daß Sie meinem Angebot, mich zu besuchen, so schnell gefolgt sind. Haben Sie und Ihr Mann es sich doch noch anders überlegt? Wollen Sie sich doch für unsere Zeitung fotografieren lassen?«

Ich ahnte, daß etwas vorgefallen sein mußte und sie nicht gekommen war, um mir für meine Serie Modell zu stehen; sie brauchte meinen Rat, vielleicht sogar meine Hilfe.

»Darf ich hier rauchen?« fragte die Kowalsky überflüssigerweise, denn die Deist qualmte wie ein Schlot; wenn sie eine Zigarette im Aschenbecher ausdrückte, angelte sie in der Packung schon nach der nächsten.

Als sich die Kowalsky ihre Zigarette angezündet hatte, sah sie fragend auf die Deist und dann auf mich, als wollte sie sagen: Kann ich hier frei reden? Schließlich sagte sie es doch: »Kann ich hier offen reden?«

»Sie dürfen, Frau Kowalsky, Frau Deist ist seit Jahren meine vertraute Mitarbeiterin, wir haben keine Geheimnisse voreinander. Sie ist verschwiegen wie ein Grab.«

Die Deist spendete mir einen huldvollen Augenaufschlag, aber der spöttische Zug um ihren Mund war nicht zu übersehen.

»Wir müssen zum ersten November aus unserer Wohnung. Dem Raum in der Scheune, Sie kennen ihn ja.«

»Und warum, Frau Kowalsky? Ich dachte, Sie und Ihr Mann verstehen sich gut mit den Bauersleuten. Gibt's einen besonderen Grund?«

Ich hatte geahnt, daß mir Unannehmlichkeiten bevorstanden; sie brauchte keinen Rat, sondern Hilfe.

»Weil Sie uns besucht haben, deshalb. Mein Mann hat dem Bauern unglücklicherweise erzählt, daß Sie von der Zeitung sind. Mein Mann spricht ja nur ein paar Wörter Deutsch, aber die hat der Bauer verstanden.«

Ich muß wohl recht verständnislos dreingeschaut haben, denn Frau Kowalsky fuhr sogleich fort: »Der Bauer hat mir wörtlich gesagt, er dulde keine Zeitungsschmierer im Haus, weil die nur Lügen verbreiten. Jetzt ist mein Mann wütend auf Sie, weil wir Ihretwegen auf der Straße sitzen. Dabei war es in der Scheune sehr angenehm.«

Ich verstand: Ein westfälischer Bauernschädel scheut die Öffentlichkeit, weil er ein schlechtes Gewissen hat, und das mußte er haben, weil er die Notlage dieses Ehepaars ausnutzte und der Frau einen Sklavenlohn zahlte.

Es mußte ja mal so kommen. Aber ich konnte nicht ahnen, daß ich in solch eine Sache hineingezogen würde. Und daß ausgerechnet mir der Schwarze Peter zugeschoben würde, das verstand ich nun gar nicht. Die Frau gab allein mir die Schuld, deshalb war sie gekommen, sie wollte von mir Hilfe, ich sollte einen Ersatz für ihr verlorenes Paradies finden.

»Das ist ausgesprochen schofel von dem Bauern. Aber was soll ich dabei?«

Ich fürchtete mich vor der Antwort.

Die Deist saß festgeklebt auf meinem Sessel und verfolgte das Gespräch mit Spannung und Genuß, ihre Augen hüpften lustvoll, sie schien jedes Wort aufzuschnappen, und ich wußte, sie heckte in diesem Augenblick eine Teufelei aus.

»Wir müssen wieder ins Lager Massen zurück. Das ist schrecklich. Man steckt da zusammen wie Sardinen in der Dose. Wenn Sie uns keine Wohnung beschaffen, Herr Koch, dann müssen wir wieder in dieses verfluchte Lager. Und irgendwie sind Sie ja schließlich schuld daran, daß wir die Wohnung verlieren, Sie wollten ja etwas von uns. Mein Mann hätte natürlich den Mund halten sollen, aber er konnte ja nicht wissen, was er mit den paar Worten anrichtete.«

Während sie redete, blickte sie die Deist nach Zustimmung heischend an, und dieses impertinente Weib nickte einverständig zu allem, sie tat so, als wäre sie nahe daran, in Tränen auszubrechen, ihr Taschentuch knüllte sie abrufbereit in der Hand.

Die Kowalsky war also hierhergekommen, um mich moralisch zu erpressen, dabei machte sie den Eindruck, als könnte sie kein Wässerchen trüben.

Ich saß bis zum Kinn in der Jauche. Um meinen Unmut zu überspielen und um das vollgequalmte Büro zu lüften, öffnete ich das Fenster und sah ein wenig hinaus; als ich es wieder schließen wollte, hörte ich die Deist zwitschern: »Aber liebe Frau Ko... Ko... Kowalsky, machen Sie sich keine Sorgen, unser Herr Koch ist für seine Menschenfreundlichkeit überall bekannt. Er wird Sie und Ihren Mann ganz bestimmt aufnehmen, er wohnt mit seiner Frau ja in einer Villa mit sage und schreibe zehn Zimmern. Stimmt doch, Herr Koch, sind doch zehn, oder? Da ist viel Platz für ein armes geschundenes Ehepaar aus Polen.

Herr Koch, Sie werden diese armen Kreaturen doch nicht wieder ins Lager zurückschicken? Nein, Frau Kowalsky, das würde Herr Koch niemals zulasssen, Sie sehen doch, wie er Ihretwegen leidet.«

»Ich kann es kaum glauben«, rief die Kowalsky, »das wäre ja herrlich.« Sie klatschte vor Freude in die Hände.

Meine Hand krallte sich um den Fenstergriff. Mit einem Male leuchtete mir ein, warum Menschen aus heiterem Himmel einen Mord begehen können. Wütend fauchte ich die Deist an: »Frau Deist, die Zeiten gehören gottlob der Vergangenheit an, in denen man Flüchtlinge zwangsweise in irgendwelche Wohnungen einweisen konnte, und damals waren das noch echte Vertriebene. Die Aussiedler, die jetzt aus Polen kommen, wurden nicht vertrieben, sondern kamen und kommen freiwillig, weil sie hier mehr verdienen. Das ist ein großer Unterschied. Haben Sie das verstanden?«

Schon bereute ich die Heftigkeit, mit der ich gesprochen hatte, aber ich bereute keines meiner Worte. Die Kowalsky schaute mich fassungslos an, und die Deist rief mit gespielter Empörung: »Was, diese armen Menschen sind keine echten Vertriebenen? Aber Herr Koch, was steht denn jeden Tag in unserer Zeitung? Daß diese armen Polen bedauernswerte Flüchtlinge sind, die der Sozialismus vertrieben hat. Was stimmt denn nun, was unsere Zeitung schreibt, oder das, was Sie eben gesagt haben?«

Da verlor ich den letzten Rest an Geduld und Beherrschung, ich schlug mit der Faust auf den Schreibtisch, daß die Deist erschrocken aufsprang und sich endlich hinter ihren Bildschirm verzog.

»Über mein Haus verfüge noch immer ich allein, Frau Deist, und schon gar nicht Sie. Haben Sie das kapiert?«

Frau Kowalsky war ebenfalls aufgestanden und blickte verstört um sich, sie lächelte gequält. Vielleicht hatte sie nicht einmal verstanden, was da aus mir herausgestürzt war, und die Deist flötete schon wieder in falscher Versöhnlichkeit: »Aber Herr Koch, warum sind Sie denn so aufgebracht? Ich habe es doch nur gut gemeint. Sehen Sie das Ganze doch mal realistisch! Sie wären doch in Wirklichkeit fein heraus, wenn Sie diese Leute aufnähmen, und Sie machen noch Gewinn dabei: Sie bekommen Miete, denn die Polen kriegen ja genug Geld vom Staat, zweitausend Mark, wenn ich in unserem Blatt richtig gelesen habe, und Wohnungsgeld noch extra. Frau Kowalsky kann Ihnen das Haus sauberhalten, und Herr Kowalsky pflegt Ihren Garten – Sie stöhnen doch täglich über die viele Gartenarbeit. Außerdem wird es sich unsere Zeitung nicht nehmen lassen, Sie zu feiern, weil Sie über Nächstenliebe und Erbarmen nicht nur schreiben, sondern sie auch praktizieren. Sehen Sie, ich meine es gut mit Ihnen. Sie bekommen für Ihre Hilfsbereitschaft bestimmt auch noch das Bundesverdienstkreuz, erster Klasse natürlich, das um den Hals und mit Schulterband. Da werden Neuhoff und Ostermann aber staunen und vor Neid platzen, die beiden warten ja schon seit Jahren vergeblich auf einen Orden. Also los! Und wenn Sie das große Verdienstkreuz dann haben, gibt's hier im Zoo eine Riesenfete, und die Redaktion wird acht Tage lang beflaggt.«

Wer die Deist nicht genau kannte, mußte meinen, dieses Satansweib wollte alles zu meinem Besten arrangieren.

Aber sie wollte sich nur an mir rächen, weiß der Teufel,

womit ich sie gekränkt hatte. Sie trieb ein böses Spiel und inszenierte es so, daß ich zum Mitspielen gezwungen wurde, wenn ich mein Gesicht nicht verlieren wollte.

»Nein, das will ich nicht, ich will nicht in das Haus von Herrn Koch ziehen, dann gehe ich lieber wieder ins Lager«, rief die Kowalsky.

»Papperlapapp, Frau Ko… Ko… Kowalsky, Herr Koch hält, was er einmal versprochen hat, dafür ist er berühmt. Sie dürfen um Gottes willen nicht ablehnen, liebe Frau, Sie würden Herrn Koch tief verletzen. Sie werden sich wohl fühlen bei ihm, er wohnt in einer der besten Gegenden der Stadt, und seine Frau ist ein Engel, sie wird ihm dankbar sein dafür, daß er Sie und Ihren Mann bei sich aufnimmt, denn allein langweilt sie sich in dem großen Haus. Herr Koch hat auch einen Sohn, das heißt, seine Frau hat einen Sohn, einen wahren Adonis.«

Die Kowalsky setzte sich wieder hin und blickte schüchtern an mir hoch, die Deist klapperte unwiderstehlich mit den Augendeckeln, was sie nur selten tat und nur Männern gewährte, die sie gerade einfing. Ich bebte innerlich und war nahe daran, wieder loszubrüllen, da öffnete sich die Tür, und das fröhliche Gesicht des jungen Wolters schob sich herein, es wirkte auf mich wie eine Herausforderung.

Die Deist sprang auf und fiel Wolters um den Hals, dabei kreischte sie: »Kindchen, du kommst aufs Stichwort. Stell dir vor, unser lieber Herr Koch hat grade eine polnische Aussiedlerfamilie in sein schönes Haus aufgenommen, damit sie nicht wieder ins Lager muß. Ist das nicht toll? Ganz unser Koch: nicht Worte, nein Taten.«

Wolters löste sich verdutzt aus ihren Armen, und die

Deist wies auf die Kowalsky: »Das ist Frau Kowalsky aus Polen, die zieht mit ihrem Mann bald bei Kochs ein. Na Kindchen, was sagst du jetzt: Unsere Zeitung produziert die schönen Worte, und unser Herr Koch setzt sie in die Tat um.«

Wolters hatte dem Wortschwall der Deist anfangs verständnislos zugehört, dann begriff er schnell, aber leider nicht, wie mir hier mitgespielt wurde, und auch nicht die Infamie der Deist. Er sprang auf mich zu, umarmte mich überschwenglich und rief voller Euphorie:

»Das ist endlich mal eine wirklich gute Nachricht, die muß ich jetzt schnell in den Büros verbreiten, passen Sie auf, die ist gleich bei Neuhoff und Ostermann. Das ist eine Sensation, die Redaktion steht kopf.«

Bevor ich ein klärendes Wort sagen konnte, stürmte Wolters hinaus.

Die Deist winkte hinter ihm her und verdrehte die Augen. »Frau Kowalsky«, sagte sie, »so wie ich Herrn Koch kenne, und ich kenne ihn lange und gut, brennt er geradezu darauf, Ihnen Ihr neues Zuhause zu zeigen. Auf was warten Sie noch, Herr Koch? Sehen Sie denn nicht, wie die arme Frau vor Erwartung zittert?«

Die Kowalsky erhob sich unsicher und schaute mich unschlüssig an, und weil ich die Situation nicht mehr im Griff hatte und vor allem die Hinterhältigkeit der Deist nicht mehr ertrug, packte ich die Polin am Arm und zog sie aus meinem Büro. Als wir durch den weitläufigen Flur liefen, begleiteten uns bereits die Rufe der Kollegen: »Glückwunsch, Thomas! Du bist ein Kerl. Die Zeitung wird dir ein Denkmal setzen.«

Das war der pure Hohn.

Frau Kowalsky trippelte schweigsam hinter mir her, erst als wir in meinem Wagen die Tiefgarage verließen, sagte sie, mir sehr zum Verdruß: »Ihre Mitarbeiterin ist eine bezaubernde Person. Sie ist der liebenswürdigste Mensch, den ich bislang in Deutschland kennengelernt habe.«

Ich weiß nicht, warum ich mit ihr zum Hafen fuhr. Es war ein strahlend schöner und verhältnismäßig warmer Oktobertag. Ich fand die vier jungen Männer in ihrem primitiven Verhau. Einer spielte Mundharmonika, einer blies auf einem Kamm, und zwei sangen, nicht schön, aber ganz lustig. Ich sah Frau Kowalskys fragenden Blick und wußte, was sie fragen wollte: Warum ich sie in dieses ziemlich verdreckte Hafenviertel gebracht hatte. Hätte sie mich wirklich gefragt, wäre ich um eine Antwort verlegen gewesen. Als die vier mich erkannten, brachen sie Spiel und Gesang ab und sahen argwöhnisch zu uns beiden herüber.

»Ach, da ist ja Onkelchen«, rief das dürre Bürschchen. Und die anderen folgten im Chor: »Onkelchen ist wieder da.«

Das dürre Kerlchen rief: »Und eine schöne Frau hat er auch mitgebracht.«

Wieder fielen die anderen drei im Chor ein: »Eine schöne Frau hat er auch mitgebracht.«

Als ich sah, daß einer von ihnen aus seinem Verhau heraus und auf uns zukam, zog ich die Kowalsky am Arm schnell fort. Im Auto fragte sie verstört: »Um Himmels willen, was sind das denn für verkommene Subjekte.«

»Das sind nur vier jugendliche deutsche Arbeitslose.«

Sie reagierte auf den Vorwurf, der in meinem Ton lag.

»Habe ich sie etwa arbeitslos gemacht?«

»Natürlich nicht. Ich wollte Ihnen nur demonstrieren, wie es Ihnen und Ihrem Mann gehen kann. Viele Deutsche haben Ängste vor den polnischen Aussiedlern und lehnen sie manchmal ganz offen ab, weil sie denken, die Polen nehmen ihnen die Arbeit und den Wohlstand weg, und sie liegen auf der Straße wie die vier im Hafen.«

»Wir sind doch anspruchslos. Das jedenfalls hat uns der polnische Staat jahrelang beigebracht, und Ablehnung kenne ich auch zur Genüge aus Polen. Nur kam die Ablehnung dort von Polen, weil wir als Deutsche ausreisen wollten, und hier werden wir von den Deutschen abgelehnt, weil wir angeblich Polen sind.«

»Ich wollte Ihnen nicht zu nahe treten, Frau Kowalsky, ich wollte Ihnen lediglich Ihre Illusionen nehmen, falls Sie überhaupt welche haben. Wissen Sie, die Menschen hier mögen Ausländer immer weniger, egal, wo sie herkommen, weil sie meinen, es sind sowieso schon zu viele hier.«

»Wir sind aber keine Ausländer, wir sind Deutsche und wollen auch als Deutsche behandelt werden. Bringen Sie mich bitte weg von hier.«

»Ich bringe Sie zu Ihrem Bauern zurück, mit der Bahn und dem Bus sind Sie einen halben Tag lang unterwegs.«

»Wieso zu meinem Bauern? Sie wollten mir doch Ihr Haus zeigen. Oder stimmt das alles nicht?«

»Würden Sie etwas Wichtiges entscheiden, ohne vorher mit Ihrem Mann darüber gesprochen zu haben? Na also. Schließlich kann ich meiner Frau mit Ihnen nicht einfach so ins Haus fallen. Wir hatten noch nie Mieter im Haus.«

»Seien Sie doch ehrlich: Sie wollen uns gar nicht aufnehmen.«

»So würde ich das nicht sagen. Zugegeben, Frau Deist hat mich überrumpelt und über mich verfügt, aber deshalb dürfen Sie ihr nicht böse sein, Sie haben ja selbst gesagt, sie ist die liebenswürdigste Frau, die Sie in Deutschland bislang kennengelernt haben.«

Wir schwiegen, bis wir am Bauernhof ankamen. Ich hielt den Wagen vor der breiten Einfahrt; aber Frau Kowalsky stieg nicht aus, sie blieb neben mir sitzen und sah traurig durch die Windschutzscheibe auf den großen, peinlich sauber gefegten Hof; neben der riesigen Scheune wurde gerade eine Fuhre Mais entladen.

»Ihre Frau wird dagegen sein, weil auch Sie uns nicht ernsthaft wollen«, sagte sie leise, als spräche sie mit sich selbst.

»Ich will auf keinen Fall mehr zurück ins Lager, das ist die Hölle. Keiner hier will uns haben. Hier kennt jeder nur sich selbst. Und wir werden behandelt wie lästige Fliegen. Ich hatte mir Deutschland anders vorgestellt, freundlicher und hilfsbereiter.«

»Versuchen Sie zu verstehen, Frau Kowalsky, unsere Regierung gibt Millionen, wenn nicht Milliarden für Sie und Ihre Landsleute aus. Das Geld muß an anderer Stelle wieder eingespart werden. Das ärgert viele Deutsche, weil notwendige Projekte deshalb nicht verwirklicht werden. Auch die Wohnungsnot wird größer, die Mieten steigen, den Spekulanten wird Tür und Tor geöffnet.«

»Deutschland ist ein so reiches Land.«

»Wenn Sie geglaubt haben sollten, hier fließen Milch und Honig, dann haben Sie sich geirrt. Vierhunderttausend Zuwanderer im Jahr sind auch für ein reiches Land nicht leicht zu verkraften. Die schaffen Probleme. Aber hoffen Sie trotzdem, unsere Zeitung jedenfalls steht hundertprozentig hinter Ihnen und Ihren Landsleuten.«

»Wirklich? Wenn es darum geht, für uns eine Wohnung zu finden, dann steht Ihre Zeitung aber nicht mehr zu ihren Worten. Sie selbst sind das beste Beispiel, Sie wollen uns einfach nicht, obwohl Ihr Haus zehn Zimmer haben soll, wie die nette Dame im Büro gesagt hat.«

»Das hat doch mit den Aussiedlern nichts zu tun. Ich will eben keine Fremden in meinem Haus haben, auch keine Deutschen.«

»Nicht mal bei zehn Zimmern?«

»Das Haus ist so konstruiert, daß nur eine Familie darin wohnen kann.«

»Sie wohnen in einem Palast. In Polen haben wir auch Paläste, aber in denen darf man nicht wohnen, die darf man nur besichtigen. Kann ich Ihr Haus wenigstens auch einmal besichtigen?«

»Natürlich, gern. Kommt Zeit, kommt Rat.«

Während wir uns unterhielten, hatte ich nicht bemerkt, daß der Bauer neben meinen Wagen getreten war, erst als es an das linke Seitenfenster klopfte, schrak ich hoch. Langsam kurbelte ich die Scheibe herunter und sah ihn fragend an. Er gab sich keine Mühe, freundlich zu sein: »Verschwinden Sie!«

»Ist Parken denn hier verboten?« fragte ich.

»Verschwinden Sie, sonst kommt der große Traktor mit der breiten Egge und schlitzt Ihren schönen Wagen auf.«

Anfangs hatte ich vor diesem massigen Mann Angst, jetzt aber wurde ich wütend. Ich stieg aus und baute mich vor ihm auf: »Mit welchem Recht setzen Sie die Kowalskys auf die Straße?«

Auch Frau Kowalsky war ausgestiegen, sie rannte wie gehetzt über den Hof und durch die Seitentür in die Scheune; der Bauer grinste breit auf mich herab und leckte sich die Lippen, als er zur Scheune sah. Fast respektvoll rief er: »Donnerwetter, die kann laufen, die hat ein Paar Luxusbeine, Donnerwetter, ein Rasseweib… Mit welchem Recht? Das geht Sie einen Dreck an. Wenn Sie es aber unbedingt wissen wollen: mit demselben Recht, mit dem ich die beiden aufgenommen habe. Kapiert? Es gibt nämlich nur ein Recht, und das ist mein Recht, ich kann auf meinem Hof tun und lassen, was ich will. Und mit Druckerschwärze will ich schon gar nichts zu tun haben. Kapiert?«

»Kapiert. Weil die Druckerschwärze ja vielleicht aufdecken könnte, daß Sie Aussiedler wie Sklaven halten.«

Ich war zwei Schritte zurückgetreten, weil ich einen Angriff des Bauern erwartete, aber der lachte nur, er lachte so gewaltig, daß er sich schütteln mußte, dabei klatschte er mit seinen Pranken, die ein Kalb hätten erwürgen können, ständig auf mein Autodach, ich fürchtete, er trommelte eine Delle hinein.

Plötzlich brüllte er los: »Wie Sklaven? Sie Arschloch aus Druckerschwärze, Sie haben ja keinen blassen Schimmer. Dieses Pack verdient doch mehr als ein ehrbarer Deutscher. Ist das noch nicht bis in Ihren Hirnkasten vorgedrungen? Die spielen die Mitleidsmasche sehr geschickt, das ist ein abgekartetes Spiel unter denen, dafür sind die Polen doch seit Jahrhunderten berüchtigt. Uns Bauern wird der Schweinepreis gekürzt, damit man die Schweine umsonst nach Polen liefern kann. Und die Regierung hängt sich den Mantel der Barmherzigkeit um.

Aber zahlen tun wir Bauern. Schreiben Sie doch mal, daß den Aussiedlern mit dem bei uns abgesparten Geld der Arsch geschmiert wird. Das sollten Sie schreiben. Aber das schreiben Sie ja nicht, weil Sie zu feige sind. Schreiben Sie, daß man diesen...«

»Schweinen wollten Sie wohl sagen, oder?«

»Das haben Sie gesagt, nicht ich.«

»Ich werde schon darüber schreiben, und ich werde Sie auch beim Namen nennen und Ihre Adresse darunter setzen.«

Hingebungsvoll rieb er seinen Stoppelbart und lächelte verschmitzt. Aber seine Verschmitztheit wurde bedrohlich. Er faßte mich an meinem rechten Oberarm und zeigte über seinen Hof.

»Schreiben Sie nur. Schreiben Sie. Aber gucken Sie sich vorher erst einmal genau hier um. Wir sind gerade bei der Maisernte, das sehen Sie ja, falls Sie wissen, wie Mais aussieht. Wir haben vier Traktoren. Und ich habe zwei Söhne, groß und stark, die können zupacken, meine Frau und ich können auch Traktor fahren. Das sind also vier Personen und vier Traktoren, wenn Sie rechnen können. Hinter der Scheune stinkt ein großer Misthaufen vor sich hin, ich weiß schon nicht mehr, wohin mit dem ganzen Mist, seit die Holländer ihn auch nicht mehr abnehmen. Und jetzt hören Sie mal genau zu: Jeder Traktor hat einen Anhänger, der faßt einige Tonnen Mist. Ob ich den Mist nun auf die Felder streue oder in Dortmund vor das Gebäude Ihrer Zeitung kippe, das bleibt sich für mich gleich. Mann, hauen Sie ab, Sie stinken gegen den Wind, da stinkt nicht mal mein Misthaufen gegen an. Und dahinten kommt auch schon mein Ältester mit dem großen Traktor und der breiten Egge, passen Sie nur auf, der fährt wie der Teufel und schlitzt im Vorbeigehen gerne fremde Autos auf, der pflügt alles unter, was sich ihm in den Weg stellt.«

Ich sprang in meinen Wagen und fuhr los. Im Rückspiegel sah ich noch, wie sich der Bauer vor Vergnügen auf den Bauch klatschte.

Noch etwas benommen vom Streit mit dem Bauern stieg ich die Treppe von der Tiefgarage zum Foyer hoch, ich nahm den Lift zum dritten Stock immer erst im Foyer. Während ich wartete, sah ich dem Treiben auf der Straße zu, wo seit zwei Jahren eine Baustelle für die U-Bahn uns Lärm frei Haus lieferte. Doch dann sah ich in einer Ecke des fast quadratischen, in grünlichem Marmor schimmernden Foyers eine Gruppe Menschen, die irgend etwas anstarrten. Als der ewig leidend dreinschauende Pförtner mich bemerkte, winkte er mir hinter seiner Glaswand aufgeregt zu und deutete auf die Leute, die da im Halbkreis mir ihre Rücken zuwandten.

Einer aus der Gruppe drehte sich um und erkannte mich wohl, er sagte etwas zu den anderen, und der Halbkreis öffnete sich wie ein Reißverschluß, als ich mich näherte. Ungefähr zwanzig Leute gafften mich an und begannen zu meinem Erstaunen zu klatschen, der Applaus galt mir, ohne Zweifel. Plötzlich stand ich mir selbst gegenüber.

Aber ich blickte in keinen Spiegel, sondern auf ein lebensgroßes Foto von mir, das auf stabile Pappe geklebt war. Meisterstück eines Fotografen.

Dieser Pappkamerad, der ich war, lehnte an der Wand zwischen den beiden Pendeltüren, über seinen Kopf hatte jemand einen Lorbeerkranz gemalt, darin las ich: Ein Herz für Unterdrückte! Ein Mann der Tat!

Ich begriff und war so entgeistert, daß ich am liebsten vor Scham in den Boden gesunken wäre. Es kam aber noch schlimmer; Egon Wolters löste sich aus der Gruppe und kam breit lächelnd auf mich zu: »Das nenne ich perfekte Regie, Herr Koch, Sie kommen auf die Minute genau zur

Enthüllung Ihres Denkmals. Na, ist das eine Überraschung? Ist sie uns gelungen?«

Dabei klopfte er mir auf die rechte Schulter und forderte mit Blicken und Gesten die Umstehenden auf, wieder und wieder zu klatschen. Und sie klatschten. Ich fühlte, wie mir das Blut ins Gesicht schoß und meine Hände sich vor Angst und Wut verkrampften. Meine Tasche fiel zu Boden. Wolters hob sie auf und hängte sie sich über die Schulter.

Da erkannte ich wie durch einen Nebel auch die Deist, die neben meinem zweiten Ich an einem Pfeiler lehnte.

Um mich herum waren alles vertraute Gesichter, aber allesamt grinsten sie mich unverschämt an. Mein Gott, wessen Wahnsinnsidee war das bloß, wer war perfide genug, so etwas zu inszenieren.

»Leute guckt«, rief Wolters, »es hat unserem Herrn Koch die Sprache verschlagen.« Er flüsterte mir zur: »Herr Koch, Dr. Neuhoff erwartet Sie. Kommen Sie, Ihr Standbild können Sie jetzt jeden Tag betrachten.«

Er zog mich zum Lift, einige drängten nach, und im Aufzug war es eng, wie bei Sprotten in der Kiste. Mir war das recht, so brauchte ich weder mit Wolters noch mit der Deist zu reden, die ich beide im Verdacht hatte, dieses für mich peinliche Schauspiel inszeniert zu haben.

Im Flur auf dem Weg zu Neuhoff nahm mich Wolters bei der Hand, als wäre ich ein kleines Kind; er führte mich in Neuhoffs Büro, hinter mir drängelten die Kollegen, sie schoben mich mehr, als Wolters mich zog.

Neuhoff empfing mich väterlich lächelnd, streckte mir beide Arme entgegen und umarmte mich. Bewegt klopfte er mir auf beide Schultern und sagte gerührt: »Herr Koch, lieber verehrter Kollege, ich kann nicht in Worte fassen, wie stolz wir alle auf Sie sind, wie Ihre selbstlose Entscheidung, Ihre große humane Tat mich persönlich angerührt hat. Sie haben uns und unseren Lesern ein leuchtendes, ein nachahmenswertes Beispiel gegeben, von dem zweifellos eine Signalwirkung ausgehen wird. Ich bin kein Mensch großer Worte, aber es erfüllt uns mit Stolz, einen so hochherzigen Mann in unseren Mauern zu wissen. Ich habe zu Ihren Ehren ein kleines Büffet aufbauen lassen.« Er drehte sich um. »Liebe Mitarbeiter, die Tafel ist eröffnet, greifen Sie zu.«

Über drei Klapptische war weißes Papier gespannt, darauf standen Pappteller, Plastikbestecke und Plastikbecher, es gab, was es immer auf diesen Stehempfängen gibt: dünn belegte Brötchen, Kartoffelsalat, schlaffes Weißbrot, Fruchtsäfte und Flaschenbier. Zwei Mitarbeiterinnen der Sportredaktion schenkten für die Damen lieblichen Sekt aus, der so süß war wie Gummibärchen und nach zwei Gläsern Kopfschmerzen machte.

Jeder quatschte mich an, redete auf mich ein, ich antwortete mit Lügen und Ausreden, erst als sich die Deist an mich drängte und mir mit ihrem lauten Charme um den Bart ging, fand ich langsam in die Wirklichkeit zurück.

Plötzlich wurde sie leise: »Entweder Sie rücken das Bild wieder raus, oder es passiert etwas Furchtbares.«

Ich wollte ihr mit einer Lüge entkommen, da betrat Ostermann das Büro, und die angeregte Unterhaltung riß schlagartig ab. Auch er kam mit offenen Armen auf mich zu und rief mit markiger Stimme:

»Da ist ja die Zierde unseres Hauses. Ich habe immer gewußt, daß Sie für Ungewöhnliches befähigt sind.«

Den anderen Mitarbeitern winkte er huldvoll zu, besonders den weiblichen, er genoß es, einigen jovial die Wangen zu tätscheln. Als er seinen Rundgang absolviert hatte, bat er um Ruhe.

»Lieber Herr Koch, zu den beiden Überraschungen, die Sie heute schon erfahren durften, reiht sich nun eine dritte, ich habe das noch gestern mit Herrn Dr. Neuhoff besprochen. Um es kurz zu machen: Ab sofort erscheint in jeder unserer Wochenendbeilagen ein kleiner Artikel mit der Bitte an unsere Leser, unseren deutschen Heimkehrern aus Polen eine Wohnung oder wenigstens ein Zimmer zu vermieten. Es gibt genug Menschen in unserem Lande, die mit ihren großen Wohnungen und Häusern nichts anzufangen wissen, manches Zimmer steht das ganze Jahr über leer. Als Aufhänger wird über diesen wöchentlichen Aufrufen jedesmal Ihr Bild stehen, Herr Koch. Verantwortlich für diese Serie ist, er weiß es selbst noch nicht, Herr Wolters, dieser frische freche Dachs, dessen Volontärzeit damit heute zu Ende geht und der sich ab sofort in die Gilde der Redakteure einreihen darf.«

Ein paar Sekunden lang herrschte Stille, dann brach der Lärm los, alle klatschten, alle umdrängten Wolters, um ihm zu gratulieren, und der arme Kerl hatte Mühe, sich aus dem Pulk, der ihn umzingelte, zu lösen. Er griff nach meinen Händen und schrie mir ins Ohr: »Das habe ich nur Ihnen zu verdanken, Herr Koch. Hoffentlich kann ich meinen Dank mal mit Taten abstatten.«

Immer noch prasselten Glückwünsche auf Wolters nieder, der seine Freude nicht verbarg und nun begann, den widerlichen süßen Sekt in sich hineinzukippen, als söffe er mit einem Konkurrenten um die Wette. Er tat mir jetzt schon leid, morgen würde er mit einem Schädel vom Durchmesser eines Wagenrades aufwachen.

Zu meiner Erleichterung leerte sich nach und nach Neuhoffs Büro, und ich war mit Ostermann und Neuhoff allein. Neuhoff zeigte auf das verwüstete Büffet, in ein paar Sprudelflaschen brach sich das Licht.

»Alles was recht ist, die Bande hat zugeschlagen, fast wie nach dem Krieg, als es nichts zu essen gab und man froh war, von jemandem eingeladen zu werden. Da wir jetzt unter uns sind, Herr Koch, wie geht es voran mit Ihrer Reportage?«

»Sie wird«, log ich dreist.

»Das freut mich. Wenn sie fertig ist, möchte ich sie lesen, bevor sie in Satz geht.«

»Das ist doch selbstverständlich, Herr Dr. Neuhoff.«

»Ich hoffe nur, daß Ihr mutiger Einsatz und Ihre so menschliche Handlungsweise genügend Nachahmer finden, damit die erniedrigende Lage dieser armen Menschen wenigstens etwas gelindert wird. Ich bin mir selbstverständlich bewußt, daß Ihre selbstlose Tat nur ein Tropfen auf den heißen Stein sein kann, aber das Sprichwort sagt ja, steter Tropfen höhlt den Stein. Na dann, Herr Koch, weiterhin gute Ideen, gute Taten und fruchtbare Zusammenarbeit.«

Damit war ich entlassen, und ich war erleichtert, nicht mehr lügen zu müssen, ich taumelte, wie betäubt lief ich den Flur entlang und ließ mich in meinem Büro in meinen Sessel fallen, selbst als die Deist zischte: »Wo ist mein Bild?«, erwachte ich nicht aus meiner Apathie.

Was da in kurzer Zeit über mich hereinbrach, war ohne Übertreibung ein berufliches und menschliches Fiasko.

Und alles, was da in unserem Zoo passiert war, würde auch noch, garniert mit peinlichen Bildern, im »Tageskurier« veröffentlicht werden; meine Nachbarn würden mir dafür gewiß kein Denkmal setzen.

Mir war, als arbeiteten alle an meinem Untergang.

Die Deist stellte sich herausfordernd neben mich, etwas Verächtliches war um ihren Mund, als sie mich abermals anzischte: »Wo ist mein Bild?«

Ich antwortete nicht, ich dachte nur noch an den Pappkameraden im Foyer, an dem nun alle, Mitarbeiter und Besucher, vorbei mußten. Ich malte mir die höhnischen, zynischen, vielleicht auch neidischen Kommentare aus.

Die Deist wurde heftiger, sie klopfte mit der Faust auf meinen Schreibtisch: »Geben Sie mir auf der Stelle mein Bild zurück.«

»Welches Bild? Ach, das Bild! Ich habe es nicht.«

»Sie haben heute in Neuhoffs Heiligtum schon genug gelogen, mir brauchen Sie nichts vorzumachen. Niemand außer uns beiden weiß von dem Bild, und niemand außer Ihnen hat ein Interesse daran.«

»Sie etwa nicht? Und was soll das überhaupt, Sie haben doch auch die anderen Abzüge gekauft, Frau Deist.«

Sie schniefte ein paarmal, dann heulte sie los: »Die habe ich doch in die Mülltonne geschmissen.«

Das war zuviel. Ich brüllte vor Lachen, ich lachte, bis mir die Tränen kamen. Und die Deist stand neben mir und weinte Tränen. Sie verschwand wieder einmal hinter ihrem Bildschirm.

Der Lachanfall hatte mich endlich erlöst, ich fand die Wirklichkeit wieder, und die Komödie, die ich zu spielen begonnen hatte und die in eine Tragödie umzuschlagen drohte, blieb nur als Posse an mir hängen.

Aber ich log weiter. »Frau Deist, ich weiß wirklich nicht, wer das Bild an sich genommen haben könnte. Ich habe Sie ja gewarnt, die Büros stehen immer offen, jeder kann sie betreten, und selbst eine Putzfrau könnte neugierig geworden sein. Sie waren entweder zu leichtsinnig oder zu vertrauensselig.«

»Ich weiß, daß Sie lügen, Herr Koch, aber Sie lügen einigermaßen überzeugend, fast so überzeugend wie in Neuhoffs Büro vor einer Stunde. Und Sie lügen schon seit Tagen. Warum sind Sie mit Klaras Bild nicht zur Polizei gegangen? Da steckt doch mehr dahinter als Ihr windelweiches Argument, wir könnten uns lächerlich machen. Natürlich denken Sie auch im Traum nicht daran, Frau Kowalsky und ihren Mann bei sich aufzunehmen, und ich verstehe das sogar, Herr Koch, Sie wären ja behämmert, wenn Sie es täten. Irgendwie habe ich Sie bewundert, wie Sie sich da vorhin haben feiern lassen. Ich bin nur gespannt, wie Sie aus Ihrem Schlamassel wieder herauskommen. Ich jedenfalls möchte nicht in Ihrer Haut stecken. Münchhausen konnte sich wenigstens an seinen eigenen Haaren aus dem Sumpf ziehen... Was haben Sie mit meinem Bild gemacht?«

»Ich habe es einer fünfundsechzigjährigen Frau gezeigt, deren neunzigjährige Mutter vor ein paar Wochen gestorben ist. Ich habe nämlich den Verdacht, und da vermuten Sie richtig, Frau Deist, daß sie etwas mit der Wasserleiche zu tun haben könnte. Aber ich bin bei der Alten auf Granit gestoßen. Da war nichts, und da war doch was. Lassen Sie mir Zeit, Frau Deist. Ich habe das Bild.«

»Wer ist die alte Frau?«

»Unwichtig.«

»Warum haben Sie kein Vertrauen zu mir? Ich spüre schon lange, daß diese mysteriöse Wasserleiche Sie mehr beschäftigt, als Sie zugeben. Ich glaube, Sie haben ein persönliches Interesse daran, kein berufliches.«

Sie tauchte hinter dem Bildschirm auf, ich fand ihren Bubikopf nun doch ganz hübsch; aber die Tränen hatten Streifen durch ihre Schminke gezogen.

»Warum hassen Sie mich eigentlich, Frau Deist?«

»Aber, aber Herr Koch, ich liebe Sie doch. Und behalten Sie das Bild.«

Es wäre an der Zeit gewesen, Irene zu berichten, was sich in den vergangenen Tagen ereignet hatte; viel hatte sich angestaut, ich brauchte ein Ventil.

Täglich nahm ich mir vor, mit ihr zu reden, ihr zu erklären, in welch zwiespältiger Lage ich mich befand, wie die Kollegen mich überrumpelt hatten, so daß mir kein Ausweg blieb und ich gezwungen war, gegen meine Überzeugung mitzuspielen.

Als ich mich endlich dazu durchgerungen hatte, mit Irene zu sprechen, und zu ihr ins Wohnzimmer ging, überraschte sie mich mit Fragen: »Thomas, warum trägst du seit Tagen das Bild dieser jungen Frau mit dir herum, die vor ein paar Wochen als Leiche aus dem Kanal gefischt worden ist? Was um Himmels willen hast du mit dieser Person zu tun? Was geht hier vor?«

Ich war erschrocken, weil Irene das Bild entdeckt hatte und nun womöglich die absurdesten Spekulationen darüber anstellte. Es war eigentlich nicht ihre Art, in meinen persönlichen Sachen herumzuschnüffeln, mein Arbeitszimmer war für sie tabu, sie hätte niemals die Taschen meiner Anzüge durchsucht oder in meiner Brieftasche gestöbert, dafür war sie sich zu gut.

Was also war vorgefallen?

»Ich bin so nebenbei hinter dieser Sache her, weil die Polizei auf der Stelle tritt.«

Das war, bei meinem Beruf, eine glaubwürdige Lüge.

»Und wo hast du das Bild her? Das ist eine Porträtaufnahme, die muß jemand bestellt haben, die hat doch ein Berufsfotograf gemacht.«

Ihr anfangs beiläufiger Ton wurde schärfer, fordernd stand sie mit den Armen in den Hüften vor mir, und ich wollte ihr schon alles erzählen, was ich wußte, auch meine Vermutungen, da fragte sie mit fremder Stimme: »Was führst du gegen Günter im Schilde?«

Ich sah sie verständnislos an, ihre Frage war so lächerlich wie unsinnig. Was ging hier vor?

Ich bemühte mich um einen freundlichen Ton: »Was unterstellst du mir da? Ich verstehe dich nicht.«

»Mach mir nichts vor. Ich weiß, daß du mir in letzter Zeit vieles, was du tust, verschweigst. Du hast das Bild doch durch deine Sekretärin kaufen lassen. Warum? Günter jedenfalls hat sie gesehen, als sie das Bild kaufte. Er wollte es ja selber haben, aber du bist ihm zuvorgekommen.«

Ich war schockiert: »Warum um Himmels willen wollte Günter das Bild kaufen? Was hat er damit zu tun. Ich verstehe überhaupt nichts mehr.«

»Das ist auch schwer zu verstehen. Günter ist eben ein Kindskopf. Er hat das Bild im Schaufenster gesehen und sich Hals über Kopf in die Frau darauf verliebt. Das klingt idiotisch und das ist idiotisch, aber so was gibt's nun mal. Deshalb wollte er das Bild haben, er sammelt Bilder von schönen Frauen; wenn er genug zusammen hat, will er eine Galerie aufmachen: mit Bildern von schönen Frauen. Die haben Fürsten und Könige schon früher gesammelt, das ist nichts Neues.«

Was Irene da erzählte, klang wirklich blödsinnig und war zumindest unwahrscheinlich, aber bei Günter wußte man nie, woran man war.

»Thomas, ich habe dir schon einige Male gesagt, du solltest deinen Job aufgeben. Das war ernst gemeint. Du wirst dir bei deiner Zeitung noch das Genick brechen. Als Journalist machst du dich doch unmöglich mit dem, was du schreibst, und dann bist du für alle Zeiten und für alle Redaktionen gestorben. Du schreibst jetzt zwar eine große Reportage, aber du wirst lügen und heucheln müssen, wenn sie in deinem Blatt erscheinen soll. Und du wirst dir nicht nur die Nachbarn auf den Hals laden, sondern auch den ganzen Vorort, das ganze Viertel hier wird uns wie Aussätzige behandeln. Es hat schon angefangen, obwohl von deiner Reportage noch kein Wort erschienen ist. Komm mit.«

Ich folgte Irene ohne besondere Neugier auf die Terrasse.

»Hast du denn noch nicht gesehen, was unsere lieben Nachbarn Berg an ihrem Zaun zu unserem Garten angebracht haben? Als die Handwerker das Ding gestern montierten, stand Lilli die ganze Zeit daneben und lächelte genüßlich.«

Die Sichtblende, aus braunen Spanplatten, die noch feucht glänzten vom Anstrich, war häßlich, aber zweckmäßig. Sie stand genau auf unserer Grundstücksgrenze und war ungefähr sechs Meter lang; sie versperrte uns den Blick zu Bergs, ihnen aber auch den zu uns.

Die Gardinen bei Bergs im ersten Stock bewegten sich leicht, offensichtlich hatte Lilli ihren Beobachtungsposten bezogen. Ich hatte eine Idee und winkte Irene unauffällig an meine Seite: wir taten beide freudig überrascht und gestikulierten so begeistert, als würde uns die Blende gefallen. Lilli in ihrem Versteck würde vor Enttäuschung heulen.

»Wenn ich nächste Woche etwas mehr Zeit habe, werde ich Sträucher von der Baumschule holen und vor diesen

Schandfleck pflanzen. Das nimmt uns zwar Platz, ist aber immer noch besser, als jeden Tag auf dieses Denkmal nachbarschaftlicher Freundlichkeit sehen zu müssen. Ach, Irene, das hat auch seinen Vorteil: nächsten Sommer stellen wir die Gartenmöbel dicht an dieses Monument, dann kann uns Lilli nicht einmal mehr vom Dachfenster aus beobachten. Das war ein Bergsches Eigentor. Komm ins Haus.«

Irene zögerte. Ich drehte mich nach ihr um und sah, wie sie plötzlich zusammenzuckte, den Mund aufriß und auf Lipperts Haus jenseits der Straße zeigte. Ich folgte ihrem Arm und sah an Lipperts Giebelwand etwas hängen. Irene zog mich heftig fort, durch den Garten zum Maschendraht an der Straßenseite. Was ich da sah, machte mich sprachlos. Am Giebel von Lipperts Haus hing ein weißes Tuch von der Größe eines Bettlakens, das Laken war an den vier Enden mit Schnüren am Haus befestigt und bauschte sich im Wind. In roten Druckbuchstaben stand auf dem Laken: »Boykottiert den Tageskurier!« Darunter etwas kleiner: »Er ist das Sprachrohr der Polen!«

»Mein Gott, was ist bloß in die Leute gefahren!« flüsterte Irene.

Was ich da sah, hätte ich nicht für denkbar gehalten. Irene fragte, was ich mich schon selbst gefragt hatte: »Und jetzt?«

Spontan spielten wir wieder die fröhlich Amüsierten, denn wir waren sicher, daß uns Lilli weiter beobachtete, daß sie jeden unserer Schritte verfolgte und von jeder Regung auf unseren Gesichtern dem neben ihr stehenden Kahlen Asten Mitteilung machte. So zeigten wir noch eine Weile gestenreich Freude über Bergs Sichtblende.

Plötzlich glaubte ich hinter der Blende den Kahlen Asten gehört zu haben, jedenfalls bewegte sich etwas auf der anderen Seite. Ich sprang auf unsere Terrasse, stellte mich dicht an die Sichtblende und sagte ins Blaue hinein: »Da haben Sie aber eine schöne Sichtblende, Herr Berg, die hat bestimmt eine Stange Geld gekostet. Hätten Sie mich doch vorher mal gefragt, ich hätte die Hälfte der Kosten übernommen.« Dabei lachte ich schadenfroh.

Hinter der Spanholzwand ertönte Bergs wutschnaubende Stimme: »Ihnen wird das Lachen schon noch vergehen, Herr Koch, das schwöre ich Ihnen.«

Ich hörte, wie er anfing, Holz zu hacken, wohl für seinen Kamin, den er sich vor drei Jahren mitten in seinem Garten hatte hochmauern lassen; der brannte auch im Sommer, bei jeder Hitze saßen Berg und seine Lilli vor dem offenen Feuer und starrten stundenlang in die Flammen, eben so, wie andere stundenlang auf den Fernseher glotzen. Das war ihr seltenes Freizeitvergnügen.

»An Ihrer Stelle, Herr Berg, würde ich den Mund nicht so voll nehmen. Aber ich bin Ihnen wirklich dankbar für die Blende, ich wollte im Frühjahr selbst schon eine anbringen lassen, um vor neugierigen Nachbarn sicher zu sein, aber von einem Zimmermann, nicht von so einem Pfuscher. Und nochmals Dank für den Tausender, den ich gespart habe, das ist ja schon der halbe Urlaub fürs nächste Jahr.«

Das mußte Berg treffen bei seinem sprichwörtlichen Geiz.

Irene drängte ins Haus, sie fürchtete, mein Lachen würde Berg noch mehr reizen. Im Wohnzimmer lachte ich immer noch, aber Irene war wütend und schrie mich an:

»Bist du blind und taub? Weißt du eigentlich, daß unsere Tage hier gezählt sind? Wenn du so weitermachst, müssen wir noch auswandern. Ich traue mich jetzt schon nicht mehr allein unter die Leute hier im Ort. Du bringst es noch dahin, daß wir unser Haus verkaufen müssen.«

»Aber Irene, das willst du doch, davon redest du doch ständig. Das Verhalten unserer Nachbarn müßte dir doch willkommen sein.«

»Das Haus ist für uns zu groß, und wir würden nicht hier wohnen, wenn du es nicht geerbt hättest, dabei bleibe ich; aber unter diesen Umständen möchte ich es nicht verlassen. Thomas, wach auf. Wir kommen gegen diese Leute nicht an.«

Ruhiger und während sie im Wohnzimmer auf und ab ging, fügte sie hinzu: »Denk doch mal gelassen darüber nach, hör den Leuten einfach mal zu. Die hier in unserem Viertel sagen ganz offen, was die Bevölkerung denkt. Geh nur mal zum coop, da hörst du jeden Tag, was vor allem die Frauen, und nicht nur hinter vorgehaltener Hand, sagen: Die Polacken sollen dahin gehen, wo sie hergekommen sind. Eine Verkäuferin, die an der Kasse ständig mit Aussiedlern zu tun hat, sagte mir einmal, als sie mich noch nicht als deine Frau kannte, die Ostler sind frech und aufdringlich und erwarten, daß man vor ihnen den roten Teppich ausbreitet.«

»Die Leute! Die Leute! Die Leute sind gehässig, dumm und futterneidisch, und allemal fremdenfeindlich.«

»Schau doch den Tatsachen ins Auge, Thomas, laß jetzt mal deine Zeitung Zeitung sein. Die Leute sagen, die aus dem Osten kommen doch nicht in die Bundesrepublik, weil sie drüben im Gefängnis gesessen haben, nein, die wollen heim ins Reich, ins alte deutsche Reich, die würden den Hitler wählen, wenn es ihn noch gäbe. Und die würden von deiner regierungsfrommen Zeitung nur deshalb hofiert, weil sie schwarz wählen, also die Partei deines Herrn Ostermann und deines Herrn Neuhoff. Aber am liebsten würden sie braun wählen.«

»Jetzt gehst du aber zu weit, Irene, jetzt wirst du ausfällig, auch gegen mich, du übernimmst unkritisch das Geseiere der Leute. Ein für allemal, ich werde vor diesem Nachbarschaftsmob nicht kapitulieren, ich lasse mich von denen nicht vertreiben. Das sind doch nur ein paar wildgewordene Ausländerhasser. Diese Ausländer, von denen wir sprechen, sind doch im Grunde genommen Deutsche, die polnische Regierung hat sie als solche anerkannt, sonst wären sie nicht hier. Denk realistisch, Irene, und hab nicht gleich die Hosen voll. Wenn zwei Nachbarn, wenn der Berg und der nicht mehr ganz zurechnungsfähige Lippert mit seinem mißratenen Sohn, die wilden Männer spielen, dann ist das noch lange nicht die Bevölkerung. Wenn es wirklich hart auf hart kommt, lasse ich um unser Grundstück einen drei Meter hohen Stacheldrahtzaun ziehen und kaufe mir eine Schrotflinte. Mich vergrault hier keiner. Basta.«

Irene hatte mich, während ich Dampf abließ, wie versteinert angestarrt. Ich fühlte, sie wollte noch etwas loswerden, deshalb floh ich in mein Arbeitszimmer, aber auf halber Treppe hielt sie mich zurück, sie redete in beinahe feierlichem Ton: »Thomas, du machst dir immer noch was vor, du bist doch längst realitätsfremd geworden, wie alle Redakteure, die zwanzig Jahre und länger hinter ihren Schreibtischen zubringen und sich dabei ihre eigene Welt aufbauen, die mit der Wirklichkeit nichts mehr zu tun hat. Ihr glaubt, die Welt müßte so sein, wie ihr sie an euren Schreibtischen erfindet. Ich war lange genug im Zoo, um zu wissen, was da vorgeht, ich habe damals auch Konrad studiert. Er ist zwar an Krebs gestorben, aber er wäre ein paar Jahre später sowieso an der Heuchelei eingegangen, die ihr im Zoo kultiviert. Was er für die Zeitung geschrieben hat, das glaubte er nicht, und was er glaubte, hat er nicht geschrieben, weil es nicht gedruckt worden wäre, er schrieb nach dem Motto: Wes Brot ich ess', des Lied ich sing'. Ich habe die Gespräche in den Fluren, in den Büros, in der Kantine und vor allem bei alkoholreichen Feten nur zu gut mitbekommen, das war das krasse Gegenteil von dem, was im ›Tageskurier‹ zu lesen war. Thomas, du bist auch nicht anders, ihr alle seid nicht anders. Weil die meisten diese täglich praktizierte Heuchelei spüren und auch durchschauen, saufen sie ständig, weil sie nüchtern dauernd kotzen müßten. Was das Saufen angeht, bist du eine rühmliche Ausnahme, und manchmal denke ich sogar, daß du glaubst, was du schreibst. Und deshalb bin ich nach wie vor der Meinung, daß du deinen Job hinschmeißen solltest, um nicht ganz zu verkommen.«

Sie ging in die Küche und schloß die Tür hinter sich. Ich war betroffen und machte nicht einmal den Versuch, ihr nachzulaufen und mich zu rechtfertigen. Ich ging nach oben und setzte mich an meinen Schreibtisch.

Irene durchschaute also seit Jahren das Geflecht, in dem ich mich, wie viele andere auch, verfangen hatte. Ich wußte, und wurde mir jeden Tag klarer darüber, daß zwischen dem, was ich schrieb, und dem, was ich dachte und woran ich glaubte, eine kaum überbrückbare Kluft lag.

Mein Gott, was hatte ich nicht schon alles geschrieben, was gegen meine Überzeugung war! Ich vertrat die Meinung des Herausgebers, damit das Gehalt stimmte, ich gab dem Herausgeber meinen Namen für Artikel, die Ostermann nie schrieb. Auch mit dieser Aussiedler-Reportage war es so. Mit Ausnahme der Chefs fand keiner in der Redaktion, bis hin zum Pförtner, es richtig, wie wir die Aussiedler politisch benutzten, alle dachten anders. Aber wer sich in der Redaktionskonferenz so äußerte, wie er wirklich dachte, würde von Neuhoff mit der zynischen Bemerkung abgewürgt werden: Sind Sie etwa ausländerfeindlich? Haben Sie was gegen Mitmenschlichkeit? Und natürlich wollte keiner als ausländerfeindlich oder als unmenschlich dastehen, deshalb nickte jeder und dachte ja und amen, auch wenn er wußte, daß er in der nächsten Stunde gegen seine Überzeugung anschreiben würde.

Ich seufzte in mich hinein, ich war ratlos.

Plötzlich kam mir eine Idee, ich rief mein Büro an.

»Frau Deist, ich brauche sofort einen Fotografen. Am besten den Blau. Er soll im Eiltempo zu mir nach Haus kommen.«

»Wo brennt's denn, Herr Koch?«

»Blau soll ein Teleobjektiv mitbringen, und zwar sofort.«

Ohne weitere Fragen abzuwarten, legte ich auf. Ich fühlte mich einsam und war doch froh, endlich allein zu sein. In dieser Stimmung war ich unberechenbar. Die Geschichte mit den Aussiedlern und alles, was damit zusammenhing, strapazierte meine Nerven, es war ein dauerndes Hin und Her in meinem Kopf.

Irenes Stimme riß mich aus meinen Gedanken. »Thomas, hier ist Frau Deist mit einem Fotografen.«

Da standen sie auch schon im Zimmer. Wortlos, ohne von der Deist Notiz zu nehmen, winkte ich Blau zum Fenster.

»Was soll ich aufnehmen?« fragte Blau.

»Das Bettuch mit der Aufschrift da drüben an dem Haus. Vom Fenster aus wird es vielleicht nicht gehen, die Äste verdecken die Schrift. Meine Frau führt Sie auf den Dachboden.«

Der Fotograf guckte zum Fenster hinaus und sah dann etwas verwirrt auf meine Frau; Irene trat mit der Deist nun auch zum Fenster, alle drei standen ratlos da, und als ich aufstand und ihren Blicken durchs Fenster folgte, sah auch ich es: das Laken war verschwunden.

Enttäuscht setzte ich mich in einen Sessel und schlug die Hände vors Gesicht. In weiter Ferne hörte ich Irene fragen, ob jemand Kaffee möchte, und daß die Deist verneinte. Als ich die Hände vom Gesicht nahm, sah ich direkt in die fragenden Augen von Monika Deist.

»Den Fotografen habe ich weggeschickt«, sagte sie, »er hat noch eine Menge Termine. Was war denn los?«

Sie nahm hinter meinem Schreibtisch Platz, so als gehöre sie hierher. Ich stand auf und lief verärgert durchs Zimmer. Kurz erzählte ich ihr, was passiert war.

Die Deist hörte ohne sonderliches Interesse zu und spielte dabei mit den Notizblöcken, Bleistiften und dem Tipp-Ex-Fläschchen auf meinem Schreibtisch, sie spielte wie ein Kind, das mit seinen Bauklötzchen spielt, und erinnerte mich plötzlich an Charlotte Fuchs, die im Café »Hummel« mit Bierdeckeln gespielt hatte. Gelangweilt sagte sie: »Ich weiß nicht, Herr Koch, ob es sich schon bis zu Ihnen rumgesprochen hat: wir verlieren in letzter Zeit erschreckend viele Abonnenten. Allein im letzten Monat waren es dreihundertfünfzig. Wolters hat mal im Vertrieb nachgefragt, aus welchen Regionen die meisten Kündigungen kommen. Aus Ihrem Stadtteil hier waren es in den letzten drei Wochen schon achtzig. Beunruhigend, nicht?«

»Und das sagen Sie mir erst jetzt? Da bahnt sich ja eine Katastrophe an.«

Die Deist klatschte mit der flachen Hand auf die lederne Schreibtischunterlage.

»Katastrophe? Nicht finanziell, Herr Koch. Wissen Sie, wie Neuhoff das auf der letzten Redaktionskonferenz kommentierte? Wolters hat es mir erzählt: Der Verlust an Abonnenten wird finanziell aufgewogen durch den stark erweiterten Inseratenteil. In jeder Wochenendausgabe haben wir zwei Inseratenseiten mehr als sonst.«

»Und was ist der Grund für diese Erweiterung?«

»Immer mehr Leute inserieren gezielt auf die Aussiedler hin. Die holen jetzt vom Dachboden und aus den letzten Ecken ihr Gerümpel hervor, verrostete Fahrräder und komplette abgewetzte Wohnzimmergarnituren, Schwarzweißfernseher und abgetragene Kleider, Kinderwagen, alte Küchenmöbel, weiß der Teufel, was die Leute so alles horten. Die Deutschen zahlen die Inserate, und die Aussiedler kaufen die Wochenendausgaben. Uns kann es doch egal sein, wer zahlt, Hauptsache, die Kasse stimmt.«

Irene brachte Kaffee und Konfekt.

»Ich freue mich, Frau Deist, daß Sie mal wieder den Weg zu uns gefunden haben, ich fürchtete schon, Sie hätten etwas gegen mich.«

Es war der 27., der letzte Sonntag im November. Ich ging noch einmal das Manuskript der Aussiedler-Reportage durch, die ich in zwei Nächten geschrieben hatte, um sie Neuhoff am Montag vorzulegen, da stürmte Irene die Treppe hoch und rief außer Atem: »Die Polen sind da. Komm schnell, Thomas, sieh dir das an.«

Sie fiel erschöpft in den Sessel und berichtete gehetzt: »Ich komme grade von Mama, biege zum coop ein, da muß ich ja an der alten Schule vorbei, ich will sagen, ich kam nicht vorbei, mußte wieder umkehren, weil die Straße voller Menschen war. Lauter Gaffer.« Sie sprang auf und zog mich mit sich. »Komm, Thomas, das mußt du dir ansehen, ein Schauspiel. Das reinste Straßentheater.«

Sie hatte es so eilig, daß ich gerade noch meinen Mantel von der Garderobe angeln konnte. Draußen war es naß-kalt, der Wind biß ins Gesicht und zerrte an Bäumen und Dächern.

Ihr Wagen stand vor der Haustür, Irene fuhr, ich setzte mich neben sie; wir hätten auch zu Fuß gehen können, denn die alte Schule war nur fünfhundert Meter entfernt. Schon hundert Meter vor der Schule blockierte eine große Menschenmenge den gesamten Verkehr, fast ausnahmslos Leute aus der nahen Siedlung der »Neuen Heimat«. Sie gestikulierten, feixten und amüsierten sich über etwas, das wir nicht sehen konnten.

So liefen Irene und ich über den Sportplatz, denn auf der Straße und den Bürgersteigen war kein Durchkommen, auch im Grüngürtel drängten sich die Neugierigen.

Vor dem Haupteingang der Schule parkten fünf große Busse, um sie herum standen die Aussiedler; einige Helfer und die Männer kümmerten sich um das Gepäck. Dazwischen viele Jugendliche, Frauen mit Säuglingen auf ihren Armen, deren Gesichter verhüllt waren, Kleinkinder in warmen Decken. Die Frauen führten die Kinder an der Hand in die Schule.

Auch wir gehörten nun zu den Neugierigen, und beim Zuschauen gewann ich den Eindruck, daß nur die Halbwüchsigen begriffen, was sich hier abspielte, einige machten lange Nasen zur gaffenden Menge, andere streckten uns die Zunge heraus.

Ich ärgerte mich, weil ich meinen Fotoapparat nicht mitgenommen hatte; aber es schwirrten genug Fotografen herum, Amateure und Profis, sie umkreisten die Ankömmlinge wie Wölfe ihre Beute. Noch mehr aber war ich verärgert, weil mich niemand aus der Redaktion von dieser Aktion unterrichtet hatte, und einen Lokalreporter unserer Zeitung konnte ich nicht entdecken.

Der Einzug dieser Menschen in ihre Notunterkunft war alles andere als würdig, aber diese Würdelosigkeit hätte man in unserer Zeitung dokumentieren müssen.

So ausgelassen wie die Kinder herumtollten, für die das Ganze ja ein Abenteuer war, so verschüchtert und gehetzt wirkten die Erwachsenen auf mich, sie rannten, kaum hatten sie ihr Gepäck ergriffen, in die Schule, als wären sie auf der Flucht, kein Wunder, die gaffende Menge bestaunte sie schamlos, als würden ihr in einem Zirkus exotische Tiere vorgeführt. Die Aussiedler boten den Anblick eines jammervollen Haufens, der zum Spießrutenlaufen verurteilt worden war; aber die Gaffer auf der Straße trugen keine Spieße, jeder hatte nur zwei mitleidlos neugierige Augen.

Da sah ich auch Günter in der glotzenden Menge, er überragte sie um Haupteslänge. Mir wurde unbehaglich bei seinem Anblick, ich fragte mich, warum er hier war und von wem er wußte, was hier passierte.

Irene war, als ich sie auf die Anwesenheit ihres Sohnes aufmerksam machte, ebenso erstaunt wie ich. Ratlos blickte sie mich an, aber ich zuckte nur die Schultern und sagte ihr, sie solle zu ihm hingehen und ihn fragen, warum er hier sei. Ich wollte mich derweil etwas in der Schule umsehen.

Niemand hinderte mich, als ich die Schule betrat, niemand fragte nach einer Erlaubnis. Aber das wunderte mich nicht, denn hier liefen alle wie aufgeschreckte Hühner durcheinander, es war ein unbeschreibliches Chaos, laut und undurchschaubar. Ich verstand zwar das meiste nicht, was hier gesprochen, geschrien, gebrüllt wurde, aber am Tonfall konnte ich unschwer erkennen, daß es nicht nur Freundlichkeiten waren.

Unvermutet einträchtig standen Erich und Wilfried Mayer nebeneinander im Innenhof der Schule und begrüßten die Aussiedler mit Handschlag, den Kindern strichen sie über das Haar, den Säuglingen auf den Armen ihrer Mütter zogen sie die Decken vom Gesicht und riefen »Eiei, wo isser denn?«

Ein ungewohntes Bild, denn die beiden waren im Ort hier nur als »die feindlichen Brüder« bekannt. Erich war Bezirksvertreter der CDU, Wilfried Bezirksvertreter der SPD. Sie waren nicht nur Brüder, sondern sahen einander auch zum Verwechseln ähnlich, wie eineiige Zwillinge; sie neigten zur Fettleibigkeit und waren für ihre fünfundvierzig Jahre ganz schön feist. Ihr Vater war dreißig Jahre lang Kranführer im Stahlwerk gewesen, ihre Mutter hatte in einem Arzthaushalt geputzt, fleißige und sparsame Leute, die ihren Söhnen sogar ein Haus hinterlassen hatten. Die Brüder waren nach der mittleren Reife auf den Bau gegangen, und Erich war schon mit siebzehn Jahren in der Jungen Union.

Wilfried war der SPD nicht aus politischer Überzeugung beigetreten, sondern aus Wut über seinen CDU-Bruder, der ihn nach dem Tod ihrer Eltern bei der Erbschaftsauseinandersetzung angeblich um das elterliche Haus betrogen hatte.

Jeder hier wußte, daß beide sich abgrundtief haßten, sie verleumdeten einander bis zur Ehrabschneidung, sie stilisierten sich, zur Erheiterung des gesamten Vororts, als Vollblutpolitiker, was ihrer Parteikarriere nicht im mindesten schadete, im Gegenteil, jeder genoß in seiner Partei große Sympathie, und schimpfte ein Bruder auf den anderen, dann wuchsen sich ihre persönlichen Auseinandersetzungen nicht selten zu einem handfesten Parteienstreit aus.

Hier aber verteilten sie gemeinsam Obst und Süßigkeiten an die Kinder, auf den Tüten, die sie verteilten, war zu lesen: Die CDU heißt Sie herzlich willkommen – Die SPD heißt Sie herzlich willkommen.

Eine rührende Szene, wäre sie nicht so verlogen gewesen; ich wußte von anderen Parteimitgliedern in den jeweiligen Fraktionen, daß beide Brüder nicht nur in ihren Stammkneipen verächtlich über die Aussiedler redeten, auch Erich, dessen Partei die Aussiedler als neues Wählerpotential umwarb.

Sie waren so verfeindet, daß sie nicht einmal mehr ihr Bier in derselben Kneipe tranken; früher, als sie noch in derselben Kneipe verkehrten, ging Wilfried, wenn Erich kam, und umgekehrt; und als schließlich jeder Bruder seine eigene Stammkneipe gefunden hatte, die der andere nicht betreten würde, schleuste jeder Bruder in die Kneipe des anderen seinen persönlichen Zuträger ein, der dem einen Bruder dort brühwarm hinterbrachte, was der andere in seiner Kneipe verzehrt und geredet hatte. So sprachen die feindlichen Brüder doch miteinander: über ihre bezahlten Zuträger.

Nun also standen sie einträchtig und vor Freundlichkeit triefend nebeneinander und überboten sich gegenseitig in Hilfsbereitschaft und Wichtigtuerei, ihre feisten Gesichter glänzten zufrieden, und die Aussiedler dankten ihnen überschwenglich für den Willkommensgruß, für die gefüllten Tüten und für die Herzlichkeit, die sie ihren Kindern entgegenbrachten. Es fehlte nur noch, daß man ihnen die Hände geküßt hätte.

»Na, Erich, wie fühlt man sich denn so als Weihnachtsmann«, fragte ich den CDU-Bruder.

Erich grinste nur breit, und Wilfried ignorierte mich; beiden galt ein ungeschriebenes Gesetz: Wer mit dem anderen Bruder spricht, der spricht mit dem Feind und mit der anderen Partei, dem gönnt man weder Blick noch Wort. Wilfried mochte mich sowieso nicht, er ging mir aus dem Weg, weil er die Politik verachtete, die der »Tageskurier« vertrat, er nannte unsere Zeitung ein Sumpfblatt, wo auch immer sich ihm die Möglichkeit dazu bot.

In den früheren Klassenzimmern waren Hochbetten aufgestellt, alle weiß bezogen, neben den alten Toiletten hatte man zehn Duschkabinen aufgebaut, im Pausenraum standen zwei große Waschmaschinen. Die Aula im ersten Stock diente als Speiseraum, die Tische und Stühle machten ihn eng, die Wand zum Nebenraum, in dem eine Küche eingerichtet war, hatte man durchbrochen und die Öffnung nur erst notdürftig verschalt. Mitten in der Aula hing ein wagenradgroßer Adventskranz, aber so hoch, daß man zum Anzünden der Kerzen eine riesige Leiter brauchte.

CDU-Erich hatte seinen SPD-Bruder allein gelassen und war mir in den ersten Stock gefolgt, wichtig schritt er neben mir her und erklärte mir die Umbauten, nicht ohne darauf hinzuweisen, daß die meisten auf seine Idee und Initiative zurückgingen.

»Wenn man es genau bedenkt, Thomas, ist noch immer Krieg, oder sagen wir mal Nachkriegszeit, ist doch heute alles wie damals, fünfundvierzig bis fünfzig, als die Flüchtlinge aus dem Osten scharenweise zu uns strömten und es keine Wohnungen gab, nur Trümmer. Jetzt ist es genauso, nur ist kein Krieg, und es gibt keine Trümmer. Du mußt in deiner Zeitung schreiben, welche Mühe sich meine Partei mit diesen Leuten gemacht hat, wie wir uns die Schuhsohlen abgelaufen und unsere Freizeit geopfert haben für die armen Schweine hier, für die politisch Verfolgten. Guck dir das genau an, es ist wie nach dem Krieg. Und schreib das auch!«

»Klar, Erich, ich werde es wenigstens versuchen.«

»Nicht nur versuchen, Thomas, das ist eine nationale Pflicht. Meinen Bruder und seine SPD kannst du in der Pfeife rauchen. Die machen doch da nur mit, weil der Brandt mit seinen Ostverträgen die Voraussetzungen für diesen Treck geschaffen hat, der jetzt über uns kommt. Mein Bruder und seine Sozis platzen vor Wut, die wissen nämlich genau, daß die vierhunderttausend Aussiedler, die bis Ende nächsten Jahres noch aus Polen kommen, garantiert nicht SPD wählen. Keiner von denen wählt die Sozis, die haben die Schnauze voll vom Sozialismus, die wählen alle uns, uns, uns. Gott sei Dank macht das die Stimmenverluste, die wir in der letzten Zeit hatten, wieder wett. Aber die SPD ist in der Aussiedlerfrage bloß Trittbrettfahrer.«

Erich rieb sich zufrieden die Hände, vergaß dabei aber nicht, die Hände zu schütteln, die, während wir durch die Schule gingen, ihm dankbare Aussiedler unentwegt entgegenstreckten, freundlich lächelnd hatte er für jeden Danksager ein paar Worte übrig, die aber kaum einer verstand, weil kaum einer dabei war, der auch nur einen Satz auf deutsch herausbrachte.

Plötzlich zuckte ich zurück. Vor mir stand die Kowalsky. Ich war so erschrocken, sie hier zu sehen, daß mir die Sprache versagte, und hätte ich sprechen können, hätte ich nichts zu sagen vermocht; nie wäre mir in den Sinn gekommen, daß die Kowalskys hier eingewiesen werden könnten. Am liebsten wäre ich Hals über Kopf geflohen, aber sie lächelte mich an.

»Wo ist Ihr Mann?« stammelte ich.

»Er arbeitet. Einer muß schließlich verdienen.«

Erich hatte die Begegnung beobachtet und die Kowalsky wohlgefällig taxiert.

»Ach, du kennst diese hübsche Dame? Interessant.«

Er deutete eine Verbeugung in Richtung Frau Kowalsky an und sprudelte los, als wäre er mein Sponsor: »Herr Koch ist ein wichtiger Mann in unserer Stadt, er setzt sich für alle Flüchtlinge ein, egal, woher sie kommen. Er würde auch den Eskimos helfen, wenn es denen mal zu warm werden sollte am Pol.«

Er lachte dröhnend über seinen Witz.

»Ich weiß«, sagte Frau Kowalsky, »er kümmert sich rührend um die polnischen Deutschen, oder sagt man besser: deutsche Polen?«

Sie lächelte mich an, ihr Lächeln traf mich wie ein Peitschenhieb.

Ich verabschiedete mich schnell mit dem Hinweis, ich hätte noch einen dringenden Termin.

Draußen hatte sich die Menge verlaufen, die Busse waren verschwunden, nur ein paar Neugierige warteten hartnäckig, die Show war vorbei. Mitten auf dem Schulhof standen einträchtig und allein Irene und Günter.

Ich ging auf sie zu, und kaum war ich bei ihnen, machte Günter mich an: »Na, Thomas, das ist für dich doch wohl ein Freudenfest. Der Menschenfreund öffnet sein Herz für die Mühseligen und Beladenen, wie es in der Bibel heißt. Muß ja auch so sein, schließlich unterstützt deine Zeitung eine Partei, die sich christlich nennt. Übrigens läßt Charlotte schön grüßen, sie ist begeistert von dir. Du hast eine Eroberung gemacht. Gratuliere. Normalerweise ist sie sehr wählerisch, aber du bist ja der reinste Herzensbrecher.«

Er breitete die Arme aus und begann, laut einen uralten Schlager zu singen: »Ich brech' die Herzen der stolzesten Frau'n, weil ich so stürmisch und so leidenschaftlich bin.«

Irene hielt ihm den Mund zu.

Zu Hause tippte ich einen kurzen Artikel über den Einzug der Aussiedler in unsere alte Schule und ließ dabei ein paar Bemerkungen über das skandalöse Verhalten der deutschen Gaffer einfließen. Als ich ihn fertig hatte, gab ich ihn telefonisch der Deist durch, die Sonntagsdienst hatte.

»Da wäre ich gerne dabeigewesen«, lästerte sie. »Immer wenn was los ist, erfahre ich es erst aus der Zeitung. Wie sind denn die Männer? Was Passables dabei? Oder sind polnische Männer so langweilig und prüde wie deutsche?«

»Probieren Sie es aus«, gab ich lachend zurück.

»Worauf Sie Gift nehmen können.«

Am nächsten Morgen hatte mein Artikel die Schlagzeile im Lokalteil des »Tageskurier«, darunter prangte groß das Bild eines mir unbekannten Fotografen, dessen raffinierte Perspektive den Eindruck erweckte, als seien die Aussiedler vor den deutschen Gaffern panisch in die alte Schule geflüchtet. Unter dem Bild stand: So begrüßen Altdeutsche die Neudeutschen.

Geschmeichelt schob ich die Zeitung über den Tisch zu Irene, die, wie meist beim Frühstück, das Konkurrenzblatt las. Sie überflog meinen Artikel und sagte gewollt uninteressiert: »Du bist dir doch hoffentlich klar darüber, daß du die Nachbarn damit noch mehr in Rage bringst. Ich jedenfalls bin auf das Schlimmste gefaßt. Vielleicht mauern die uns über Nacht ein, soll ja schon mal vorgekommen sein, vor Jahren in der Schweiz, vielleicht war Bergs Sichtblende nur die Ouvertüre. Auch Lippert hat ja schon Flagge gezeigt. Mein Gott, Thomas, auf was hast du dich da eingelassen, warum mußtest du dich so exponieren? Laß doch die jüngeren Kollegen in der Redaktion sich ihre Sporen damit verdienen.«

»Hinterher ist man immer schlauer. Konnte ich ahnen, daß die Nachbarn so radikal, so militant reagieren würden wie der Bauer bei Unna und der Bauunternehmer aus Kamen? Das ist doch blinder Fremdenhaß. Irene, diese Menschen sind Deutsche, Deutsche.«

»Und warum haben sie dann so unaussprechliche Namen?«

»Türken haben auch so unaussprechliche Namen.«

»Die Türken sind keine Deutschen, und bei denen darf man immer noch hoffen, daß sie eines Tages wieder verschwinden. Aber die Polen kommen an und erhalten deutsche Pässe und sind über Nacht Deutsche, auch wenn sie kein Wort Deutsch sprechen. Ich sage dir, Thomas, was ich dir schon einmal gesagt habe: Dreißig Jahre hinter einem Schreibtisch versperren den Blick für die Realitäten. Sonst hättest du wissen müssen, was die Leute sich offen auf der Straße erzählen: Unsere Jugendlichen bekommen keine Arbeit, weil die Polen bevorzugt werden. Letzthin hörte ich im Laden, wie eine Kundin zur anderen sagte, bald wird auf dem Arbeitsamt nicht mehr nach dem erlernten Beruf gefragt, sondern nur noch danach, ob man Aussiedler ist. Diese angeblichen Deutschen aus dem Osten werden ja wie heilige Kühe behandelt, hat sie gesagt, die Kundin.«

»Die Leute, immer die Leute. Die Aussiedler werden nicht wie heilige Kühe behandelt, sondern wie Menschen dritter Klasse. Sag mal, was wollte Günter gestern vor der Schule?«

»Lenk jetzt nicht ab.«

»Ich will es aber trotzdem wissen, denn wie vom Himmel gefallen stand er nicht da, er hatte doch einen Anlaß.«

»Reiner Zufall. Er wollte uns besuchen.«

»Dich besuchen.«

»Er kam, so wie ich auch, zufällig in den Auflauf. Die Menschenansammlung war weiß Gott nicht zu übersehen.«

»Und warum ist er dann anschließend nicht mit dir gegangen?«

»Das hatte sich erledigt.«

Ihre Antwort überzeugte mich nicht, ich argwöhnte einmal mehr, daß sich hinter meinem Rücken etwas zusammenbraute, was ich nicht wissen durfte und was mich vielleicht sogar persönlich betraf.

Ich war sauer und hätte Irene am liebsten eine Szene gemacht, aber das Telefon klingelte. Irene nahm ab und winkte mir, sie legte die Hand auf die Muschel und flüsterte: »Es ist Frau Deist. Sie wirkt ziemlich aufgeregt.«

Hatte ich also richtig vermutet, hatte meine Reportage bei Neuhoff Ärger ausgelöst? Zögernd nahm ich den Hörer und meldete mich. Die Deist kreischte so laut, daß ich kein Wort verstand, erst als ich zurückbrüllte, sie solle sich zusammenreißen, redete sie nach einer Schrecksekunde normal.

»Sie sollen herkommen! Auf der Stelle. Neuhoff brüllt durch den Zoo wie ein Eber auf der Sau, dieser Idiot. Kapern Sie sich ein Fahrzeug und rollen Sie schleunigst hier an. Im Foyer liegt zwar kein roter Teppich, aber da werden Sie ja von Ihrem eigenen Standbild empfangen. Tschüs.«

Sie hatte ohne Punkt und Komma geredet, ich versuchte, mir ihr Gesicht vorzustellen: schadenfroh? Besorgt?

Irene stupste mich an: »Ich habe alles mitgehört. Eine Sprache hat diese Person drauf! Wenn die mal stirbt, muß man ihr vulgäres Mundwerk extra totschlagen. Was bedeutet das, Neuhoff brüllt durch den Zoo. Ist es wegen deiner Aussiedlerserie?«

»Möglich, aber ich bin mir keiner Schuld bewußt. Neuhoff ist ein Neurotiker, du kennst ihn ja.«

»Ein Neurotiker ist er nicht, der weiß schon, was er will. Er genießt seine Macht.«

»Ich fahr jetzt. Wenn es länger dauert, rufe ich dich an.«

Ich küßte sie flüchtig auf die Stirn. Unsere Zärtlichkeiten waren schon seit Jahren bloße Gewohnheit. Wir führten eine Gewohnheitsehe. Irene sorgte für meine Bequemlichkeit, ich sorgte für den Kontostand. Wir hatten selten Streit, meist nur, wenn wir über andere Leute verschiedener Meinung waren. Aber in letzter Zeit kritisierte sie immer öfter und heftiger die Artikel im »Tageskurier«. Ich gab es ihr gegenüber zwar nicht zu, aber sie besaß Witterung für versteckte Lügen und Halbwahrheiten. Sicher wußte sie auch von einigen krummen Sachen, die ich früher geschrieben hatte, und daß ich es mit der Sorgfaltspflicht des Journalisten nicht immer so genau nahm; wie viele Kollegen hatte auch ich es mir leichtgemacht, ganz nach Neuhoffs Prinzip: die Leute wollen eine spannende Story lesen und keine unbequemen Wahrheiten erfahren, sie glauben eher an eine gut gemachte Schwindelei als an unbeliebte Realitäten.

Glücklicherweise fand ich auf dem Parkstreifen vor der Redaktion eine freie Lücke, ich stellte meinen Wagen ab und lief eilig ins Foyer, dabei stieß ich mit einem Mann zusammen, und weil ich zu sehr mit meinem lebensgroßen Bild beschäftigt war, entschuldigte ich mich schnell und mechanisch und wollte weiter.

»Nicht so stürmisch«, lachte der Mann.

Ich stutzte und drehte mich um, es war Wilpert, der Bauunternehmer aus Kamen, der mich vor Wochen gescheucht hatte, als ich mit Kowalsky im Schlepptau auf seinen Bauhof gefahren war. Er taxierte mich spöttisch, guckte dann auf mein Pappkonterfei, schüttelte den Kopf und trabte an mir vorbei zum Ausgang, kehrte dort wieder um und zupfte mich am Ärmel.

»Glauben Sie einem erfahrenen Praktiker: Zu Lebzeiten darf man sich kein eigenes Denkmal setzen, das bringt Unglück.«

»Was führt denn Sie in unsere heiligen Hallen?« fragte ich, bemüht um einen leichten Ton.

Er zeigte auf mein lebensgroßes zweites Ich: »Ich wollte mal Ihr Denkmal besichtigen. Habe ich zwar schon in der Zeitung bestaunen dürfen, war ja nicht zu übersehen, aber original ist das doch was anderes. Aber Scherz beiseite, ich halte das für eine gute Sache, was Sie da in Ihrer Zeitung gestartet haben: deutsche Paten, die Wohnungen finden sollen für polnische Aussiedler, gute Sache.«

»Und Sie waren hier, um eine Wohnung anzubieten?«

»Ich? Bin ich bescheuert? Ich setze mir doch keine Läuse in den Pelz. Falls es Sie interessiert: Ich bin eine Menge Geld losgeworden, weil ich jede Menge Inserate aufgegeben habe, ich suche Arbeiter, Fachkräfte. Weil unsere bekloppte Regierung die Bauindustrie seit Jahren wie ein lästiges Insekt behandelt, herrscht in unserer Branche Facharbeitermangel. Es gibt nur noch Hilfsarbeiter, und die sind stinkfaul. Die Facharbeiter suche ich mir jetzt bei den Polen. Capito?«

»Leuchtet mir ein. Aber können die Aussiedler Ihre Inserate überhaupt lesen?«

Er lachte, daß sein Körper schwappte, Vorübergehende blieben stehen und betrachteten ihn amüsiert.

»Mann, Wilpert ist doch kein heuriger Hase«, dröhnte er, »selbstverständlich habe ich die Inserate in polnisch aufgegeben! Köpfchen, mein Lieber, Köpfchen. Hab ich mir alles fein säuberlich übersetzen lassen. Passen Sie mal auf, die Polacken kommen jetzt in Scharen.«

»Zum halben Lohn natürlich, Herr Wilpert.«

Sein Gesicht verfinsterte sich einen Moment, dann patschte er mir die Fäuste so heftig gegen die Brust, daß ich wankte.

»Was denn sonst, Sie Apostel des Mitleids. Ich lasse mir doch so eine günstige Gelegenheit nicht entgehen! Ich bin schließlich Unternehmer und muß kalkulieren, da ist mir jede billige Quelle recht. Die Polacken sind doch für jede Mark dankbar, die sind noch nicht so verzogen wie unsere deutschen Fassadenkletterer und wetterscheuen Drückeberger, die beim ersten Regentropfen nach Hause laufen und Schlechtwettergeld beantragen. Und ich will die Ostler jetzt und nicht erst dann, wenn unsere Gewerkschaften sie verdorben haben und mir mein Geschäft kaputtmachen. Kapiert?«

Er begann munter vor sich hin zu pfeifen, und während er zum Ausgang tapste, drehte er sich mehrmals nach mir um und winkte mir fröhlich zu. Vor der Tür blieb er noch einmal stehen und rief: »Köpfchen, mein Lieber, Köpfchen.« Dann verschwand er. Sein Lachen dröhnte mir noch in den Ohren, als er längst nicht mehr zu sehen war.

Ich fuhr zum dritten Stock hoch, die Kollegen, denen ich begegnete, gaben sich außerordentlich freundlich, einige klopften mir kumpelhaft auf die Schulter, als wollten sie mich aufmuntern vor einem schweren Gang; aber ich spürte das Gekünstelte in ihren Worten und Gesten, besonders wenn sie mir zuriefen: »Hallo, Thomas, Kopf hoch, nichts wird so heiß gegessen, wie es gekocht wird.« Nur wußte ich nicht, wer der Koch war und wer die Suppe auslöffeln sollte.

Die Tür zu meinem Büro war geschlossen. Wahrscheinlich turtelte die Deist mit ihrer neuen Eroberung.

Aber sie saß züchtig vor ihrer Schreibmaschine und strickte, ja, sie strickte, das war noch nie passiert, und ich hätte es ihr auch nicht zugetraut. Sie blickte kurz auf, als ich eintrat.

»Die Handschuhe müssen noch bis Weihnachten fertig werden, sind für meine Mutter. Zu Hause hat man ja keine Zeit mehr, da hat man nur noch Streß.«

Ich hätte sie zurechtweisen müssen, aber ich ermunterte sie: »Nur zu, Frau Deist, man muß die Dienststunden nutzen, so gut es geht, schließlich sind wir alle unterbezahlt.«

»Sie sagen es. Dann gehen Sie mal gleich in die Höhle des Löwen. Die Messer sind gewetzt. Die Wanne für Ihr Blut steht schon bereit. Aber trösten Sie sich, wenn Sie geschlachtet worden sind, schütte ich Ihr Blut ins Foyer, damit die Arschkriecher darauf ausrutschen und sich das Genick brechen.«

»Ist es so schlimm?«

»Noch viel schlimmer. Nun gehen Sie schon. Ostermann und Neuhoff lechzen nach Ihrem besonderen Saft. Von einem kalten Büffet war diesmal nicht die Rede, eher von einem Sarg. Ich werde schon mal für einen Kranz sammeln. Rote Nelken?«

Sie lachte und zwinkerte mit den Augen.

Zaudernd verließ ich mein Büro, und als ich mich noch einmal umsah, hatte ich den Eindruck, die Deist habe tränenfeuchte Augen, ausgiebig schneuzte sie sich in ihre mir so verhaßten Papiertaschentücher.

Ostermann und Neuhoff empfingen mich stehend, ohne Handschlag und mit gefrorenen Gesichtern.

Ostermann deutete auf einen Ledersessel, seine Handbewegung hätte auch etwas anderes bedeuten können, aber ich setzte mich trotzdem und blickte von unten zu den beiden Männern hoch, ich war gespannt, worum es ging, ich hatte mir nichts vorzuwerfen. Ostermann nahm mir gegenüber Platz und tat so, als wäre er hier Gast und nicht der Hausherr.

Neuhoff verschanzte sich schnaubend hinter seinem Schreibtisch, zwirbelte hingebungsvoll seinen Schnurrbart und blätterte in meinem Manuskript, das, wie ich sah, von handschriftlichen Anmerkungen übersät war. Er fragte in einem Ton, den ich noch nie von ihm gehört hatte: »Herr Koch, Sie wissen hoffentlich, was Sie da geschrieben haben?«

Das Wort Herr hatte er besonders betont. Plötzlich brüllte er los: »Herr Koch, Ihre Arbeit ist keine Reportage, das ist ein Skandal«, und schlug mit beiden Fäusten auf mein Manuskript ein. Dann griff er es, sprang auf und stürmte durch das Büro, von der Tür zum Fenster und vom Fenster zur Tür, dabei wedelte er mit dem Manuskript, er schien völlig aus der Fassung geraten. Derweil saß Ostermann teilnahmslos da, als schlafe er mit offenen Augen.

Ich ahnte nicht, was Neuhoff an meinem Manuskript zu beanstanden hatte, die Serie war aussiedlerfreundlich und völlig konform mit der politischen Linie unseres Blattes, immerhin hatte ich ein paar kritische Überlegungen eingeflochten, um das Ganze einigermaßen glaubwürdig zu halten. Was also brachte Neuhoff so auf?

Ich blieb stumm. Irgendwann mußte dieser Choleriker ja wieder zur Vernunft kommen; tatsächlich wurde er zusehends ruhiger und setzte sich wieder hinter seinen Schreibtisch, er keuchte.

Er blätterte wieder in meinem Manuskript und markierte dabei auf fast jeder Seite etwas mit einem dicken Filzschreiber.

»Jetzt hören Sie mal gut zu, ich werde Ihnen mal eine Reihe Ihrer Behauptungen aufzählen, Herr Koch, damit Sie begreifen, was für einen Mist Sie verzapft haben: Die Aussiedler gefährden Arbeitsplätze, die Arbeislosigkeit wird steigen, die Aussiedler werden Krankenkassen und Rentenkassen belasten, das soziale Gefüge unseres Staates wird gefährdet, die Kriminalität wird steigen, der Ausländerhaß wird zunehmen, in der politischen Landschaft wird es einen Rechtsruck geben – ich kann das schon nicht mehr hören. Da steht wörtlich: ›... da kommen die aus dem Osten angereist, sind fünfzig Jahre alt und kassieren später, wie jeder andere Deutsche auch, die volle Rente, obwohl sie in die Rentenkasse hierzulande keinen Pfennig eingezahlt haben.‹ Und weiter: ›Die Rentenreform wäre höchstwahrscheinlich nicht notwendig, gäbe es die Aussiedler mit ihren späteren Rentenansprüchen nicht, diese Fälle gehen in die Hunderttausende.‹«

Ich unterbrach ihn: »Aber Herr Dr. Neuhoff, das sage doch nicht ich, das ist doch nicht meine Meinung, ich zitiere nur, was die Leute auf der Straße sagen.«

»Und weiter, Herr Koch: ›Der Unmut deutscher Arbeiter ist begreiflich, weil sie praktisch die Rente für die Aussiedler mitfinanzieren müssen.‹«

»Aber das erzählen sich doch die Menschen in ihren Kneipen, das höre ich auf der Straße«, unterbrach ich wieder. »Herr Dr. Neuhoff, Sie müssen doch auseinanderhalten, was ich als meine Meinung schreibe und was ich als Meinung der Bevölkerung zitiere, das wird doch auch im Text deutlich gekennzeichnet.«

Neuhoff stierte mich an, als wollte er mir an die Gurgel fahren, seine Tränensäcke glänzten wie kleine Würste. Ich war ruhiger geworden, ich wußte ja nun, was ihn an meiner Reportage so in Rage gebracht hatte, er hatte die Reizpunkte vorgelesen.

»Die Stimme aus der Bevölkerung interessiert mich einen Schmarren, Sie haben nicht die Stimme der Bevölkerung ins Blatt zu bringen, sondern sich an unsere politischen Leitlinien zu halten.«

»Was haben Sie gegen Tatsachen, Herr Dr. Neuhoff, es stimmt alles, was da steht, ich habe alles genauestens recherchiert.«

Er brüllte erneut los, wurde aber nicht mehr so ausfallend wie zuvor: »Sie sollen nicht schreiben, was stimmt, Sie sollen schreiben, was unserer Partei und unserer Zeitung nützt. Wir haben die Patenschaften für diese armen Menschen nicht aus Jux und Dollerei gestartet, damit sie von Ihnen torpediert werden. Da steckt christliches Engagement dahinter, Polen ist ein katholisches Land. Und was machen Sie? Sie fallen Ihrer eigenen Aktion in den Rükken, Sie servieren den Lesern eine Menge aussiedlerfeindlicher Vorurteile, die vielleicht ihrer eigenen Einstellung entgegenkommen, Sie wollen Meinungen in unserem Blatt veröffentlichen, die sogar unserem Ansehen im Ausland schaden. Wer bezahlt Sie eigentlich, wir oder diese selbstgefälligen Grünen oder gar der Möchtegernkanzler Lafontaine?«

Neuhoff erhob sich und begann, die fünfundzwanzig Seiten meines Manuskripts langsam zu zerreißen. Er ließ die Schnipsel, als wolle er etwas zelebrieren, fast feierlich in seinen Papierkorb fallen, dabei machte er ein Gesicht, als ekele er sich vor etwas, als fürchte er, er könne sich mit dem beschriebenen Papier beschmutzen.

Nun stand auch Ostermann auf, und ich mit ihm; er legte seine Hand auf meine Schulter und schnaubte fast mitfühlend: »Herr Koch, Sie sind eines unserer besten Pferde im Stall, Sie waren immer loyal, deshalb habe ich Ihre Arbeit trotz Dr. Neuhoffs Einwänden auch gelesen. Im Prinzip, von der großen Linie her, haben Sie ja völlig recht; unser Staat wird an diesem Aussiedlerproblem, das schon Ausmaße einer Massenzuwanderung angenommen hat, noch Jahrzehnte zu knabbern haben, unsere Enkel werden dafür noch zahlen. Aber es ist derzeit nicht opportun, das auszusprechen, was Sie geschrieben haben; Volkes Stimme ist nicht immer Gottes Stimme, wenn die Politik andere Interessen vertritt als der liebe Gott. Die nicht zu leugnende Antipathie gegen Fremde könnte sich militant steigern. Wahrscheinlich wird das Aussiedlerproblem sogar dazu führen, daß sich noch rechts von der CDU Parteien etablieren. Mit Sicherheit würde Ihr Artikel dazu beitragen, solche Tendenzen zu fördern. Ich bin betrübt, daß Sie als erfahrener Journalist das nicht erkannt haben.«

»Man darf also nicht mehr über Tatsachen schreiben, Herr Ostermann?«

»Tatsachen! Tatsachen! Was sind Tatsachen? Die Kunst des Journalisten besteht darin, Tatsachen so zu interpretieren und darzustellen, daß andere Tatsachen daraus werden.«

Ostermann dozierte in einem Ton, als sei ihm das alles widerwärtig.

»Lieber Herr Koch, Tatsachen, die zur unrechten Zeit ausgesprochen werden, könnten sich zu verbindlichen

Wahrheiten entwickeln, deshalb ist Ihre Reportage zum gegenwärtigen Zeitpunkt schädlich.«

»Sie haben doch nichts gegen Wahrheiten, Herr Ostermann?«

»Ich bin geradezu ein Wahrheitsfanatiker, das wissen Sie. Aber in diesem Fall ist die Wahrheit gefährlich, weil sie diesen Armen zum Nachteil gereichen könnte und unserer Partei schadet. Die Aussiedler, und ich trage keine Eulen nach Athen, sind unser künftiges Wählerpotential, deshalb müssen wir Rücksicht auf sie nehmen. Der Tenor Ihrer Reportage aber legt den Gedanken nahe, daß sie unschuldig schuldig werden, was Sie, zugegeben auch mit Recht, kritisieren und verurteilen. Guten Tag, Herr Koch.«

Ich war entlassen. Nachdenklich ging ich zurück in mein Büro.

Monika Deist schäkerte mit Wolters. Die beiden sahen mich gespannt und neugierig an, als ich wieder hinter meinem Schreibtisch saß.

»So wie Sie gucken, Herr Koch, kann man davon ausgehen, daß Ihre Reportage nicht gedruckt wird«, kommentierte die Deist. »Dann eben nicht. Jetzt trinken Sie erst mal eine gute Tasse Kaffee. Frisch aufgebrüht von mir.«

Sie lächelte. So konnte nur sie lächeln. Sie gab Wolters verstohlen ein Zeichen, daß er verduften sollte, und der brave Junge befolgte es prompt.

Ihr Kaffee tat mir gut.

Auf einmal stand sie hinter mir und strich mir übers Haar. »Regen Sie sich über den reaktionären Stinker nicht auf, Ihr Kopf sitzt schließlich noch auf dem Hals. Sie werden es überstehen, Sie haben es ja schon überstanden. Ich habe Ihr Manuskript zwar nicht gelesen, aber Sie haben bestimmt völlig recht.« Sie ging zum Fenster. »Kommen Sie mal her. Da unten steht ein Typ schon seit zwei Stunden an derselben Stelle. Ein komischer Kauz. Der wird es doch nicht auf mich abgesehen haben? Dann hat er Pech, ist nicht meine Kragenweite.«

Immer noch in Gedanken, trat ich ans Fenster. Auf der Straße stand der Mann aus Gnesen. Ich hatte ihn schon fast vergessen, jetzt verwirrte mich sein unvermutetes Auftauchen doch wieder, und ich hatte Mühe, meine Überraschung vor der Deist zu verbergen. Sie sah mich erwartungsvoll von der Seite an. Sie hatte Witterung aufgenommen.

»Haben Sie den schon mal gesehen?« fragte sie lauernd.

»Ja, ich suche ihn schon seit Wochen. Gehen Sie doch mal runter und fragen Sie ihn, was er will. Er sieht zwar wie ein Landstreicher aus, ist aber keiner.«

»Wer denn dann?«

»Er sucht eine Tote, die längst begraben ist.«

Sie bekam ihren Mund nicht zu, ich wußte, daß sie mich belauert hatte all die Tage.

»Die Wasserleiche«, sagte sie tonlos.

»Sie haben eine blühende Phantasie.« Ich versuchte, meine Offenheit zurückzunehmen, meine eigenen Worte ins Lächerliche zu ziehen.

»Schön, wie Sie das gesagt haben: blühende Phantasie. Aber trinken Sie jetzt Ihren Kaffee, sonst wird er kalt, und denken Sie immer daran, Neuhoff ist ein Arschkriecher. Den hätten Sie vor ein paar Stunden erleben sollen, wie der durch den Flur wirbelte und dabei seinen Schnurrbart zwirbelte, er brüllte wie der Löwe im Vorspann von Metro Goldwyn Mayer. Irgendwann stelle ich dem noch mal ein Bein, der Tag der Rache kommt auch für mich. Stürzt doch das Miststück hier herein, als ich ausgerechnet meine Nägel lackiere, und schreit: ›Sofort Koch anrufen, er soll sofort antanzen.‹ Vor Schreck habe ich das Fläschchen mit dem Nagellack umgeworfen. Eine halbe Stunde habe ich gebraucht, um das Klebzeug zu beseitigen. Dieser senile Bock. Nur Impotente brüllen so, ich hab da meine Erfahrungen. Wäre er potent, könnte er seine Kraft verspritzen.«

Sie quasselte weiter, aber ich hörte nicht mehr zu, ich überlegte, was der Mann aus Gnesen hier im Schilde führte. Am liebsten hätte ich noch einmal aus dem Fenster geschaut, aber ich wagte es nicht, die Deist wäre erst recht mißtrauisch geworden. Sie roch in letzter Zeit hinter allem und jedem ein Geheimnis.

Wolters schaute durch die Tür, und als er uns beide gemütlich Kaffee trinken sah, faßte er Mut und kam herein.

»Haben Sie eine Kopie Ihrer Reportage, Herr Koch?«

»Warum?«

»Nur so. Ich wollte sie lesen und wüßte gern, warum sie nicht gedruckt wird.«

»Sie sind jetzt lange genug in unserem Zoo, Herr Wolters, Ihnen sollte doch nicht verborgen geblieben sein, nach welchen Prinzipien hier im Hause Politik betrieben wird. Das Fatale ist, daß es keine Prinzipien gibt, die ändern sich nämlich von Fall zu Fall, und zwar immer dann, wenn sich die Politik ändert, das macht das Schreiben hier so unerträglich.«

»Können Sie ein Beispiel nennen?«

»Ein Beispiel? Sehen Sie, wenn irgendwo auf der Welt eine Revolte ausbricht, müssen wir von Freiheitskämpfern oder Terroristen schreiben, je nachdem, wer gegen wen revoltiert, und wenn die Terroristen gewinnen, sind das Politiker, dann müssen wir von Präsidenten schreiben. Da haben Sie Ihr Beispiel.«

Wolters stellte sich ans Fenster, und die Deist war ihm mit den Augen gefolgt; sie verschlang ihn. Die Gier in ihren Augen hatte etwas Beängstigendes.

»Der Kerl da unten hat Ausdauer, das muß man ihm lassen«, belustigte sich Wolters, »jetzt sitzt er und hat einen leeren Schuhkarton zwischen den Beinen, soweit man das von hier oben sehen kann. Betteln muß ein verdammt harter Beruf sein.«

»Privatdetektiv auch«, warf die Deist ein und sah mich dabei auffordernd an.

»Übrigens, Kindchen, du kannst mich nach Büroschluß nach Hause bringen, ich fürchte mich in letzter Zeit vor den Typen, die überall herumlungern.«

»Ich gehe runter und werfe ihm einen Fünfer in die Schachtel«, sagte ich, um einen Vorwand zu haben. Ich wollte den Mann endlich stellen, ihm von meinem Verdacht erzählen; falls er von Klaras Tod tatsächlich noch nichts wissen sollte, wollte ich ihm sagen, daß seine Suche nach Klara sinnlos geworden war.

Die beiden gaben mir für den vermeintlichen Bettler jeder noch zwei Mark mit.

Im Lift schauten mich die meisten Mitarbeiter hämisch oder mitleidig an, aber es machte mir nichts aus, ich gönnte ihnen sogar ihre Schadenfreude, der Zoo bereitete jedem seine Niederlagen, auch wenn die meisten es nicht merkten, da wirkte die sichtbare Niederlage eines Kollegen wie eine Erlösung von den eigenen verdrängten Frustrationen.

Als ich unten ankam, war der Mann verschwunden.

Ich lief durch ein paar Seitenstraßen, doch ich fand den Mann aus Gnesen nicht.

Als ich ins Redaktionsgebäude zurückkehrte, war mein lebensgroßes zweites Ich aus dem Foyer verschwunden, da waren nur noch die blanken und kalten Säulen.

Der Pförtner kam aus seiner Loge: »Ein Hofarbeiter hat Sie abgeholt, ach Quatsch, ich meine natürlich, Ihr Bild hat er abgeholt und in den Papiercontainer geworfen. Anweisung von oben, hat er gesagt. Eigentlich schade, Sie haben hier gut reingepaßt, ach Quatsch, Ihr Bild hat hier gut reingepaßt. War 'ne schöne Dekoration.«

Ich ging übers Treppenhaus nach oben, da war ich sicher, daß ich niemandem begegnete.

Mein Büro war leer, dringende Arbeiten lagen nicht an, also ging ich einfach wieder, ohne der Deist eine Nachricht zu hinterlassen.

Ich spazierte durch die Innenstadt, lief ohne Ziel. Ich genoß es, in der Menge zu gehen, mich von Passanten anrempeln zu lassen, ich genoß, was ich sonst verabscheute: mich durch Menschen zu wühlen. Was ich sonst haßte, gab mir jetzt Geborgenheit. Ich verschwand unter den Menschen.

Erst am Wall, am Ende des Hellwegs, fragte ich mich, warum ich so kopflos herumrannte. Mein leeres Büro hatte mich angeödet, ich hatte die Deist schmerzlich vermißt und war eifersüchtig auf Wolters, mit dem sie wahrscheinlich in der Kantine saß. Ich ging ins Café »Bauer«, suchte mir an der Kuchentheke ein Stück Torte aus, das freundliche Mädchen an der Theke gab mir einen grünen Bon, und ich hielt Ausschau nach einem freien Tisch, machte aber, mit dem Bon zwischen den Fingern, auf dem

Absatz kehrt, als ich am Fenster Irene und Günter sitzen sah; ich verspürte wenig Lust, mich zu ihnen zu setzen.

Seit Wochen quälte mich die dumpfe Ahnung, daß da hinter meinem Rücken etwas geschah. Aber vielleicht bildete ich es mir auch nur ein, meine Nerven waren überreizt. Hinter jedem Hauch witterte ich einen Orkan.

Am Reinoldivorplatz mit dem originellen, einst umstrittenen Springbrunnen randalierte eine Horde Skinheads, deren bloßer Anblick mich schaudern machte. Sie tanzten um die Passanten herum, die mit prall gefüllten Plastiktüten vom Einkaufen kamen. Die Skinheads wurden nicht tätlich, aber sie waren lästig. Sie machten die Passanten an mit Ausdrücken wie: »Geile Plastiktaschensklaven« oder »brave Zöglinge der Konsumindustrie«. Und je mehr sich die belästigten Leute empörten, um so aufdringlicher und aggressiver wurden die Skinheads.

Als endlich ein Polizeiwagen mit quietschenden Reifen stoppte und vier Beamte heraussprangen, grüßten die Skinheads mit dem Hitlergruß und sangen: »Die Fahne hoch, die Reihen fest geschlossen...«

Weiter kamen sie nicht. Die vier Polizisten zogen ihre Knüppel und gingen langsam auf sie zu. Die Skinheads machten sich in alle Richtungen davon, Sekunden später war keiner mehr zu sehen.

Auf der untersten Stufe des Brunnens saß ein ziemlich heruntergekommener Stadtstreicher, der zu mir hochblinzelte, als ich das Spiel der Polizisten mit den Skinheads verfolgte: »Mir tun die Glatzköpfe nichts. Die werfen auch schon mal 'nen Groschen in meinen Hut, spendieren mir auch manchmal 'ne Flasche. Sind halt Verrückte, aber Verrückte retten die Menschheit.«

Ich warf ihm die vier Mark von der Deist und Wolters in den Hut, er grapschte nach den Münzen und begutachtete sie respektvoll, sein Stoppelgesicht strahlte. Er schüttelte die Münzen wie Würfel in beiden Händen, ließ sie schnell in der Innentasche seiner Jacke verschwinden und rannte davon.

Ich holte meinen Wagen und fuhr nach Hause. Etwas verspätet schmückte Irene im Wohnzimmer den Adventskranz; wie jedes Jahr legte sie ihn auf eine große Glasschale, rundherum streute sie Nüsse.

»Na, wie hast du den Tag verbracht?« fragte ich ein bißchen zu teilnahmslos.

»Hat es in der Redaktion gebrannt, daß man dich so hops hat kommen lassen?« fragte sie dagegen, ohne eine Antwort zu erwarten.

Sie entzündete die erste Kerze und stellte selbstgebackenen Spekulatius und Spritzgebäck auf den Tisch. Sie schien tatsächlich nicht sonderlich daran interessiert zu erfahren, warum ich in die Redaktion gerufen worden war. »Ich war bei Mama und anschließend in der Stadt, um noch ein paar Kleinigkeiten für Weihnachten zu besorgen. Zufällig habe ich Günter getroffen, na ja, dann sind wir ins Café gegangen.«

»Der hat's gut, mit fünfundzwanzig schon Rentner. Kann der sich nicht endlich mal 'ne Arbeit suchen? Dann hat er wenigstens was zu tun.«

»Und was bitte?«

»In den Kinos suchen sie bestimmt noch Platzanweiser, und in unserer alten Schule, bei den Aussiedlern, brauchen sie Toilettenreiniger.«

Ich mußte meine Wut abreagieren, die ich auf Neuhoff nicht abgeladen hatte.

»Meine Güte, das möchte ich mal sehen, Günter als Platzanweiser. Der vernascht doch alle attraktiven Frauen, die allein ins Kino gehen.«

»Findest du das lustig?«

»Zumindest komisch.«

Dann mußte sie meine innere Spannung wohl doch gemerkt haben. »Warum hat es in der Redaktion nun wirklich gebrannt?«

»Sie haben meine Aussiedlerreportage verheizt, der Qualm steigt zum Himmel wie ein indianisches Rauchsignal, nur kann keiner die Zeichen lesen.«

»Gib doch nicht so an! Du hast die Geschichte doch sowieso nur aus anderen Artikeln zusammengeschustert. Manchmal glaube ich, du hältst mich für blöd. Meinst du, ich weiß nicht, wie du dir deine Reportagen zusammenbastelst? Mir kannst du nichts vormachen, mir hast du noch nie was vorgemacht, auch wenn ich nichts sage. Sei froh, du ersparst dir Ärger, und es gibt ein paar Lügen weniger in der Welt.«

Ich wurde bitter über ihr gnadenloses Urteil: »Sie haben es nicht wegen der Lügen verbrannt, wie du dich ausdrückst, sondern wegen der Wahrheiten, die ich geschrieben habe.«

»Seit wann schreibst du Wahrheiten?«

»Verdammt noch mal, sind das etwa Lügen, wenn ich schreibe, welche Probleme durch die Aussiedler auf die Gesellschaft zukommen, was sie den Staat und die Kommune kosten, daß durch sie Wohnungsnot entsteht, weil die Koalition den sozialen Wohnungsbau gestoppt hat, und daß unsere Arbeitslosen vom Staat weniger gefördert werden als die Aussiedler? Das habe ich geschrieben.«

»Du überraschst mich. Schade, daß sie das nicht drukken. Dann würde Berg seine Sichtblende nämlich wieder abreißen. Wirklich schade, Thomas. Aber du kennst doch Neuhoff, der war schon immer Ostermanns Knecht, und Ostermann ist ein kurzsichtiger Geschäftsmann, der nur die Partei, die tägliche Auflage und die Inseratenabteilung im Kopf hat. Wirklich schade, die Nachbarn haben ein völlig falsches Bild von dir, den Ärger der letzten Wochen hätten wir uns sparen können.«

Es klingelte. Schon wieder Günter? Ich ging und öffnete.

Vor mir standen die Kowalskys mit vier großen Koffern.

»Da sind wir«, sagte Frau Kowalsky, wie Besucher es sagen, die angemeldet sind.

Ich war perplex. Das war impertinent. Ich hätte ihnen die Haustür vor der Nase zuschlagen sollen, aber soviel Dreistigkeit lähmte mich. Nie hätte ich daran gedacht, daß sie wahrmachen würden, was die Deist ihnen spöttisch vorgeplappert hatte. Irene war hinter mich getreten, die Ratlosigkeit, die ich in ihren verschreckten Augen sah, machte mich noch wütender.

»Thomas, wer sind diese Leute? Was wollen sie? Gestern waren schon Zigeuner hier und wollten Teppiche verkaufen. Jag sie fort.«

Frau Kowalsky lächelte. Aber ihre Augen bettelten. Ihr Mann stand neben ihr wie ein Klotz, er verstand nichts oder wenig oder falsch, er schien nicht aus eigenem Antrieb hierhergekommen zu sein.

Und nun?

Kowalsky tat einen Schritt nach vorn und setzte den

rechten Fuß über die Schwelle. Irene fuhr wie ein Blitz an mir vorbei und stieß ihn mit beiden Händen vor die Brust. Kowalsky torkelte die drei Stufen zum Bürgersteig hinunter, erst im letzten Moment griff er zum Geländer und hielt sich fest. Er hätte übel stürzen können.

Jetzt war ich wütend auf Irene. Am meisten aber wunderte ich mich über die Kowalsky, sie schien sich für das, was ihrem Mann passierte, nicht im geringsten zu interessieren, sie hatte sich nicht einmal umgedreht, als er taumelte. Irene bebte, sie sah mich so verächtlich an, daß ich wußte, sie gab mir die Schuld an dieser Situation. Am meisten ärgerte sie sich, weil die immer noch lächelnde Kowalsky neugierig an uns beiden vorbei ins Haus guckte, als wollte sie ihre künftige Bleibe abschätzen.

»Nun tu doch endlich was, Thomas! Schaff das Pack aus dem Haus. Was stehst du da wie ein Ölgötze? Ruf endlich die Polizei.«

»Sie wollen doch nur bei uns einziehen. Als normale Mieter. In Günters Zimmer. Die stehen doch sowieso leer.«

Irene starrte mich ungläubig an, sie schüttelte den Kopf, ihr Mund zuckte. Endlich begriff sie, was ich gesagt hatte.

»Sag mal, hast du den Verstand verloren? Bist du übergeschnappt? Willst du auf unsere Kosten Reklame für deine Zeitung machen? Sitzt da vielleicht irgendwo auf einem Dach ein Fotograf und knipst dich Menschenfreund mit deinen armen Flüchtlingen, und morgen steht alles groß in der Zeitung? Hast du nicht schon genug Unheil angerichtet mit deinen Patenschaften und deinem widerlichen Denkmal in der Redaktion? Und dann auch noch den verkannten ehrlichen Makler markieren!«

Irene knallte die Haustür ins Schloß.

Mein Schlüsselbund lag neben dem Adventskranz, ich war ausgeschlossen. Ich stand mit den beiden Kowalskys unter dem Vordach und wußte, daß die Nachbarn uns beobachteten, Lilli mit ihrem Fernglas würde diesen Auftritt genießen.

Wahrscheinlich waren die beiden von der alten Schule bis hierher gelaufen, und zwei Leute, die sich mit diesen vergammelten und notdürftig verschnürten Koffern abschleppten, waren kaum zu übersehen. Vermutlich liefen die Telefondrähte heiß. Hier wußte jeder Bescheid über jeden.

Ich saß in der Falle.

Was sollte ich mit den beiden tun?

Als ich anfing, der Frau zu erklären, daß sie nicht bei uns unterkommen könnten, bog mit quietschenden Reifen Günters gelber Ford um die Ecke und stoppte vor unserem Haus. Immer noch stand Frau Kowalsky wie ein Vorwurf da und starrte auf die Haustür, als wollte sie sie mit ihrem Blick öffnen.

Günter erfaßte die Situation mit einem Blick.

»Also, Thomas, allmählich steigst du in meiner Achtung. Bei dir ist aber auch immer was los. Über Langeweile kann sich Mama weiß Gott nicht beklagen. Bei euch geht's zu wie in einem Actionfilm.« Jetzt erst drehte sich die Kowalsky um und sah Günter an. Er wurde unsicher, fing sich aber sofort, die aparte Schönheit dieser Frau schien ihn berührt zu haben.

Zum erstenmal war ich Günter für sein Erscheinen dankbar, er würde einen Ausweg finden, Günter fand immer einen Ausweg.

Er mußte gespürt haben, daß ich ihn brauchte. Mit seinem Siegerlächeln sprang er die drei Stufen zur Haustür hoch und buffte mich vor die Brust: »Du hast Schwierigkeiten, Thomas? Das kommt davon, wenn man den Menschenfreund spielt. Weißt du, Thomas, diese Leute, die aus dem Osten kommen, die nehmen einfach alles zu wörtlich, die kennen die Deutschen noch nicht. Thomas, alter Kumpel, keine Bange, das schaff ich dir vom Hals.«

Wortlos griff er zwei Koffer, trug sie zu seinem Wagen und legte sie in den Kofferraum, kam wieder zurück und holte die beiden anderen Koffer. Er benahm sich wie ein Taxifahrer, der das Gepäck seiner Gäste verstaut. Als Kowalsky ihm in den Weg trat, schob Günter ihn beiseite wie etwas, das im Wege steht.

Vergeblich versuchte Günter, den Kofferraum zu schließen, die Koffer waren zu sperrig. Selbstgefällig stand er neben seinem Wagen, klatschte in die Hände und rief: »Thomas, das mache ich nur für Mama, ich will nicht, daß ihr Haus verunreinigt wird. Ich bringe die Koffer jetzt zur Schule. Ich nehme doch an, daß die beiden Ausreißer von dort kommen. Kein Wunder, im Flüchten sind sie Profis.«

Als Günter sich in seinen Wagen setzen wollte, sprang ihn die Kowalsky so heftig an, daß sogar Günter ins Wanken geriet. Sie schlug mit beiden Fäusten auf ihn ein, doch Günter hielt lachend still. Plötzlich packte er sie mit beiden Armen, drehte sie um und preßte sie mit dem Rücken an sich, mit harten Griffen umschloß er ihre Handgelenke; sie schrie vor Schmerz, und Günter lachte. »Aber Süße, endlich habe ich mal ein Polenmädchen im Arm. Ehrlich, so was Wildes würde ich mit Aufpreis vernaschen. Dagegen sind deutsche Frauen bloß zahme Lämmer.«

Er wußte nicht, daß die Frau alles verstand. Als Kowalsky seiner Frau zur Hilfe eilen wollte, ließ Günter sie los, griff Kowalsky mit dem rechten Arm und ließ ihn wie einen Hampelmann um sich herumtanzen.

Eine lächerliche, eine peinliche, aber auch eine bedrohliche Szene, Günter rief: »Du polnisches Würstchen, dich zerquetsche ich doch wie einen Floh. Laß dich erst mal entlausen, wenn du dich mit mir anlegen willst, ich habe nämlich meine besten Klamotten an.«

Er setzte sich ins Auto und verschwand. Die Kowalskys sahen fassungslos hinter ihm her. Dann schauten sie sich um. Die Frau bückte sich und hob den Arm. Etwas flog auf mich zu. Ich duckte mich. Ein faustdicker Stein knallte über mir an die Haustür und fiel vor meine Füße.

Im Vorgarten stand Lilli und lächelte.

Ich hatte mich wieder krank gemeldet, und das war diesmal kein Vorwand, ich fieberte und fühlte mich grippig, war elend und vor allem niedergeschlagen. Mich plagte das schlechte Gewissen, weil wir den Kowalskys so rüde die Tür gewiesen hatten. Irene machte mir immer noch dieselben Vorwürfe, die sie schon an jenem Abend in geradezu hysterischen Weinkrämpfen auf mir abgeladen hatte. Und schließlich fehlte jede Nachricht von Günter, seit er mit den Koffern der Kowalskys verschwunden war. Früher hatte ich Günter immer zur Hölle gewünscht, wenn er unverhofft auftauchte, jetzt sehnte ich ihn herbei, ich wollte wissen, was mit den Kowalskys und ihren Siebensachen passiert war. Vor allem wollte ich Gras über den Ärger mit meiner ungedruckten Reportage wachsen lassen. Wenn ich an die Redaktion dachte, krampfte sich mir der Magen zusammen. Aber Katastrophen kommen selten allein, sie lieben den Nachwuchs.

Am Samstag vor dem dritten Advent warf mir Irene, als sie gegen Mittag vom Einkaufen kam, wortlos unser Konkurrenzblatt, den »Westfälischen Landboten«, auf den Wohnzimmertisch. Ich hatte meinen Schachcomputer gerade auf eine kurze Denkpause programmiert, weil ich endlich einmal gegen ihn gewinnen wollte.

Irenes fast verächtliches Verhalten signalisierte mir, daß im »Westfälischen Landboten« etwas zu lesen war, was mir unangenehm sein mußte. Bevor sie sich in die Küche zurückzog, um auszupacken, was sie gekauft hatte, folgte die eisige Eröffnung: »Jetzt bist du endgültig erledigt. Ich habe dir ja gesagt, daß du dir bei der Zeitung noch den Hals brechen würdest.«

Fahrig blätterte ich unser Konkurrenzblatt durch. Auf

einen Blick, ohne auch nur ein Wort des Artikels auf der ersten Seite des Lokalteils gelesen zu haben, wuße ich, daß das meine Hinrichtung war. Drei Bilder, über eine ganze Seite gesetzt, dokumentierten die unrühmlichen Szenen mit dem Ehepaar Kowalsky vor unserem Haus: wie wir gestikulierten und stritten, wie Günter die Koffer in seinen Wagen verfrachtete und wie Frau Kowalsky einen Stein gegen mich schleuderte. Der kommentierende Text war die vernichtende Urteilsbegründung meiner journalistischen Hinrichtung:

»Thomas Koch, langjähriger, allseits bekannter und auch geschätzter Redakteur des ›Tageskurier‹, der in seinem Blatt begrüßenswerte Patenschaften für Ostaussiedler initiierte und eine Anzeigenkampagne startete unter dem Motto ›Wohnungen für Neudeutsche‹, wies in einer einmalig zu nennenden brutalen Weise einem verzweifelten Aussiedlerehepaar aus Polen, dem er eine Wohnung in seinem villenartigen Haus versprochen hatte, die Tür. Er stieß das arme Ehepaar ins Elend der Massenunterkunft zurück. Damit ist endlich die Heuchelei des ›Tageskurier‹ entlarvt. Das Blatt kann von jetzt an nicht mehr ernst genommen werden, denn es handelt nach dem Motto: ›Öffentlich predigen wir Wasser, heimlich saufen wir Wein.‹ Öffentlich predigen sie Hilfsbereitschaft, heimlich jagen sie die Aussiedler von der Schwelle und stoßen sie ins Unglück zurück.«

So ging es über eine dreiviertel Seite: eine raffinierte Mischung aus Fakten, Halbwahrheiten, Unterstellungen und Polemik. Das war die Rache eines Blattes, das sich seit Jahrzehnten bemühte, die Auflage des »Tageskurier« zu erreichen und deshalb einen verbissenen Kampf gegen uns führte. Das war weiß Gott ein raffiniert und intelligent geführter Schlag gegen mich, und der Schlag saß.

Der Artikel hätte von mir sein können.

Aber von wem stammten die Fotos?

Wer hatte sie aufgenommen, und wer hatte sie der Konkurrenz zugespielt? Das konnte nur jemand aus meiner nächsten Nachbarschaft gewesen sein; oder hatte da einer mit einem speziellen Teleobjektiv gearbeitet? War der ganze Auftritt der Kowalskys vielleicht sogar von der Konkurrenz inszeniert? Ich fand keine Erklärung.

Lilli? Lippert? Nein. Von Lipperts Anwesen war unsere Straße nicht zu sehen, und Lilli hätte um die Ecke fotografieren müssen.

Je gründlicher ich die Fotos studierte, desto mehr gewann ich den Eindruck, daß sie von unserem eigenen Grundstück aus gemacht worden waren, allenfalls noch vom Haus schräg gegenüber, rechts. Links wohnten die Bergs, denen ich zwar manche Schändlichkeit zutraute, aber nicht so etwas; und rechts wohnte eine Familie mit fünf Kindern, die sich um nichts kümmerte, was hier in der Gegend passierte, sie legte keinen Wert auf nachbarschaftliche Beziehungen.

Ich grübelte, und langsam keimte in mir ein schlimmer Verdacht.

Nach der Lektüre im Konkurrenzblatt war mir klar, daß nichts mehr meine fristlose Entlassung aufhalten konnte, vor allem wenn die Abonnements meinetwegen erheblich zurückgingen und Ostermann spürbare finanzielle Einbußen erlitt.

Der ideelle Schaden war ohnehin nicht mehr zu verhindern, und der Vertrauensverlust bei unseren Lesern würde zwangsläufig auch einen finanziellen Verlust zur Folge haben.

Je öfter ich den Artikel las, um so deutlicher wurde mir, wie tot ich war, ein räudiger Hund, dem man nicht mal mehr einen abgefressenen Knochen hinwarf, weil man Angst hatte, sich schon durch eine gewisse Nähe anzustecken.

Ich fixierte meinen Schachcomputer, als hätte er die Lösung meiner Probleme parat. Aber die kleine rote Lampe sagte mir nur, daß er dabei war, den nächsten Zug zu berechnen.

Das Telefon klingelte. Ich hob nicht ab, und Irene konnte das Läuten in der Küche nicht hören, weil ich es auf die leiseste Stufe geschaltet hatte.

Was tut ein Mensch, der moralisch vernichtet ist? Er besäuft sich. Aber ich durfte mich nicht besaufen, mehr denn je brauchte ich jetzt einen klaren Kopf.

Ich nahm die Zeitung und stieg in mein Arbeitszimmer hoch; schlaff sank ich in meinen Ledersessel am Fenster. Ich sah melancholisch über die Dächer und grübelte weiter vor mich hin.

Was tun?

Günter war auf den Bildern nicht zu erkennen, zu sehen war nur der Rücken eines großen, kräftigen Mannes, der einen Koffer in ein Auto wuchtete, selbst ich erkannte Günter nur, weil ich wußte, daß er es war. Anders die Kowalskys und ich, wir waren auf den Bildern scharf getroffen. Sie zeigten mich vor der Haustür mit einer gebieterisch abweisenden Gebärde: mein Arm wies auf die Straße, jedem Betrachter wurde suggeriert, ich jagte das Ehepaar fort.

Wie Bilder doch die Wirklichkeit verzerren können. Aber illustrierten sie nicht auch, was geschehen war?

Mein Gott, wer nur hatte die Bilder aufgenommen, und wer hatte sie der Konkurrenz zugespielt?

Wieder klingelte das Telefon, ich ließ es läuten, hob schließlich aber doch ab. Es war die Deist.

»Tachchen, Herr Koch, bleiben Sie schön im Bettchen und pflegen Sie Ihre Erkältung. Im Zoo herrscht Frost. Fünfzig Grad unter Null. Nuller geht's nicht. Jedesmal, wenn Neuhoff die Tür aufreißt, bläst aus seinem Büro ein sibirischer Eissturm und läßt alle Schreibmaschinen gefrieren. Sibirischer geht's nicht mehr. Also schön im Bettchen bleiben, Herr Koch, schön den Schwerkranken spielen. Sie müssen aber herzliebe Nachbarn haben! Die Bilder können doch nur aus Ihrer Umgebung stammen, oder? Kippen Sie Weihnachten jedem Nachbarn eine Tonne Mist vor die Tür, damit die endlich wissen, wohin sie gehören. Und wie gesagt, so lange im Bettchen bleiben, bis Tauwetter einsetzt, ich melde mich dann. Und bloß nicht an Neuhoff und Ostermann denken. Tschüs.«

Sie war wie immer rotzfrech, aber sie hatte mich, obwohl ich nun wußte, daß im Zoo tatsächlich Frost herrschte, etwas aufgemuntert. Plötzlich erheiterte mich der Gedanke, unter welchen Umständen sie Wolters den Laufpaß geben würde, denn daß er schon auf ihrer Abschußliste stand, ahnte ich, die Deist verabscheute längere Verhältnisse, schon gar wenn sie fürchtete, sie könnten zu einer festen Bindung führen.

Irene betrat leise mein Arbeitszimmer, sie seufzte, als sie sich an meinen Schreibtisch setzte. Tonlos murmelte sie: »Thomas, du bist erledigt. Nach diesem Artikel, mit diesen Bildern, da nimmt kein Hund mehr einen Knochen von dir.«

»Wenn ich den erwische, der diese Fotos dem ›Westfälischen Landboten‹ zugespielt hat, den mache ich kalt.«

»Laß die Kraftmeierei! Jetzt müssen wir mit einigem Verstand deinen Abgang einleiten.«

»Was müssen wir? Spinnst du? So leicht werfe ich die Flinte nicht ins Korn. Was mich nicht umbringt, das macht mich grade stark. Ein wahres Sprichwort.«

»Vergiß die Wörter und die Sprüche. Du bist erledigt. Die Konkurrenz hat dich voll erwischt, und Ostermann gibt dir den Gnadenschuß.«

Abermals läutete das Telefon. Irene gab mir den Hörer, und während ich lauschte, bekam ich immer größere Ohren: »Sie sind doch Herr Koch? Ja? Das haben Sie toll gemacht. Wo kämen wir hin, wenn dieses Pack einfach über unsere Wohnungen herfiele. Das war brillant, Respekt vor Ihrer Courage. Die sollen doch an den Haustüren der Politiker klingeln, die das ganze Gesocks ins Land gelockt haben. Aber die Politiker vermieten ihre Bungalows nicht. Weiterhin alles Gute für Sie, und halten Sie durch.«

Wie in Trance legte ich auf.

Ich verstand die Welt nicht mehr. Wenn mir jemand die Fensterscheiben einwerfen würde, das könnte ich noch verstehen. Aber daß mir ein völlig Fremder dankte für meine Feigheit und Schurkerei!

Schon wieder klingelte das Telefon, Irene hob ab und hörte mit wachsendem Staunen zu, sie preßte den rechten Zeigefinger auf ihren Mund, damit ich mich still verhielte. Während sie langsam den Hörer auf die Gabel zurücklegte, betrachtete sie mich nachdenklich.

»Anscheinend bist du für einige Leute über Nacht zum Helden geworden, eine Berühmtheit. Der Mann eben am Telefon hat gesagt: Endlich mal einer, der die Heuchelei der Politiker nicht unterstützt. Er läßt ausrichten, daß er dich bewundert.«

»Bin ich denn verrückt?«

»Du bist berühmt.«

Pausenlos läutete das Telefon, bis spät in den Abend riefen wildfremde Menschen bei mir an, um mir zu gratulieren für meine – wie die meisten Anrufer sich ausdrückten – mutige und beispielgebende Tat. Irene hatte mitgezählt: zweiundsechzig Anrufe.

Als wir uns im Schlafzimmer auszogen, um endlich ins Bett zu gehen, fragte ich sie: »Irene, was geht in den Köpfen der Leute eigentlich vor? Kannst du mir erklären, was in sie gefahren ist?«

»Ich wundere mich nur, daß du dich wunderst. Das sind eben Leute, die nicht so denken, wie in deinem Zoo geschrieben wird. Dein Blatt hat zweihundertfünfzigtausend Auflage, es veröffentlicht, was seine Leser denken sollen und wie sie handeln sollen, Millionen im Land denken aber nicht so, wie Ostermann und Neuhoff wollen. Das ist das ganze Geheimnis, das nicht in deinen Hirnkasten will. Aber täusch dich nicht, auch wenn zweiundsechzig Anrufer dir auf die Schulter klopfen, du bist trotzdem ein ruinierter Mann. Reich deine Kündigung ein, sonst werden Neuhoff und Ostermann dich auf die Straße setzen.«

»Ich kündige nicht, sollen sie mich doch auf die Straße setzen, dann gehe ich vors Arbeitsgericht. Schließlich bin ich nicht irgendwer.«

»Du hast anscheinend immer noch nicht begriffen. Auch wenn du in den vergangenen dreißig Jahren die Zeitung allein gemacht hättest, wärst du jetzt eine unzumutbare Belastung für den gesamten Zoo. Du hast nicht nur alle brüskiert, du hast etwas viel Schlimmeres getan: du hast den gesamten Zoo lächerlich gemacht, nicht nur den Verleger und Neuhoff, auch alle Kollegen. Die werden schon deshalb darauf drängen, daß du den Zoo verläßt, weil sie alle, vom Pförtner bis zum Drucker, sich von dir verarscht fühlen. Und das verzeiht dir keiner. Nicht einer. Deine wirklichen Feinde sind jetzt deine Kollegen, nicht Ostermann und nicht Neuhoff.«

Kurz nach Mitternacht läutete das Telefon noch einmal. Irene winkte resigniert ab, also ging ich die Treppe hinab in den Flur, wo der zweite Apparat steht; der Weg in mein Arbeitszimmer wäre kürzer gewesen.

Es war Günter.

»Hallo, Thomas. Ich glaube, die schöne polnische Hexe zündet in den nächsten Tagen Mamas Haus an. Na, die war vielleicht giftig. Entschuldige, daß ich nicht früher angerufen habe, aber du weißt ja, die Pflichten, der Haushalt frißt mich auf. Was so ein kleiner Haushalt für Arbeit macht! Der Artikel im ›Westfälischen Landboten‹ hat dir ja viel Sympathie eingetragen, auch Charlotte ist begeistert von dir. Ach ja, weshalb ich eigentlich anrufe: Charlotte meinte, ihr könntet uns am ersten Feiertag zum Gänseessen einladen, sagen wir neunzehn Uhr? Niemand kann eine Gans so braten wie Mama, da knackt die Haut so richtig zwischen den Zähnen. Mama soll aber eine ungarische kaufen, keine polnische. Polnische Gänse laufen bei uns schon haufenweise rum. Aber die kann man leider nicht schlachten, höchstens stopfen. Die meisten sind sowieso zu fett, weil sie ständig auf Staatskosten gemästet werden.«

Er lachte, ich legte angewidert auf. Sein Lachen dröhnte mir noch in den Ohren, während ich langsam wieder ins Schlafzimmer hochstieg. Mir war kalt.

Trotz des gedämpften Lichts im Schlafzimmer sah ich, daß Irene geweint hatte; verstohlen tupfte sie sich mit einem Taschentuch die Augen.

Da sie nicht fragte, wer so spät noch angerufen hatte, sagte ich: »Das war dein Sohn. Er hat sich mit seiner Charlotte für den ersten Feiertag zum Gänseessen eingeladen. Du sollst eine ungarische Gans kaufen, die polnischen wären zu fett, meinte er.«

»Ich werde keine Gans braten, ich werde zwei Karpfen backen. Karpfen mag er nicht.«

Ich staunte.

Den Mann aus Gnesen hatte ich wegen der Turbulenzen der letzten Tage fast vergessen. Um so überraschter war ich, als ich ihn in seinem grünen Regenumhang vor dem Haupteingang von »Karstadt« mitten in der Menge der hinein- und herausströmenden Passanten stehen sah, ihn schien ihr Gedränge und Geschiebe nicht zu berühren.

Wir wurden von den hastenden Menschen aufeinander zugeschoben, und als wir uns gegenüberstanden, bewegte sich kein Muskel in seinem Gesicht, auch seine Augen verrieten weder Überraschung noch Erkennen; er erinnerte mich in seiner stoischen Gleichgültigkeit an die alte Frau Fuchs, auch wenn er keinerlei Ähnlichkeit mit ihr hatte.

Ich fragte ihn: »Warum beschatten Sie mich?«

»Haben Sie etwas verbrochen, daß Sie sich verfolgt fühlen?«

Er nahm meinen rechten Oberarm und zog mich durch die Menschen auf den Hellweg. Sein Griff war fest, aber nicht schmerzhaft. Ich folgte ohne Widerstand, ich war neugierig, wohin er mich führen würde.

Wir gingen bis zur Petrikirche und überquerten den neugestalteten Kirchvorplatz, dort blieb er stehen, ohne meinen Arm freizugeben. Er zeigte mit der linken Hand zum Café »Bauer«: »Ich beschatte nicht Sie, Sie sind für mich nicht interessant. Ich brauchte Sie nur als Einstieg, als Schlüssel. Sie waren nicht der, für den ich Sie anfangs gehalten habe.«

Ich schaute zum Café hinüber, und als ich mich wieder umdrehte, war er mit großen Schritten davongeeilt. Ich blieb ratlos zurück. Wenig später war er verschwunden.

Wen hatte er beobachtet? Das Café? Und wen im Café?

Fast automatisch wollte ich das Café aufsuchen, aber als ich an seinen Fenstern vorbeilief und hineinblickte, traf es mich wie ein Schlag: an einem Ecktisch saß lachend Günter gegenüber einer Frau, die mir den Rücken zukehrte. Als Günter ihre Hand nahm und zu seinem Mund führte, erkannte ich sie.

Es war die Kowalsky.

Ich lehnte mich an die Hauswand und sah zum spitzen Kupferdach der Kirche hoch, auf dem noch ein paar Sonnenstrahlen tanzten. Mein Gott, warum beschattete der Mann aus Gnesen Günter? Daß Günter mit einer Frau im Café saß, deren Koffer er noch vor wenigen Tagen gegen ihren zornigen Protest abtransportiert hatte, gab mir weniger Rätsel auf, Günter hatte es den Frauen nun einmal angetan.

Ich mußte wissen, was hier vor sich ging.

Ich lief zur Kirche und wartete im Schutz eines Mauervorsprungs, von wo ich den Eingang des Cafés gut im Auge behalten konnte. Auf einmal stand wieder der Fremde neben mir.

»Sparen Sie sich die Mühe, das ist mein Geschäft«, sagte er. Und nach einer Pause: »Kennen Sie die Frau?«

»Sie kommt aus demselben Land wie Sie. Aber wer sind eigentlich Sie? Und was wollen Sie?« Der Mann war mir unheimlich, fast fürchtete ich mich vor ihm.

»Das wissen Sie doch. Ich bin der Stiefvater der jungen Frau, die zur Familie Fuchs wollte und deren Leiche im Hafenbecken gefunden wurde.«

»Beobachten Sie deshalb meinen Sohn?«

»Ja. Weil ich glaube, daß er etwas mit Klaras Tod zu tun hat. Ich warte darauf, daß er einen Fehler macht.«

»Sie sind wahnsinnig.«

»Ich war noch nie so klar im Kopf. Ich habe einen begründeten Verdacht, und ich habe Zeit. Ich bin Literaturwissenschaftler und arbeite hier im Hüserinstitut, ich habe ein Semester Urlaub bekommen, um einen Aufsatz zu beenden, für den ich Dokumente brauche, die im Hüserinstitut aufbewahrt werden. Ich heiße Wenczinsky, Andreas.«

Mein Gott, dieser Mann sprach ganz ruhig und sachlich aus, was seit Tagen in mir rumorte: er verdächtigte Günter eines Verbrechens. Ich war diesem Mann einen Moment nur deswegen böse, weil ich ja selbst für möglich hielt, was er da behauptete.

»Warum sind Sie nicht zur Polizei gegangen, als Sie, ich nehme an aus der Zeitung, vom Tod Ihrer Stieftochter erfuhren? Wie konnten Sie zulassen, daß sie anonym verscharrt wurde?«

»Sie wußten doch auch, wer die Tote war. Warum waren Sie nicht bei der Polizei? Ich will es Ihnen sagen, Herr Koch: Weil Sie nämlich wissen, daß Ihr Sohn etwas mit Klaras Tod zu tun hat.«

»Wie kommen Sie denn auf diese absurde Idee?«

»Die Zeit ist noch nicht reif, Ihnen das zu erklären. Ich verspreche Ihnen, daß Sie es erfahren werden. Bis später, Herr Koch, Sie tun mir leid. Wir sehen uns noch.«

»Bleiben Sie. Sie bezichtigen meinen Sohn eines Verbrechens. Ich habe ein Recht darauf, zu erfahren, was Sie wissen.«

»Er ist ebensowenig Ihr Sohn, wie Klara meine Tochter ist... war. Wir beide haben etwas Gemeinsames. Seltsam. Sie tun mir leid. Ich bin jederzeit zu erreichen, tagsüber im

Hüserinstitut, abends im Stadthotel an der Bar, wo ich den ganzen Abend vor einem Glas Bier sitze, zu mehr reichen die Devisen nicht. Bis später.«

Ich schaute ihm nach, ratlos, verwirrt und unfähig, einen klaren Gedanken zu fassen. Ich ging zu meinem Wagen und fuhr los.

Günter ein Verbrecher, gar ein Mörder? Nein, niemals. Das paßte nicht zu ihm, er war ein Spötter, ein Zyniker, ein Tunichtgut und manchmal ein Rohling. Er hätte zum Zuhälter getaugt, aber nie zum Mörder einer schönen Frau, er hätte dieser Klara höchstens die Füße geküßt und ihretwegen Charlotte verlassen. Charlotte? Was war mit ihr? Eifersüchtige Frauen in ihrem Alter sind zu allem fähig. Wie hieß dieser Mann aus Gnesen? Wenczinsky. Ja, so hieß er.

Als ich an der Reinoldkirche vorbeikam, wußte ich auf einmal, was ich wollte: nach Unna und mit Kowalsky reden, einfach so, mich entschuldigen oder sonstwas; es war vielleicht leichter, ihn an seiner Arbeitsstelle aufzusuchen als in der alten Schule.

Ich war an der Nordseite des Hauptbahnhofes ausgestiegen, immer noch verwirrt, das gab ja keinen Sinn, was wollte ich hier, ich stieg wieder ein und startete, und erst als ich stadtauswärts fuhr, wurde mir klar, wie unsinnig alles war, was ich vorhatte. Ich durfte Kowalsky keinesfalls vom Stelldichein seiner Frau mit Günter erzählen; außerdem konnte es mir passieren, daß mich Wilpert am Kragen packte und von seinem Bauhof trieb. Was war los mit mir? Meine Nerven gingen mit mir durch, ich reagierte kopfscheu.

In der Redaktion war ich in Ungnade gefallen, da hatte

Irene zweifellos recht. Andererseits war ich auch auf ungewöhnliche Weise wieder aufgewertet worden, was die zahlreichen Anrufe und Briefe wildfremder Menschen bewiesen. Der Artikel, der mich unmöglich machen sollte, hatte den gegenteiligen Effekt ausgelöst.

Im Gewerbegebiet von Unna fuhr ich geradewegs auf Wilperts Bauhof, wie ein Kunde, der etwas bestellen oder begutachten will. Als ich aus dem Wagen stieg, mußte ich plötzlich daran denken, daß Irene in der vergangenen Nacht geweint hatte. Ich lehnte mich an meinen Wagen und sinnierte vor mich hin, der Nieselregen störte mich wenig, ich fragte mich, warum sie wohl geweint hatte.

Mir kam wieder der Verdacht, der in mir nebelhaft schon aufgestiegen war, als ich erstmals die Fotos im »Westfälischen Landboten« gesehen hatte, und der sich verstärkte, seit ich darüber grübelte, wer sie wohl gemacht haben könnte und von welchem Ort. Ich hatte den Verdacht verworfen, weil es mir absolut undenkbar schien, daß die eigene Ehefrau zu so etwas fähig wäre. Ein Stachel war dennoch geblieben.

»Wenn meine Arbeiter so arbeiten würden, wie Sie träumen, dann wären wir alle längst Millionäre.«

Wilpert stand prall vor mir. Er hatte die Daumen hinter den bunt bestickten Hosenträgern, die seine Cordkniehosen hielten, und grinste so breit, daß sein Gesicht auseinanderging wie ein Hefeteig, der langsam über die Backform quillt.

»Was wollen Sie denn schon wieder?« fuhr er mich an. Der Hefeteig zog sich in die Backform zurück und erstarrte zu Stein.

»Nichts«, antwortete ich und war darauf gefaßt, daß er

mit der Feile, die er in der Hand hielt, gleich meine Reifen zerstechen würde.

»Nichts ist einfach zuwenig.«

»Ich wollte mit Herrn Kowalsky sprechen, ganz einfach.«

»Haben Sie ein schnelles Auto?«

»Sie stehen davor, also wissen Sie, wie schnell es fährt.«

»Dann düsen Sie mal los. Vielleicht holen Sie ihn noch vor der polnischen Grenze ein, vorausgesetzt, daß es in Helmstedt keinen längeren Aufenthalt gibt und Sie mit zweihundert Sachen durch die DDR brettern.«

»Warum sollte ich?«

»Weil der Kowalsky abgehauen ist. Tschüs und adieu! Ab in die kalte Heimat.«

Das allerdings hatte ich nicht für möglich gehalten. Es dauerte eine Weile, bis ich wirklich begriff, was Wilpert gesagt hatte.

»Abgehauen?«

»Sagte ich doch: heimgekehrt. Er stieg gestern nachmittag ruhig vom Gabelstapler, ging in die Halle, zog sich um, kam im Straßenanzug heraus zu mir und sagte: ›Chef, ich nach Polen, deutsches Reich ist große Scheiße.‹ Ehe ich kapierte, was er meinte, setzte er sich in seinen Aschenbecher und tuckerte los. Einfach so. Ohne Koffer, ohne alles. Alles was recht ist, aber vor so einem muß man einfach den Hut ziehen.«

»Ohne Frau?«

»Was weiß ich. Vielleicht haben sie sich an einer Autobahnraststätte verabredet, sie mit den Koffern. Eine Frau reist nicht ohne Koffer, egal, wie sie heißt und woher sie kommt. Wenn er alleine zurückgekehrt ist, was ich nach seinem Benehmen für wahrscheinlich halte, dann hat seine Frau sich hier einen anderen an Land gezogen. Schade, war ein fleißiger und genauer Arbeiter, an dem hätten sich die deutschen Pfuscher ein Beispiel nehmen können. Ach wissen Sie, eine Frau kommt in einem fremden Land ohne Ehemann besser zurecht, sofern der eigene Mann nicht gleichzeitig ihr Zuhälter ist. Habe ich recht?«

Der Hefeteig quoll wieder über die Backform.

Mein ratloser Blick amüsierte ihn, er klopfte mir kumpelhaft auf die Schulter: »Fassen Sie sich, so was kommt bei der Mischpoke oft vor. Die Männer gehen zurück, weil sie mit ihrem Leben hier einfach nicht zu Rande kommen, vielleicht auch zu faul sind, Deutsch zu lernen. Die Frauen bleiben, weil Lippenstift und Nagellack hier billiger sind, und die Hautcreme ist auch garantiert von Bayer Leverkusen. Was soll's? Schade um den Kerl, der hat für zwei gearbeitet, und begriffsstutzig war er auch nicht. Einmal vormachen, und er hatte begriffen und es perfekt nachgemacht.«

Er nahm meinen Arm und führte mich über den Bauhof in sein Büro, in dem nur ein Zeichentisch, ein Rollschrank und zwei Stühle standen.

Aus dem Rollschrank holte er eine Flasche Schnaps und zwei Gläser, die er vollschenkte; wohl oder übel mußte ich mittrinken, wahrscheinlich wäre er sonst beleidigt gewesen.

»Eine flotte Frau hatte er, muß ich schon sagen, sehr attraktiv. Komisch, wie solche Deppen immer an die besten Weiber geraten. Gut Deutsch hat sie auch gesprochen, sehr gut sogar. Plagt Sie etwa Ihr Gewissen? Begraben Sie's. Ich gehe jede Wette ein, so wie die aussieht, macht sie ihren Weg. Wetten, daß die in einem Jahr einen Sportwagen fährt und in einem Bungalow mit Swimmingpool wohnt. Die bumst sich nach oben, die ist clever.«

»Vielleicht haben Sie recht.« Ich war auf einmal maßlos traurig.

»Recht? Ich habe immer recht, sonst hätte ich mir in so wenigen Jahren mein Imperium nicht aufbauen können.«

Das Lachen, das er mir hinterherschickte, glich einem mittleren Donner.

Es regnete inzwischen in Schnüren. Naß bis auf die Haut setzte ich mich in mein Auto. Ich fror.

Eines stand fest: Frau Kowalsky war nicht mit ihrem Mann nach Polen zurückgekehrt.

Und er?

Man wird den armen Kerl an der polnischen Grenze mit offenen Armen empfangen wie den verlorenen Sohn einer Nation, das polnische Fernsehen wird ihn feiern. Auch bei uns werden ja die gefeiert, die aus dem Osten herüberkommen, weil ihnen, wie es so schön heißt, der Sprung in die Freiheit gelungen ist. Das polnische Fernsehen wird ihn sagen lassen, daß er das kapitalistische System zum Kotzen findet, so wie die Übersiedler hier sagen, daß sie das sozialistische System zum Kotzen finden. Vielleicht macht Kowalsky jetzt Karriere in seinem Land.

Solche Grenzüberschreitungen haben Vorteile. Wenigstens kurzfristig. Gefeiert wird man immer, entweder hier im Westen oder drüben im Osten, man muß nur die Grenze wechseln und die jeweils geltenden Parolen verkünden. So einfach ist das.

Vielleicht ist es aber auch ganz anders, vielleicht läßt man den armen Kowalsky gar nicht mehr rein in sein

Land, dann steht er vor der Grenzschranke und muß einsehen, daß er doch hätte bei Wilpert bleiben sollen, mit halbem Lohn.

Was sich Menschen, die Grenzen ziehen und bewachen, noch alles einfallen lassen?

Daheim empfing mich eine gutgelaunte Irene: »Wo warst du denn so lange?« Ohne eine Antwort abzuwarten, fuhr sie fort: »Günter hat angerufen, er hat seine Selbsteinladung für Weihnachten zurückgezogen, er hätte es nicht ernst gemeint. Er kommt also nicht mit seiner Charlotte. Aber das nur nebenbei. Schau mal in die Küche, da liegt eine ausgenommene, bratfertige Gans. Und jetzt halt dich fest: Lilli hat sie an der Haustür abgegeben und gesagt, es soll alles wieder so werden, wie es die ganzen Jahre gewesen ist. Dann ist sie heulend weggerannt, noch bevor ich etwas sagen konnte. Da stand ich nun mit einer Zehnpfundgans auf den Armen und einer heulenden Lilli.«

»Ist es wenigstens eine ungarische?« fragte ich, weil mir nach Streit war.

»Eine Nationalfahne steckt nicht drin. Ich nehme an, es ist eine deutsche, sie sieht so sauber aus.«

Seit Wochen hatte Irene nicht mehr so herzhaft gelacht, sie steckte mich an, und ich wieherte mit. Wir umarmten uns.

Während wir in die Küche gingen, um Lillis Gans zu besichtigen, fragte ich, ins Blaue hinein und mit etwas versteckter Bosheit: »Sag mal, hat dein Sohn vielleicht eine neue Freundin? Möglicherweise hat er abgesagt, weil er sich geniert, seine neue Eroberung bei uns vorzuführen. Noch dazu an einem Festtag.«

»Red keinen Stuß. Günter wechselt zwar jeden Tag

seine Hemden, aber nicht seine Frauen, obwohl es mir ganz recht wäre, wenn er eine jüngere fände. Thomas, fünfzehn Jahre Altersunterschied, das kann nicht gutgehen. Rechne nur mal: Wenn er so alt ist wie sie heute, also vierzig, dann ist sie fünfundfünfzig und beinahe eine alte Frau, sie geht auf die sechzig zu. Das ist einfach unmöglich, dagegen sträubt sich die Natur. Stell dir vor, sie legt jeden Abend ihr Gebiß ins Glas, und er mit seinen vierzig Lenzen treibt sich in den Bars herum.«

»Noch dazu von ihrem Geld«, konnte ich mir nicht verkneifen.

Irene zuckte zusammen, überspielte es aber geschickt: »Wenn Trennung, dann jetzt. Eine Frau in ihrem Alter hat dann noch Luft, sich eine neue Beziehung aufzubauen. Sag mal, wie kommst du eigentlich darauf, daß Günter eine neue Freundin haben könnte?«

»War nur so dahergeredet, aber dein Sohn ist doch für jede Überraschung gut.«

»War das jetzt ein Kompliment oder eine Beleidigung?«

Sie traute mir nicht, mißtrauisch schielte sie zu mir herüber, fragte aber nicht nach, und sie schwieg auch den ganzen Abend. Das war ungewöhnlich, offenbar war sie mit ihren Gedanken ganz woanders. Mir war es recht.

Am nächsten Vormittag besuchte ich unsere alte Schule und fragte Bruno, den Hausverwalter, nach dem Ehepaar Kowalsky.

Bruno war, nach dreißigjähriger Arbeit als Werkzeugmacher in einer Werkzeug-Maschinenfabrik, drei Jahre lang arbeitslos gewesen, er freute sich verständlicherweise, daß er endlich wieder einen bezahlten Job hatte; ich kannte Bruno gut, er war wie ich regelmäßig auf dem Fußballplatz, wenn unser Vorortverein zu Hause spielte.

In der alten Schule ging es zu wie in einem Bienenhaus, ein undefinierbarer säuerlicher Geruch zog durch Treppenhaus und Flure, wie er immer da entsteht, wo Menschen auf engstem Raum zusammenleben müssen.

Kinder rannten schreiend, lachend, weinend oder jammernd durch die Flure, einige rutschten den Handlauf des Treppengeländers hinunter; Männer in Unterhemden oder mit nacktem Oberkörper standen palavernd herum, auch Frauen in Morgenmänteln, der Geruch der Menschen mischte sich mit dem Essensgeruch aus der Aula – mir wurde fast schlecht.

Ich traf Bruno vor seinem Glasverschlag, in dem früher, als die Schule noch Schule war, der Hausmeister residierte. Solange ich Bruno kannte, hatte er eine Glatze, mir schien, ihm war alles, was hier ablief, völlig gleichgültig.

»Kowalsky?« fragte er und blätterte in einem dicken Notizbuch. »Ja, hatten wir. Wer kann in dem Taubenschlag hier noch den Überblick behalten? Der Mann ist noch gemeldet, aber die Frau hat sich offiziell abgemeldet. Ich erinnere mich, sie ist mit einem jungen Mann gekommen. Eine Figur hatte der, da konnte man zwei draus machen. Der hat wortlos die Koffer geschnappt, als wären es Luftballons. Was mich etwas stutzig machte, denn erst ein paar Tage vorher hat er genau diese Koffer angekarrt und mir gesagt, die Herrschaften, denen die Koffer gehören, kämen später nach.«

»Wohin abgemeldet?«

»Mannomann, Thomas, die Leute sind mir keine Rechenschaft schuldig. Die haben mittlerweile deutsche Pässe und können tun und lassen, was sie wollen. Ich hab genug am Hals, das tägliche Chaos hier raubt mir langsam den Appetit, ich hab schon sechs Pfund abgenommen. Über die Insassen hier kann ich mich an sich nicht beklagen, die sind, von Ausnahmen abgesehen, pflegeleicht. Was sie miteinander reden, verstehe ich sowieso nicht, die quasseln polnisch. Ist für mich so 'ne Art Taubstummenanstalt. Wenn sie mit mir reden, verstehe ich das meiste nicht, sie reden dann mit Händen und Füßen. Ach, Thomas, die Leute tun mir leid, die haben bei uns das Paradies gesucht und das Fegefeuer gefunden.«

Von Bruno würde ich nichts mehr über die Kowalskys erfahren, schon gar nicht, warum der Mann nach Polen zurückgefahren war. Ich beobachtete das Treiben in der alten Schule noch eine Zeitlang.

Auf dem Schulhof spielten Kinder Himmel und Hölle, die Kästchen hatten sie mit weißer Kreide auf den grauen Asphalt gemalt.

D as Spiel holte mich in meine Wirklichkeit zurück. Ich wollte endlich wissen, was meine Arbeitgeber für mich entschieden hatten: Himmel oder Hölle. Ich mußte den Stier bei den Hörnern packen.

Ich lief nach Hause und holte den Wagen aus der Garage, auf dem kurzen Weg nahm ich nicht ohne Genugtuung wahr, daß mich Leute aus unserem Viertel, die ich kaum kannte, respektvoll grüßten. Nach den vielen Niederlagen genoß ich ihre Freundlichkeit.

Mein Parkplatz in der Tiefgarage war frei, diesmal fuhr ich mit dem Lift von ganz unten in den dritten Stock; als der Aufzug hielt und ich aussteigen wollte, stieß ich mit Neuhoff zusammen, der anscheinend nach unten wollte.

Ich wich zurück, und weil er nichts sagte, sondern mich wie ein vom Himmel gefallenes Wesen anstarrte, zwängte ich mich an ihm vorbei und ging betont gemächlich und vor mich hin pfeifend in Richtung Büro.

An der Tür zu meinem Zimmer drehte ich mich um, Neuhoff stand immer noch am Lift und sah mir nach.

»Mein Gott«, kreischte die Deist und sprang auf, als wäre sie bei etwas Verbotenem ertappt worden. Mit großen Augen sah sie mich an, klatschte in die Hände und rief: »Unglaublich. Der Dompteur besucht seinen Zoo.« Sie fiel mir um den Hals und küßte mich ab, bis sie außer Atem war. Dann trat sie drei Schritte zurück und prüfte mich von oben bis unten.

»Die Krankheit hat Ihnen gutgetan. Setzen Sie sich und erzählen Sie. Die Tage ohne Sie hier waren wie eine öde Ewigkeit. Unsere Konkurrenz hat Sie jedenfalls nicht abgeschossen, der Schuß ging klar nach hinten los. Diese Blödmänner haben Sie ungewollt zu einer populären Figur in unserer Stadt gemacht. Stimmt also doch: Wer andern eine Grube gräbt, fällt selbst hinein. Und Neuhoff, diesem verhinderten Eber, hat es doch tatsächlich die Sprache verschlagen, er grunzt nur noch, wenn Ihr Name fällt.«

Sie drückte mich auf meinen Stuhl, nahm meine Hände und legte sie auf die Schreibtischplatte. Ich saß da wie ein folgsamer Schüler.

Sie sah wieder einmal verführerisch aus, vielleicht ein bißchen overdressed, knielange schwarze Ballonrockhosen, schwarze, mit Mustern durchzogene Strümpfe und hochhackige feuerrote Schuhe zu einer engen feuerroten Seidenbluse.

Sie setzte sich auf meinen Schreibtisch und schlenkerte ihre Beine, als würden sie bei einer Auktion feilgeboten.

»Sie Meisterkoch! Aus Ihnen hätte ein Bocuse werden können, wenn Sie nicht zu sehr für Hausmannskost wären.«

Ich unterbrach ihr neckisches Spiel.

»Warum haben Sie mich nicht mehr angerufen?«

»Ach, Sie Unschuldslamm. Wissen Sie denn nicht, was für eine technische Weltneuheit wir jetzt im Zoo haben?«

»Weltneuheit?«

»Eine vollelektronische Telefonzentrale. Die speichert von jedem Gespräch, das nach draußen geht, wer wie lange und von welchem Apparat welche Nummer angerufen hat. Wie beim Verfassungsschutz. Knallhart. Sie werden einsehen, daß ich dieses Weltwunder nicht ausgerechnet mit Ihnen ausprobieren wollte. Also übte ich mich in Enthaltsamkeit. Ich weiß, das ist sonst nicht meine Art, aber in diesem Fall war es notwendig. Übrigens gleich noch eine Neuigkeit: Ich stehe auf der Abschußliste der

Chefredaktion. Aber ich werde nicht wegrationalisiert – nein, ich bin für den Zoo zu sexy. Ist das nicht phantastisch. Ich bin zu sexy! Ich fange an, mich zu bewundern: Der Zoo findet mich zu sexy! Meine erotische Ausstrahlung gefährdet das Betriebsklima – als ob wir je eins gehabt hätten. Leider gibt es dafür keinen Orden mit Stern.«

Sie lief voll auf, sie drehte sich vor mir wie eine Pasodoble-Tänzerin, die durch den Saal wirbelt und damit die Pirouetten der Tarantella verbindet, und weil ihr die Kastagnetten fehlten, schnippte sie den Takt mit ihren langen Fingern. Ein Weib, das in das Leben verliebt war.

Die Tür wurde aufgerissen, und Neuhoff stürmte herein, stoppte und stand sprachlos da mit ungläubigem Gesicht. Er kniff die Augen zu, schüttelte sich und verschränkte die Arme, als wollte er dem Auftritt der Deist zuschauen.

»Privatvorstellung?« rief Neuhoff.

»Nein, Doktorchen, Moskauer Staatszirkus.«

Sie setzte sich auf den Stuhl vor ihrer Schreibmaschine und zwinkerte hinterhältig-zerknirscht zu Neuhoff hoch: »Wollen Sie mir jetzt kündigen, Doktorchen? Dann würde ich mich gezwungen sehen, Widerspruch einzulegen, schließlich habe ich im Sinne unseres Hauses gewirkt, ich mußte unserem Helden hier die Rückkehr versüßen. Ich werde dafür zwar nicht bezahlt, aber was tut man nicht alles für ein gutes Betriebsklima.«

Neuhoff versuchte, sie zu ignorieren.

Auf einmal spielte sie die Erschöpfte, die nach Luft ringt, dann prüfte sie ihr Gesicht im Schminkspiegel, den sie aus ihrem Handtaschensack hervorgekramt hatte.

»Daß Sie das Ehepaar von Ihrer Tür gewiesen haben«,

Neuhoff wandte sich zu mir, »das ist Ihre Privatsache. Trotzdem dürfen wir uns in unserer Position gewisse Verhaltensweisen nicht erlauben. Wir können nicht Wasser predigen und heimlich Wein saufen. Wir sind eine Zeitung, die in der Öffentlichkeit steht und Öffentlichkeit herstellt.«

»Ich saufe öffentlich«, unterbrach ihn die Deist.

Neuhoff guckte kurz indigniert, tat dann, als überhörte er die Deist und fuhr fort: »Vielleicht haben auch Herausgeber und Chefredaktion Fehler gemacht, ohne Fehl sind wir alle nicht, manchmal schwappen auch die Emotionen über. Wir werden das in aller Gelassenheit untersuchen, vielleicht waren wir auch zu leichtgläubig.«

»Untersuchungsausschuß«, unterbrach ihn die Deist abermals. »Toll, wie im Bundestag.« Sie blinzelte mir spitzbübisch zu.

Neuhoff begann, Wirkung zu zeigen: »Vielleicht dürfen wir das Aussiedlerproblem nicht mehr ganz so einseitig sehen, ich meine, nicht mehr absolut pro, wir müssen mehr Rücksicht auf die Stimmungslage unserer Altbürger nehmen und mehr auf deren Argumente eingehen.«

»Gehen, Herr Neuhoff? Fahren ist besser«, motzte die Deist, »und dann, Doktorchen, Volkes Stimme ist Gottes Stimme. Ihre Partei nennt sich schließlich christlich, deshalb müßten wir auch ein wenig Rücksicht auf den lieben Gott nehmen.«

Neuhoff war sichtlich am Ende, er hätte die Deist am liebsten umgebracht.

»Herr Koch, ich erwarte Sie in einer halben Stunde in meinem Büro.«

Neuhoff knallte die Tür hinter sich zu, und die Deist

prustete so kräftig los, daß Neuhoff es auf dem Flur noch mitbekommen mußte.

Ich wunderte mich, daß Neuhoff sie für ihre Frechheiten nicht offiziell zurechtgewiesen hatte, vielleicht war da einmal was gewesen zwischen den beiden, deshalb fragte ich geradeheraus: »Haben Sie mal mit ihm geschlafen?«

»Geschlafen? Keine Sekunde. Gevögelt haben wir. Dieser Feigling, den Himmel auf Erden hat er mir versprochen. Und was habe ich? Das lausige Büro hier, das ich auch noch mit Ihnen teilen muß. Dieser Duckmäuser. Den Himmel auf Erden hat er mir versprochen und ein Ferienhaus auf Madeira: und was habe ich wirklich gekriegt...«

»Was macht denn unser gemeinsamer Freund Wolters?«

Ich wollte das Thema wechseln, ich merkte, daß hier Hochexplosives vergraben lag.

»Das Kindchen macht sich. Sie lesen doch unsere Zeitung hoffentlich noch? Dann müßten Sie auch wissen, daß er im Feuilleton wieder mal einen prominenten Autor zu Hackfleisch gemacht hat. Nach dem Vögeln hat er mir erzählt, daß er das Buch nur überflogen hat. Wie gesagt, er macht sich, das wird einmal ein gefürchteter Kritiker. Übrigens ist es bald aus mit ihm, ich habe nur noch keinen Ersatz. Diese Sorte Männer wird nach ein paarmal Bumsen frech und fühlt sich als Sieger, dabei sind sie unglaublich phantasielos und begreifen nie, daß Vögeln was äußerst Kreatives ist.«

Ich bewunderte ihre Frivolität und vergaß dabei meinen Termin bei Neuhoff; sie genoß meine Bewunderung und setzte sich in Positur, dabei lächelte sie, und ihr Lächeln hätte sogar einen Gletscher zum Schmelzen gebracht.

»Gefalle ich Ihnen?«

»Das Gegenteil wäre gelogen, Frau Deist.«

»Ach, das Leben ist so traurig. Hier im Zoo habe ich alles abgegrast, bleiben nur noch impotente Krücken übrig und Arschkriecher, die Angst vor ihren Frauen haben. Und Sie natürlich. Aber Sie will ich auf keinen Fall verlieren, Sie sind vor mir sicher.«

»Welch ein Trost, Frau Deist.«

Dann ging ich zu Neuhoff. Er war nicht allein. Ostermann saß in der Besucherecke und paffte an einer dicken Davidoff. Er beachtete mich nicht.

Neuhoff war längst mit Ostermanns Text gefüttert worden, den er nun, während er wichtig auf und ab ging, herunterrasselte: »Setzen Sie sich, Herr Kollege, wir können es kurz machen. Wenn Sie Ihre Arbeit wiederaufnehmen... Sie sind doch noch krank? Na also, dann halten Sie sich erst mal bedeckt. Für die nächste Zeit schreiben Sie selbst nichts, lassen Sie schreiben. Sie erledigen nur redaktionelle Arbeit. Wir sind gezwungen, Sie für einige Zeit auf Eis zu legen.«

»Eigentlich sollten wir Sie fristlos entlassen«, polterte Ostermann, der sich mit Zigarrenrauch eingenebelt hatte.

»Tun Sie das, Herr Ostermann, ich kann morgen beim ›Westfälischen Landboten‹ anfangen.«

Die Deist mit ihrer unglaublichen Impertinenz hatte mir Mut gemacht, und ich hatte mir diese Antwort auf dem Weg zu Neuhoff zurechtgelegt, falls er tatsächlich mit Entlassung drohen sollte, ich setzte darauf, daß in heiklen Situationen das Unglaubliche am ehesten geglaubt wird.

Mein Bluff zeigte Wirkung.

Neuhoff blieb mit offenem Mund mitten im Büro stehen, Ostermann stemmte sich aus seiner Ecke und prustete, als hätte er sich am Qualm seiner Zigarre verschluckt, er sah aus wie ein Buddha im Nebel.

Er tappte auf mich zu, warf die Zigarre in einen tellergroßen Aschenbecher und blaffte mich an: »Wußte ich's doch. Der Konkurrenz ist jedes Mittel recht und keine Schandtat zu schändlich. Diese angeblichen Liberalen sind in Wirklichkeit nur gerissene Gauner und politische Opportunisten. Koch, Sie bleiben bei uns. Was haben die Gauner Ihnen eigentlich geboten?«

»Fünfhundert mehr als hier«, log ich und jubelte innerlich über meinen gelungenen Konter. Gierig schnappten sie nach meinem blinkenden Haken.

»Diese Pfennigfuchser!« Ostermann rotzte verächtlich in sein Taschentuch. »Sie kriegen von mir ab ersten Januar sechshundert mehr. Und verschwinden Sie jetzt, sonst überlege ich mir's noch einmal.«

Ich ging schnell zur Tür, um mein Grinsen zu verbergen. Auf dem Weg in mein Büro hüpfte ich wie Rumpelstilzchen.

Die Deist saß an meinem Schreibtisch und blätterte gelangweilt in einem Versandkatalog. Sie sah langsam und erwartungsvoll zu mir hoch.

»Sie leben ja noch.«

»Frechheit siegt, Frau Deist. Und im übrigen haben Sie recht: Unser Haus ist kein Zoo, denn Tiere verhalten sich normaler als die beiden, von denen ich komme. Ostermann gibt mir ab ersten Januar sage und schreibe sechs blaue Scheine mehr im Monat.«

»Gott segne Sie. Das würde ich aber nicht Ihrer Frau auf die Nase binden.«

»Wir haben ein gemeinsames Konto.«

»Amen. Ich habe immer geahnt, daß bei Ihnen eine Schraube locker ist. Wenn eine Frau über das Konto ihres Mannes verfügen darf, dann muß er sie entweder wahnsinnig lieben oder zur Sparsamkeit erzogen haben. Schwachsinn traue ich Ihnen eigentlich nicht zu.«

»Besten Dank, Frau Deist!«

»Ich habe gestern übrigens im Polizeipräsidium angerufen, ganz offiziell: die Akte über die Wasserleiche im Hafen ist endgültig geschlossen worden. Keine Ermittlungen mehr. Da liegt nun eine Unbekannte auf dem Hauptfriedhof in einem anonymen Grab, und keiner kennt sie, keiner vermißt sie. Wie gefällt Ihnen diese Story? Was ist schon ein Leben!«

Dieser abrupte Wechsel brachte mich aus der Fassung, ich muß ziemlich verstört ausgesehen haben, denn die Deist fragte: »Ist Ihnen nicht gut?«

Sie räumte meinen Platz, so daß ich mich endlich setzen konnte.

Ich hatte diese Klara über dem ganzen anderen Wirbel zwar nicht vergessen, aber ihre Erwähnung zu diesem Zeitpunkt empfand ich als brutal. All das Merkwürdige und Verwirrende dieses Falles schoß mir plötzlich wieder ins Bewußtsein. Das Verhalten von Charlotte Fuchs, und erst recht das ihrer Mutter, und Günters Märchenerzählungen von dem Bild, dessen Kauf durch die Deist er mitbekommen hatte, weil er das Bild selbst kaufen wollte, um es angeblich seiner Schönheitsgalerie einzuverleiben. Zu viele Merkwürdigkeiten und Zufälle, um nicht argwöhnisch zu werden. Und dann der Mann aus Gnesen, der hinter Günter her war.

Mit einemmal mußte ich daran denken, daß seit meinem Auftauchen in der Redaktion keiner meiner Kollegen mich gegrüßt, keiner mir durch die offenen Türen ein freundliches Wort zugerufen hatte. Ich fragte die Deist: »Was ist mit den Kollegen?«

»Die warten erst mal ab, wie der Wind bläst, ob sie Ihnen gratulieren oder Ihnen eine Tracht Prügel verabreichen sollen. Von sich aus würden die weder das eine noch das andere tun, die sind feige, weil sie wissen, daß sie korrupt sind, und weil sie sich untereinander selber nicht trauen.«

Wolters kam herein, einen Packen Bücher auf dem Arm, die er vor der Deist auf den Tisch stapelte.

»Hier, damit es dir über Weihnachten nicht langweilig wird. Alles Neuerscheinungen vom Herbst, werden nicht mehr rezensiert, sind entweder zu schwach oder zu gut, jedenfalls schon Schnee von gestern.«

»Wenn es Liebesromane sind, dann bring sie lieber gleich ins Antiquariat.«

Er nickte mir zu, als hätte er mich jetzt erst bemerkt.

»Na, Herr Koch, Ramstein und die siebzig Toten sind längst vergessen, aber für Nachschub wird täglich gesorgt. Erst ein Absturz in Solingen, dann einer in Schottland. Es tut sich was am Himmel wie auf Erden.«

»Kindchen, schreib das doch mal in unserer Zeitung. Aber nicht so, wie du es eben gesagt hast, sondern mit der Betonung, daß alle Opfer für die Landesverteidigung nötig waren. Und nun zisch ab und nimm deine Stadtbibliothek wieder mit.«

Bevor er schnaubend mein Büro verließ, lud er mich zu einer Tasse Kaffee in die Kantine ein. Ich nickte, ich wußte, er wollte mit mir allein sein, der Kaffee war nur ein Vorwand.

Als er draußen war, sagte die Deist nachdenklich: »Das Bübchen ist nicht dumm, es könnte Karriere machen, wenn es nicht so karrieregeil wäre.«

»Ist das ein Widerspruch?«

»Nein, aber schlimm.«

Als ich in die Kantine kam, hatte die Theke schon geschlossen, nur der Getränkeautomat war noch in Betrieb. Wolters saß mutterseelenallein an einem Ecktisch und starrte finster auf seine Tasse Kaffee, er wurde auch nicht freundlicher, als ich mich zu ihm setzte.

»Welche Laus ist Ihnen denn über die Leber gelaufen?« fragte ich ihn freundlich-flapsig, aber seine Miene wurde noch düsterer, und als er zu antworten begann, spürte ich sofort seine Aggressivität.

Er stotterte los wie einer, der alles schnell von der Seele haben will und nicht gleich die passenden Worte findet: »Sie haben mich reingelegt, ganz hundsgemein in die Pfanne gehauen. Für jede Wochenendausgabe schreibe ich Aufrufe an unsere Leser, damit sie Patenschaften mit Aussiedlern eingehen und ihnen Wohnraum vermieten. Und was tun Sie? Sie fallen mir und allen Kollegen in der Redaktion in den Rücken. Sie stellen in Ihrem großen Haus einem kinderlosen Ehepaar nicht mal zwei Zimmer zur Verfügung. Das finde ich, gelinde gesagt, skandalös. Sie sind ein doppelzüngiger Egoist. Sie haben uns alle geleimt. Sie haben meine Unerfahrenheit mißbraucht. Sie haben mich auf das schändlichste hintergangen, Sie haben mich zum Narren gehalten...«

»Sind Sie endlich fertig?« unterbrach ich ihn. Er hatte kein Recht, so mit mir zu reden, schließlich hatte er geschmeichelt zugestimmt, als ihm die Patenschaftsaufrufe angeboten wurden; ich war nahe dran zu gehen. Aber weil er wegen der Heftigkeit seines Angriffs offensichtlich selbst erschrak und mich verständnisheischend anblinzelte, blieb ich sitzen. Er tat mir auch leid, weil ihm die

Deist den Laufpaß geben wollte und ich wußte, daß sie solche Abschiede mit einer Perfidie inszenierte, die der Selbstgewißheit ihrer Opfer manchen Knacks versetzte.

»Herr Koch, Sie müssen in Ihrer Nachbarschaft einige hinterhältige Feinde haben, wer sonst käme auf die Idee, solche Fotos der Konkurrenz zuzuspielen.«

»Mag schon sein. Aber manchmal dreht sich nach einem Unwetter der Wind schneller, als man denkt: die Feinde, von denen Sie sprechen, sind schon dabei, sich in Freunde zu verwandeln. Sie haben, wie mir scheint, größeren Kummer, ich habe gehört, Frau Deist will Sie in den Regen stellen.«

Er schwieg.

»Und dann haben Sie ja schon wieder ein passables Buch verrissen, das Sie nicht einmal gelesen haben sollen. Junger Freund, wenn man verreißt, sollte man wenigstens wissen, was man verreißt.«

»Dieses Weib tratscht zuviel, Herr Koch. Aber Ihnen als altem Hasen brauche ich doch wohl nicht zu erklären, daß ich niemals loben darf, wenn ich mich als Kritiker profilieren will? Ein Kritiker, der lobt, wird doch nicht ernst genommen.«

»Wo haben Sie denn diese Weisheit aufgeschnappt?«

»Na von Ihnen, ein Satz der ersten Stunde!«

»Nehmen Sie eigentlich alles immer so wörtlich? Als Journalist und erst recht als Kritiker müssen Sie flexibel bleiben, immer das Ohr im Wind, am Trend, am Volk. Sie dürfen die Leser nie als unwissende Trottel hinstellen, Sie müssen ihnen schmeicheln, auch wenn Sie ihnen in den Arsch treten möchten. Welcher Journalist, welcher Kritiker kann sich heutzutage schon eine eigene Meinung leisten? Wenn Sie das nicht begreifen, Herr Wolters, werden Sie nie Karriere machen. Und das wollen Sie doch, oder? Denken Sie daran: Wes Brot ich ess', des Lied ich sing'.«

Ich verabschiedete mich. Wolters übersah meine Hand, verbissen umklammerte er seine leere Kaffeetasse.

Ich ließ meinen Wagen in der Tiefgarage stehen und lief ziellos gelangweilt durch die Straßen.

In der Innenstadt leuchteten überall Christbäume, über die Straßen waren Lichtergirlanden gespannt, und in den Schaufenstern stapelten sich die weihnachtlich dekorierten Waren. Aber der endlose Nieselregen machte aus der Stadt trotz ihrer festlichen Beleuchtung ein schmutziggraues Betongebirge. Mir war nicht weihnachtlich zumute.

Ich hatte noch kein Geschenk für Irene, ich war in Verlegenheit, denn ich wußte nichts Originelles, sie hatte ja alles und noch mehr. Das Haus war bis unters Dach eingerichtet. Und Irene besaß Kleidung und Schmuck im Überfluß, nicht mal mit einem Festbraten konnte ich sie überraschen.

Als ich bei der Buchhandlung Niehorster vorüberkam, wunderte ich mich, daß sie ein ganzes Schaufenster mit Gartenbüchern aufgemacht hatte. Und da Irene eine Gartennärrin war, ging ich hinein und kaufte nach einigem Stöbern ein teures Bilderbuch, das für jeden Monat genau beschrieb, was im Garten zu tun war. Ich ließ es an der Kasse hübsch verpacken und war sicher, das Richtige gefunden zu haben. Irene besaß zwar schon eine Menge Gartenbücher, wie andere Frauen, die dann doch immer dasselbe auf den Tisch bringen, Kochbücher, aber schaden konnte es nicht. Irene würde das Buch eifrig studieren, den Garten im Frühjahr dann aber doch wieder so bestellen, wie sie es immer tat.

Vom Kauf überflüssiger Dinge lebten ganze Industrien, und die Politiker priesen die Freiheit der Konsumenten als die wichtigste Errungenschaft unserer freiheitlichen Demokratie – weshalb wohl kamen so viele Aussiedler in unser freies und wohlhabendes Land? –, und so wie seiner Freiheit huldigen sie seiner Wirtschaft und dem Bruttosozialprodukt, da griff alles wie geschmiert ineinander. Das weihnachtliche Konsumentenengagement war wichtig für die Arbeitsplätze, am besten wäre jeder Samstag ein Heiliger Abend.

Die alte Hauptpost, ein solider Sandsteinbau aus der Gründerzeit, sollte abgerissen werden, nachdem ein neues funktionales Postgebäude am Nordausgang des Hauptbahnhofs errichtet worden war, aber clevere Geschäftsleute hatten sich zusammengetan, um die alte Post zu erhalten, sie innen großzügig zu renovieren und einen Feinkostmarkt dort aufzumachen, so bewahrte man ein Baudenkmal vor dem Abriß und gewann feine neue Kunden.

Ein Feinkostmarkt in einer Stadt, deren Bewohner zu siebzehn Prozent arbeitslos waren, das war eine schöne Attraktion! Derweil kämpften schon Billigläden ums Überleben. Aber vielleicht rechneten diese Spekulanten mit den betuchten Käufern aus Düsseldorf, Konkurrenz belebt bekanntlich die Geschäfte.

Ich war in Gedanken vor einem Schuhgeschäft stehengeblieben, das schon die Mode fürs kommende Frühjahr präsentierte, als mir jemand von hinten auf die Schulter klopfte.

»Na, Herr Kollege, so kurz vor Toresschluß noch Geschenke gekauft?«

Hartmut Klein, ein Lokalredakteur vom »Westfälischen Landboten«, streckte mir die Hand entgegen.

»So kann man sagen, Herr Klein, ich habe meiner Frau ein Buch gekauft.«

»Damit kann man nichts falsch machen. Gut, daß wir uns zufällig treffen. Ich wollte im nächsten Jahr sowieso mal Kontakt mit Ihnen aufnehmen. Trinken wir einen Kaffee im Museumscafé?«

Hartmut Klein gab seinem Namen die Ehre, er war gerade einssechzig groß, beim »Westfälischen Landboten« nannten sie ihn Molotow, er sah dem früheren sowjetischen Außenminister nicht nur frappierend ähnlich, sondern hatte wie der stets auch einen dieser längst aus der Mode gekommenen Zwicker auf der Nase.

Er war in meinem Alter, wir hatten wenig miteinander zu tun, auch wenn wir uns seit Jahren kannten, eben wie Zeitungsleute in derselben Stadt, die sich auf Empfängen oder bei offiziellen Anlässen zwangsläufig treffen. Zeitung verbindet, jeder kennt jeden, und jeder lästert über jeden hinter dem Rücken des anderen, das gehört zum Job und geschieht meist ohne allzu böse Absicht.

Das Museumscafé war voller Menschen, die sich müde von der Hatz auf letzte Weihnachtsgeschenke ausruhten, an ihren Tischen lehnten Pakete und prallgefüllte Plastiktaschen, deren Insignien Aufschluß gaben über die Qualität ihres Inhalts und zugleich eine Werbung betrieben, die von den Käufern kostenlos und nicht ohne Stolz übernommen wurde. Vor allem die Tüten vom Feinkostgeschäft »Köhler« zeichneten ihre Eigentümer als Besitzer eines besseren Geschmacks aus.

Wir setzten uns an einen Tisch, der gerade frei wurde, und nachdem wir zwei Tassen Kaffee bestellt hatten, fragte mich Molotow: »Herr Kollege, Sie wissen, wer bei uns den Artikel über Sie geschrieben hat?«

»Er war mit Ypsilon gezeichnet.«

»Sie wissen also nicht, wer sich dahinter verbirgt? Und von wem die Bilder stammen? Waren ja nicht gerade Fotos von der feinen Art.«

»Ich habe zwar einen Verdacht, Herr Klein, aber dazu möchte ich nichts sagen.«

Molotow setzte den Zwicker auf, um die Kuchenkarte zu studieren. Mir dämmerte, daß meine Vermutung richtig war, meine Hände zitterten, als ich der Kellnerin die Tasse abnahm.

Molotow bestellte ein Stück Mohntorte. Er nahm den Zwicker von der Nase, steckte ihn in ein abgewetztes Lederfutteral und sagte geschäftsmäßig: »Wir bekamen keine Fotos, sondern einen ganzen Film, den wir erst entwickeln mußten, und da waren auch noch ein paar andere Aufnahmen von Ihnen drauf, zum Beispiel, wie Sie auf der Terrasse sitzen, wie Sie Ihr Auto waschen. Ich nehme an, der Überbringer des Films hat da etwas übersehen.«

»Überbringer? Es war keine Frau?«

»Ganz recht. Trinken Sie einen Cognac mit mir.«

Während er bestellte, dachte ich an Berg, Lippert. Oder Günter?

»Herr Koch, Sie sollten nicht vorschnell urteilen, sondern darüber nachdenken, welche Gründe jemand haben könnte, der zu so etwas fähig ist. Und immerhin hat dieser Artikel, der Ihnen übel mitspielen sollte, Ihnen viel Sympathie eingetragen. Der Artikel ging natürlich nicht gegen

Sie persönlich, sondern gegen Ihre Zeitung. Sie wurden geschlagen, um Ostermann zu treffen. Tja, wie wir Journalisten doch irren können.«

»Wer war es?«

Er kaute genüßlich an seinem Kuchen und blickte so konzentriert auf seinen Teller, als zähle er jedes Mohnkügelchen.

»So läuft das eben manchmal, Herr Koch, und manchmal läuft es an uns vorbei. Meine Tochter ist zweimal geschieden, weil keine Kinder kamen. Vor einem Jahr fährt sie mit einer Reisegruppe nach Paris und kommt mit einem dicken Bauch zurück. War ihr völlig egal, von wem, aber sie wollte endlich ein Kind. Vielleicht wollte der Mann mit dem Film etwas ganz anderes erreichen, was mit der Polengeschichte gar nichts zu tun hat. Jedenfalls haben sich da einige Leute gründlich verrechnet. Der Schuß ist danebengegangen, wir haben viele Leserbriefe bekommen, die das zeigen. Die Welt ist ein Irrenhaus.«

»So spielt das Leben, Herr Klein.«

»Ganz recht, so spielt das Leben. Ich muß los, noch zwei Artikel redigieren, es gibt Mitarbeiter, die können nicht mal Deutsch. Aber das wissen Sie ja selbst. Bleiben Sie sitzen, ich zahle schon. Schöne Feiertage, und falls wir uns vorher nicht mehr sehen, auch ein gutes neues Jahr.«

»Wer war der Mann?«

»Ach der! Ein Adonis. Von so einem hätte meine Tochter sicher gern ein Kind gehabt.«

Also doch Günter. Aber woher hatte er den Film?

Molotow kam noch einmal zurück und setzte sich wieder, er bestellte noch einen Cognac und druckste herum, als wollte er mir noch etwas sagen und wüßte nicht, wie.

»Ehe Sie es von anderen erfahren, Herr Koch: ich höre zum Jahresende auf. Ich gehe vorzeitig in Rente, mein Asthma, wissen Sie! Aber das ist nicht der eigentliche Grund. Ich habe meinen Beruf so satt.« Dabei fuhr er sich mit seiner rechten Hand quer über den Mund.

»Der Journalismus ist eine Hure geworden, nichts als Anpassung, Heuchelei und Opportunismus. Keine Moral mehr, nur noch Sensationen auf Kosten anderer, die sich nicht wehren können. Und wofür? Für eine Masse, deren geistige Armut und Phantasielosigkeit zum Himmel schreit. Aber ich gehöre dazu, noch. Wissen Sie, was ich machen werde? Hühner züchten. Meine Frau hat eine Wiese geerbt, die zäune ich ein und züchte Hühner, und die legen Eier. Ein Ei zum Frühstück ist etwas Köstliches. Eier fangen erst an zu stinken, wenn sie zu lange im Nest bleiben, wie ein Journalist, der zu lange nur im Büro sitzt. Und die Politik? Kann man vergessen. Da schreien sie und geifern von links bis rechts, daß sich im Osten was ändern muß, aber wer hierzulande Veränderungen fordert, wird in die linke Ecke geschoben und als Gefahr für die freiheitlich demokratische Grundordnung diffamiert. Da züchte ich doch lieber Hühner, am besten noch Ziegen, die stinken auch, aber die stinken wenigstens echt.«

Er hatte sich heiß geredet, mit einem rotkarierten Taschentuch tupfte er sich den Schweiß von der Stirn: »Sie leben draußen in Wickede, da kriegen Sie nicht so mit, wie sich unsere Stadt verändert. Wenn Sie, wie ich oft, nachts durch die Innenstadt müßten, könnten Sie sehen, daß da ein neues Proletariat heranwächst, kein hungerndes, nein, ein im Wohlstand satt gewordenes. Hier verhungert keiner mehr, auch wenn es längst wieder eine neue Armut gibt, aber da kommt ein Wohlstandsproletariat hoch, das die meisten noch nicht erkennen, das kommt aus den Familien, die nicht mehr funktionieren. Ich brauche nur die Halbwüchsigen anzusehen, die hier nachts durch die Straßen ziehen und sich für 'n Päckchen Stoff in Puffs und Pornoschuppen verkaufen; und dann die Luden aus allen Ländern, Libanesen und Syrer, Italiener und Spanier, Araber und Deutsche, die mit diesen armen Kindern ihre miesen Geschäfte machen. Es ist zum Kotzen, Herr Koch. Ach, entschuldigen Sie, ich habe so viel geredet, und Sie haben ganz andere Sorgen.«

Er stand grußlos auf, zahlte an der Kasse und verschwand, ohne sich noch einmal umzusehen.

Er war so alt wie ich, aber kam mir vor wie ein Greis.

Langsam trank ich den Cognac aus. Ich ahnte, wer Günter den Film gegeben hatte. Behutsam öffnete ich die Verpackung des Buches, das ich für Irene gekauft hatte, und schrieb mit meinem Kuli auf das Vorsatzblatt: ›Meiner Frau Irene, die ihrem Sohn einen Film gab, um mich zu vernichten. Weihnachten 1988. Thomas.‹ Als ich versuchte, das Buch vorsichtig wieder einzupacken, war ich so ungeschickt und so ungeduldig dabei, daß die Bedienung, die gerade vorüberkam, ihr Tablett auf meinem Tisch abstellte und mir das Buch resolut aus den Händen nahm.

»Geben Sie her, Männer haben für so was zwei linke Hände.«

Geschickt machte sie das Päckchen zurecht, und als ich mich bedankte, lachte sie glucksend.

»Mein Mann verpackt seine Geschenke erst gar nicht, er legt das Geschenkpapier daneben, er meint, das wäre praktischer.«

Ich holte meinen Wagen aus der Tiefgarage. Spontan entschloß ich mich, zum Hafen zu fahren.

Trotz des Regens spazierte ich an den Hafenbecken entlang, wo die Frachtkähne vertäut liegen; auf einigen Schiffdecks standen Christbäume, deren elektrische Kerzen brannten, auch am Pier bei der Hafeneinfahrt hatte man einen hohen Weihnachtsbaum aufgestellt, an dem unzählige bunte Lichter im Wind schaukelten.

Vor Jahren wollte ich einmal auf einem dieser Frachtkähne mitfahren, nach Rotterdam, Berlin, Basel, wohin die Kanäle und Flüsse eben führen. Ich wollte mal aus dem Zeitungstrott raus, auch zu Hause fiel mir die Decke auf den Kopf, und eine mehrteilige Serie über das Leben der Schiffer war ein guter Vorwand, ein paar Wochen von allem abzuschalten; Neuhoff wollte die Serie zwar drucken, aber nicht für meine Spesen aufkommen. Also fiel der schöne Plan ins Wasser, und ich blieb an Land.

Während ich so alten Zeiten nachhing, kam ich an die Ecke, an der Charlottes vier Musketiere herumgelungert hatten, man konnte von dort den Supermarkt sehen, in dem Charlotte arbeitete.

Ich kletterte über ein paar verrostete Eisenträger in den Verschlag, in dem die vier gesessen hatten, er war leer, bei diesem Wetter waren die Jungens hoffentlich besser untergekommen. An den Bretterwänden hingen halbzerfetzte Bilder von nackten Mädchen, Fotos aus Sexmagazinen, leere Bierdosen lagen herum, aufgeweichte Pappe und Plastiktüten. Mich ekelte, und ich verließ den stinkenden Ort, der Menschen als Unterschlupf diente. Als ich mich umdrehte, erschrak ich. Etwa zehn Meter weiter stand der Mann aus Gnesen. Er trug nun nicht mehr den grünen

Regenumhang, sondern einen eleganten Kamelhaarmantel und auf dem Kopf einen braunen Filzhut mit blauem Band. Eine geradezu vornehme Erscheinung.

Er lüpfte grüßend den Hut und kam auf mich zu. Als er vor mir stehenblieb, lächelte er. Sein Lächeln mißfiel mir.

»Den Täter zieht es an den Ort seiner Tat zurück, so sagt man doch.« Er sprach leise. Ich mochte sein überkorrektes Deutsch. »Aber Sie sind ja nicht der Täter, Sie haben nur vor langer Zeit einen Verdacht geschöpft und eine Spur aufgenommen und die dann wieder aufgegeben, weil Sie Angst hatten, am Ende der Spur zu finden, was Sie nicht finden wollten. Habe ich recht? Wovor haben Sie Angst, Herr Koch?«

Der Wind peitschte die Nässe auf meine Haut, ein auslaufendes Schiff gab sein hohles Signal, aber der Himmel stürzte nicht ein. Im Gegenteil, mir war, als würde der Nebel sich heben und die Sonne die tiefhängenden Wolken zerreißen.

»Kommen Sie, Herr Koch, gehen wir ein wenig und sehen uns um, auch wenn Sie schon müde sind, Sie treiben sich ja schon über eine Stunde hier herum. Kommen Sie, ich will Ihnen etwas zeigen, was Sie längst hätten finden müssen, wenn Sie Ihrer Spur weiter gefolgt wären. Aber Sie haben die Fährte verlassen, aus Angst, etwas zu entdecken, was Sie nicht entdecken wollten.«

Fröstelnd trottete ich hinter ihm her. Vor der Anlegestelle des Ausflugsdampfers blieb er stehen und zeigte auf das schmutzige, vom Öl verschlierte Wasser.

»An dieser Stelle hat man die junge Frau gefunden, die bis heute nicht identifiziert worden ist, weil wir beide geschwiegen haben, nur wir beide hätten alles aufklären können. Sehen Sie, eine Blume, die ins Wasser geworfen wird, saugt sich voll und versinkt. Auch wenn sie auf dem Wasser schwimmen würde, wäre sie für jedermann nur Abfall. Eine Blume kann aber auch eine Bedeutung haben, und eine frische Blume, die ins Wasser geworfen wird, hat eine Bedeutung.«

Es regnete nicht mehr, aber da die Sonne sich wieder hinter die Wolken zurückgezogen hatte, war es noch kälter geworden; was der Mann aus Gnesen erzählte, verstand ich nicht, und doch machte es mir angst.

»Jeden Morgen, außer am Sonntag, kommt eine Frau hierher und wirft eine frische Blume ins Wasser, genau hier, wo wir jetzt stehen. Sie kommt langsam, wie ein Spaziergänger, und sie schaut sich um, als ob sie Zuschauer fürchte; und wenn sie die Blume ins Wasser geworfen hat, läuft sie fort, als würde sie verfolgt. Seltsam, nicht wahr? Wie jemand, der jeden Morgen zur gleichen Zeit auf den Friedhof geht und eine Blume auf das Grab eines Verstorbenen legt. Ein ungewöhnlicher Vorgang. Oder was denken Sie?«

Sein dozierender Ton ging mir auf die Nerven. Aber meine Ahnungen bekamen Namen.

»Sie werden jetzt sicher fragen, warum ich Ihren Sohn beobachtet habe und mich hier herumtreibe. Es gibt Ziele, die nur auf Umwegen zu erreichen sind. Die Katze führt uns zur Maus, der Geier zum Aas, das Eichhörnchen zur Nuß und der Mensch zu bestimmten Menschen und Orten. Das ist eine Erfahrung, fast ein Gesetz. Die Frau, die hier jeden Morgen eine frische Blume ins Wasser wirft, brachte mich auf die Lösung, sie arbeitet da drüben im Supermarkt und heißt Fuchs. Ihr Sohn, Herr Koch, lebt mit ihr zusammen und geht im Haus ihrer Mutter, der alten Frau Fuchs, aus und ein. Es war für mich als Fremden nicht einfach, all diese Fäden zu finden und ihre Knoten zu lösen, deshalb habe ich damit bei Ihnen auf eine, zugegeben, nicht alltägliche Weise angefangen.«

»Als ich Sie zum erstenmal sah, in meinem Garten, ahnte ich nicht einmal was von einer ertrunkenen Frau. Sie hätten sich Ihren mysteriösen Einstieg sparen können.«

»Und was wissen Sie heute?«

»Nichts.«

»Und warum schleichen Sie bei diesem Hundewetter hier herum?«

»Das geht Sie nichts an, ich kann tun und lassen, was ich will.«

»Das geht mich wohl etwas an, denn Sie sind der Stiefvater des jungen Mannes, der mit Charlotte Fuchs zusammenlebt. Ich bin sicher, daß Charlotte Fuchs Klara getötet hat, aber sie konnte die Tote nicht allein beseitigen. Und wer hat ihr dabei wohl geholfen?«

»Sie sind verrückt. Sie phantasieren. Alles Vermutungen. Haben Sie Beweise? Warum erzählen Sie das dann nicht alles der Polizei?«

»Soll ich das wirklich, Herr Koch?«

Ich blieb stumm.

»Sehen Sie! Sie zittern ja – kommen Sie, laufen wir uns warm.«

Er zog mich fort, und dann saß ich an diesem Tag zum zweitenmal in einem Café, ich hatte nicht die Kraft, mich seinem Drängen zu verweigern, außerdem war ich neugierig. Seine Behauptung, Charlotte hätte Klara getötet, traf sich mit meinen eigenen dumpfen Ahnungen.

Noch während ich meine durchnäßte Jacke auszog, fragte ich: »Warum opfern Sie Ihre Zeit einer Toten?«

»Sie ist... war meine Stieftochter. Ich habe sie geliebt wie eine leibliche Tochter.«

Ich bestellte Kaffee, Kuchen und einen Cognac, Wenczinsky nahm nur Kaffee und eine kleine Flasche Mineralwasser.

»Es gibt viele Familiengeschichten, an denen nicht nur die Menschen, sondern auch die Geschichte mitschreibt, besonders in Polen. Diese Familiengeschichten können sich mit den Jahren normalisieren, ihre Normalität kann aber bei bestimmten politischen Entwicklungen auch wieder zerbrechen. Aber verzeihen Sie, ich komme ins Philosophieren.«

Er trank einen Schluck Kaffee und blickte, als suche er etwas, in eine Ecke des Raums, in der nichts zu sehen war. Dann legte er plötzlich seine rechte Hand auf meinen linken Arm und sagte: »Ich will versuchen, Ihnen Klaras Geschichte zu erzählen. Sie fängt eigentlich schon 1943 an. Damals lebte Alma Österholz, die spätere Frau Fuchs, mit ihrer Mutter in Oppeln in Oberschlesien, ihr Vater war in Stalingrad gefallen, ihre beiden älteren Brüder kämpften für Hitler in Rußland und haben den Krieg nicht überlebt, außerdem waren da noch zwei kleinere Schwestern, die aber auch nicht mehr leben. Alma war zwanzig, als sie sich mit einem Polen einließ, Tabor, einem Zwangsarbeiter, wie es damals hieß. Ein Jahr später bekam sie von Tabor ein Kind, Marie, das die Österholz verstecken mußten. Sie wissen, was damals mit Tabor und Alma passiert wäre, wenn die Nazis ihr Verhältnis entdeckt hätten!

Als die Russen kamen, mußten die Österholz fliehen.

Tabor hielt seine Tochter mit Gewalt zurück, er versteckte sie bei Freunden. Zwei Jahre später heiratete Tabor eine Polin mit deutschem Namen, Olga Nier, und machte Marie mit gefälschten Papieren zu seiner rechtmäßigen polnischen Tochter – das war damals üblich, auf beiden Seiten, bei Polen und Deutschen, jeder hatte irgend etwas zu verbergen. Und die Polen konnten endlich triumphieren, verständlich nach dem, was die Deutschen ihnen angetan hatten.

Tabors Ehe blieb kinderlos, aber da war ja Marie. Als Marie zweiundzwanzig war, ging sie nach Gnesen und heiratete einen Tischler namens Bodczyk. Ein Jahr später wurde Klara geboren. Als Klara vierzehn war, starb ihr Vater an einer Fischvergiftung, damals starben Hunderte an vergifteten Fischkonserven, der Skandal ging durch alle Zeitungen – im Westen natürlich. 1982 habe ich Olga Bodczyk geheiratet, ich habe sie über Klara kennengelernt, Klara war meine Schülerin, sie sprach für ihr Alter sehr gut Deutsch, sie war meine Lieblingsschülerin.

Von irgend jemandem muß Klara erfahren haben, daß sie eine deutsche Großmutter hat, seitdem war sie sehr verändert. Damals wurden ja die Ausreisebestimmungen für deutschstämmige Polen bei uns liberalisiert. Kurz und gut, Klara bemühte sich hinter unserem Rücken um eine Ausreisegenehmigung. Ich weiß bis heute nicht, wer Klara von ihrer deutschen Großmutter erzählt hat. Aber damals hörte ich zum erstenmal auch den Namen Fuchs, woher, weiß ich nicht mehr.

Ich habe Klara sehr geliebt, vielleicht habe ich deshalb sogar ihre Mutter geheiratet, es war meine erste Ehe, ich war immer mit meiner Wissenschaft und mit der Schule verheiratet, wie man so sagt. Aber Klara war etwas Besonderes, neugierig, bildungshungrig, sprach fließend Deutsch und Russisch, las deutsche und russische Autoren. Sie war einfach wunderbar für einen Lehrer wie mich.«

Seine Augen glänzten, als fieberte er, seine Hände machten begeisterte Gesten, er ging ganz in seiner Erinnerung auf.

»Aber Klara war auch dickköpfig, ja starrsinnig. Sie setzte durch, wozu sie sich einmal entschlossen hatte. Und so reiste sie eines Tages ab, ohne Lebewohl zu sagen. Sie war inzwischen volljährig und hatte ein Visum bekommen. Mir hatte sie einen Zettel hinterlassen, auf dem stand nur: ›Ich habe Dich satt. Ich bin schon fort.‹ Auf deutsch, wohl weil meine Frau kein Deutsch verstand.

Ich hatte damals bereits einen Studienaufenthalt in Deutschland beantragt, und der wurde bald danach genehmigt, ich konnte jederzeit nach Deutschland gehen, für ein paar Monate, mit kümmerlichen Devisen; aber das Hüser-Institut hatte mir seine Hilfe zugesagt. Als ich abreisen wollte, bekam meine Frau einen Nervenzusammenbruch, aber sie hat sich bald wieder erholt. Die Flucht Klaras hatte sie tief getroffen. Als sie mich zum Bahnhof brachte, sagte sie mir: »Wenn du sie findest, bring sie um, sie hat es verdient, weil sie mich jahrelang betrogen hat.«

»Warum hatte Klara Sie satt? Und warum fühlte sich Ihre Frau betrogen?« Meine Fragen kamen sehr schnell, ich hatte den Eindruck, sie erschreckten ihn. Schon während er so hingerissen von Klara erzählte, war mir ein Gedanke durch den Kopf gegangen, der sich immer mehr zum Verdacht erhärtete, und nach einer Minute quälenden Schweigens sprach ich ihn aus: »Klara war Ihre Geliebte.«

Er schwieg, konnte aber seine Erregung kaum verbergen.

»Eine verrückte Geschichte, Herr Wetschinski.«

»Wenczinsky. Nein, Herr Koch, eine Geschichte, wie sie überall vorkommt. Das einzige, was daran nicht normal ist, sind der Krieg und die Vertreibung, sind die Verhältnisse, unter denen wir in Polen gelebt haben und noch leben, sind die Grenzen, die unüberwindlich sind und deshalb die Sehnsucht so groß werden lassen, aus ihnen herauszukommen. Und normal sind auch nicht der Haß und der Chauvinismus. Aber das sind nicht nur polnische Probleme, sondern auch deutsche.«

Wieder starrte er in die Ecke, in der es nichts zu sehen gab, schon gar nichts, was seine Probleme lösen konnte. Plötzlich kramte er eine Handvoll Münzen aus seiner Jakkentasche und warf sie achtlos auf den Tisch, er stand auf und sah zu mir herunter: »Klara war ein Biest, aber sie war genial. Wegen ihrer Genialität habe ich sie geliebt. Ich wollte sie zurückholen. Ich habe sie erst vergeblich hier gesucht. Als ich die Familie Österholz, oder Fuchs, wie Sie wollen, fand, muß sie schon tot gewesen sein. Die Fuchsens sind wie Fische, die durch die Finger glubschen, sie haben mir gesagt, Klara hätte ein paar Wochen bei ihnen gewohnt und sei dann verschwunden, sie wüßten nicht wohin. Ich habe ihr Haus beobachtet, und dabei habe ich einen jungen Mann in einem gelben Auto gesehen, einen schönen kräftigen Mann; dem bin ich einmal im Taxi nachgefahren, und er hielt vor Ihrem Haus, draußen vor der Stadt. So kam ich zu Ihrer Adresse, und ein paar Tage später in Ihren Garten. Ich habe mir da so einiges zusammengereimt: Charlotte hat Klara umgebracht, weil dieser junge Mann etwas mit Klara hatte.«

Er ging, drehte sich aber noch einmal um und sagte: »Finden Sie die Wahrheit heraus. Wenn ich sie weiß, setze ich mich in den Zug nach Polen.«

Dann verließ er das Café.

Irene hatte wie alle Jahre den Weihnachtsbaum liebevoll geschmückt, mit bunten Kugeln, weißen gläsernen Eiszapfen und zerbrechlichen Glasvögelchen auf den Zweigen, und über allem glitzerte Goldlametta. Auf dem grünen Kreppapier unter dem Baum, das den Teppich vor dem leicht tropfenden Bienenwachs schützen sollte, lagen drei Päckchen in Weihnachtspapier, zwei also für mich.

Von Lillis Gans, die Irene wie immer mit Äpfeln, Mandeln und Rosinen gefüllt und knusprig gebraten hatte, war nur die Hälfte übriggeblieben. Wir räumten das schmutzige Geschirr in die Spülmaschine, und während Irene noch ein bißchen Ordnung machte, zündete ich die fünfzehn Kerzen am Baum an und legte eine Platte mit Weihnachtsliedern auf. Ich holte eine Flasche Sekt aus dem Kühlschrank und füllte zwei Gläser. Als Irene hereinkam, nahm sie die beiden Päckchen und legte sie mit einer feierlichen Gebärde, vielleicht auch ein wenig verlegen, vor mich auf den Tisch. Ich öffnete zuerst das kleinere, darin war, wie ich schon vermutete, eine hellblaue seidene Krawatte. Das andere wog ich in der Hand und riet dann – es war jedes Jahr dasselbe Spiel: »Bücher«. Tatsächlich enthielt es eine zweibändige Geschichte der dreimaligen Teilung Polens, veröffentlicht in einem DDR-Verlag von einem polnischen Historiker mit einem unaussprechlichen Namen. Das war eine echte Überraschung, ich war gerührt und vertiefte mich sofort in die beiden Bände. Während ich die zeitgenössischen Stiche betrachtete, merkte ich nicht, daß Irene auch schon in ihrem Buch blätterte. Als ich aufsah, weinte sie.

»Du bist gemein.«

»Gemeinheit gegen Gemeinheit.« Ich sagte das obenhin, obwohl ich insgeheim bereute, was ich in Irenes Gartenbuch geschrieben hatte. Und doch berührten mich ihre Tränen nicht. Irene stand auf und warf mir das Gartenbuch in den Schoß.

»Ich habe die Bilder geknipst, aber Günter hat den Film aus der Kamera genommen, ich wollte es verhindern, aber er war schneller. Ich wußte nicht, was er damit vorhatte. Erst als ich die Fotos im ›Westfälischen Landboten‹ sah, ahnte ich, daß es die Bilder aus meinem Film waren.«

»Dein Sohn. Ich wußte doch, daß er mich abgöttisch liebt, er hat mir zu einer Popularität ohnegleichen verholfen. Ich kann mich vor Verehrerpost kaum retten. Ich weiß gar nicht, wie ich ihm dafür danken kann.«

Mein Zynismus traf sie.

»Aber du hast den Falschen fotografiert. Ich hätte die Kowalskys ins Haus gelassen, du hast sie fortgeschickt.«

In diesem Augenblick läutete es an der Tür. Wir sahen uns fragend an, wer konnte das sein, am Heiligen Abend?

»Vielleicht Lilli, mit dem Silvesterbraten«, spöttelte ich, aber als ich die Haustür öffnete, verschlug es mir dann doch die Sprache: vor mir stand Charlotte Fuchs.

»Noch eine Weihnachtsbescherung«, sagte ich verblüfft und machte eine einladende Handbewegung.

Charlotte lief aufgeregt an mir vorbei und steuerte auf das Wohnzimmer zu, als wäre sie hier zu Hause. Ich folgte ihr und war neugierig, was Irene zu Charlottes unerwartetem Erscheinen sagen würde. Die Situation war mir nicht unlieb, denn sie unterbrach unseren unerquicklichen Streit.

»Wo ist Günter?« fragte Charlotte.

Irene reagierte verwirrt, sie sah Charlotte groß an, gab ihr aber die Hand.

»Ich bin Charlotte Fuchs. Entschuldigen Sie bitte mein Eindringen zu dieser Stunde. Es ist mir peinlich, ich habe lange mit mir gekämpft, ob ich hierherfahren soll. Ist Günter hier? Nein? Wo ist er denn? Wir sind für heute abend bei meiner Mutter verabredet, aber er ist nicht gekommen, er ist auch nicht in unserer Wohnung. Wo ist er?«

Charlotte hatte die Antworten auf ihre Fragen gar nicht abgewartet, sie sah abwechselnd Irene und mich mit suchenden Augen an, unsere ratlosen Gesichter gaben ihr diese Antworten, sie begriff, daß sie vergeblich gekommen war.

Sie fiel kraftlos in eine Ecke der Couch und begann hemmungslos zu schluchzen; sie schluckte und redete unverständlich vor sich hin.

Irene sah mich verstört an, ich zuckte nur mit den Achseln. Ich wollte Charlotte trösten, fand jedoch keine Worte. Endlich beruhigte sie sich.

»Ich wußte keinen Ausweg mehr. Ich dachte, Günter sei hier. Wir haben uns in letzter Zeit häufiger gezankt als früher, und er ist auch oft über Nacht weggeblieben. Er hat alles vernachlässigt. Er hat nicht mehr gekocht, nicht mehr die Wäsche gewaschen und nicht mehr geputzt. Sonst konnte ich mich blind auf ihn verlassen. Entschuldigen Sie bitte, daß ich zu dieser Stunde hier hereingeplatzt bin.«

Charlotte wollte aufstehen und gehen, aber Irene, die früher als ich ihre Fassung wiedergefunden hatte, drückte sie sanft auf die Couch und setzte sich zu ihr, sie nahm ihre Hände und streichelte sie. Irene wirkte mütterlich, obwohl sie nur fünf Jahre älter war als Charlotte.

»Sie stören keinesfalls, Frau Fuchs, im Gegenteil. Wir haben Günter allerdings seit Tagen auch nicht mehr gesehen. Zuletzt hat er angerufen, um das Essen abzusagen, zu dem er sich mit Ihnen für morgen bei uns eingeladen hatte. Aber es ist schön, daß ich Sie nun auch mal kennenlerne, wenn auch nicht gerade unter erfreulichen Umständen.«

»Wissen Sie wirklich nicht, wo er sein könnte? Er kann sich doch nicht in Luft aufgelöst haben. Wenn er wenigstens eine Nachricht hinterlassen hätte.«

»Wir wissen es wirklich nicht«, seufzte Irene, aber ich ahnte, ja ich wußte, wo er war. Ich mußte es Charlotte sagen, aber nicht in Irenes Anwesenheit, ich müßte Charlotte irgendwie von hier wegbringen. Sie war wirklich verzweifelt. Vielleicht, wenn ich ihr sagte, wo ich Günter vermutete, würde sie mit mir über Klara reden. Sie schien in einer Stimmung zu sein, in der ich mehr aus ihr herausbekommen konnte als bisher.

»Einen wunderschönen Baum haben Sie da, Frau Koch, ein kleines Kunstwerk.« Charlotte lächelte gequält, aber sie lächelte wenigstens.

»Meine Mutter schmückt schon seit Jahren keinen Weihnachtsbaum mehr, ich auch nicht, weil wir Weihnachten immer bei meiner Mutter sind. Günter mag Weihnachtsbäume auch nicht, er sagt, das wäre kindischer Schnickschnack.«

Irene reichte ihr eine Schale mit selbstgebackenen Plätzchen, aber Charlotte wandte sich ab, als ekele sie sich davor.

Plötzlich sprang sie auf und packte mit beiden Händen meinen rechten Oberarm. »Es ist viel verlangt an einem solchen Abend, ich weiß, aber würden Sie mich bitte begleiten? Ich fürchte mich vor unserer leeren Wohnung, und in Mutters Wohnung fürchte ich mich vor meiner Mutter. Frau Koch, bitte lassen Sie Ihren Mann mit mir fahren. Ich bitte Sie inständig. Ich werde es Ihnen hoffentlich einmal vergelten können.«

Ohne Irenes Antwort abzuwarten, schob sie mich vor sich her, und nur zu willig ließ ich mich von ihr drängen.

Ich setzte mich mit dem Gefühl eines Menschen zu ihr in den Wagen, von dem alle Sorgen genommen sind und der einer schöneren Zukunft entgegenfährt. Aber mir war auch bewußt, daß dieser nächtliche Ausflug keine reine Freude sein, daß er vielleicht sogar neuen Ärger bringen würde. Immerhin erhoffte ich mir ein bißchen mehr Klarheit über das, was Wenczinsky mir angedeutet hatte.

Charlotte fuhr trotz ihrer Erregung sicher und konzentriert; ab und zu schluchzte sie noch trocken. Ich verkniff es mir, ihr während der Fahrt vom einen zum anderen Ende der Stadt Fragen zu stellen, wir sprachen kein Wort. Die Stadt lag wie ausgestorben.

Nahe der Bochumer Stadtgrenze hielt sie kurz an und sagte mit einem Blick auf die Fensterfront eines Hochhausblocks: »Er ist nicht da. Meine Fenster sind dunkel. Wenn er mich verläßt, bringe ich mich um. Steigen Sie aus.«

Wir fuhren im Lift zum sechsten Stockwerk, und als sie die Tür aufschloß, weinte sie still vor sich hin. Sie knipste das Licht an und lief durch die Wohnung, verzweifelt schrie sie: »Er ist nicht da! Er ist nicht da!«

Sie sah wieder so alt und verfallen aus wie damals im Café, als ich sie mit meinen Fragen erschreckt hatte.

Die Wohnung war peinlich sauber und aufgeräumt, sie

erinnerte mich an eine Schaufensterauslage, alles war akkurat ausgerichtet, ordentlich, aber nicht wohnlich. Es war kalt. Und völlig verrückt. Das Wohnzimmer erstickte unter Stofftieren unterschiedlichster Größen und Farben, gut und gerne vier Dutzend, sie saßen, standen, lagen auf Sesseln, Stühlen und auf der breiten Couch, und wo auf Schränken und Regalen noch ein bißchen Platz zwischen den Stofftieren war, standen Nippes. An den Wänden hingen billige kitschige Ölbilder.

Ich war schockiert. Das paßte nicht zu dieser Frau, der ich einen sicheren Geschmack zugetraut hatte.

Charlotte suchte immer noch in ihrer Stofftierhandlung herum, dann warf sie sich auf die Couch und schlug mit beiden Fäusten auf Kissen und Stofftiere ein. »Er ist nicht da! Er ist nicht da! Er hat etwas Jüngeres gefunden! Ich habe gewußt, daß es einmal so kommen würde.«

Sie sprang hoch, rannte in den Flur und riß die Türen eines Wandschranks auf: »Alles noch da, seine Anzüge, seine Wäsche.«

Sie lief ins Wohnzimmer zurück und blieb verwundert vor mir stehen, als nähme sie mich jetzt erst wahr. Sie lächelte hilflos.

»Entschuldigen Sie, daß ich Sie hierhergeschleppt habe. Ich hatte den Kopf verloren. Mein Gott, was muß Ihre Frau denken, sie muß mich für hysterisch halten.«

»Oder für einen Engel, der sie erlöst hat.«

Sie verstand den Sinn meiner Antwort nicht, dachte auch nicht darüber nach, sondern starrte gierig aufs Telefon, sie zählte ihre Finger, und als sie bis zehn gezählt hatte, ballte sie ihre Hände zu Fäusten. So verharrte sie stumm.

Plötzlich wurde sie wieder lebendig. Sie hastete durchs Wohnzimmer und kniffte mit der Kante ihrer rechten Hand Kissen ein, die schon adrett geknifft waren, sie zupfte an Deckchen und Stofftieren, rückte Nippes und Bilder gerade, sie lief ins Badezimmer und kam mit einem großen Metallkamm zurück, kniete sich hin und kämmte die Fransen der drei Läufer.

Ich lehnte am Türrahmen und sah ihr fassungslos zu. Kein komischer, ein trauriger Anblick.

Ich ertrug es nicht mehr und hob sie auf. Als sie mit erhitztem Gesicht vor mir stand, wurde ihr wohl erst bewußt, welch jämmerlichen Anblick sie mir geboten hatte. Sie senkte den Kopf. »Ich weiß. Gehen wir endlich.«

»Wohin, Charlotte?«

»Zu meiner Mutter. Vielleicht ist er ja schon dort.«

»Ihre Mutter hat mich einmal vor die Tür gesetzt.«

»Machen Sie sich nichts daraus, das tut sie mit allen, die ihr zu neugierig werden, Sie sind kein Einzelfall. Kommen Sie. Schön haben Sie meinen Namen ausgesprochen.«

Ihre Miene hellte sich auf, sie sah wieder zauberhaft aus, im Handumdrehen war sie zehn Jahre jünger geworden.

Wieder fuhr sie mich zwanzig Minuten lang durch die leere, nächtliche Stadt, diesmal in den Norden nach Lindenhorst. Sie parkte unmittelbar vor dem Haus ihrer Mutter. Ohne ihren Wagen abzuschließen und ohne sich um mich zu kümmern, rannte sie zur Haustür, schloß auf und verschwand im dunklen Flur. Dann hörte ich Stimmen im Haus, keifende, weinerliche, klagende, befehlende Frauenstimmen.

Ich wartete vor der halb offenen Tür und kam mir ziemlich dumm vor. Heiliger Abend.

Ich überlegte, wo ich in dieser gottverlassenen Gegend ein Taxi auftreiben könnte, nicht einmal eine Telefonzelle war zu sehen. Ich mußte nach Hause, Irenes Schmollen war mir jetzt lieber, als hier im kalten Wind vor einem fremden Haus zu stehen.

Plötzlich stand die alte Frau Fuchs in der Tür, bei diesem Licht und in dieser ungewöhnlichen Situation wirkte sie noch abweisender als sonst. »Was stehen Sie hier herum. Kommen Sie rein.«

Im Wohnzimmer, wo ich mich unsicher umsah, fauchte sie mich an: »Stehen Sie hier nicht im Weg herum. Setzen Sie sich oder gehen Sie wieder.« Die Alte stieß mich so heftig vor die Brust, daß ich in einen der verschlissenen Sessel fiel.

Die ich so stumpf und als Statue in Erinnerung hatte, lief flink und emsig durchs Zimmer, sie war wütend auf ihre Tochter, das sah man, Charlotte lehnte verschüchtert an der Küchenschrankecke und preßte ihre Handflächen gegeneinander. Ich brachte kein Wort hervor.

Es war Heiliger Abend.

Die Statue ließ sich am Tisch nieder und nahm eine dicke Zigarre aus einem Holzkistchen, sie brannte sie an und blies den Rauch zur Decke.

»Was hast du dir eigentlich dabei gedacht, diesen Kerl hier anzuschleppen, dummes Luder. Bringt er wenigstens ein Geschenk mit?« Sie zeigte mit der Zigarre auf mich.

Charlotte verharrte schweigend an der Schrankecke.

»Ist dir der andere davongelaufen? Der da ist ein Zeitungsschmierer, die haben nur Dreck im Kopf und keinen Anstand in der Brust. Du bist behämmert. Steh nicht so blöd da, bring dem Zeitungskleckser Tee mit Rum.«

Charlotte holte eine Kanne mit Tee und eine Flasche Rum aus der Küche und eine Tasse. Ich nahm die Tasse, obwohl ich Tee verabscheute.

Die Statue herrschte ihre Tochter an, sie solle sich setzen, und Charlotte setzte sich auf einen Stuhl am Fenster.

Mein Gott, war das ein Heiliger Abend.

»Was wollen Sie eigentlich schon wieder hier?« fragte mich die alte Fuchs und paffte an ihrer Zigarre.

»Nichts. Ich habe nur Ihre Tochter begleitet.«

»Diese mannstolle Göre. Wenn ihr ein Mann abhaut, verliert sie den Verstand. Kein Wunder, daß ihre Wohnung von Stofftieren überquillt. Jedes Stofftier ein abgehauener Mann, jeder hat ihr eins hinterlassen. Und so was kroch aus meinem Schoß. Hat keinen Funken Verstand im Kopf, nur Mann, Mann, Mann, egal wie groß oder wie klein, wie dumm und wie alt.« Sie warf die Zigarre in einen Aschenbecher. »Dabei verdient sie gut, sie hätte sich schon längst ein gutes Sümmchen beiseite legen können, aber alles wirft sie ihren arbeitsscheuen Mannsbildern in den Rachen, wie diesem Günter. Ich nehme an, der ist jetzt auch getürmt. Schaffen Sie ihr einen anderen Günter herbei, oder einen Gustav oder Emil oder Klaus oder Michael.«

»Oder Wenczinsky.«

Beide Frauen waren plötzlich erstarrt, auch Charlotte glich jetzt einer Statue, ihre Augen blickten seltsam stumpf, und beide schienen für Sekunden den Atem anzuhalten.

Ich beobachtete die beiden aus den Augenwinkeln und tat so, als hätte ich ihr Erschrecken nicht bemerkt, ich lächelte ihnen freundlich zu, goß mir erneut Tee ein und nahm einen Schuß Rum aus der Flasche. »Schöne alte Tassen haben Sie da, die sind jetzt bei Sammlern sehr begehrt, die blättern dafür eine Menge Scheine auf den Tisch.«

Ich sah die Alte an und schlürfte meinen Tee absichtlich laut, aber mein Ablenkungsmanöver zog nicht, beide Frauen blieben starr, erst als ich sie abwechselnd verwundert anschaute und fragte »Ist etwas? Habe ich etwas Unrechtes gesagt? Dann tut es mir leid«, wachte die Alte auf und befahl ihrer Tochter: »Charlotte, bring den Mann weg. Sofort. Dahin, wo du ihn hergeholt hast.«

Weder Charlotte noch ich regten uns, um dem Befehl der Alten zu folgen, auch nicht, als die Alte mit dem Fuß aufstampfte und brüllte: »Wird's bald? Oder soll ich den Kerl mit dem Schürhaken aus dem Haus jagen?«

Charlotte blieb ungerührt sitzen, bewußt überhörte sie den wütenden Befehl ihrer Mutter.

Die Alte stierte sie an, ihre Augen quollen hervor, ihre Hände zitterten, und plötzlich, ohne daß ich nur die geringste Chance gehabt hätte, dazwischenzugehen, sprang die Statue auf Charlotte zu und schlug ihr zweimal kräftig ins Gesicht.

Charlottes Kopf fiel nach links und dann nach rechts, sie schrie nicht, sie weinte nicht, sie saß da, als ginge sie das alles nichts an: bewegungslos und mit geschlossenen Augen, wie eine Träumende.

Meine Güte, was ging hier vor? Wo war ich hingeraten? Waren das noch dieselben Menschen, die ich doch ein wenig zu kennen glaubte?

Die Alte fauchte mich an: »Verduften Sie, sonst passiert etwas. Auf der Stelle gehen Sie!«

Gebieterisch wies sie zur Tür, ihr finsteres Gesicht

wurde noch düsterer, sie spielte kein Theater, sie meinte es bitterernst.

Ich stand auf, um zu gehen, da hörte ich Charlotte sagen: »Er bleibt.«

Sie hatte mit ruhiger und fester Stimme gesprochen, aber sie rückte keinen Zentimeter von ihrem Platz.

Die zwei Worte wirkten auf die alte Frau Fuchs wie ein Schlag, sie zuckte zusammen und stand ungläubig im Zimmer, mit weit aufgerissenem Mund. Sie zeigte auf mich und sagte verblüfft, wie für sich selbst: »Er bleibt?«

»Er bleibt«, wiederholte Charlotte. »Er bleibt, weil es noch etwas zu bereden gibt.«

Charlotte stand auf, nahm ihre Mutter beim Arm und drückte sie auf das Sofa. Wie gottergeben saß die alte Frau nun da mit ihren im Schoß gefalteten Händen, Charlotte sah auf sie herab mit versteinertem Gesicht.

»Es sind fünf Jahre her, daß du mich das letzte Mal geschlagen hast, das war, als ich mit Günter zusammengezogen bin. Damals habe ich dich gewarnt und dir gesagt, wenn du noch einmal die Hand gegen mich hebst, wird etwas Schreckliches passieren. Du hast jetzt zweimal die Hand gegen mich erhoben.«

Sie drehte sich abrupt zu mir um und fragte: »Wann und wo haben Sie mit Wenczinsky gesprochen?«

»Habe ich gesagt, daß ich mit ihm gesprochen habe?«

»Also, wann und wo?«

»Im Hafen. Vor zwei Tagen.«

Charlotte zuckte mit den Augenbrauen, als wäre sie von meiner Antwort überrascht, die alte Fuchs auf dem Sofa schrumpfte noch mehr zusammen, nichts war mehr übrig von der finsteren Statue; sie kauerte sich zusammen, ein jämmerliches winselndes Bündel.

Charlotte verschränkte die Arme vor der Brust, ihr Blick war kalt geworden, und ich mußte aufstehen, um meine innere Spannung unter Kontrolle zu halten.

»Mutter hat Klara erschlagen. Günter und ich haben ihre Leiche in Günters Wagen zum Hafen gefahren. Das wußten Sie doch aber längst.«

»Nein, das wußte ich nicht.« Ich hatte etwas anderes vermutet, Wenczinsky auch.

»Sie wußten das nicht? Was wußten Sie denn?«

»Ich vermutete, daß Sie oder Günter es waren.«

»Warum ich?«

Sie fingerte nervös an ihrem Kleid.

»Warum haben Sie und Günter…«

»Klara ins Wasser geworfen? Sollte meine Mutter auf ihre alten Tage etwa noch ins Gefängnis? Ich hasse meine Mutter zwar, sie hat mich, solange ich denken kann, abscheulich tyrannisiert, aber das konnte ich ihr nicht antun nach allem, was sie in ihrem Leben durchgemacht hat. Zwanzig Jahre hat sie meine schwachsinnige Großmutter gepflegt, in den letzten fünf Jahren war die so hinfällig, daß sie alles unter sich ließ. Manchmal stank es hier in der Wohnung wie in einem Pissoir.«

»Und warum hat Ihre Mutter…«

»Fragen Sie sie selbst. Mutter, sag es ihm, damit endlich Ruhe wird.«

Charlotte drehte mir den Rücken zu. Ihre Mutter kauerte noch immer in der Sofaecke und kicherte irre vor sich hin, so wie vor Monaten ihre Mutter, als ich sie zu ihrem neunzigsten Geburtstag aufgesucht hatte.

Es war so still, daß man den Sekundenzeiger der elektrischen Uhr überspringen hörte. Mein Gott, wo war ich hingeraten?

Da saß eine Mörderin oder eine Totschlägerin und war am Ende ihrer Kräfte, und da stand die Frau, die ihr Opfer mit Hilfe meines Sohnes hatte verschwinden lassen! Wir hatten uns beide geirrt, Wenczinsky ebenso wie ich.

»Wissen Sie, wo Günter ist?« fragte Charlotte so leise, daß ich sie kaum verstand.

»Ich weiß es nicht«, antwortete ich ebenso leise.

Immer noch war Heiliger Abend.

»Haben Sie Vermutungen?«

»Ich stelle nach dem, was ich eben hier erfahren habe, keine Vermutungen mehr an.«

»Sie glaubten allen Ernstes, ich hätte Klara getötet, vielleicht sogar mit Günters Hilfe? Was Menschen so durch den Kopf geht, wenn sie Detektiv spielen.«

»Wer ist Wenczinsky eigentlich?«

»Hat er Ihnen das nicht erzählt? Ich bin erschrocken, als Sie sagten, er sei immer noch in der Stadt. Er wollte einen Tag nach seinem Besuch bei uns wieder nach Polen zurück. Er kam und hat nach Klara gefragt, er wollte sie zurückholen. Wir haben ihm gesagt, sie wäre einige Zeit hier gewesen und sei dann, ohne uns zu sagen wohin, verschwunden. Er ist also immer noch hier.«

»Ja. Er hat Günter hier zufällig aus dem Haus kommen sehen und ihn danach beschattet, so kam er auf mich. Vom Tod seiner Tochter hat er aus der Zeitung erfahren. Er arbeitet hier an einem Institut in der Bibliothek.«

»Ja, er ist Literatursoziologe, ich glaube, so nennt sich das. Klara ist aber nicht seine richtige Tochter.«

»Ich weiß. Klara ist seine Stieftochter.«

»Klara war mehr als seine Stieftochter. Sie war seit ihrem fünfzehnten Lebensjahr seine Geliebte. Alle wußten es, nur Klaras Mutter nicht, Wenczinkys Frau, Klara hat sie ihm regelrecht aufgedrängt. Wo ist Günter?«

»Ich weiß es nicht, das müssen Sie mir glauben, Charlotte.«

»Sie mögen Ihren Sohn nicht, Sie haben ihn nie gemocht. Aber ich liebe ihn, das müssen Sie mir auch glauben.«

»Günter ist der Sohn meiner Frau, die ihn so lange angebetet hat, daß er schließlich selbst glaubte, er wäre ein Gott... Warum hat Ihre Mutter...«

»Das soll sie Ihnen selbst erzählen.«

»Sie wird eher sterben.«

Sie winkte resigniert ab. »Ach was, ich kenne meinen Tyrannen besser. Es gibt nur einen Menschen, vor dem sie Respekt hat, ja sogar Angst, das ist Günter. Er braucht sie nur anzuschauen, dann kuscht sie schon wie ein Hündchen. Deshalb war Günter vor fünf Jahren auch meine Rettung. Er hat mich hier rausgeholt und für uns eine Wohnung gefunden, er hat Möbel gekauft und alles, was zu einem Haushalt gehört, er hat unsere Wohnung eingerichtet. Ich hatte ja Geld, denn ich habe immer gespart, konnte kaum etwas ausgeben, weil ich hier bei meiner Mutter wie eine Gefangene lebte. Ist er wirklich bei seiner polnischen Schlampe?«

Sie drehte sich so schnell zu mir um, daß sie noch wahrgenommen haben mußte, wie ich zusammenzuckte. Ihr Gesicht glühte, und ihre Augen blitzten mich zornig an.

»Wehe, er verläßt mich wegen dieser Schlampe! Das Wasser im Hafen ist nicht tief, aber verschwiegen.«

Immer noch war Heiliger Abend.

»Charlotte, bitte, haben wir jetzt nicht andere Sorgen? Ihre Mutter hat eine junge Frau getötet!«

»Was geht Sie das an, Sie leben doch noch! Und sind hier zu Besuch und trinken Tee mit Rum. Mama, erzähl dem Moralapostel Klaras Geschichte. Wach auf, Mama, du sollst erzählen.«

Während ich darüber nachdachte, woher sie von der Kowalsky wußte, begann Charlotte zu reden.

»Es war an einem Sonntag vormittag, da klingelte es an der Haustür. Ich öffnete. Vor mir stand eine hübsche Person und sagte in gepflegtem Deutsch: ›Ich will meine Großmutter besuchen.‹ Und schon war sie an mir vorbei. Sie hatte nur eine Handtasche dabei, Günter hat ihre beiden Koffer dann vom Bahnhof aus einem Schließfach geholt. Sie hat später erzählt, daß sie den ersten Hinweis auf ihre deutsche Abstammung in einer kleinen Kiste mit einigen Papieren fand, die ihre Mutter auf dem Dachboden verwahrte. Sie hat zwei Jahre gebraucht, um über einen privaten Suchdienst Mamas Adresse herauszubekommen. Als sie volljährig war, konnte sie ohne Probleme ausreisen.

Sie war also da und wollte nicht mehr zurück, sie hat sich in meinem alten Zimmer eingenistet. Mama war gut zu ihr, ich war gut zu ihr, Günter war mehr als gut zu ihr. Sie erzählte, sie sei vor ihrem Stiefvater geflohen, weil der sie täglich mißbrauchte, sie ihn aber ihrer Mutter zuliebe nicht anzeigen könne. Die Ausreisegenehmigung kam ihr gelegen.«

Charlotte nahm einen großen Schluck aus der Flasche. »Das schmeckt. Na, soll Günter sein Vergnügen haben. Er hat es in den vergangenen fünf Jahren schon einige

Male gehabt, aber hinterher kam er jedesmal wieder ange-
krochen. Spätestens übermorgen hat er seine polnische
Schlampe vergessen und räumt wieder das Geschirr in die
Spülmaschine.«

Die Alte kicherte.

Ich fror.

»Wir hätten Klara gern behalten, aber sie war ein Biest,
das Leben mit ihr wurde immer unerträglicher. Sie stellte
Ansprüche wie im Schlaraffenland. Und dann hängte sie
sich ungeniert an Günter. Vielleicht war er mit ihr im Bett,
ich weiß es nicht, und ich will es auch nicht wissen. Sie war
ein Teufel.«

Mir war, als müßte ich mich übergeben, ich bekam keine
Luft mehr, ich mußte hier raus, bevor ich die Kontrolle
über mich verlor.

»Rufen Sie mir bitte ein Taxi?«

»Nein, Sie bleiben bis zum bitteren Ende, Mama hat
noch nicht gesprochen. Los, Mama, rede!«

Alma Fuchs hatte sich wieder erholt und kauerte nicht
mehr wie ein Bündel Elend in der Sofaecke, sie hatte sich
wieder in die Statue verwandelt, die ich kannte.

»Schrei nicht so herum, ich bin nicht taub. Klara war ein
ausgekochtes Luder, sie war eine Hure und eine Erpresse-
rin, sie hat mir Geld gestohlen. Ich habe ihr deshalb nie
Vorwürfe gemacht, sie wollte nachholen, was sie in Polen
versäumt hat. Aber dann hat sie mich beschimpft, ich hätte
ihre Jugend auf dem Gewissen, weil ich ihre Mutter damals zurückgelassen habe! Sie weiß nicht, wie ich gelitten
habe, als ich damals mein Kind verlor. Und sie hat mich
einen Unmenschen genannt, eine Teufelin! Da habe ich ihr
eins mit dem Schürhaken über den Kopf gegeben, weil ich

gerade nichts anderes in der Hand hatte. Das dumme Ding fiel einfach um. Einfach so.«

Ich stand an der Tür, ich wollte fort, nur fort.

»Ich mußte die Tote wegschaffen, das war ich Mama schuldig.« Charlotte hatte es mit großer Erleichterung gesagt.

»Mama hatte zufällig den Schürhaken in der Hand, sie hätte auch eine Fliegenklatsche in der Hand haben können oder ein Handtuch oder einen Teppichklopfer. Aber sie hatte einen Schürhaken in der Hand.«

»Ich hätte sie ja liegengelassen, aber dann kamen Günter und meine dumme Tochter und haben sie weggeschafft.« Die Alte kicherte wieder in sich hinein. »Klara hatte kein Blut in den Adern, nur Bosheit. So ein dummes Ding, kaum im Haus und schon tot.«

Dann sagte sie noch: »Die Fotos hat sie übrigens für mich machen lassen, zu meinem Geburtstag, nur Günter wußte davon. Dabei hasse ich Fotos.«

Ich rannte aus dem Haus. Nur fort.

Der Heilige Abend war endlich vorbei.

Ich saß schon einige Zeit am Schreibtisch, bis ich den Mut fand und die Deist fragte: »Haben Sie das Bild noch?«

»Hängt bei mir zu Hause auf der Toilette. Was wollen Sie damit?«

Sie drehte sich zu mir um und lachte über mein verdutztes Gesicht.

»Herr Koch, so ein hübsches, unschuldiges Bild wirft man doch nicht in den Müll. Übrigens ist unsere Silvesterausgabe wirklich pfiffig geworden, alles was recht ist. Wolters mausert sich, er schmiert Neuhoff tüchtig Honig um den Bart, und der frißt ihn löffelweise. Warum fragen Sie nach dem Bild?«

Sie kam zu meinem Schreibtisch, hatte wieder Hosen an, blaue Jeans, und einen weinroten, weiten, grobmaschigen Pullover, sie beugte sich zu mir herab und blickte mir ernst in die Augen. Ich wich ihr nicht aus.

»Nur so.«

»Soso. Nur so.«

»Frau Deist, nehmen wir mal an, rein theoretisch natürlich, Sie kennen einen Menschen, der einen anderen umgebracht hat, was würden Sie tun? Würden Sie ihn der Polizei melden?«

»Rein theoretisch: nein. Und praktisch müßte mindestens eine sechsstellige Belohnung dabei rausspringen. Sonst auf keinen Fall. Sie fragten nach dem Bild, Sie haben also, rein theoretisch natürlich, immer gewußt, wer die junge Frau umgebracht hat. Ich bin weder blind noch taub. In Ihrer Haut möchte ich jetzt nicht stecken.«

Sie setzte sich hinter ihren Bildschirm. Jetzt erst fiel mir auf, daß sie einen künstlichen Zopf trug.

Die Tür zum Flur stand wie immer weit offen, aber kein Kollege schaute auf einen Sprung herein oder rief mir ein Wort zu, das bedrückte, das verunsicherte mich. Ich zuckte zusammen, als die Deist mein Sinnieren mit lauter Stimme unterbrach: »Wenn Neuhoff wüßte, was Sie wissen, gäbe er Ihnen die Schlagzeile und dazu einen roten Balken. Aber dieser impotente Bock hat ja nur Bauch und kein Hirn.«

»Schreien Sie doch nicht so, muß denn das ganze Haus mithören?«

»Wieso? Im Zoo hier weiß doch jeder, daß Neuhoff kein Hirn hat und zwischen den Beinen nur sein schwarzes Parteibuch.«

Da erschien in der Tür ein großer, schöner Mann. Die Deist sprang auf und verschlang ihn mit ihren Augen, aber Günter nahm kaum Notiz von ihr, er nickte ihr nur kurz zu wie jemandem, der zur Ausstattung gehört, dem man aber nichts zu sagen hat. Günter hatte sein Siegerlächeln aufgezogen und setzte sich unaufgefordert auf den Besucherstuhl neben meinem Schreibtisch. Er schlug die Beine übereinander und steckte sich, ohne um Erlaubnis zu fragen, eine seiner ägyptischen Zigaretten an. Die Deist verzog sich schmollend hinter ihre Schreibmaschine.

»Na, Thomas, da staunst du! Ich habe dich noch nie in der Redaktion besucht. Eine Schande. Ich hatte in der Nähe zu tun, da dachte ich mir, besuch einfach mal den alten Knaben, der wird sich bestimmt freuen.«

Und wie ich mich freute.

Die Deist spannte einen Bogen Papier ein und legte los wie ein Maschinengewehr mit Schalldämpfer, dabei stellte sie die Ohren hoch, sie konnte lauschen wie eine Katze. Ich schaute sie mißbilligend an, hoffte, sie würde uns allein lassen, aber sie ignorierte meinen Blick. Hätte ich das Büro mit Günter verlassen, würde sie nur noch mißtrauischer werden.

Günter hatte meinen Blick bemerkt: »Laß nur, Thomas, Frau Deist muß schließlich auch ihr Pensum erfüllen. So also arbeitest du. Ich hatte mir ein Redaktionsbüro aufregender vorgestellt. Ziemlich trist hier. Naja, man kann nicht alles haben.«

»Verschwinde«, zischte ich leise.

»Thomas, ich bin gekommen, um dir eine Story zu verkaufen. Aus erster Hand. Ich habe Weihnachten nämlich geschuftet, ich habe im Aussiedlerlager in Unna-Massen und in unserer alten Schule die Weihnachtsfeiern für die Kinder organisiert, ich war Knecht Ruprecht und Christkind in einer Person. Ich war gut, alle waren begeistert. Naja, als Christkind war ich wohl ein bißchen zu groß. Ist das keine Story für dich? Du enttäuschst mich. Dabei habe ich mich drei Tage abgerackert. Gerade deine Zeitung müßte doch an solchen Sachen interessiert sein: Völkerfreundschaft, Integrationsübungen. Noch ist Polen nicht verloren – das haben wir tatsächlich gesungen. Klasse, was? Der Einfall allein müßte deiner Zeitung schon einen Tausender wert sein.«

»Das ist ja köstlich, einfach Spitze: Noch ist Polen nicht verloren. Einfach umwerfend.« Die Deist war auf dem laufenden.

Günter sah mich an, als dächte er: die spinnt, und sagte auf seine salopp überhebliche Weise: »Alter Knabe, Mama hat mir erzählt, ihr hattet aufregende Weihnachtstage, vor allem am Heiligen Abend. Eine Ehe mit dir ist nie lang-weilig.«

Die Deist begann mich zu stören, wie sie da festgeklebt saß und lauschte, sie machte gar kein Hehl daraus, daß sie alles mitbekommen wollte. Was will er? fragte ich mich. Die Weihnachtsfeiern in den Aussiedlerlagern waren nur ein Vorwand.

Günter merkte offenbar, daß ich wegen der Deist är-gerlich wurde, und wahrscheinlich, um mich in Rage zu bringen, drehte er sich langsam zu ihr um: »Sie waren früher doch öfter bei uns zu Besuch, aber da war ich noch ein Steppke. Sie haben mich damals kaum beachtet.«

»So alt bin ich ja nun auch wieder nicht, und man kann schwerlich jemanden beachten, der ins Bett geschickt wird.«

Das saß. Der Schuß war nach hinten losgegangen, Günter blieb einige Sekunden stumm und schnappte nach Luft, überspielte die Situation aber: »Diese Aussiedler-probleme beschäftigen mich doch mehr, als ich anfangs dachte, und der liebe Thomas will das Geschichtchen ein-fach nicht haben, dabei paßte es doch in sein Blatt, als wäre es dafür erfunden. Reden Sie ihm mal gut zu, Frau Deist.«

Er stand auf, und ich fand meine Stimme wieder: »Wie geht es Charlotte?«

Für einen Moment dachte ich, meine Frage hätte ihn getroffen, aber er reagierte unbeeindruckt.

»Gut geht es ihr. Heiteren Menschen geht es immer gut. Ich habe sie in letzter Zeit etwas vernachlässigt, das bringt ein neues Engagement so mit sich. Ich lerne jetzt Polnisch, mache einen Intensivkurs. Schöne Sprache.

Schade, daß du meine Geschichte nicht bringst, in der steckt Pfeffer. Und Zucker. Frau Deist, passen Sie gut auf den lieben Thomas auf, er mischt sich manchmal in Dinge, die ihn nichts angehen.«

Als er draußen war, sprang die Deist hoch und riß das Fenster auf, mit einem Aktendeckel wedelte sie frische Luft ins Zimmer.

»Auf den ersten Blick ist er berauschend, auf den zweiten mies, auf den dritten eklig. War er es?«

»Nein.«

»Gott sei Dank. Jetzt dürfen Sie sich in Ihrer Haut wieder etwas besser fühlen. Kommen Sie mit in die Kantine? Wir brauchen beide einen ordentlichen Schnaps zum Kaffee, um diesen Typen runterzuspülen.«

Sie zog mich aus meinem Sessel und schleppte mich zum Lift. In der Kantine war die Hälfte der Tische belegt, fast alles Männer aus der Druckerei und aus dem Vertrieb.

Die Deist verteilte bei ihrem Eintritt Handküßchen in alle Richtungen, die von vielen mit »Hallo, Prinzeßchen« quittiert wurden.

Sie sorgte sich um mich. Sie brachte Kaffee und zwei Pinnchen Schnaps, ihres kippte sie auf einen Zug, ohne auf mich zu warten oder mit mir anzustoßen. Man beobachtete uns, einige steckten die Köpfe zusammen und tuschelten, die Deist fühlte sich offenbar geschmeichelt und lächelte die Männer herausfordernd an.

Mir war das peinlich. Sie aber genoß ihren Auftritt. Die bewundernden und begehrlichen Blicke der Männer hoben ihr Selbstbewußtsein noch mehr, denn daß sie je unter Minderwertigkeitskomplexen gelitten hatte, mußte mir entgangen sein.

»Sagen Sie mal, Herr Koch, hat dieser Adonis das ernst gemeint mit seinen Weihnachtsfeiern?«

»Kann schon sein, ich habe keine Ahnung.«

»Steckt bestimmt eine Frau dahinter.«

»Schon möglich.«

»Immer dasselbe. Was wollte er eigentlich? Die Weihnachtsgeschichte war doch nur ein Vorwand, oder?«

»Möglich.«

»Gesprächig sind Sie nicht gerade... aber gucken Sie mal, da kommt ja unser Holzhacker. Der sieht einem Weinfaß von Tag zu Tag ähnlicher.«

Sie meinte Gert König, der auf unseren Tisch zuwatschelte. König war der erste Mann in unserer Sportredaktion, einflußreich und gewichtig. Wenn die Borussia gewann, goß er einen Eimer Honig über der Mannschaft aus, wenn sie verlor, ließ er kein gutes Haar an ihrem Gegner, der dann angeblich nicht siegreich Fußball gespielt, sondern neunzig Minuten lang nur geholzt und gehackt hatte, deshalb nannten ihn alle im Zoo Holzhacker. Er kannte seinen zweifelhaften Spitznamen und trug ihn dennoch mit Stolz.

König quoll wirklich aus seinem Anzug, er setzte sich zu uns an den Tisch, die obligate Flasche Bier in der Hand, er trank prinzipiell nur aus Flaschen oder Dosen, wohl weil das die Fans im Stadion auch nicht anders machten. Volkstümlich sein, war sein Wahlspruch.

»Na, Koch und Deisterin, alles im Lot?«

Die Deist mochte ihn nicht. Er war außer mir der einzige, der noch nie versucht hatte, mit ihr zu flirten. Ich konnte diesen dicken Kerl ganz gut leiden, er war einer der wenigen im Zoo, die sich nicht zu wichtig nahmen und sich auch selbst zum besten haben können, seine kritiklose Schreiberei allerdings fand ich meist zum Kotzen.

»Kinder, ich bringe frohe Botschaft, einen kapitalen Knüller. Unser Konkurrenzblatt wird platzen vor Wut, und alle werden kopfstehen.«

»Das Schauspiel möchte ich erleben«, unterbrach ihn die Deist, »eine ganze Redaktion, die kopfsteht. Hoffentlich ziehen sich die Damen vorher warm an. Wie heißt denn das Lustspiel, Herr Holzhacker?«

Sie blinkerte ihn belustigt an, man wußte nie, wieviel Ernst in ihren Ulkereien steckte. Und in ihren Liebenswürdigkeiten war immer ein bißchen Hinterlist verpackt, sie konnte auch den Erfahrensten ins offene Messer laufen lassen.

»Ich habe eine eigene Fußballmannschaft auf die Beine gestellt, lauter junge polnische Aussiedler. Die Jungs sind schon heiß, die lechzen nach Ruhm.«

»Und Moneten«, unterbrach ihn abermals die Deist.

»Die Jungs werfe ich in den Fußballzirkus, in einem Jahr sind sie die Hechte im Karpfenteich, in fünf Jahren spielen sie in der zweiten Liga, ein Jahr später in der Bundesliga. Wird Zeit für frisches Blut, sonst wird diese Fußballerei langweilig. Konkurrenz belebt das Geschäft. Die Jungs fressen mir schon aus der Hand.«

»Hat Ihre Mannschaft auch schon einen Namen, Herr Holzhacker?« fragte die Deist und lächelte so bezaubernd, daß ich einen Hinterhalt ahnte.

»Habe ich schon ins Vereinsregister eintragen lassen: Erster FC Ostland. Klasse, was?«

»Klingt wie Poesie«, flötete die Deist. »Wie schön... Oooooostland. Schön ist das, Herr Klein.« Sie hauchte es wie eine dahinschmelzende Jungfrau.

»Nicht wahr, Frau Deist!« Klein nickte, als danke er ihr für ein selbstverständliches Lob, er hatte nichts kapiert, oder Klein spielte ihre Komödie mit.

»Glauben Sie mir, Kollege Koch, das war ein hartes Stück Arbeit, alle diese Notaufnahmelager abklappern und junge Männer finden, die auch wissen, daß der Ball rund ist. Und dabei ständig ein Dolmetscher, von dem ich nicht weiß, ob er richtig übersetzt oder nicht. Aber es hat sich gelohnt. Die Kerle kriegen natürlich fürs erste kein Geld, sonst werden sie noch unverschämt, aber ohne eine Wohnung für jeden läuft nichts. Ich muß gleich zu Neuhoff, damit er eine neue Kampagne startet, wie Sie und der Kollege Wolters. Wolters kocht das ja nur noch auf Sparflamme, jetzt muß das andere Dimensionen kriegen, nicht mehr kleckern, sondern klotzen, nicht mehr nur bitten und betteln, sondern fordern, wäre doch gelacht, wenn König Fußball den Opfer- und Spendenwillen der Deutschen nicht auf Trab brächte. Tschüs, ihr beiden.«

Er taperte mit eingezogenem Kopf und rudernden Armen durch die Kantine zum Lift. Die Deist sah ihm nach und lachte so laut los, daß sie die Aufmerksamkeit aller auf sich zog. Wenn sie sich so gehenließ, wirkte sie leicht vulgär. Aber sie genoß auch das, sie wußte, niemand würde sie dafür tadeln, denn jeder fürchtete ihre rücksichtslose Schwatzhaftigkeit, und von den meisten kannte sie irgendwelche Intimitäten, das machte sie unangreifbar.

»Wenn ich mir vorstelle, mit dieser Tonne ins Bett zu müssen, dann kommt es mir hoch, dann lieber lesbisch. Jetzt hat der Holzhacker endlich seine Privatarmee, die er sich schon so lange gewünscht hat, und mit Hilfe unserer Zeitung jubelt er sie hoch. Ich garantiere Ihnen, Herr

Koch, der dressiert die Truppe so mit Zuckerbrot und Peitsche und allem Drum und Dran, daß sie in Kürze eine Spitzenmannschaft wird. – Was ist los mit Ihnen, warum stummen Sie mich an? Ach so, die leidige Geschichte. Also gut, ich gebe Ihnen das Bild, ich weiß, ein Mann schaut gern eine schöne Frau an, eine schöne Frau braucht keine schöne Frau, wenn sie nicht lesbisch ist. Ich bringe Ihnen das Bild morgen mit.«

»Behalten Sie es. Es ist jetzt ohne Bedeutung für mich.«

»Sie Ärmster.«

Wir verließen die Kantine. Die Deist ging rückwärts durch den Raum, säte wieder Kußhändchen nach allen Richtungen und erntete Applaus.

Vor unserem Büro fragte ich sie: »Erinnern Sie sich an den Mann im grünen Regenumhang, der vor ein paar Wochen vor unserem Gebäude rumlungerte?«

»Was ist mit ihm?«

»Er ist der Stiefvater der jungen Frau, deren Bild auf Ihrer Toilette hängt.«

Selten hatte ich sie so verblüfft gesehen, ein Muster der Ratlosigkeit, mit offenem Mund stierte sie mich an, als sei ich der Leibhaftige.

»Sie werden mir allmählich unheimlich, ich fange an, mich vor Ihnen zu fürchten.«

»Ich fürchte mich vor mir selber. Ich weiß keinen Ausweg.«

Sie schob mich ins Büro und schloß die Tür hinter uns, dann bugsierte sie mich auf meinen Platz. »Hat der Adonis, der vorhin hier war, etwas damit zu tun? Er ist doch der Sohn Ihrer Frau. Hat er die Kleine umgebracht?«

»Ich habe es Ihnen doch schon gesagt: nein. Aber er hat

die Tote zusammen mit seiner Freundin ins Wasser expediert.«

»Ach so, nur ein Spediteur! Und jetzt, Herr Koch? Sie müssen doch was unternehmen.«

»Frau Deist, um mit Ihren Worten zu kontern: es gibt keine sechsstellige Belohnung.«

Ich erzählte ihr alles, was ich wußte, von dem gräßlichen Heiligen Abend im Hause Fuchs und von der Begegnung mit Wenczinsky. Je länger und ausführlicher ich berichtete, um so freier fühlte ich mich. Ich erzählte so, als beträfe mich das Ganze nicht mehr.

Während ich erzählte, starrte ich auf die Rückseite des Bildschirms, ich spürte die gierigen Blicke der Deist; als ich fertig war, hörte ich sie tief durchatmen. Ohne ein Wort zu sagen, setzte sie sich an ihre Schreibmaschine und tippte Briefe, die ich ihr vor Stunden diktiert hatte. Ich blieb sitzen und sah auf ihren Rücken. Einmal drehte sie sich beim Einspannen eines Bogens um und betrachtete mich nachdenklich. Dann lächelte sie, ich war dankbar für dieses Lächeln.

»Ich fahre jetzt nach Hause. Die Briefe können Sie unterschreiben – ich bin ›nach Diktat verreist‹.«

Als ich mir den Mantel anzog, wurde die Tür aufgerissen. Neuhoff steckte den Kopf herein, sah von mir zur Deist und von ihr zu mir.

»Warum erfahre ich erst jetzt, daß ein junger Mann im Haus war, der im Lager Massen Christkind gespielt hat? Warum war niemand dort, nicht mal ein Fotograf?«

»Herr Koch hat Schreibverbot«, zischte die Deist, ohne ihre Arbeit zu unterbrechen. »Außerdem ist das Sache der dortigen Lokalredaktion.«

»Man könnte mich wenigstens informieren. Was ist denn das für ein Laden hier.«

»Ein Zoo, wenn ich bitten darf. Aber Sie sind nicht der Dompteur.«

Neuhoff sah mich an, als brauchte er Hilfe, dann verließ er wortlos unser Büro. Die Deist blickte durch die offene Tür hinterher und streckte ihm die Zunge heraus.

»Die Sau möchte gern Eber sein.«

An der Tür zögerte ich. Ich wünschte mir, die Deist möchte mich zurückhalten, aber sie tippte unverdrossen weiter und sah nicht einmal mehr auf.

Ich ging übers Treppenhaus in die Tiefgarage und blieb dann noch einige Minuten hinterm Steuer sitzen, bevor ich startete.

Ich fuhr nicht geradewegs nach Hause, sondern zum Hafen, zur Anlegestelle des Ausflugsdampfers »Santa Monica«. Ich kurbelte das Seitenfenster herunter und schaute gedankenverloren auf das ölige Wasser. Einen Moment war mir, als würde eine Blume auf dem Wasser schwimmen, aber es war nur ein Stück Holz.

Ich sollte nach Hause fahren, aber was hatte ich da zu schaffen, nach Silvester war mir nicht zumute. Ich steckte gefangen in einem Netz und suchte vergeblich nach einem Messer, um die Maschen zu zerschneiden.

Irene fiel mir zwar nicht um den Hals, sie schien aber fröhlich wie lange nicht, zumal wir seit Heilig Abend kaum miteinander geredet hatten.

Ich fragte mich, was wohl hinter ihrer Fröhlichkeit stecken mochte, in mir waren Spannungen, die es mir schwermachten, auf ihre Fröhlichkeit einzugehen, aber ich tat auch locker; allerdings war ich überrascht, als ich in der Küche ein Getümmel von Schüsseln, Töpfen und Pfannen fand, das mich an einen Hausputz erinnerte.

Auf der Anrichte lag, auf einer ovalen Servierplatte, eine Poularde von der Größe einer Ente, Irene lächelte über mein erstauntes Gesicht und werkelte eifrig zwischen Pfannen und Töpfen.

»Das Huhn ist doch hoffentlich nicht schon wieder ein Geschenk aus der Nachbarschaft, womöglich von Lipperts?« spöttelte ich.

»Das habe ich gekauft. Tiefgefroren. Für morgen abend. Das wird ein Fest. Übrigens«, ihre Stimme wurde unsicher, »Günter kommt morgen mit seiner neuen Freundin. Ich habe vergessen, es dir zu sagen.«

Stolz drehte sie die Poularde um und zeigte mir die stattlichen Keulen, ich kochte vor Wut, die Unverschämtheit ihres Sohnes war nicht zu überbieten.

»Wer ist denn diese neue Freundin?«

»Ich kenne sie nicht, aber auf Günters Geschmack kann man sich verlassen. Du mußt ja nicht mit ihr tanzen, aber du kannst wenigstens freundlich sein. Ich jedenfalls freue mich. Hauptsache, sie ist jung und hat Temperament und ist nicht hysterisch wie die andere, die seine Mutter sein könnte.«

»Na, dann wird der Abend bestimmt nicht langweilig.«

Er würde auf andere Weise aufregend werden, als Irene sich das vorstellte, wenn Günters neue Freundin jene war, die ich vermutete.

Da Irene in der Küche hantierte und ich ihr sowieso nicht helfen konnte, verzog ich mich in mein Arbeitszimmer.

Ich setzte mich in den Sessel am Fenster und sah hinaus, auf die Gärten der Nachbarn, über die Siedlung, die nun auch schon zwanzig Jahre alt war. In den Gärten wuchsen Tannen, Fichten, Zier- und Beerensträucher, die Hecken waren millimetergenau geschnitten, die Vorgärten auch um diese Jahreszeit gepflegt, es waren die Visitenkarten der Bewohner. Alles in allem war dies ein Vorort, in dem sich leben ließ, auch wenn seine Versorgung mit öffentlichen Verkehrsmitteln miserabel war.

Unten im Haus hörte ich laute und aufgeregte Stimmen; erst interessierte ich mich nicht dafür, als das Palaver aber nicht enden wollte, öffnete ich die Tür ein wenig und lauschte hinab. Ich erkannte Irenes Stimme, verstand aber kein Wort. Ich grinste bei der Vorstellung, daß wieder jemand eine Gans, ein Huhn oder einen Karpfen vorbeibrachte, einer jener Nachbarn, die mir vor Wochen noch ein Rudel Ratten in den Keller gewünscht hatten. Ich schloß die Tür, denn die Stimmen und ein unerklärliches Gepolter näherten sich dem ersten Stock. Ich mußte mich beherrschen, um nicht doch die Tür aufzureißen und in Erfahrung zu bringen, was da los war und wer diesen Lärm verursachte und wer hier oben überhaupt etwas zu suchen hatte, denn hier oben waren mein Arbeitszimmer, unser Schlafzimmer, ein Badezimmer und die beiden früher von Günter bewohnten Räume; Irene hatte in den beiden Zimmern nichts verändert, weil Günter alles wieder so vorfinden sollte, wie er es verlassen hatte, falls er einmal als verlorener Sohn heimkehrte.

Die Stimmen zogen vor meiner Tür auf.

Nun erkannte ich auch Günter, eine leisere Frauenstimme war mir fremd. Als ein schwerer Gegenstand gegen meine Tür knallte, riß ich die Tür auf. Vor mir standen eine verlegene Irene, ein selbstbewußter Günter und eine noch verlegenere Kowalsky. Sie standen zwischen vier alten Koffern, die mit breiten Lederriemen zusammengehalten wurden.

Ich erkannte mit einem Blick, was hier geplant war, und Günter bestätigte sofort meine Vermutung: »Hallo, Thomas, der verlorene Sohn kehrt mit einer polnischen Squaw in seinen Wigwam zurück. Ich habe eine polnische Nachtigall mitgebracht. Na, ist mir die Überraschung gelungen? Jetzt kommt wieder Leben in die Bude, verzeih, ich meine natürlich in Mamas Schloß. Thomas, nun faß dich, du stehst ja neben dir.«

Irene druckste, die Kowalsky schlug die Augen nieder und wurde puterrot. Sie drehte sich von mir weg, als wollte sie die Treppe hinablaufen, aber sie faßte nur den Handlauf des Geländers.

»Günter ist zu meiner Überraschung schon einen Tag früher gekommen und hat...« stotterte Irene.

»Eine polnische Nachtigall mitgebracht, der du schon einmal die Tür vor der Nase zugeschlagen hast, als sie mit ihrem Mann und den Koffern hier vor unserem Haus stand und beide bei uns einziehen wollten. Ich hoffe, du erinnerst dich daran.«

Ich hatte mich in Zorn geredet und zeigte auf die Koffer: »Kann mir einer erklären, was hier gespielt wird?«

Irene bettelte erst die Kowalsky stumm an, dann ihren Sohn, sie war durcheinander und suchte nach Worten, während Günter, von alledem unberührt, die schweren Koffer einzeln in seine frühere Herberge schleppte.

Endlich fand Irene ihre Stimme wieder: »Vor unserer Tür? Mit ihrem Mann? Thomas, du mußt dich täuschen.« Forschend sah sie die Kowalsky an: »Sie sind verheiratet?«

Gesicht und Haltung der Kowalsky drückten Angst, aber auch Abwehr und Trotz aus. »Wir leben in Scheidung«, sagte sie leise.

»Ich wundere mich nur, daß du ein so kurzes Gedächtnis hast. Du hast sie doch selber fotografiert, und Günter hat den Film höchstpersönlich zum ›Westfälischen Landboten‹ gebracht. Zumindest ihr Bild in der Zeitung hätte dich an sie erinnern müssen.«

Man hätte Irenes Gesicht fotografieren sollen. Sie wollte sprechen, konnte aber nur die Lippen bewegen.

»Mein Mann ist wieder nach Polen zurückgegangen.« Die Kowalsky zupfte nervös an ihrer Windjacke.

Mir fiel das Buch ein, das ich von Irene zu Weihnachten bekommen hatte. »Eine vierte Teilung Polens findet in meinem Hause nicht statt, damit das ein für allemal klar ist.«

Im Arbeitszimmer klingelte das Telefon. Erst wollte ich nicht hingehen, dann hob ich aber doch ab. Nun auch noch die Deist:

»Hier ist das Biest vom Zoo. Ich kann Ihnen das Bild leider nicht mehr geben, es hängt als Denkmal an einem Laternenpfahl im Hafen, Tschenstochau auf deutsch! Und ein gutes neues Jahr wünsche ich, wir sind ja morgen nicht in der Redaktion.«

Was hatte dieses Frauenzimmer denn nun wieder ausgeheckt? Ich wußte nur, wenn das stimmte, was die Deist gesagt hatte, würde ich das Bild dort sofort entfernen müssen.

Ich wollte die Treppe hinunterlaufen, da trat mir Irene in den Weg und spielte die Prüde: »Es geht mir eigentlich gegen den Strich, daß sie als verheiratete Frau mit Günter unter einem Dach wohnt. Aber die Zeiten haben sich geändert, Günter wird hoffentlich wissen, was er tut.«

Irene hatte immer noch nicht begriffen.

»Es geht hier nicht um irgendeine abgewetzte Moral! Hier findet eine Besetzung statt, und die empört mich. Nein, dein Günter weiß nicht, was er tut.«

Ruhiger fügte ich hinzu: »Ich muß noch einmal dringend fort. Wenn ich zurück bin, ist der Spuk hier zu Ende, und die beiden sind verschwunden. Mit den Koffern.«

Die Kowalsky hielt sich immer noch am Geländer fest. Ich lächelte sie freundlich an: »Verehrteste, gehen Sie dahin, von wo Sie der Sohn meiner Frau abgeschleppt hat.«

Und Günter rief ich in sein Zimmer: »Kehr besser zu deiner Charlotte zurück. Euch beide verbindet mehr, als Trauringe es könnten. Schließlich hast du mit ihr auch noch ein Transportproblem.«

Dann rannte ich die Treppe hinunter und stürmte aus dem Haus, ich setzte mich in meinen Wagen, der noch vor der Garage stand, und fuhr zum Hafen.

Die Szenen im Haus hatten mich auf Touren gebracht. Günter wünschte ich alles Böse an den Hals; die Kowalsky tat mir leid, ich verstand nicht, wie diese nach meiner Einschätzung doch überlegt handelnde Frau sich auf so ein Abenteuer einlassen konnte. Und Irenes Affenliebe war einfach nicht mehr zu ertragen. Sie entschuldigte alles und jedes, was Günter tat, ihre Torheit wurde nur noch von Günters Unverschämtheit übertroffen.

Ich hatte mich beim Fahren so in meine Wut verbissen, daß ich im Hafen erst gar nicht mehr wußte, was ich hier wollte, und dann verfluchte ich auch noch die Deist, die mich mit ihren geheimnisvollen Andeutungen hierhergehetzt hatte.

Ich ging zur Anlegestelle, und tatsächlich, ich stand vor dem schockierenden Produkt eines ihrer kaum faßbaren Einfälle.

An einer Peitschenleuchte, etwa in Kopfhöhe, hing der verglaste Wechselrahmen mit Klaras Foto, er hing am Ende eines Drahtes, der um den Pfahl der Lampe gewikkelt war, auf das andere Ende des Drahtes war ein Zettel mit einem Spruch gespießt, den ein weiser Mann geschrieben haben mußte: »Gott gebe mir die Gelassenheit, Dinge hinzunehmen, die ich nicht ändern kann, den Mut, Dinge zu ändern, die ich ändern kann, und die Weisheit, das eine vom anderen zu unterscheiden.«

Ich mußte grinsen, Ideen hatte dieses Weib, alle Achtung. Sie war klüger als die gesamte Meute im Zoo, sie spielte die Frivole und den Vamp und durchschaute Zusammenhänge, wo bei den meisten, und auch bei mir, bloß Ahnungen pochten.

Aber dieses Denkmal mußte weg, wenn es einer sähe und vielleicht der Polizei meldete, würde die längst geschlossene Akte der unbekannten Toten wieder aufgeschlagen und ihr Fall erneut geprüft – und alles nur wegen eines, zugegeben hintersinnigen, aber auch makabren Einfalls der Deist.

Ich riß den Wechselrahmen und den Zettel mit dem Spruch vom Laternenpfahl und warf beides ins Hafenbecken, der Rahmen mit Klaras Bild ging sofort unter, der Zettel mit dem Spruch trieb auf dem Wasser. Ich sah ihm lange nach.

Es hatte wieder zu regnen begonnen. Das fahle Licht im Hafen und die immer noch leuchtenden Christbäume auf den Decks der vor Anker liegenden Schiffe weckten in mir eine Stimmung von Verlorenheit. Hatte Irene vielleicht doch recht mit ihrem Wunsch, ich sollte meinen Job aufgeben und als freier Journalist arbeiten? Schreiben die meisten nicht deshalb gegen Verhältnisse an, weil sie sie nicht ändern können und weil sie zu feige sind, gegen die anzuschreiben, die sie vielleicht ändern könnten? Warum schrieb ich schon? Um Geld zu verdienen und um meinen Namen gedruckt zu sehen? War da nicht doch noch mehr, auch wenn ich es nicht immer begründen, ja nicht einmal ergründen konnte?

Ich ging langsam zurück und war nicht im geringsten verwundert, daß Wenczinsky lässig an meinem Wagen lehnte, im Kamelhaarmantel und mit dem Filzhut auf dem Kopf. Er rauchte gierig. Wir standen uns gegenüber, einer forschte in des anderen Gesicht, jeder wartete auf die Erklärung des anderen.

Ich hatte ihm nichts zu sagen, war mir aber sicher, daß er etwas zu sagen wünschte, denn er stand ja nicht ohne Grund hier in Kälte und Regen. Hatte er mich wieder einmal beschattet? Woher wußte er, daß ich hierherkommen würde.

»Warum haben Sie das Bild ins Wasser geworfen?«

»Sollte ich es für alle Welt hängen lassen? Wäre Ihnen das lieber gewesen?«

»Wer hat das dahin gehängt? Es muß jemand sein, der alles weiß.«

»Ist das jetzt so wichtig?«

»Neugierige und Mitwisser sind niemals unwichtig, Herr Koch, sie sind gefährlich.«

»Gefährlich? Für wen? Haben Sie denn was zu befürchten?«

»Ich fürchte für andere, Herr Koch.«

»Das nehme ich Ihnen nicht ab. Auf einem der vielen Friedhöfe dieser Stadt liegt eine unbekannte Tote, die Ermittlungsbehörden haben sie bis heute nicht identifiziert. Es wäre für Sie nur konsequent, wenn Sie der Polizei den Namen der Unbekannten sagten. Alles andere wäre dann nur noch ein Kinderspiel, in wenigen Stunden hätte die Polizei das Knäuel entwirrt.«

»Wäre Ihnen das denn recht, Herr Koch. Ich glaube kaum. Ich reise übrigens heute noch mit dem Nachtzug nach Warschau. Ich habe alles, was ich für meine Arbeit brauche, beisammen. Haben Sie mir noch etwas zu sagen, Herr Koch?«

Er warf seine Kippe in eine Pfütze und ging, ohne auf eine Antwort zu warten, in Richtung Straßenbahnhaltestelle. Ich rief ihn zurück, und er kam schnell, als hätte er auf meinen Zuruf gewartet.

»Der Tod Ihrer Stieftochter muß für Sie ein Geschenk des Himmels gewesen sein.«

Befremdet sah er mich an: »Wie meinen Sie das?«

»Wenn man mit einer Fünzehnjährigen ins Bett geht, ist das nichts Alltägliches.«

»Lassen Sie den Unsinn. Klara war ein Genie. Ihre Entrüstung ist einfach lächerlich, Herr Koch. Warum gehen denn nicht Sie zur Polizei?«

»Das wissen Sie.«

»Liegt Ihnen so viel an diesen Leuten?«

»Vielleicht.«

»Nichts liegt Ihnen an diesen Leuten, nicht an diesem Günter, nicht an Charlotte. Sie sind sich in erster Linie selber wichtig. Sie wären ein ruinierter Mann, Sie haben ein Verbrechen nicht gemeldet, Sie haben Beweise unterschlagen, Sie wissen, Sie wären so ruiniert wie ich, wenn Klara…«

»Geplaudert hätte, stimmt's? Sind Sie vielleicht nur hierhergekommen, um sie selbst zum Schweigen zu bringen? Aber Sie wußten doch schon bald nachdem Sie hier ankamen, daß sie tot ist, ihr Bild war in allen Zeitungen, Sie konnten es weiß Gott nicht übersehen. Warum dann dieses mysteriöse Versteckspiel über Monate. Sie hätten wieder abreisen können.«

»Ich hatte hier für eine wissenschaftliche Arbeit zu forschen. Außerdem wollte ich Gewißheit haben, wer es war, ich wollte Gewißheit über die Umstände ihres Todes. Da hätte mir keine Polizei genützt. Also stimmt meine Vermutung: Es waren Charlotte und ihr Freund?«

»Nein. Charlottes Mutter. Genauer gesagt: Klaras Großmutter.«

Er wurde bleich, das sah ich trotz des fahlen Lichts. Er schlug die Hände vors Gesicht und murmelte etwas, das ich nicht verstand.

»Berichten Sie, bitte.«

Ich erzählte ihm alles, was sich am Heiligen Abend in der Wohnung Fuchs zugetragen hatte, er unterbrach mich nicht, alles Leben schien aus seinem Körper gewichen, er vergaß sogar, sich eine Zigarette anzuzünden. Als ich am

Ende war, sagte er: »So läuft das Leben manchmal. Da verwechselt eine Frau eine Fliegenklatsche mit einem Schürhaken.« Er ging wieder, nach ein paar Schritten drehte er sich noch einmal um. »Ich wünsche Ihnen alles Gute und daß Sie etwas für meine Landsleute tun, die aus meiner Heimat kommen und hier leben wollen, sie haben es verdient. Ihre letzte Tat, von der ich in einer anderen Zeitung gelesen habe, war keine Ruhmestat. Ich habe alle Zeitungen gesammelt, ich werde sie zu Hause übersetzen und öffentlich aushängen lassen.«

Dann ging er für immer.

Schon stiegen vereinzelt Leuchtraketen in den Himmel. Ich war, von den Wachen auf den Schiffen abgesehen, vermutlich der einzige Mensch im Hafen.

Plötzlich winselte ein Hund neben mir, ich scheuchte ihn mit dem Fuß, aber er machte nur einen Satz beiseite und legte sich aufs Pflaster. Ich hatte im Handschuhfach meines Wagens noch eine angebrochene Tafel Schokolade, die holte ich und fütterte den Hund, der Riegel für Riegel gierig schnappte und ohne zu kauen verschlang. Als er alles aufgefressen hatte, hielt ich ihm das Stanniolpapier vor die Schnauze, er schnupperte daran und trollte sich.

Charlottes Supermarkt lag nur einen Steinwurf entfernt, jenseits der vierspurigen Straße mit den Straßenbahnschienen.

Charlotte war nicht überrascht, mich zwischen den Regalen anzutreffen, sie strahlte mich an und streckte mir die Hand entgegen.

Ihr Blick schweifte über den riesigen Verkaufsraum und die gefüllten Regale, dann sah sie mich schräg von der Seite an, als wäre ihr meine Gegenwart auf einmal peinlich. Plötzlich rannte sie fort und ließ mich stehen, ich wußte nicht, ob ich gehen oder bleiben sollte, aber so plötzlich wie sie fortgerannt war, kam sie wieder zurück. Sie schien wie ausgewechselt, war hektisch und sah alt aus, ihr Gesicht hatte jeden Glanz verloren.

Fahrig wühlte sie in einem Einkaufswagen, in dem verdorbenes Gemüse und faulendes Obst lag. Mit einer schroffen Kopfbewegung wies sie eine junge Verkäuferin aus dem Gang und fragte leise: »Gibt es was Neues?«

»Wenczinsky fährt heute nacht nach Polen zurück.«

»Ja? Schön, einer weniger in der Stadt. Ist Günter wieder aufgetaucht? Hat er seine polnische Schlampe mitgebracht? Hoffentlich erstickt sie an ihm. Ich weiß es seit einer Woche. Kunden reden gern, besonders wenn sie jemandem weh tun können.«

Immer noch wühlte sie, anscheinend geistesabwesend, bis zu beiden Ellenbogen vergraben im verdorbenen Gemüse und Obst, als suchte sie etwas.

Weil ich schwieg und sie wohl meinen angewiderten Gesichtsausdruck bemerkte, stieß sie hervor: »Also doch. Dieser Bock treibt es mit jeder Dahergelaufenen, sogar mit einer polnischen Schickse.«

Sie lachte grell auf und zog ihre Arme aus dem Abfall, verwundert betrachtete sie ihre Hände, nahm von einem beiseite gestellten Einkaufswagen ein Handtuch und säuberte sich notdürftig. Sie ekelte sich vor sich selber.

»Ich habe ein neues Schloß an meiner Wohnungstür anbringen lassen, wenn er kommt, um seine teuren Klamotten zu holen, muß er mich bitten, die Tür aufzuschließen. Dem werde ich's zeigen, daß er mit mir nicht umspringen kann wie mit einer Straßennutte. Ich bin jetzt selten in meiner Wohnung, die meiste freie Zeit bin ich bei meiner Mutter. Sie braucht mich, sie fängt auch schon an, kindisch zu werden. Ich fürchte, mit ihr geht es wie mit Großmutter in den letzten zehn Jahren. Aber ich werde meiner Mutter nicht zwanzigmal am Tag den Hintern putzen.«

Sie sah eine ratlos dreinschauende Kundin, sprach sie an und beriet sie mit einer Liebenswürdigkeit, die nichts Gekünsteltes hatte; sie wirkte plötzlich wieder ganz souverän.

Ihre Verwandlung binnen Sekunden erstaunte mich. War das ein und dieselbe Frau?

Als die Kundin gegangen war und Charlotte wieder neben mir stand, fragte ich sie, und ich war heftiger, als ich wollte: »Haben Sie heute schon Ihre Blume ins Wasser geworfen?«

Sie schüttelte den Kopf.

»Dann haben Sie das Denkmal für Klara nicht gesehen?«

»Ich verstehe kein Wort.«

»Jemand hat bei der Anlegestelle an einem Laternenpfahl Klaras Foto und einen weisen Spruch angebracht. Dasselbe Bild, das Günter haben wollte und das ihm jemand vor der Nase weggeschnappt hat.«

Sie schaute mich irritiert an.

Die letzten Kunden verließen den Laden. Eine Verkäuferin verschloß die Glastüren von innen, die drei Frauen an den Kassen brachten die Tageseinnahmen nach hinten in Charlottes Büro.

»Warten Sie. Sie können mich begleiten, wenn es Ihre

Zeit zuläßt, ich muß nur die Geldbombe noch in den Außentresor der Sparkasse werfen.«

Sie verschwand in ihrem Büro. Die Putzfrauen kamen durch den Lieferanteneingang und begannen mit ihrer Arbeit.

Ich wartete lange, bis Charlotte zurückkehrte und mir wortlos eine große Ledertasche reichte. »Geld ist schwer, auch wenn es nur Scheine sind. Vor fünf Jahren ist hier mal ein Mädchen überfallen worden, das die Geldbombe zum Tresor brachte, dabei sind es nur fünfzig Schritte bis zur Sparkasse. Das Mädchen hat dem Gauner die Tasche mit dem Geld vor die Füße geworfen und ist geflüchtet. Das beste, was es tun konnte, schließlich sind wir hoch versichert, das heißt, das Geld ist versichert, nicht die Menschen.«

Während wir von der Sparkasse zurückkamen, sagte sie leise: »Ich will das Denkmal sehen.« Ohne auf mich zu warten, lief sie zum Hafen, ich hatte Mühe, ihr zu folgen. Der kalte Wind ging mir durch und durch. Als ich sie eingeholt hatte, blickte sie suchend um sich, ich zeigte auf den Laternenpfahl: »Ich habe es beseitigt. Kehren wir um.«

»Ich bin ohne Auto hier, das steht seit drei Tagen in der Werkstatt. Würden Sie mich zu meiner Mutter fahren?«

Sie nahm meinen Arm und führte mich zu meinem Wagen. Der Feierabendverkehr war noch nicht abgeebbt, dennoch kam ich gut vorwärts. Ich setzte sie vor dem Haus ihrer Mutter in Lindenhorst ab, und während sie ausstieg, fragte sie: »Wollen Sie nicht noch auf einen Sprung mit hereinkommen?«

»Ich glaube nicht, daß das die richtige Stunde ist, und schließlich...«

»Meine Mutter hat alles vergessen, die letzte Begegnung und was sie da so gesagt hat. Es ist schon die richtige Stunde. Kommen Sie.«

Es nieselte. Das Gift aus den Schornsteinen, das durch den Regen zur Erde gespült wurde, roch nach faulen Eiern und Salpeter. Ich folge Charlotte nur widerwillig.

Ihre Mutter saß in demselben Ohrensessel, in dem damals an ihrem Geburtstag die alte Frau Österholz gesessen hatte, und kläffte ihre Tochter an: »Die haben angerufen. Du hättest heute dein Auto aus der Werkstatt holen können. Die Reparatur kostet vierhundert Mark. Viel Geld für so wenig Blech... Was will der denn hier? Ist das dein neues Stofftier?«

»Er ißt mit uns zu Abend. Was gibt es denn?«

Es war Silvester. Ich dachte an zu Hause, an Irene, an Günter und die Kowalsky. Mir war nicht wohl in meiner Haut, ich hatte das Gefühl, etwas zu versäumen.

»Essen? Für den? Ja, Kieselsteine mit Essig. Ich habe nichts gekocht, ich habe keinen Hunger. Mach dir was Kaltes zurecht, der Kühlschrank ist voll. Du hättest dir ja auch was aus dem Laden mitbringen können.«

Charlotte verschwand in der Küche und kam nach ein paar Minuten mit einem Tablett zurück, auf dem Brot, Wurst, Käse, Schinken, Teller und Bestecke lagen. Sie ordnete die Teller so, daß wir uns gegenübersaßen.

Silvester.

Ich fühlte mich beengt und unwohl. Ich bereute, Charlotte ins Haus gefolgt zu sein. Was sollte ich hier? Charlotte ermunterte mich zuzugreifen, und ich aß mit.

»Bring dem Kerl doch endlich eine Flasche Bier, du dumme Kuh. Du siehst doch, daß er saufen will.«

Charlotte sprang verschreckt auf und brachte aus der Küche eine Flasche Bier und ein Glas. Das Bier war eiskalt. Sie schenkte mir ein, und als sie wieder saß, rief die Alte: »Vielleicht braucht er noch einen Schnaps. Für solche Kerle ist Bier doch nur der Auftakt.«

Wieder wollte Charlotte in die Küche, aber ich griff ihre Hand und hielt sie zurück. Leise fragte sie mich: »Wer hat dieses Denkmal, von dem Sie gesprochen haben, angebracht?«

»Meine langjährige Mitarbeiterin, die damals auch das Bild entdeckt und gekauft hat, bevor Günter es kaufen konnte. Sie rief mich an, deshalb bin ich auch zum Hafen gefahren. Ich wollte verhindern, daß jemand das Bild sieht. Ich konnte nicht ahnen, daß ich dort Wenczinsky treffen würde.«

»Was weiß Ihre Mitarbeiterin?«

»Alles. Es gibt nun mal Menschen, die mit ihren Vermutungen oder Ahnungen richtig liegen und nicht erst von den Tatsachen eingeholt werden müssen.«

»Lieben Sie diese Frau?«

»Ich schätze sie sehr.«

»Wie schön das ist, geschätzt zu werden, wie schön.« Sie hatte nur für sich gesprochen.

»Er braucht einen Schnaps«, schrie die Alte mit überschnappender Stimme.

»Er hat doch schon eine halbe Flasche ausgetrunken«, brüllte Charlotte zurück.

»Wußte ich doch, daß er ein Säufer ist«, kicherte die Alte und sackte in ihrem Sessel zusammen, sie sah aus wie ein achtlos zusammengeworfener Kleiderhaufen.

»So ein dummes Ding, kaum im Haus und schon tot«,

brummelte die Alte vor sich hin. Charlotte lächelte gequält, während sie versuchte, mit einer Gabel eine saure Gurke aus dem Glas zu fischen.

»Werden Sie Günter mit seiner... in Ihrem Haus aufnehmen?«

»Ich habe ihn nicht aufgenommen, aber er ist in meinem Haus mit seiner...«

»Schlampe? Ich wußte, daß es so kommen würde.«

Sie stand auf und lief durchs Wohnzimmer, als rennte sie gegen einen Sturm an, plötzlich blieb sie vor mir stehen: »Wenczinsky fährt fort, aber Sie sind noch da. Was werden Sie unternehmen?« Und lauter: »Schließlich haben wir Klara in den Kanal geworfen und nicht einen Sack Mehl.«

»So ein dummes Ding, kaum im Haus und schon tot«, kicherte die Alte.

»Sei endlich still, Mama«, rief Charlotte und stampfte mit dem rechten Fuß. Die Alte richtete sich in ihrem Sessel kerzengerade auf, sie sah jetzt aus wie eine Schaufensterpuppe. Als sie abermals zu sprechen ansetzte, schrie Charlotte: »Wenn du noch einmal den Mund aufmachst, schlage ich dir das Gebiß ein.«

Mit erhobenen Armen rannte sie auf ihre Mutter zu, als wollte sie auf sie einschlagen, dann drehte sie sich um und setzte sich wieder. Sie stützte ihren Kopf auf beide Arme und weinte leise vor sich hin.

Es war unerträglich geworden, ich wollte weg hier und wagte doch nicht aufzustehen.

»Haben wir uns noch etwas zu sagen? Nein, es ist alles gesagt. Richten Sie Günter aus, wenn er nicht innerhalb von drei Tagen zurückkommt, passiert was. Den Schlüssel für das neue Schloß kann er sich bei mir im Supermarkt abholen.«

Da saß sie vor mir mit verweinten Augen und zuckenden Schultern. Ein verzweifelter Mensch, dem ich nichts Tröstliches mehr zu sagen wußte.

»Sie haben recht, Charlotte, es ist alles gesagt.«

Ich stand auf und ging zögernd zur Tür, in der Hoffnung, sie würde mich zurückrufen, da kicherte ihre Mutter wieder: »So ein dummes Ding, kaum im Haus und schon tot.«

Mit zwei Sätzen war Charlotte am Ohrensessel und schlug rasend auf ihre Mutter ein, die Schläge prasselten auf die alte Frau nieder. Charlotte schrie: »Du sollst still sein! Du sollst still sein! Du sollst still sein!«

Ich floh.

Wie ein Betrunkener torkelte ich zu meinem Auto, und als ich hinter dem Steuer saß, drehte ich das Radio ganz laut auf, noch immer gellten mir Charlottes Schreie in den Ohren: Du sollst still sein!

Ich fuhr los und schaltete das Radio aus, das leise Summen des Motors beruhigte mich.

Raketen stiegen zum Himmel, Knallkörper explodierten auf Straßen und Bürgersteigen.

Wohin sollte ich? Wohin nur?

Zur Deist.

Ich wußte, daß sie in Barop wohnte, aber wo dort? Ein Jahrzehnt lang saß ich mit ihr im selben Büro und hatte sie nie zu Hause besucht.

An einer Telefonzelle hielt ich an und suchte im Telefonbuch nach ihrer Adresse. Es gab in dieser Riesenstadt tatsächlich nur zwei Telefonanschlüsse auf den Namen Deist.

Andreas Deist, das mußte ihr Vater gewesen sein, der vor drei Jahren gestorben war, ihre Mutter lebte allein. Monika Deist wohnte im Krückenweg.

Ich fuhr nach Süden. In Barop kannte ich mich aus.

Das sechsstöckige Mietshaus, in dem die Deist wohnte, lag an der Bahnstrecke nach Hagen. Ich stellte den Wagen auf den hauseigenen Abstellplatz, weit und breit war alles zugeparkt.

Vor dem erleuchteten Hauseingang zögerte ich, weil mein Besuch zu dieser Zeit selbst der Deist merkwürdig vorkommen mußte. Dann klingelte ich aber doch, und bald tönte es aus der Sprechanlage: »Welcher Idiot klingelt denn um diese Zeit?«

»Der Idiot heißt Koch«, rief ich in die Sprechmuschel. Es war einige Sekunden still. Als sie antwortete, war die Verblüffung in ihrer Stimme nicht zu überhören.

»Sechster Stock, zweite Tür links. Der Aufzug ist nicht defekt, aber Treppensteigen ist gesünder.« Der automatische Türöffner brummte, und als ich die Haustüre öffnete, ging das Licht im Treppenhaus an. Neben den vielen Briefkästen, die mich mit ihren schmalen Schlitzen an Bienenkörbe erinnerten, hing an einer Pinnwand ein Plakat: ›Die Hausbewohner haben Anspruch auf Ruhe. Nehmt bitte Rücksicht!‹

Ich stieg leise die Treppen zum sechsten Stock hoch. Die Deist wartete in einem hellblauen Hausanzug vor ihrer Wohnungstür und sah mir ungläubig entgegen.

Ich war verlegen. »Ich bin's. Ihre Wohnung lag auf meinem Weg.«

»Auf welchem Weg? Woher und wohin? Um diese Zeit? Seit wann macht der Zoo Überstunden? Lügen können Sie nur beim Schreiben, weil die Buchstaben nicht rot werden.«

Ich hatte mir zwar nie Gedanken darüber gemacht, wie die Deist lebte, aber das, was ich hier sah, war ziemlich genau das Gegenteil von dem, was ich mir als Wohnung für sie vorstellen konnte. Diese Wohnung entsprach weder ihrem Temperament noch ihrer Frivolität, sie war kalt und steril wie eine Klinik: Weiße Türen, weiße, mit Leder bespannte Stahlmöbel, weiße Wände, und an den Wänden waren Kalenderblätter mit Reißnägeln befestigt. Modellmöbel, das war nicht zu übersehen, die hatten eine Stange Geld gekostet.

Einen Moment blieb ich in der Tür stehen, um mich von meiner Überraschung zu erholen, sie hatte mir meine Enttäuschung wohl angemerkt: »Jeder haust auf seine Weise. Hauen Sie sich hin und spucken Sie aus, was Sie nicht runterwürgen können.«

Sie setzte sich, nahm eine Zigarre aus einem Holzkistchen, zündete sie an und ging mit langen Schritten durch das Wohnzimmer, sie blies den Rauch in alle Richtungen.

»Das riecht gut, das riecht nach Mann. Wenn schon kein Mann hier ist, dann soll es wenigstens danach riechen. Sie sind doch zu mir gekommen, um sich bei mir auszujammern, oder? Ein Mann, der zu einer so ungewöhnlichen Stunde und an einem so ungewöhnlichen Tag zu einer ungewöhnlichen Frau kommt, der will sie entweder ausziehen oder sich bei ihr auskotzen.«

Sie schlenzte sich in den Sessel, der als abstraktes Kunstwerk in jeder modernen Galerie das Staunen des Publikums erregt hätte. Sie blies mir den blauen Zigarrenrauch ins Gesicht und setzte sich in Pose, als wäre ich gekommen, um sie für ein Männermagazin zu fotografieren. Sie war hinreißend.

»Verehrtester, bevor Sie kotzen: ich bin keine Müllkippe und kein Beichtstuhl. Sie haben sich selbst in dem Netz gefangen, das unsere Zeitung geknüpft hat. Aber Sie waren nie ein dicker Fisch. Jetzt hat das Netz ein Loch, und Sie haben Angst, aus dem Netz zu flutschen und sich im weiten Meer zu verlieren. Was glauben Sie, Herr Koch, wie viele Jämmerlinge sich in Ihrem Sessel da schon ausgeheult haben und dann zu mir ins Bett wollten? Sie werden das nicht versuchen, dafür sind Sie zu brav. Wissen Sie eigentlich, warum ich immer noch im Zoo arbeite? Weil ich es liebe, wenn Fische im Netz zappeln. Sie sind so ein Fisch. Sie reißen ständig das Maul auf und sagen nichts. Sie schnappen, aber Sie beißen nicht. Und jetzt fahren Sie schleunigst nach Hause.«

Während sie redete, marschierte die Deist durchs Zimmer und paffte an ihrer Zigarre, die Luft war zum Schneiden. Ich überlegte, wie ich ihr meinen Besuch erklären konnte, es war ein spontaner und verrückter Einfall gewesen, hierherzukommen. Ich wollte weg und gleichzeitig bleiben.

»Na, Herr Koch, möchten Sie eine Flasche Bier? Nein? Auch gut. Sie trinken sowieso zuviel, wie alle im Zoo. Ach nein, entschuldigen Sie, Sie sind ja die große Ausnahme.«

Ich sprang auf und lief zur Tür.

»Sie wollen schon gehen? Auch gut! Wir sehen uns ja Neujahr in der Redaktion. Nehmen Sie die Treppe, ist gut fürs Herz. Ach, was habe ich viel geredet – aber nur, weil Sie so hartnäckig geschwiegen haben.«

Als ich zu Hause ankam, war das neue Jahr schon zwei Stunden alt. Vergeblich hielt ich Ausschau nach Günters gelbem Ford. Unsere Straße ist seit Jahren schlecht beleuchtet, und weil die meisten Anwohner keine Garagen haben, war in einer Nacht wie dieser alles zugeparkt, Günter konnte seinen Wagen also in einer Seitenstraße abgestellt haben.

Alle Häuser waren dunkel, es war nicht auszumachen, wer hinter den herabgelassenen Jalousien noch feierte.

Auch in meinem Haus leuchtete nur das kleine Notlicht im Flur neben der Garderobe, das sich eine Stunde vor Mitternacht automatisch einschaltet und bis morgens um sieben brennt. Vor Jahren hatte Irene bei Freunden eine solche Notlichtanlage bewundert und wollte dann unbedingt auch für uns eine, das gäbe ihr Sicherheit, wenn sie alleine im Hause wäre.

Ich holte mir eine Flasche Rotwein aus dem Keller, setzte mich ins Wohnzimmer und trank den schweren Wein so schnell, als wäre er Bier. Ich spielte am Fernsehapparat herum, nichts als Wiederholungen alter Unterhaltungssendungen und Silvester-Shows, teilnahmslos saß ich eine Weile vor dem bunten Geflimmere, dann schaltete ich ab, ich löschte das Licht und streckte mich in meinem Sessel aus. Die Stille kam mir auf einmal unheimlich vor, und ich begann zu verstehen, daß Irene ab und zu klagte, das Haus sei für uns zwei zu groß und sie fürchte sich, wenn sie allein sei, manchmal habe sie das Gefühl, sie irre in einem kalten und öden Palast umher.

Ich hatte solche Klagen stets abgewehrt. Ich wollte mich von meinem Erbe, das mir vor zwanzig Jahren unverhofft in den Schoß gefallen war, nicht trennen, erst recht nicht in einer Zeit, in der solche Häuser nur mit Verlust zu verkaufen waren. Außerdem konnten wir in unserem Haus so leben, daß der eine den anderen nicht störte. Über solchen Gedanken schlief ich ein.

Plötzlich schreckte ich hoch, über mir war ein heftiges Gepolter, ich hörte Günters laute Stimme und eine schluchzende Frau. Die Standuhr schlug fünf.

Ich verstand nichts, nur daß oben eine heftige Auseinandersetzung im Gange war.

Ruhig bleiben und abwarten. Nicht einmischen. Langsam dämmerte mir, daß das Schluchzen von der Kowalsky kam. Sie war also doch noch da. Zusammengekauert, wie eine Spinne im Netz, hockte ich in meinem Sessel, die Dunkelheit tarnte mich. Oben wurde eine Tür aufgestoßen, und ein Lichtkegel fiel auf einen Teil des Treppenhauses, ein schwerer Gegenstand polterte die Treppe herunter, ein Koffer, er blieb in der Diele vor der Garderobe liegen. Im spärlichen Licht konnte ich sehen, daß er aufgeplatzt war. Dann kullerte noch ein kleiner Koffer hinterher, ihm folgte die heulende barfüßige Kowalsky, ihre Schuhe hatte sie in der Hand. Sie setzte sich auf den kleinen Koffer und stammelte unverständliche Worte.

Im Treppenhaus wurde es hell, und ich hörte Irenes erschrockene Frage: »Mein Gott, was geht hier vor? Günter, was tust du, was stellst du an?«

Ich machte mich immer noch nicht bemerkbar, ich genoß meine Rolle als unsichtbarer Zuschauer.

Irene lief in Nachthemd und Pantoffeln aufgeregt die Treppe herunter und blieb händeringend vor der Kowalsky stehen, sie rüttelte die weinende Frau an den Schultern und wandte sich hilfesuchend an Günter, der angekleidet die Treppe herunterkam. Günter schob Irene mit einer lässigen Armbewegung beiseite. Als er die Kowalsky vom Koffer hochziehen wollte, fiel ihm Irene in die Arme und schrie: »Günter, kannst du mir bitte erklären, was das Theater soll? Mitten in der Nacht!«

»Was das soll? Verschwinden soll sie. Auf der Stelle. Diese Schnepfe. Mama, misch dich da nicht ein.«

»Aber du hast sie doch gestern erst hergebracht. Du kannst sie doch nicht mitten in der Nacht auf die Straße jagen.«

»Viermal habe ich es ihr besorgt, aber sie wird und wird nicht satt. Sie will mehr, mehr, mehr. Die kriegt nicht genug, das ist ja krankhaft. Ich bin doch kein Roboter, ich brauch meinen Schlaf. Keine Angst, Mama, sie braucht ihre Koffer nicht selbst zu schleppen, ich bin ein Kavalier, ich bringe sie mit ihrem Kram dahin zurück, wo ich sie herhabe, da gibt es genug Männer, die es ihr besorgen können, rund um die Uhr. Sie ist unersättlich, sie ist ausgehungert. Ich nicht.«

Irene versuchte, ihm in die Arme zu fallen, aber Günter wehrte sie ab. Er wurde grob und zog die Kowalsky unsanft hoch, sie ließ es widerstandslos geschehen. Günter kniete nieder und verschnürte den aufgeplatzten Koffer.

Als Irene sich erneut einmischte, brüllte ihr Sohn sie an: »Mama, zum letzten Mal, halte dich da raus. Ich habe sie hergebracht, ich bringe sie wieder weg.«

»Sie bleibt!«

Alle drei rissen die Köpfe herum und blickten suchend in die Dunkelheit, aus der meine Stimme gekommen war.

Günter faßte sich als erster, trat ins Wohnzimmer und knipste das Licht an.

»Thomas, du? Ein Geist.«

»Ja, ich.« Ich beherrschte mich. Ich krallte meine Finger in die Sessellehnen, um nicht aufzuspringen. Irene sah mich an, als wäre ich ein Fremder.

»Was machst du denn hier?«

Fast hätte ich laut gelacht.

»Wieso fragst du nicht, warum ich so lange ausgeblieben bin? Zur Zeit bin ich doch nur auf Wanderschaft. Ist dir das noch nicht aufgefallen?«

Ich erhob mich, ging in den Flur und nahm die Koffer der Kowalsky.

»Kommen Sie, das ist nämlich immer noch mein Haus, und ich bestimme, wer hier wohnen darf und wer nicht. Kommen Sie.«

Günter lachte. Er lachte laut und überlegen. Das konnte mich nicht mehr reizen, auch nicht sein arroganter, verbissener Blick, der nur zeigte, daß in ihm verhaltene Wut kochte.

Die Kowalsky stand bewegungslos vor mir, scheu blickte sie bald mich, bald Irene, bald Günter an, sie wußte nicht, wem sie folgen sollte.

Plötzlich hing Irene an mir: »Weißt du, was du da tust? Soll diese Frau etwa in unserem Haus bleiben, wenn Günter geht oder wenn er sie in seinen Zimmern nicht haben will?«

»Wieso seine Zimmer? Das ist mein Haus! Er kann ja gehen. Er ist vor fünf Jahren gegangen, ohne uns zu fragen und ohne zu sagen, wohin. Und er ist gestern mit einem Gast gekommen, ohne uns vorher zu fragen. Er kann gehen, das ist seine Entscheidung. Aber der Gast bleibt.«

»Mein Gott, du willst allen Ernstes meinen eigenen

Sohn aus dem Haus jagen? Und eine völlig Fremde bei uns aufnehmen? Thomas, weißt du noch, was du redest? Weißt du es wirklich?«

Günter riß mir die beiden Koffer aus den Händen und ging schnell zur Haustür, die Kowalsky streifte sich ihre Schuhe über und wollte hinter ihm her, aber ich hielt sie zurück. Ich wollte es jetzt wissen. Das war kein Geplänkel mehr wie in den vergangenen Jahren, das hier war eine Machtprobe.

Als die Kowalsky Günter die Koffer abnehmen wollte, schrie ich sie an: »Lassen Sie ihn doch gehen. Den Plunder in den Koffern können Sie verschmerzen. Sie bleiben hier!«

Ich hatte erwartet, daß Günter handgreiflich werden würde, sein Gesicht war verzerrt vor Wut, er ließ die Koffer fallen und stieß mich so heftig vor die Brust, daß ich taumelte.

»Das hier ist meine Sache. Wenn ich jemanden ins Haus bringe, dann bringe ich ihn auch wieder weg, das erfordert die Höflichkeit. Misch dich da nicht ein, Thomas. Oder willst du Mama in meine Zimmer ausquartieren und dich mit der Schnepfe in Mamas Schlafzimmer breitmachen?«

Weiter kam er nicht. Irene sprang mit einem wilden Schrei auf Günter zu und klatschte ihm zwei Ohrfeigen ins Gesicht, er nahm sie regungslos hin und starrte seine Mutter ungläubig an. Dann begann er überlegen zu lächeln, als wäre nichts geschehen, und sagte zu mir: »Thomas, ich habe deutlich gesagt, misch dich da nicht ein, das hier geht dich nämlich einen Dreck an.«

»Und ob mich das etwas angeht! Ab sofort gewähre ich einer polnischen Aussiedlerin, einer alleinstehenden Frau ohne Arbeit und Unterstützung, Asyl. Das hier ist jetzt keine Privatangelegenheit mehr, das ist jetzt offiziell. Hast du begriffen? Hinter mir steht jetzt der Staat.«

Ich bluffte, es war ein schwacher Versuch, mich zu behaupten.

Günter hatte mit wachsendem Staunen zugehört, dann brüllte er und bog sich vor Lachen.

»Kompliment, Thomas, du bist ein Genie. Ehrlich. Einmal Saulus und dann wieder Paulus, ganz wie es dir in den Kram paßt. Einmal bist du für die polnische Mischpoke, dann gegen sie, und dann wieder für sie. In Wirklichkeit denkst du doch, das Pack kann hingehen, wo der Pfeffer wächst, am besten gleich nach Sibirien. Du spielst doch nur den Menschenfreund! Aber Weihnachten, das Fest der Versöhnung, ist vorbei. Jetzt haben wir ein neues Jahr, jetzt beginnt der Alltag. Die Zeit der Sprüche ist rum, jetzt geht es wieder knallhart zu. Wie viele Menschen sind eigentlich schon auf deine Sprüche reingefallen?«

Die Kowalsky wollte aus dem Haus, ich mußte sie mit Gewalt zurückhalten: »Sie bleiben, Frau Kowalsky, in meinem Haus sind Sie sicher. Von hier wird Sie niemand vertreiben, schon gar nicht dieser schöne Jüngling. Wenn er es noch einmal versucht, rufe ich die Polizei.«

»Polizei?« Irene hüpfte in ihrem weiten und Wellen schlagenden Nachthemd um mich herum. »Polizei in unserem Haus? Eher bring ich mich um. Ein Skandal. Die Frau soll endlich verschwinden, dann kehrt wieder Ruhe ein. Die hetzt uns womöglich tatsächlich noch die Polizei auf den Hals.«

»Die Frau bleibt. Günter, willst du übrigens wissen, wo ich heute nacht war? Bei Charlotte, sie hat mich zum

Abendessen eingeladen, du hattest sie ja versetzt. Übrigens läßt sie dir ausrichten, daß sie an ihrer Wohnung ein neues Schloß hat anbringen lassen, die Schlüssel sollst du dir im Supermarkt abholen, oder nach Feierabend in der Wohnung ihrer Mutter. Und wenn du nicht innerhalb von drei Tagen zurückkämst, würde etwas passieren, du wüßtest schon was. Ich nehme an, sie wird dann Selbstanzeige erstatten, ihr ist jetzt alles egal. So ist das eben, gemeinsame Erlebnisse ketten Menschen aneinander. Tja, ungestraft spielt man nicht den Spediteur! Und jetzt verschwinde, du kotzt mich an.«

Während er mir mit wachsendem Staunen zuhörte, lief er erst rot an und wurde dann bleich, sein Erstaunen verwandelte sich in Erschrecken. Er schien zu schrumpfen, seine Arme hingen wie Pendel an seinem Körper. Wütend drehte er sich um, als wollte er gegen die Koffer treten, dann fluchte er leise vor sich hin.

»Dieses Aas! Aber sie hat sich verrechnet. Erst hilft man ihr aus der Klemme, dann will sie einen erpressen. Aber nicht mit mir.«

Er stürmte die Treppe hoch und kam wenig später mit seinem Anorak zurück, er lief aus dem Haus und knallte die Tür so heftig hinter sich zu, daß sie wieder aufsprang.

Irene hatte dem allen fassungslos zugehört, während die Kowalsky verstört und erschöpft auf der untersten Treppenstufe saß und vor sich hin wimmerte. Ich verschloß sorgfältig die Haustür.

»Gehen Sie nach oben, Frau Kowalsky, schlafen Sie sich aus. Wir haben jetzt alle Schlaf nötig. Beim Frühstück reden wir in aller Ruhe, wie es weitergehen soll.«

Sie zog sich am Treppengeländer hoch und ging wie ein

folgsames Kind nach oben. Als die Tür hinter ihr ins Schloß fiel, sagte ich zu Irene: »Für uns beide wird es auch Zeit, in die Betten zu gehen.«

Irene packte mich an beiden Armen und rüttelte mich: »Was bist du bloß für ein Mensch! Du ekelst meinen Sohn aus dem Haus und gewährst einer Dahergelaufenen Unterschlupf. Diese Schlampe verläßt unser Haus, die ist imstande und zieht dich wirklich in ihr Bett. Hast doch gehört, was Günter gesagt hat.«

»Dafür hast du ihn doch geohrfeigt. Sei jetzt nicht kindisch.«

»Kindisch nennst du das, wenn sich so eine in unserem Haus einnistet? Die Frau möchte ich sehen, die sich das gefallen läßt.«

Irene trat empört gegen die Koffer der Kowalsky.

»Du kannst doch jetzt nicht einfach schlafen gehen, nach allem, was passiert ist. Wie denkst du dir das? Ich will wissen, was mit dieser Person in unserem Haus wird?«

»Irene, laß uns beim Frühstück in aller Ruhe darüber reden. Ich hatte einen turbulenten Tag.«

»Ich will es aber jetzt wissen!«

»Irene, wir beide haben zwar keine leidenschaftliche, aber immerhin eine gute Ehe geführt, bis zu dem Tag, als der Film, der mich unmöglich machten sollte, bei der Konkurrenz gelandet ist.«

»Unmöglich machen? Gerettet hat er dich, gerettet.«

»Eine sonderbare Logik: erst vernichten, dann retten. Soll ich dir jetzt was von deinem Sohn erzählen?«

Ehe Irene antworten konnte, ging im ersten Stock eine Tür auf, und die Kowalsky kam herunter, im Mantel und bleich, wie eine Schlafwandlerin, und mit den beiden anderen Koffern in den Händen. Sie blieb vor uns stehen, stellte die Koffer ab und sagte in ihrem klaren Deutsch, mit hartem polnischem Akzent: »Ich habe Ihren Sohn geliebt, er war gut zu mir, er hat mir geholfen. Aber ich werde gehen, weil Sie mich nicht haben wollen. Niemand hier will uns haben, die Deutschen verachten die Polen. Ich bin noch nicht lange in Deutschland, aber ich weiß jetzt, daß ich mich geirrt habe, als ich hierher wollte. In Polen waren wir arm, ich wußte oft nicht, was ich kochen sollte. Und die Deutschen wissen auch nicht mehr, was sie kochen sollen, weil sie so satt sind. Mein Mann war klüger. Er kann zwar kaum Deutsch, aber er hat trotzdem alles verstanden. Ich spreche ganz gut Deutsch, aber ich habe bis heute wenig verstanden. Ich wünsche Ihnen beiden ein gutes neues Jahr.«

Sie nahm die Koffer wieder auf und ging zur Haustür.

Irene lief hinter ihr her. »Was wollen Sie eigentlich? Sie sind doch freiwillig hergekommen und beschweren sich nun, daß bei uns auch nur mit Wasser gekocht wird, Sie beschweren sich, weil Sie hier nicht finden, was Sie sich in Ihren verworrenen Vorstellungen eingebildet haben. Sie wurden doch gar nicht verfolgt, Sie wollten doch nur an die Futterkrippe, und jetzt schreien Sie Zeter und Mordio, weil die Deutschen Ihnen nicht die besten Happen überlassen. Thomas, die Frau kommt aus dem Haus.«

Irene drehte sich um und rannte die Treppe hoch. Ich nahm der Kowalsky die Koffer ab, stellte sie neben die Garderobe und brachte die zitternde Frau nach oben. Ich schob sie in Günters Zimmer und verschloß von außen die Tür.

Am zweiten Januar, an einem Montag vormittag, begegnete ich im Foyer des Redaktionsgebäudes einem mürrischen Wolters, er fuhr mit mir im Aufzug in den dritten Stock.

»Fröhlich sehen Sie nicht gerade aus, Herr Wolters. Haben Sie durchgefeiert?« Ich vermutete, die Deist wäre ihm quergekommen.

Er gab keine Antwort, sondern war bemüht, mich nicht zu sehen, er tat, als läse er interessiert den Wochenspeiseplan unserer Kantine, der im Lift aushing und jeden Montag erneuert wurde.

Im Flur zu meinem Büro hielt es ihn aber nicht mehr. »Diese Polen wachsen sich zur Plage aus, die bescheren uns noch eine Bildungskatastrophe. Meine kleine Schwester, sie ist zehn Jahre jünger als ich, bekommt seit einem Jahr nur noch schlechte Noten. In ihrer Klasse sitzen dreizehn Polenkinder, das sind fast vierzig Prozent, die drükken das Niveau. Das ist eine Schweinerei. Die müssen doch für die Polen eigene Klassen einrichten, bis die wenigstens Deutsch verstehen. Was denkt sich eigentlich unser Kultusminister.«

»Nur keine Aufregung, Herr Kollege. Unser Kultusminister gehört zwar der SPD an, aber er löffelt auch nur die Suppe aus, die in Bonn angerichtet wird. Wo soll er denn hin mit den Kindern? Für Lehrer und neue Klassen gibt's kein Geld, das wird gebraucht, damit wir gegen die rote Flut gerüstet sind, vor der die ganzen Polen hierherfliehen. Politik, mein Lieber, Politik.«

Die Deist war nicht im Büro. Das war ungewöhnlich, denn seit Jahren erschien sie immer eine halbe Stunde vor Dienstbeginn, sie langweilte sich zu Hause, das hatte sie mir jedenfalls einmal gesagt.

Wolters war mir erst gefolgt, als er sah, daß die Deist nicht da war. Er setzte sich auf ihren Schreibmaschinenstuhl.

»Herr Koch, sind Sie nicht auch der Meinung, daß diese Aussiedlerpolitik die Deutschen über kurz oder lang auf die Barrikaden treibt? Da kommt doch ein unvorstellbarer Ausländerhaß hoch, den sich die Rechten zunutze machen, und nur, weil diese hereingeschneiten Pseudodeutschen bei allem bevorzugt werden. Daher kommen doch die Probleme, zum Beispiel der eklatante Wohnungsmangel und die Mietpreissteigerungen. Früher hatten wir Wohnungsüberschuß, jetzt Wohnungsmangel, und das treibt die Mieten hoch. Nur die Reichen werden noch reicher.«

»Sie dramatisieren, Herr Wolters, diese hereingeschneiten Pseudodeutschen, wie Sie sich ausdrücken, werden nicht bevorzugt, das sieht vielleicht auf den ersten Blick so aus, aber die meisten leben doch kümmerlich. Sie müssen das Ganze auch mal anders sehen: die bringen ihre Kinder mit, die erwirtschaften später unsere Renten. Und Kinder brauchen wir sowieso dringend, die Deutschen sind doch angeblich ein aussterbendes Volk.«

»Herr Koch, das ist doch purer Zynismus! Die Deutschen bleiben dabei auf der Strecke, und unsere Zeitung unterstützt das noch. Die meisten Umsiedler oder Aussiedler oder Flüchtlinge, wer kennt sich da noch aus, sind doch gar keine Deutschstämmigen, das sind schlicht Wirtschaftsflüchtlinge. Und außerdem ein reaktionärer Haufen, dagegen ist unser Blatt ja schon fast links. Keiner von denen ist politisch verfolgt, keiner hat im Kittchen gesessen, es sei denn, er war kriminell.«

»Bringen Sie das in der nächsten Redaktionskonferenz auf den Tisch, und zwar genau so, wie Sie es eben formuliert haben. Wollen mal sehen, was Neuhoff und Ostermann dazu sagen.«

»Werden Sie mich unterstützen?«

Die Antwort hätte mich in Verlegenheit gebracht, aber die Deist rettete mich, sie quirlte wie eine aufgescheuchte Henne ins Büro, hängte ihren rostbraunen Mantel an den Kleiderhaken und scheuchte Wolters mit einer wedelnden Handbewegung vom Stuhl, setzte sich dann aber doch nicht auf ihren Platz, sondern ließ sich auf der Kante meines Schreibtisches nieder und baumelte mit ihren langen Beinen. Sie trug einen marineblauen Hosenanzug, den ich noch nicht an ihr gesehen hatte.

»Verschwinde, Kindchen«, befahl sie Wolters, und der verließ gehorsam das Büro. Die Deist feixte hinter ihm her.

»Ist was passiert, Frau Deist, weil Sie später kommen und so aufgedreht sind?«

»Sachen passieren, Herr Koch. Meine Mutter hat mir vor einem halben Jahr ein Zwergkaninchen geschenkt, schwarzweiß, ein süßer Fratz. Sie haben es nicht gesehen, als Sie bei mir waren, Sie haben in dieser Nacht sowieso nichts gesehen. Heute morgen habe ich den süßen Fratz abgemurkst, das Vieh hat in alle Ecken geschissen. Ich hatte einfach keine Lust mehr, seine Kackkugeln einzusammeln.«

Der süße Fratz konnte nicht der einzige Grund für ihre Verspätung und Aufgeregtheit sein. Ich vermutete mehr dahinter, wollte aber nicht fragen, denn über kurz oder lang würde sie von selbst davon anfangen.

Sie setzte sich an ihren Tisch und prüfte ihr Gesicht in einem Taschenspiegel, zog die Lippen nach und begutachtete aufmerksam ihre lackierten Fingernägel.

»Ich gehe gleich zu Neuhoff und reiche meine Kündigung ein. Sie werden mir fehlen, Herr Koch, ehrlich.«

Mir blieb die Spucke weg.

Sie puderte sich hingebungsvoll die Nase mit einem großen Wattebausch, so daß ich unmöglich in ihrem Gesicht lesen konnte. Trieb sie wieder einen ihrer bösen Scherze? Oder war es diesmal ernst?

»Sie werden mir fehlen, Herr Koch«, wiederholte sie mit Nachdruck.

»Frau Deist, niemand gibt freiwillig ein warmes Zimmer auf, wenn draußen der Frost klirrt. Vorgestern haben Sie noch anders geredet.«

»Vorgestern? Da wußte ich auch noch nicht, was ich heute weiß. Sie kennen doch das Viertel, in dem ich wohne. Da wohnen, wie man so schön sagt, anständige und gesittete Leute, die nicht gerade arm sind, Mittelschicht heißt das hier im Zoo. Was die wählen, weiß der liebe Gott, ich nicht, ich habe mich noch nie dafür interessiert, wahrscheinlich sogar liberal. Heute morgen, als ich das Haus verließ, begegnete mir ein junger Mann, den ich nur vom Sehen kenne, ich weiß nicht mal, in welchem Stock er wohnt, der lächelte mich freundlich an, zeigte über die Straße auf unseren Parkplatz und meinte: ›Frau Deist, da will Ihnen einer am Zeug flicken.‹ Ich verstand Bahnhof, aber als ich vor meinem Wagen stand, bekam ich dann doch einen Schrecken. Über die gesamte Frontscheibe war das da geklebt. Lesen Sie!«

Aufgeregt zerrte sie ein zusammengerolltes Papier aus

ihrer Handtasche und legte es kommentarlos auf meinen Schreibtisch. Ich entrollte das etwa einen halben Meter lange Papier, da stand in dicken schwarzen Druckbuchstaben: ›Ziehen Sie hier aus, sonst werden Sie keine ruhige Minute mehr haben. Sie sind als Mitarbeiterin des ›Tageskurier‹ persönlich schuldig, wenn in diesem Jahr noch vierhunderttausend Polen unser Land überschwemmen. Ihr Hofsängerblatt bekommt wahrscheinlich aus Bonn für jeden Polen einen Tausender Kopfgeld. Verschwinden Sie aus diesem Haus. Kein Feind, sondern einer, der es gut mit Ihnen meint.«

Ich war sprachlos.

Da machte die Deist dieselben Erfahrungen, die ich vor Wochen hatte machen müssen. Wieder und wieder las ich die Drohung. Das also war in diesem Land schon wieder möglich. Ich sah hoch, weder Puder noch Schminke konnten die Blässe im Gesicht der Deist überdecken.

»Frau Deist, das ist ungeheuerlich, aber deswegen gibt man doch seinen gut bezahlten Job nicht auf. Wir setzen das, so wie es hier steht, in unsere Zeitung und stellen gleichzeitig Strafantrag gegen Unbekannt, denn das da ist eine unverhüllte Drohung, die strafrechtlich verfolgt werden kann. Ich bin zwar kein Jurist, aber da bin ich mir sicher.«

»Sind Sie verrückt? Wollen Sie schlafende Hunde wekken, Herr Koch? Von einem sicheren Ort kann man trefflich Ratschläge erteilen.«

»Mein Gott, Frau Deist, Sie können sich das doch nicht einfach gefallen lassen! Und wovon wollen Sie denn leben? Mit der Arbeitslosenunterstützung, die Sie ein Jahr lang bekommen, können Sie gerade die teure Miete bezahlen.«

»Lassen Sie das nur meine Sorge sein, ich finde schon einen Dummen, der mir die Miete bezahlt, blöde Männer gibt's wie Sand am Meer. Der Wisch da hat mich nur daran erinnert, daß ich den Zoo schon längst verlassen wollte. Eigentlich bin ich nur Ihretwegen geblieben. Aber bilden Sie sich jetzt bloß nichts darauf ein... Was macht übrigens der Spediteur?«

Es dauerte eine Weile, bis ich begriff, daß sie Günter meinte, und als ich es kapiert hatte, sah ich sie erschrocken an; aber sie lächelte, wie nur sie lächelte: mit unschuldiger Bosheit, in boshafter Unschuld.

»War nur so eine Frage. Der eine murkst Kaninchen ab, der andere Menschen. Das macht das Leben so aufregend. Ich dachte, über Silvester hätte sich vielleicht etwas getan, an Feiertagen neigen die Deutschen doch zu Milde und Vergebung, und sind tränensüchtig dazu. Also, hat sich was getan?«

»Frau Kowalsky wohnt nun doch bei uns.«

Jetzt verlor sie die Sprache, mit offenem Mund starrte sie mich an, schnappte nach Luft und stotterte: »Feiertage verhelfen eben doch zu Güte und Vergebung. Und was sagt Ihre Frau dazu?«

»Sie geht unserem Gast aus dem Weg, das ist leicht in unserem Haus. Aber es ist auf die Dauer ein untragbarer Zustand, und ich finde keine Lösung.«

»Sie Ärmster, in Ihrer Haut möchte ich nicht stecken, die eigene Frau im eigenen Haus als schweigende Mehrheit. Bringen Sie die Kowalsky doch wieder zu ihrem Bauern zurück, der freut sich über die billige Arbeitskraft, und Ihre Frau freut sich, wenn das Kuckucksei aus dem Nest ist. Ich gehe jetzt zu Neuhoff.«

Ich hielt sie nicht zurück.

Ich war traurig. Als ich allein war, wurde mir erst so richtig klar, daß mir Monika Deist, über die ich viel gelacht, die mich aber noch mehr geärgert hatte, mehr bedeutete, als ich bisher dachte. Unvorstellbar, mit ihr nicht mehr in einem Raum zu sitzen, undenkbar, auf ihre spöttischen, frechen und frivolen Bemerkungen verzichten zu müssen. Sie war ein Teil von mir geworden, denn sie sprach oft ungeniert aus, was ich nur dachte, sie benahm sich so frei, wie ich gerne wäre. Ihr fehlte mein Kleinmut, der nichts wagte, aus Furcht, mit jemandem aneinanderzugeraten. Ich hatte mich, das wurde mir immer deutlicher, hier im Zoo nur deshalb behauptet, weil ich mich unbewußt hinter ihrer Unbekümmertheit verschanzen konnte.

Mein Büro und ein Teil meines Lebens würden veröden.

Wolters kam zurück und fragte nach der Deist.

»Sie ist bei Neuhoff.« Ich war nicht sehr freundlich zu ihm.

»Was macht dieses Weib bei Neuhoff?«

»Sie sollten von Frau Deist nicht so sprechen, schließlich war sie einmal Ihre Geliebte. Was sie bei Neuhoff macht? Sie kündigt, sie verläßt uns, sie will mit uns Affen im Zoo nichts mehr zu tun haben. Haben Sie begriffen? Sie geht.«

»Sie geht? Das kann doch nicht ihr Ernst sein?«

»Ist es aber. Und falls es Sie interessieren sollte, Herr Wolters, sie geht, ohne einen anderen Job in Aussicht zu haben.«

»Um Himmels willen, kein vernünftiger Mensch

schmeißt doch heutzutage, bei zwei Millionen Arbeitslosen, einfach seinen Job hin. Sie muß verrückt sein.«

»Vielleicht sind die Verrückten heutzutage die einzigen Normalen.«

Wolters war niedergeschlagen, es war ihm anzusehen, daß ihr Abgang ihn schmerzte. Das überraschte mich, nach allem, was die Deist mit ihm durchgespielt hatte.

»Herr Koch, halten Sie Frau Deist zurück. Sie sind der einzige hier, auf den sie hört.«

»Danke für das Kompliment, wenn es denn eins war, aber Sie wissen doch, Reisende soll man nicht aufhalten. Im übrigen bezweifle ich sehr, daß Frau Deist überhaupt auf jemanden hört oder je gehört hat. Sie ist wie eine Katze: eigensinnig und selbstbewußt. Sie gehorcht und kuscht nicht wie ein Hund.«

Vom Flur drangen laute Stimmen durch die geschlossene Tür, Wolters war neugierig und öffnete sie einen Spalt; die Stimmen kamen näher, am lautesten tönte die Deist.

Sie stieß die Tür auf und stampfte herein, sie schob Wolters, der ihr entgegengegangen war, vor sich her, sie trug ihren hochroten Kopf wie eine Trophäe, ihre theatralischen Gebärden wirkten komisch und lächerlich. Ihr auf dem Fuße folgte wild gestikulierend Neuhoff, der seine Beherrschung verloren zu haben schien. Er brüllte auf die Deist ein, und es sah so aus, als wollte er sich jeden Moment an ihr vergreifen. Diesen Eindruck mußte auch Wolters haben, denn mit einem raschen Schritt stellte er sich zwischen die beiden.

Neuhoffs Gebrüll und das Gekeife der Deist waren offensichtlich die Fortsetzung dessen, was in Neuhoffs Büro begonnen hatte.

»Sie sind eine Verräterin, eine Intrigantin, eine Natter. Sie gehen nur deshalb zur Konkurrenz, weil Sie mich persönlich treffen wollen. Das nenne ich niederträchtig. Aber ich werde mich rächen, darauf können Sie Gift nehmen, rächen werde ich mich, rächen, rächen.«

Neuhoff verstummte plötzlich und stierte Wolters und mich an, als nähme er uns beide erst jetzt wahr. Dann ging er auf mich los. »Sie, Herr Koch, sind der eigentliche Drahtzieher, denn sie ist Ihr Zögling.«

Das war unverschämt. Die Deist aber lachte und stieß den verstörten Wolters von sich weg, ihr Lachen war voller Hohn.

»Aber, aber, Herr Neuhoff, ich brauche doch keine Zofe, Sie tun Herrn Koch zu viel Ehre an, Herr Koch ist Ihr Zögling, die Ehre gebührt Ihnen.«

Sie drehte sich auf dem Absatz um und fauchte mich an: »Na los, hauen Sie unserem Oberdompteur eine runter dafür, aber eine saftige, wenn ich bitten darf, am besten eine links und eine rechts.«

Sie öffnete die Tür ganz weit und schrie in den Flur, auf dem sich einige neugierige und grinsende Mitarbeiter versammelt hatten: »Hallo, ihr Zoobewohner, hat es jeder mitbekommen? Neuhoff hat Koch beleidigt. Unerhört, was sich dieser Schnauzbart alles erlaubt. Ein Eber möchte er sein, dabei hat er jedesmal Schiß vor einem Herzinfarkt.«

Sie zog wieder einmal eine ihrer gefürchteten und doch erfrischenden Shows ab, und ich genoß ihren Auftritt wie eine Abschiedsvorstellung.

Schließlich baute sie sich vor Neuhoff auf, der nach Luft schnappte und kein Wort mehr hervorbrachte. Sie tippte ihm einige Male mit dem rechten Zeigefinger vor die Brust und lächelte.

»Dich Gartenzwerg habe ich einmal geliebt. Aber du weißt ja gar nicht, was Liebe ist. Du liebst nur deine Karriere, deine Arschkriecherei. Du bist außerdem ein Heuchler, schreibst tränenreiche Kommentare für die Eingliederung der Polenaussiedler, weil Ostermann es dir befiehlt, dabei verachtest du diese Mischpoke, die aus dem Osten kommt. Du bist doch der Erfinder der Polen-witze, die man sich hier im Zoo erzählt. Du läßt dir von Ostermann befehlen, weil du mit Ostermann zur Jagd ins Sauerland und nach Polen darfst, dabei weißt du nicht einmal, ob ein Gewehr nach vorne oder nach hinten los-geht. Weil du impotent bist, möchtest du ein Nimrod sein.«

Ihr Gelächter war die vernichtende Begleitung ihrer Abrechnung.

»Kinderchen, merkt euch eins, nicht die Russen sind eine Gefahr, sondern die Neuhoffs und die Ostermänner, diese korrupten Journalistenkanaillen, nicht mal so sehr, weil sie lügen, sondern weil sie wissen, daß sie lügen.«

Sie warf Kußhändchen in ihr amüsiertes, belustigtes, wütendes oder beleidigtes Publikum, schnappte ihren Mantel vom Kleiderhaken und raunzte Neuhoff an: »Da-mit alles seine Richtigkeit hat: Meine Kündigungszeit ar-beite ich nicht ab, ich habe noch acht Wochen Urlaub und Überstunden gut. Tschüs, Kinder, denkt mal an mich. Eine Messe braucht ihr nicht für mich lesen lassen, ich hasse Kerzen und Weihrauch. Der hier«, und sie zeigte auf Neuhoff, »stinkt genug nach Weihrauch.«

Dann rauschte sie in Richtung Aufzug ab, bühnenreif.

Bald war der Flur wieder leer. Neuhoff taumelte benommen zur Tür und zwirbelte beidhändig seine Schnurrbartspitzen. Als er gegangen war, flüsterte Wolters: »Das war der unrühmliche Abgang einer schönen und boshaften Frau.«

»Das war der aufrechte Abgang einer klugen Frau, Herr Wolters. Leider wird er nichts ändern. Alles bleibt, wie es war, weil ein einziger bornierter Mann es so will. Und wir sind seine Sklaven, haben aber wenigstens den Vorteil, selbst kündigen zu dürfen, um uns einen anderen Sklavenhalter zu suchen. Haben Sie eigentlich begriffen, was Freiheit ist, Herr Wolters? Ostermann ist frei, er kann mit seiner Zeitung machen, was er will, einstellen, verkaufen oder weiterbetreiben, niemand kann ihn daran hindern, kein Betriebsrat, kein Gesetz, keine Partei und keine Gewerkschaft, auch keine Kirche. Das einzige, was er braucht, ist Geld, und Ostermann weiß, mit welcher Partei er sein Geld am besten verdient.«

»Trübe Aussichten, Herr Koch.«

»Klare Einsichten, Herr Wolters.«

»Da kann einem die Lust zum Schreiben vergehen.«

»Irrtum, Herr Kollege, nur wenn man das klar durchschaut hat, kann man schreiben. Fragt sich nur, wo.«

»Etwas anderes, Herr Koch. Die alte Hauptschule in Ihrem Vorort wurde doch vor Wochen als Notaufnahmelager für Polenaussiedler eingerichtet. Wissen Sie eigentlich, was sich da abspielt?«

»Ich war zweimal in der Schule. Was spielt sich denn da ab?«

»Nicht in der Schule, draußen, außerhalb der Schule, meine ich.«

Machte sich der junge Dachs über mich lustig? »Was denn?« tat ich desinteressiert.

»Sie überraschen mich, Herr Koch, Sie wohnen da und wissen nicht, was los ist? Wollen wir gleich mal zusammen rausfahren? Das könnte nämlich gut etwas für unser Blatt sein, und ich wollte schon lange mal zusammen mit Ihnen eine größere Reportage schreiben, wenn Sie Lust haben. Kommen Sie, einen Fotografen brauchen wir nicht, ich habe meinen Apparat dabei.«

Er hatte mich neugierig gemacht, und ich kam mit, ohne zu zögern, außerdem ärgerte ich mich, weil mir etwas entgangen war, was ich offensichtlich hätte wissen müssen.

Wir nahmen seine »Ente«, die an beiden Wagentüren mit kleinen gelben Entlein beklebt war; die Heizung funktionierte nicht, aber das tat der guten Laune meines Chauffeurs keinen Abbruch. Während der halbstündigen Fahrt sprachen wir nicht, ich hatte alle Mühe, mit seinen Fahrkünsten zurechtzukommen, jedesmal, wenn er scharf in die Kurve ging, hatte ich Angst, sein Auto kippe um. Dabei sang er fröhlich und schauderhaft falsch gängige Schlager. Mit Straßen und Örtlichkeiten kannte er sich bestens aus, er parkte vor der evangelischen Kirche, von hier führte der kürzeste, aber verbotene Weg zur Schule über die Grünanlagen um den angrenzenden Fußballplatz herum. Ich folgte ihm schweigend.

Der kleinere hintere Schulhof, der keinen Zugang zur Straße hat, war leer, aber auf dem vorderen Hof, der durch ein breites, schwenkbares zweiflügeliges Eisengittertor zur Straße hin abgesichert war, parkten etliche Autos. Mir fiel sofort auf, daß kaum polnische Wagen darunter waren und die meisten deutsche Kennzeichen hatten.

Wolters hielt mich zurück und zeigte auf die Autos.

»Ich bin mal einige Stunden hier herumgeschlendert und habe das Treiben beobachtet. In den Autos da sitzen fliegende Händler oder Vertreter, Haie, die den kleinen Fischen in der Schule etwas andrehen wollen.«

»Haie? Kleine Fische? Reden Sie Klartext.«

»Deutsche Haie verkaufen den polnischen kleinen Fischen alles, was sie ihnen aufschwatzen können und was die zum Leben in der Bundesrepublik angeblich haben müssen. Und weil die Polen alles brauchen, aber wenig Deutsch verstehen und mit unseren Gesetzen nicht vertraut sind, unterschreiben sie jeden Vertrag, Vollkaskoversicherungen für Klapperkisten, Ratenverträge für neue Autos oder komplette Wohnungseinrichtungen, manchmal zahlen sie auch einen kleinen Vorschuß auf einen Bungalow, in den vielleicht ihre Enkel einziehen können. Die Polen kaufen alles, wovon sie sich eine Verbesserung ihrer Lage versprechen. Daß sie das alles auch einmal bitter bezahlen müssen, sagt ihnen keiner. Neulich hat so ein Hai einer polnischen Aussiedlerfamilie mit vier Kindern eine Eigentumswohnung verkauft, die noch gar nicht gebaut ist, für hundertsiebzigtausend Mark. Die kleinen Fische glauben, sie könnten das mit der Zeit alles abstottern, jedenfalls reden ihnen das die deutschen Haie ein.«

»Aber Herr Wolters, so skrupellos können nicht einmal Haie sein, die müssen doch wissen, daß so ein Kaufvertrag null und nichtig ist, wenn...«

»Klar. Aber die kassieren von ihrer Firma erst mal die Provision, alles andere ist dann Sache der Anwälte und der Gerichte. Und die kosten auch wieder Geld, Herr Koch. Hier ist alles möglich. Unmöglich ist nur, daß zum

Beispiel die Aussiedlerfamilie ihre Eigentumswohnung bezahlen kann. Der Hai denkt nur an seine Provision und sagt sich: Nach mir die Sintflut.«

»Wie kommen Sie an die ganzen Informationen?«

»Seit drei Monaten recherchiere ich ohne Auftrag, in der Hoffnung, daß ein anderes Blatt es bringt, ein überregionales Blatt oder vielleicht sogar eine Illustrierte. Sie, Herr Koch, könnten die Fakten, die ich gesammelt habe, gut verpacken. Darin sind Sie ein Meister. Ich liefere Ihnen die Knochen, Sie machen das Fleisch drum rum.«

»Zuviel Ehre, Herr Wolters. Aber das ist doch kriminell, wenn das stimmt, was Sie mir erzählt haben. Die Polen können doch keinen überflüssigen Nagel von ihrer Sozialhilfe bezahlen.«

»Sagte ich doch. Aber wer ausgehungert ist, fragt nicht, ob er das Futter, das ihm vorgesetzt wird, auch bezahlen kann. Ach ja, diese Leute werden bald mit unseren Gerichten Bekanntschaft machen. Dolmetscher mit polnischen und russischen Sprachkenntnissen haben jetzt Hochkonjunktur.«

»Werden Sie nicht zynisch.«

»Die Vorgänge sind zynisch. Sehen Sie, die meisten kleinen Fische glauben den cleveren Haien schon deswegen aufs Wort, weil die kleinen Fische den verständlichen Wunsch haben, so schnell wie möglich auch so zu leben wie die Haie. Sie wollen nicht noch mal solange auf den Kapitalismus warten, wie sie vergeblich auf den Sozialismus gewartet haben. Und die kleinen Fische sehen natürlich nur die wenigen Haie, die im Jahr hunderttausend Mark verdienen, und nicht auch die vielen anderen kleinen Fische, die am Monatsletzten nicht wissen, wie sie am

Monatsersten die Miete bezahlen sollen. Kommen Sie, Herr Koch, besuchen wir mal diesen deutsch-polnischen Markt.«

»Ich staune, Herr Wolters. Und das alles spielt sich vor meiner Haustür ab, ohne daß ich etwas davon weiß.«

»Das kommt vor, Herr Koch, dafür wissen es Ihre Nachbarn um so besser, Ferngläser haben zur Zeit Hochkonjunktur. Übrigens hat mir einmal ein Dozent an der Universität erzählt, daß viele wohlhabende Leute nicht deshalb hohe Mauern um ihr Anwesen ziehen, weil sie nicht gesehen werden wollen, sondern weil sie nicht sehen wollen, was draußen wirklich vorgeht, denn das würde sie in ihrer Ruhe stören.«

Das war eine Frechheit, aber ich ließ mir meinen Ärger nicht anmerken und folgte ihm auf den Schulhof, wo er mich dezent auf PKWs und Kleinlieferwagen hinwies und zu jedem Auto knappe Informationen gab.

In den Autos und Lieferwagen sah ich nichts, was man nicht auch in jedem einschlägigen Geschäft kaufen konnte. Da waren Metzger und Bäcker, Lieferwagen für Küchen- und Haushaltsgeräte, Vertreter für Möbel und Teppiche, für Neu- und Gebrauchtwagen, ein Transparent bot Autos an ohne Anzahlung, bei achtundvierzig Monatsraten. Hier hatte sogar ein Reisebüro seine Dependance, es warb mit bunten Bildern und Dumpingpreisen für Reisen nach Mallorca. Freie Marktwirtschaft, ja, aber soziale? Haie, wohin man sah. Eine perfekte Inszenierung zur Übertölpelung Ahnungsloser. Schamlos.

»Nun, Herr Koch, haben Sie genug gesehen? Schreiben wir beide die Reportage? Das Material habe ich zusammen. Und einen Titel auch schon: Belagerungszustand. Stammt allerdings nicht von mir, ist trotzdem gut.«

Ich war fassungslos und schämte mich auch, weil ausgerechnet Wolters mich mit der Nase darauf stieß, welche Schweinereien da ganz in meiner Nähe passierten. Und keiner empörte sich.

»Verdammt, Wolters, warum haben Sie mir nie davon erzählt? Ich bin erschlagen. Ich hatte ja keine Ahnung, daß Sie sich für so etwas interessieren.«

»Sollte ich Sie damit behelligen? Sie hatten schließlich Ihre Probleme. Heute, als Sie mich wegen meiner abfälligen Äußerung über Frau Deist zurechtwiesen, kam mir die Idee, daß Sie doch vielleicht der Richtige für eine solche Sache wären. Ich habe übrigens noch in zwei anderen Aussiedlerlagern nachgeforscht, überall das gleiche.«

»Gut, ich mache mit. Sie haben die Fakten, ich verpacke sie. Wir schreiben das natürlich nicht in der Redaktion, wir setzen uns bei mir zu Hause zusammen.«

»Also dann, schreiben wir unseren Belagerungszustand. Auch wenn er hier einmal aufgehoben werden sollte, findet er anderswo wieder statt. Wir bleiben aktuell. Wann fangen wir an?«

»Wir haben schon angefangen. Kommen Sie mit zu mir.«

Irene war nicht begeistert, daß ich Besuch mitbrachte, aber sie beäugte Wolters nicht unfreundlich. Ich sagte ihr, daß wir nicht gestört werden wollten.

Kaum hatten wir uns in meinem Arbeitszimmer eingerichtet, wobei Wolters sich nicht genug daran tun konnte, meine Bibliothek zu rühmen, da klingelte das Telefon. Anfangs verstand ich nichts, hörte nur den Wortschwall einer Frau, und erst als ich dazwischenging und fragte »Wer spricht dort?«, gab sich Charlotte zu erkennen.

»Meine Mutter ist gestorben. Sie ist in ihrem Sessel eingeschlafen und nicht wieder aufgewacht. Frau Gellert, eine
Nachbarin, hat sie gefunden, sie war mit meiner Mutter
zum Tee verabredet. Ich möchte, daß Sie zu ihrer Beerdigung kommen. Tag und Stunde erfahren Sie aus der Todes-
anzeige, ich schicke sie Ihnen.«

Mir gingen tausend Gedanken durch den Kopf. Wolters
spürte meine Unruhe: »Ist wohl ein ereignisreicher Tag für
Sie?«

»Manchmal kommt es dick. Sind Sie mir böse, wenn ich
Sie bitte, mich allein zu lassen?«

»Natürlich. Unsere Zusammenarbeit fängt nicht gerade
gedeihlich an.«

Er ging. Ich setzte mich in meinen Sessel am Fenster und
dachte nur: Die Statue ist tot, im Sessel eingeschlafen, sie
hat sich einfach davongeschlichen. Sie hat einen Menschen
mit einem Schürhaken totgeschlagen, und sie wird begraben werden wie alle Menschen. Einfach so. Ich werde
einen schwarzen Anzug anziehen, eine schwarze Krawatte umbinden und zur Beerdigung gehen, wie es sich
gehört. Das wärs dann gewesen.

Irene trat leise ein. »Warum ist der junge Mann so
schnell wieder verschwunden?«

»Das haben Journalisten, die was werden wollen, so an
sich, sie hetzen von Termin zu Termin und steigen Sprosse
um Sprosse. Du kennst das doch.«

»Lilli war heute hier, wir haben Tee getrunken, ihr
Mann will demnächst die Sichtblende wieder entfernen.«

»Um Himmels willen, bloß nicht, ich bin froh, daß sie
da ist. Was macht unsere Mieterin?«

»Sie geht nur spazieren; wenn sie kommt, verschwindet

sie gleich in ihrem Zimmer und läßt sich bis zum Morgen nicht blicken. Sie verschmäht mein Essen, sie geht in die Schule zu ihren Landsleuten und ißt dort.«

Ich hatte ein schlechtes Gewissen, weil ich mich um die junge Frau kaum kümmerte, alles Irene überließ.

»Sie haßt mich«, sagte Irene leise. »Ich habe mir Mühe gegeben, ich war freundlich zu ihr, ich habe ihr morgens das Frühstück auf einem Tablett vor die Tür gestellt und angeklopft, sie hat es nicht angerührt. Ich könnte sogar froh darüber sein, daß sie hier ist, weil ich nicht mehr so alleine bin, aber sie sieht durch mich hindurch, sie weist mich ab. So kann ich nicht weiterleben, Thomas, sie soll wieder gehen, so leid es mir tut.«

Es klopfte an die Tür, wir schauten uns überrascht an, das konnte nur die Kowalsky sein. Ich stand auf und öffnete, es war die Kowalsky. Sie atmete heftig. Bevor ich sie ins Zimmer bitten konnte, sprudelte sie los:

»Bringen Sie mich bitte fort von hier. Das Haus ist mir zu kalt. Meine Koffer sind gepackt. Ich warte unten an der Haustür.«

Sie drehte sich um, ohne ein weiteres Wort zu sagen, und lief die Treppe hinunter. Ich blieb stehen und sah ihr verblüfft nach.

»Hast du nicht gehört, du sollst sie wegbringen.«

Wie nebenbei sagte ich: »Charlottes Mutter ist gestorben. Ich werde zu ihrer Beerdigung gehen müssen.«

Während ich in Günters Zimmer ging, um die vier Koffer zu holen, war mir Irene gefolgt.

»Charlottes Mutter ist tot?«

»Na und? Wir müssen schließlich alle mal sterben, die einen früher, die anderen später. Warum tust du denn so verstört? Hast du sie etwa gekannt?«

Ich mußte mich mit den Koffern an Irene vorbeizwängen, sie stand mitten im Zimmer und blickte leer irgendwohin, sie stand noch immer am selben Platz, als ich auch die beiden letzten Koffer holte. Sie fragte: »Wo fährst du sie hin?«

»Es wird mir schon etwas einfallen.«

Draußen hatte ich Mühe, die vier Koffer in meinem Wagen zu verstauen. Die Kowalsky setzte sich neben mich und legte den Gurt an.

»Es ist mir egal, wohin Sie mich bringen, mir ist jetzt alles egal. Ich will nur schlafen.«

Ich brachte sie dorthin zurück, wo ich sie das erste Mal getroffen hatte. Und hoffte, der Bauer würde sie wieder aufnehmen. Langsam fuhr ich auf den weiten Gutshof und hielt am Wohnhaus, direkt vor der Haustür. Niemand war zu sehen. Ich stieg aus und klingelte einige Male, aber es regte sich nichts.

Es war Winter, aber auch wenn kein Schnee lag, konnten der Bauer und seine Söhne doch nicht auf den Feldern sein, der Boden war gefroren, der Mist war längst ausgebracht.

Ratlos stand ich vor der Tür auf der obersten Stufe, ich wußte nicht, was ich tun sollte, ich konnte die Kowalsky mit ihren Koffern nicht einfach ausladen und allein zurücklassen.

Aber da kam der Bauer schon aus der Remise und stakste auf mich zu, die Schäfte seiner Gummistiefel schlugen ihm beim Laufen an die Waden. Ich bekam nun doch ein wenig Angst, ich fragte mich, wie er wohl reagierte. Würde er mich samt der Frau vom Hof jagen?

Die Kowalsky saß mit gefalteten Händen auf dem Beifahrersitz und blickte ausdruckslos durch die Frontscheibe.

Der Bauer umkreiste grinsend meinen Wagen. Er sagte kein Wort, fragte nichts.

Plötzlich öffnete er die Beifahrertür und zerrte die Kowalsky vom Sitz, sie ließ es widerspruchslos geschehen.

Mich knurrte er an: »Na los, stehen Sie nicht rum wie ein Ölgötze, bringen Sie die Koffer her. Aber nicht in die Scheune, die Kleine wohnt jetzt bei uns.«

Er machte die Haustür weit auf und zog die Kowalsky über die Schwelle. Ich schleppte die Koffer zum Haus und setzte mich auf einen, gespannt auf das, was nun folgen würde. Mit allem hatte ich gerechnet, sogar mit Tätlichkeiten des Bauern, nur damit nicht, daß die Rückkehr der Kowalsky so glatt vonstatten ginge.

Als der Bauer wieder herauskam, grinste er zu mir herab: »Sie können jetzt wieder verschwinden, die Koffer trage ich höchstpersönlich unters Dach, und wenn sie leer sind, kommen sie ins Osterfeuer. Eine Schande, mit was für vergammeltem Gepäck die Frau rumläuft.«

Ich stand auf und suchte nach Worten, nach Erklärungen, aber ich brachte keinen Ton hervor, der Bauer grinste spöttisch, ich wußte immer noch nicht, ob es ihm ernst war. Als ich am Auto war, fragte ich endlich: »Sie kann also hierbleiben?«

»Warum nicht? Sie haben sie doch gebracht? Na also, dann bleibt sie auch hier. Sie kriegt die beiden Dachzimmer, die haben Bad und Toilette. Aus Marmor ist das Bad allerdings nicht, nur weiß gestrichen. Und falls es Sie beruhigt, ich melde sie gleich morgen polizeilich an, und wenn Sie so sehr an ihr hängen, dann dürfen Sie auch ab und zu mal kommen. Aber jetzt zischen Sie ab, bevor ich es mir anders überlege.«

Ich stieg ein und fuhr los. Im Rückspiegel konnte ich gerade noch sehen, wie der Bauer mit zwei Koffern im Haus verschwand.

Es war ein warmer Tag. Ich schlenderte durch unseren Garten und genoß die Sonne. Obwohl erst Januar war, schoben sich schon die Spitzen der Tulpen und Osterglocken aus dem Boden, auch die Rosen hatten frische Triebe.

Ich fühlte Lillis Blicke in meinem Rücken, aber ich ärgerte mich nicht mehr darüber, ich amüsierte mich nur noch.

Auch der Kahle Asten kam in seinen Garten. Er tat so, als bemerkte er mich nicht, zupfte Unkraut, wo es nichts zu zupfen gab, schnitt da und dort einen wilden Trieb aus seinen Büschen, aber ich wußte, daß er heimlich nach mir sah.

Auf einmal gab er sich überrascht, als habe er mich eben erst bemerkt. Ich machte sein Spielchen mit und tat ebenfalls erstaunt. Ich ging prüfend am Zaun zur Straße entlang, als suchte ich nach möglichen Schäden. Berg lief in seinem Garten auf gleicher Höhe mit, und als wir schließlich beide am Ende unserer Gärten angekommen waren, sprach er mich an: »Herr Koch, wir alle hier in der Siedlung sollten gemeinsam etwas unternehmen, damit unser Viertel endlich zur verkehrsberuhigten Zone erklärt wird. Kaum haben die jungen Leute ihren Führerschein, rasen sie durch die Straßen, daß es lebensgefährlich ist. Das sind doch keine Rennstrecken hier.«

»Aber Herr Berg, lassen wir sie rasen, schließlich will jeder auf seine Weise in den Himmel kommen. Es gibt sowieso zu viele Menschen auf der Welt.«

Er starrte mich ungläubig an und suchte nach Worten. Kopfschüttelnd wandte er sich ab und schlurfte auf seine Terrasse zu. Er verschwand hinter seiner Sichtblende, ich hörte nur noch das Klappern seiner Holzpantinen.

Als ich mich unserer Terrasse näherte, mußte Berg mich gehört haben, denn er rief, ohne daß wir uns sehen konnten: »Herr Nachbar, die Polen werden uns noch zu schaffen machen. Wenn Sie mich fragen, ich sehe schon einen kleinen Bürgerkrieg aufziehen, kein anständiger Deutscher läßt sich das doch auf die Dauer bieten, was sich dieses Pack erlaubt.«

»Herr Berg, ich kann Sie nicht sehen, deshalb kann ich mit Ihnen auch nicht reden.«

»Sie können mich doch hören. Beim Telefonieren sehen Sie doch auch nichts. Allen Ernstes, Herr Koch, was geht hierzulande eigentlich vor? Sie als Zeitungsmensch müßten das doch wissen: Sind das wirklich alles politische Flüchtlinge? Der Lech Wałesa lebt doch auch drüben und reißt sein Maul auf und sitzt nicht im Kittchen.«

»Vielleicht kommt er noch zu uns rüber, Herr Berg.«

»Möcht' ich erleben. Hier bei uns ist er dann kein toller Hecht mehr, der ist doch nur interessant, solange er in Polen das Maul aufreißt.«

»Das haben Sie schön gesagt, Herr Berg.«

»Und dann, Herr Koch, haben Sie schon mal gerechnet, wieviel Geld uns unsere Menschenfreundlichkeit kostet? Das geht in die Milliarden.«

»Aber Herr Berg, das Geld bleibt doch im Lande.«

»Natürlich. Der kleine Mann bezahlt, und ein paar Kaufleute verdienen sich dabei eine goldene Nase. Überhaupt heizt das nur die Inflation an, so sehe ich das. Man sollte die Ostler dahin zurücktransportieren, wo sie herkommen, muß ja nicht gerade in Viehwagen sein, dann herrschen bei uns jedenfalls wieder normale Zustände, keine polnische Wirtschaft.«

»Herr Berg, das war ein gutes deutsches Manneswort, das sollten Sie sich rahmen lassen und an die Wand hängen.«

»Ich bin nicht gegen Ausländer, ich habe mir nur meine deutsche Anständigkeit bewahrt. Aber die ist ja nicht mehr gefragt.«

Lilli war auf die Terrasse getreten, das unvermeidliche Fernglas in der Hand. Sie zeigte zum Himmel: »Wir haben Reiher in der Siedlung. Du solltest dein Biotop abdekken, sonst holen die uns noch unsere Goldfische. Es soll wieder viel zu viele Reiher geben, das kommt nur von dem ständigen Naturschutzgeschwafel, nicht mal Goldfische sind mehr sicher vor diesen Naturschützern.«

Lilli versteckte erschrocken das Fernglas hinter ihrem Rücken, als sie mich sah.

»Du hast völlig recht, Lilli«, erwiderte Berg, »wenn die Reiher wenigstens Gras fressen würden. Ich spanne ein Hasengitter über unser Biotop, dann sind unsere Goldfische sicher.«

Ich mußte lachen und ging ins Haus.

Aber sie glaubten, was sie sagten.

Das Begräbnis der alten Frau Fuchs war so jämmerlich, wie sie gelebt hatte. Außer Charlotte, Günter und mir saßen auch noch zwölf alte Frauen in der Trauerhalle des Friedhofes und lauschten andächtig einem nichtssagenden Laienprediger.

Als der Sarg zum Grab gefahren wurde, gingen sechs von ihnen mit, sie hatten Schwierigkeiten, der Lafette zu folgen, eine kam erst an, als der Sarg schon im Grab war.

Charlottes Gesicht war versteinert, die Frauen wischten sich mit Taschentüchern ihre Augen, Günter schien mit seinen Gedanken weit weg zu sein, Charlotte mußte ihn anstoßen, damit er eine Schaufel nahm, um Erde auf den Sarg zu werfen. Die Frauen in ihrem altmodischen Schwarz gaben ein groteskes Bild ab, das mich anrührte, sie waren ja selbst schon Sterbende.

Ich fühlte mich nicht als Trauergast, und als alles vorbei war, ging ich allein zum Ausgang zurück. Vor dem Hauptportal fing mich Charlotte ab. »Sie werden uns doch jetzt nicht allein lassen. Es gibt zwar keinen Leichenschmaus, aber im Nebenraum des Café ›Hummel‹ habe ich Kaffee und Kuchen bestellt.«

»Das ist sehr freundlich von Ihnen, aber ich muß in die Redaktion zurück.«

»Das müssen Sie nicht. Gehen Sie schon mal vor, die alten Damen sind etwas wacklig auf den Beinen.«

Sie sah mich eindringlich bittend an, ich konnte nicht noch einmal ablehnen. Charlotte wartete auf das Häuflein der alten Frauen, in ihrer Mitte Günter, gemessenen Schritts, als wäre er zum Beschützer dieser Gruppe bestellt; die Frauen dankten es ihm, sie blickten ehrfürchtig und bewundernd zu ihm hoch.

Auf vier Tischen im Hinterzimmer des Cafés standen zwanzig Tassen und Kuchenteller, auf jedem lagen zwei Stück Torte, Tee und Kaffee standen in Warmhaltekannen bereit.

Die Frauen musterten mich fragend und mißtrauisch, sie konnten mich nicht einordnen, Charlotte hatte ihnen wohl verschwiegen, wer ich war. Dafür war ich ihr dankbar.

Ich saß Günter und Charlotte gegenüber, es war eine Qual für mich, am liebsten hätte ich ganz gegen meine Gewohnheit ein paar Schnäpse getrunken, wollte aber nicht darum bitten, um die alten Frauen nicht noch mehr zu irritieren.

Günter hatte mit niemandem ein Wort gewechselt, stumm und steif saß er da, als hätte er mit alledem nichts zu tun.

»Jetzt muß ich aber wirklich gehen«, flüsterte ich Charlotte zu, nachdem ich ein Stück Torte gegessen und zwei Tassen Kaffee getrunken hatte.

Die Alten schauten auf und blickten mich mißbilligend an, als hätte ich sie bei ihrem Kaffeekränzchen gestört.

An der Tür hielt mich Charlotte an und legte ihre Hände auf meine Schultern. Sie sah mir flehend in die Augen und sprach so leise, daß ich mich ein wenig zu ihr hinabbeugen mußte: »Schön für mich, daß Sie dabei waren. Meine Mutter wird sich bestimmt auch darüber freuen, wenn sie herunterschaut. Sie ist bestimmt im Himmel, auch wenn sie nicht an den Himmel geglaubt hat. Ich bin eine schwere Last los. Mutter ruht jetzt, und wir sollten auch alles andere ruhen lassen. Ich gebe meine Wohnung auf und ziehe in das Häuschen meiner Mutter. Alles wird gut, Günter ist bei mir, und so wollen wir es belassen.«

Ich nahm ihre Hände von meinen Schultern und ging. Ich kam mir vor wie ein unartiges Kind, dem erklärt wurde, was Recht und was Unrecht ist. Die Beerdigung, die Szene im Café, das alles erschien mir wie ein Film, der in einem Kino an mir vorbeigeflimmert war und der mich nicht betraf. Sie ist im Himmel, deshalb sollte man jetzt alles auf sich beruhen lassen. Ich sollte schweigen. So leicht war das. Man hätte es mir aber nicht sagen müssen. Ich würde schweigen, weil ich immer geschwiegen hatte.

Zu Hause im Wohnzimmer lag Irene apathisch auf der Couch. Sie blickte mich nicht einmal an, als ich sie begrüßte. Sie sah einfach durch mich hindurch und schniefte. Das war eine Vorwarnung, in wenigen Minuten würde sie weinen.

Aber sie weinte nicht. »Sie ist also wirklich unter der Erde? Gut so.« Sie sagte das an mir vorbei, als ginge es mich nichts an.

»Ich habe heute beschlossen, das Haus aufzuteilen. Das Haus gehört zwar dir, und ich weiß nicht einmal, ob du ein Testament gemacht hast und ob ich in diesem Testament als Erbin eingesetzt bin, aber wie gesagt, ich habe das Haus aufgeteilt. Ich ziehe in den ersten Stock, in Günters Zimmer. Die Küche benutzen wir natürlich gemeinsam. Ich arbeite ab Februar halbtags auf dem Postscheckamt.«

Sie vermied es, mich anzusehen, ich fühlte mich wie ein ungebetener Gast. Dann stand sie auf und sah zum Fenster hinaus: »Laß Günter künftig in Ruhe, und rühr vor allem nicht mehr an das, was ins Wasser geworfen wurde.«

Ich war wie vom Donner gerührt. »Du hast alles gewußt?«

»Vom ersten Tag an. Günter hat es mir gleich am ersten

Abend gebeichtet. Er war nahe daran, sich etwas anzutun. Und das nur wegen dieser Frau.«

»Ich kann das nicht glauben, Irene. Sag, daß das nicht wahr ist.«

»Ich kenne deine Spürnase, und deinen Haß auf Günter. Deshalb wollte ich, daß du deinen Beruf aufgibst. Denn wenn du erst einmal auf der Fährte wärest, würdest du auch die Wahrheit herausfinden. Aber jetzt ist sie tot, Friede ihrer Asche.«

»Du hast mir all die Monate eine Komödie vorgespielt?«

»Ja, um eine Tragödie zu verhindern.«

Wortlos stieg sie die Treppe hoch. Ich war unfähig, einen klaren Gedanken zu fassen.

Wie in Trance ging ich zur Garderobe und wählte die Nummer der Deist. Sie meldete sich sofort, als hätte sie neben dem Telefon gestanden: »Hier ist das städtische Tierheim. Hühner und Maulwürfe werden nicht angenommen.«

»Machen Sie keinen Quatsch, verdammt noch mal«, schrie ich in die Muschel. »Ich muß dringend mit Ihnen reden.«

»Sie müssen? Und wenn ich nicht will? Wenn das Tierheim überfüllt ist?«

»Dann werfen Sie gefälligst einen Köter zum Fenster raus.«

»Ist schon geschehen. Haben Sie den Plumps auf der Mülltonne gehört? Kommen Sie!«

Ich fuhr mit einer Aggressivität, die ich nicht an mir kannte. Ich war erledigt, als ich bei der Deist ankam. Sie empfing mich in einem himmelblauen Hauskleid, das mehr enthüllte als verbarg. Sie lächelte mich betörend an und machte eine überzogen einladende Handbewegung; als ich ins Wohnzimmer trat und die halbvolle Schnapsflasche auf dem Glastischchen sah, wußte ich, was los war.

»Setzen Sie sich. Man muß die Feste feiern, wie sie fallen. Ich feiere meine Flucht aus dem Zoo. Und Sie? Feiern Sie eine Beerdigung?«

»Woher wissen Sie...«

»Mein Gott, wir kennen uns doch lange genug. Wenn Sie zu Festlichkeiten gehen, tragen Sie einen blauen Anzug mit silbergrauer Krawatte, zu Beerdigungen gehen Sie stets in Schwarz mit schwarzer Krawatte. Die Einfallslosigkeit der Männer tobt sich an ihren Anzügen aus. Wen fressen denn die Würmer jetzt? Oder kommen Sie vom Krematorium?«

Sie schenkte sich ein, ohne mir etwas anzubieten, und schlug die Beine übereinander, so daß sich ihr Kleid öffnete und von ihrem Oberschenkel glitt.

»Die alte Frau Fuchs.«

Sie war überrascht, sie nahm nicht das Glas, sondern griff zur Flasche und setzte sie an den Mund. Sie trank einen Schluck, schnalzte mit der Zunge und stellte die Flasche hart auf die Glasplatte zurück.

»Die hat sich also davongemacht? Hätte ich ihr nicht zugetraut. Ich hab gelesen, boshafte Leute leben länger. Sie haben an ihrem Grab hoffentlich Rotz und Wasser geflennt. Nicht? Gebetet auch nicht? Schon besser. Ich habe mal gelesen, es soll Tote geben, die beim Vaterunser wiederauferstehen, weil sie ihre Kirchensteuer nicht bezahlt haben.«

Sie lachte hysterisch, verschluckte sich und hustete; und

bekämpfte den Husten mit einem weiteren Schluck aus der Falsche.

»Sie wacht nicht mehr auf, auch wenn hundert Vaterunser an ihrem Grab gebetet worden wären. Sie war nicht in der Kirche.«

»Eine vernünftige Frau. Warum wollten Sie mich denn so dringend sprechen? Wegen der Toten? Wegen der Spediteure? Da hat wohl mal wieder Ihr Gewissen geklopft? Mann, was sind Sie für ein Heuchler. Gewissen, daß ich nicht lache. Wo ist denn Ihr Gewissen, wenn Sie im Zoo tausendfach lügen? Jetzt wollen Sie auf einmal den Ehrlichen markieren und womöglich die Spediteure vor den Kadi bringen! Nein, das traue ich Ihnen trotz allem nicht zu. Leute, die eine Leiche in den Kanal werfen, sind mir am Arsch lieber als die, die das an die große Glocke hängen wollen, um ihr angebliches Gewissen sauberzuhalten. Ich brauche frische Luft.«

Sie riß das Fenster auf und atmete tief durch. Ich war für sie nicht mehr vorhanden. Sie redete so zu mir, wie vor ein paar Stunden Irene zu mir gesprochen hatte.

»Lassen Sie die Spediteure in Frieden und kehren Sie an den Schreibtisch Ihres Verlegers zurück. Den Job beherrschen Sie meisterhaft, ehrlich, es ist eine Kunst, ein Leben lang zu schreiben, was man selbst nicht glaubt. Der Rausschmiß der armen Kowalskys war Ihr Meisterstück. Wenn Sie wirklich wissen wollen, warum ich meinen Job an den Nagel gehängt habe: der Zoo begann so zu stinken, daß ich kotzen mußte. Und jetzt verschwinden Sie!« Sie schlug das Fenster zu, und ich ging zur Tür. Als ich sie öffnen wollte, rief sie: »Bleiben Sie, wir sind noch nicht fertig.«

Ich ließ die Hand auf dem Türgriff, drehte mich aber nicht zu ihr um.

»Geben Sie auf, Herr Koch, Ihre Knochen werden weich, Ihre Überzeugungen waren es schon immer. Wenn Sie aufgeben, werde ich wieder mit Ihnen telefonieren, ich verspreche es. Lassen Sie die Finger von der Schreibmaschine.«

Erst im Treppenhaus fiel mir auf, daß ich kein einziges Wort gesagt hatte.

Als ich meinen Wagen startete, fühlte ich weder Zorn noch Verbitterung, ich war sogar erleichtert und hätte jubeln mögen, ich schaltete das Radio ein und sang laut zur Musik eines dümmlichen Schlagers.

Anderntags ging ich um die Mittagszeit zu Neuhoff, um ihm meine Kündigung zu überreichen. Als ich sein Büro betrat, sprang er von seinem Stuhl hinterm Schreibtisch auf und kam mir mit ausgestreckten Armen entgegen, er bat mich in einen Sessel, holte aus dem Schrank eine Flasche Cognac und zwei Gläser, schenkte ein und prostete mir zu.

»Verehrter lieber Kollege, Wolters hat mir erzählt, was er mit Ihnen vorhat. Ich stehe voll hinter Ihnen, alles, was Sie schreiben, wird natürlich im ›Tageskurier‹ erscheinen und nicht in einem fremden Blatt, und wir werden auch mit einem Zusatzhonorar nicht knausern. Aber bitte, nicht mehr zu diesem Thema. Ich bin mit Herrn Ostermann der Meinung, daß wir jetzt die Polengeschichten mal fallenlassen und uns mehr um die kümmern, die aus der DDR zu uns kommen. Die haben wir bisher völlig vernachlässigt. Und schließlich sind das doch eigentlich die richtigen Deutschen. Sie verstehen? Gehen Sie gleich zu Wolters und bereden Sie das mit ihm. Ich habe schon alles mit ihm besprochen.«

Ehe ich überhaupt den Mund aufmachen konnte, stand ich wieder auf dem Flur. Während ich zu meinem Büro ging, überlegte ich, worüber Neuhoff überhaupt geredet hatte. So schnell war von ihm wohl noch nie jemand aus dem Allerheiligsten gelobt worden.

Am Schreibtisch von Monika Deist saß Wolters.

Er strahlte mich an: »Wir arbeiten jetzt zusammen, Anordnung von Neuhoff. Ich hoffe, wir vertragen uns.«

Müde fiel ich in meinen Sessel und nickte Wolters gedankenleer zu.

»Na, Herr Koch, ist das nicht eine herrliche Aufgabe, die wir vor uns haben?«

Max von der Grün

im Luchterhand Literaturverlag

Irrlicht und Feuer
Roman
Luchterhand Bibliothek
288 Seiten. Gebunden

Die Lawine
Roman. SL 733

Späte Liebe
Erzählung. SL 449

Springflut
Roman
368 Seiten. Gebunden
»Wie Max von der Grün in seinem
neuen ›Revier-Krimi‹ die Hand-
lungsfäden knüpft, wie er
Spannungsbögen fast in Hitchcock-
Manier entwickelt, das verdient
uneingeschränkte Anerkennung.«
Westdeutsche Allgemeine Zeitung

Stellenweise Glatteis
Roman. SL 181

Wie war das eigentlich?
Kindheit und Jugend im Dritten
Reich. Mit 40 Abbildungen.
SL 345
»Das Buch sollte wegen seines
redlichen und gerechten Bemühens
um die Wahrheit über das ›Tausend-
jährige Reich‹ zur Pflichtlektüre im
Geschichtsunterricht werden.«
Süddeutsche Zeitung

Zwei Briefe an Pospischiel
Roman. SL 155

Max von der Grün
Texte, Daten, Bilder
Hg. von Stephan Reinhardt
SL 931. Originalausgabe